本书受九江学院2016年人文类重点项目
"电影导演与当代文学的电影改编研究"资助。

改编的逻辑

电影导演
与1980年以来的中国文学

孔小彬◎著

中国社会科学出版社

图书在版编目（CIP）数据

改编的逻辑：电影导演与 1980 年以来的中国文学/孔小彬著.
—北京：中国社会科学出版社，2017.7
　ISBN 978-7-5203-0314-9

　Ⅰ.①改…　Ⅱ.①孔…　Ⅲ.①电影改编　Ⅳ.①I053.5

中国版本图书馆 CIP 数据核字（2017）第 099058 号

出 版 人	赵剑英	
责任编辑	郭晓鸿	
特约编辑	席建海	
责任校对	冯英爽	
责任印制	戴　宽	

出　　版	中国社会科学出版社	
社　　址	北京鼓楼西大街甲 158 号	
邮　　编	100720	
网　　址	http://www.csspw.cn	
发 行 部	010-84083685	
门 市 部	010-84029450	
经　　销	新华书店及其他书店	

印　　刷	北京明恒达印务有限公司	
装　　订	廊坊市广阳区广增装订厂	
版　　次	2017 年 7 月第 1 版	
印　　次	2017 年 7 月第 1 次印刷	

开　　本	710×1000　1/16	
印　　张	25.5	
插　　页	2	
字　　数	292 千字	
定　　价	109.00 元	

凡购买中国社会科学出版社图书，如有质量问题请与本社营销中心联系调换
电话：010-84083683

努力揭示电影改编的内在逻辑

（序）

我们在农村插队务农时，大队放映电影成为村民们的节日，早早就有人在拉起银幕的晒谷场上摆位置，一张条凳，一把椅子，甚至是一块石头，那时的电影除了革命样板戏，就是《地道战》《地雷战》《南征北战》了，农村的孩子们聚精会神地看电影，我们知青也挤在银幕前，让乏味的农村生活有了一些色彩与回味。我不知道从农村出来的小彬小时候是否也这样看电影，他的电影启蒙最初大概也是这样形成的。

在各种艺术类型中，电影大概是最具有市场的艺术样式，它对于传播文化、丰富生活、影响观念等都具有极为重要的作用。电影是与文学、摄影、绘画、音乐、科技等相关的综合性艺术，电影与文学的结盟最重要的常常是电影改编自文学作品，研究电影与文学作品的关联就具有了十分重要的意义和价值。中国电影的三次高峰

大概是 20 世纪 30 年代、新中国成立后的十七年、改革开放后的 80 年代，这三次高峰时期的电影中，改编自小说的电影作品颇多，甚至不少读者接触一些经典文学作品最初是从电影入眼的。优秀的小说文本成为电影作品改编的重要来源，电影的拍摄和放映，又扩大了文学作品的影响，小说与电影就成为某种互文现象。

孔小彬在选择学位论文题目时，他选择了研究电影导演对文学作品的改编，我赞同了他的选题，并且与他一起讨论论文的提纲与选择的导演和电影文本。小彬学位论文答辩时，我不仅邀请了华东师范大学著名学者王铁仙教授任答辩委员会主席，还邀请复旦大学专攻影视文学研究的周斌教授等参加答辩，为小彬的学位论文把关，小彬的学位论文获得论文答辩教授们的肯定和褒奖。毕业获得博士学位后，小彬经过认真修改润色，准备将论文付梓出版。本书就是在其博士学位论文《接受与阐释——电影导演与新时期以来的中国文学》基础上修改润色的成果。

在小彬学位论文答辩前，导师必须对论文做出评价，并且决定该论文是否能够参加答辩。我在导师评价中如此写道：

孔小彬的论文以 20 世纪 80 年代以来的电影为研究对象，从导演研究的视角，分析探究从文学作品到电影的过程，力图总结出三十多年来电影改编的某些问题和规律。

论文在梳理了电影改编研究的现状后，运用文学阐释学、接受美学、读者反应批评、认知心理学等理论和研究方法，从思想观念、影像艺术、个性风格、市场意识等方面，梳理分析导演对于文学作品的改编。论文分别研究了谢晋、黄健中、谢飞、张艺谋、陈凯歌、霍建起、姜文、张元、黄建新、冯小刚、滕文骥、夏钢的电影改编，努力从导演的艺术观念和个性特征分析研究他们的电影改编，从而努力探究影响导演电影改编的某些因素，分析电影改编的优劣，并将探究置于体制、市场、观众等方面的观照分析，论文推进了对于新时期以来的电影研究，具有独特的学术价值。

论文选题独到、资料翔实、分析细致、书写规范、语言流畅，有作者独到的分析和见解，见出作者具有较为扎实的学术功底和学术研究能力。

论文已达到博士学位论文的水平，同意该论文参加答辩。

现在经过修改润色的本书，显然比答辩时更加完善了。倘若要认真评价本书的建树和特点，大概有如下几个方面。

一是在读者理论的视域中开展电影改编的研究。读者理论以读者接受为主要研究对象，探究读者与作家、作品之间的相互关系和影响。读者理论主要包括阐释学、现象学、接受美学和读者反应批评等理论，从狄尔泰、海德格尔、伽达默尔的阐释学，到胡塞尔、英伽登的现象学，到姚斯、伊瑟尔的接受美学，到费希、卡勒的读者反应批评，建构了丰富的读者理论。读者理论强调读者的重要性，突出文学文本的未定性，注重文学接受的历史性。小彬以读者理论与方法展开对电影改编的研究，因此，他提出从读者理论视野来看电影改编研究的重要性："一是在作品意义的生成中，读者理论强调读者的作用，从而使电影改编研究走出作品忠实论的研究模式，转向以改编者为中心的研究范式；二是读者理论对一般阅读过程的深入考察可以指导研究从文学接受影像再造的改编过程；三是改编者身份的多重性、复杂性既有合乎读者理论之处，又对读者理论提出新的挑战。"在该著中，诸多与读者理论相关的概念被运用，诸如

"视域融合""前理解""阐释策略""期待视野""过度阐释""阐释群体"等，这使该著具有了理论的高度和阐释的深度。

二是在不同导演观念风格研究中探究导演个性。小彬选取该论题的本意在于："导演是改编的中心环节，既是文学的读者又是电影的作者，起着决定性的作用；进一步说，导演的思想观念、影像语言、个性风格、市场意识等因素在改编过程中发挥着重要作用。"因此，他选取了12位导演作为研究对象，在比较充分地梳理分析各位导演的思想观念、艺术追求等方面，在进入电影改编的实例中，展开分析评说，并努力把握不同导演电影改编的独特个性。小彬评说谢晋的电影改编，关注谢晋的政治敏感性和对政治小说的偏好，评说其电影改编主流意识俗化的阐释策略，认为以上这些因素形成谢晋电影将政治传奇化、人情化、煽情化的特性。评说谢飞的电影改编，梳理其革命家庭出身和大学教师的身份，分析谢飞的理想主义与教化意识，"谢飞的期待视野、价值观念与所选作品互相碰撞，形成了几种不同的交流状态"，使其电影在注重画面优美意境中具有诗化风格。评说张艺谋的电影改编，关注其"文学是电影创作的母体"的强调，作为摄影专业毕业的摄影师，他注重改编过程中寻找独特的影像方式，形成视觉造型、纪实风格、诗化写意等影像风格。评说黄建新的电影改编，认为他关注揭示社会问题的城市题材小说的改编，对荒诞派似乎情有独钟，作品具有荒诞与幽默的风格。在评说黄健中、陈凯歌、霍建起、姜文、张元、冯小刚、滕文骥、夏钢等导演的电影改编时，也常常能够从"人"到"文"，在分析导演的人生历程、思想观念、艺术追求等方面，探究不同导演的不同追求和导演个性。

三是在文学文本与电影作品的比照中展开分析。研究电影导演对于文学文本的改编，必须比较与分析电影改编和文学文本的异同，小彬在研究中十分细致地展开文学文本与电影作品的比照，从而联系导演的思想与艺术，分析电影改编的长与短。在评说陈凯歌《孩子王》的电影改编时，细致比较了小说与电影的关联，指出："陈凯歌对于小说《孩子王》的启蒙主题有着深刻的理解，同小说一样，他将老杆儿塑造成了一个启蒙者的形象。"评说霍建起对彭见明短篇小说《那山那人那狗》的改编，认为"叙事视角的改变所带来的电影思想、主题、情感等多方面的变化"，影片"改变了小说相对单一的感人的'说教'形式，更多了一些青春的气息、现代的气息"。评说冯小刚电影《甲方乙方》对王朔小说《你不是一个俗人》的改编，去掉了小说中的"吹捧"部分，集中表现替人圆梦的荒诞情节，将人物语言的油滑放大，并增加了尖酸刻薄的风格。评说滕文骥的电影《香香闹油坊》对李本深小说《油坊》的改编，认为"导演改变了故事的思想内涵，用一种'文明—愚昧'对立冲突的叙事框架来结构电影"。评说夏钢的电影《一半是火焰，一半是海水》对王朔同名小说的改编，认为没有把作品的主题"看作是一半犯罪、一半赎罪"，认同"小说集中描写的是青年人对爱情的梦想"。小彬这种对于文学文本与电影文本切中肯綮的比照研究，将不同导演对于文学文本的接受与改编的分析研究，进入一种细致深入的境界。

　　四是在切中肯綮的分析中指出导演改编中的不足。在该著中，孔小彬对于导演的电影改编能够高屋建瓴进行评述，尤其敢于指出导演们在改编中的某些不足，见出其批评家的眼光和勇气。小彬谈论谢晋的电影改编，说："谢晋电影的辉煌与他选择合适的小说有

关，而一旦偏离驾轻就熟的轨道，即便是谢晋这样的大导演也难以驾驭。行走在一条错误的改编道路上，谢晋时代真的过去了。"评论黄健中的电影改编，说："黄健中电影改编更大的问题在于，他似乎缺乏一种文学鉴赏的眼光。他所选择的这些小说除了苏童的《米》之外，很少有一流的作品。《刑警队长的誓言》《燕儿窝之夜》等作品更是等而下之。原作自身的先天不足极大地影响了导演的改编成就。"小彬在充分肯定陈凯歌电影改编的成就的同时，也指出："当他将阿城、史铁生的小说以自己的思路继续往前推进时，他破坏了原作的整体性和内在逻辑性，加上艰深难解的影像，影片也变得思想复杂而混乱。酷爱思维深度的陈凯歌在市场经济时代是比较尴尬的。"在评价姜文的电影改编时指出："姜文的电影改编因其大胆、'丧心病狂'而独树一帜，尤其是后期，他征用多名编剧基本上抛开原著，一遍遍'刷漆'（反复修改）的结果是，剧本离小说越来越远，几至面目全非。"在评说黄建新的电影改编时认为："黄建新的问题在于，过于贴近现实，缺少一份远距离的审视，现实的荒诞感与市民的小幽默相结合，获得了现时的观众，却难以走得更远。"这些深入的、具体的评说，是小彬建筑在对于导演和改编过程细致分析基础上的，大多能够令人信服。

孔小彬在梳理了关于电影改编的已有研究成果后，他指出："从具体研究来说，在笔者看来，目前的研究过于重视文本的比较研究，忽视改编过程中人的因素；过于强调改编中'变'的内容，轻视改编中文学接受和传播现象。我认为，在改编研究中应当加大对于改编者——主要是导演的研究。"这是小彬选择该论题的出发点，努力揭示电影改编的内在逻辑，也是本书的价值所在：可以说这部著作丰富并充实了对于 20 世纪 80 年代以来电影改编的研究，在某些方面甚至在一定程度上填补了某些空白。当然，我们也应该看到本书的某些不足，诸如如何将读者理论与研究方法真正渗透进研究过程中，如何进一步从宏观上分析把握 20 世纪 80 年代以来的电影改编，如何参照与借鉴国外电影改编的经验，等等，这些还需要小彬做进一步深入的思考与研究。

在经过博士研究生三年的正规学习后，经过持之以恒的深入思考与研究，小彬的学术研究已经达到了新的境界，2016 年他获得了国家社科基金项目"俄苏文学比照视野下的中国当代小说知识分子叙事研究"，这又拓展了他新的研究领域，希望小彬在今后的学术生涯中有更大的开拓与成就。

杨剑龙

2016 年 11 月 19 日

于瞻雨斋

目　录

引　论

　　文学作品的电影改编是个世界性课题。大量的文学作品被搬上电影银幕，很多成功的影片来自文学改编，这大概是电影改编研究受到关注的现实原因。安德烈·巴赞、齐·克拉考尔、巴拉兹等著名的电影理论家都不同程度地讨论过改编问题。布鲁斯东的专著《从小说到电影》①，卡尔科－马赛尔、克莱尔合著的《电影与文学改编》②，安德烈·戈德罗的《从文学到影片——叙事体系》③，罗伯特·斯塔姆等编著的《文学和电影：电影改编理论与实践指南》④

---

　　① ［美］乔治·布鲁斯东：《从小说到电影》，高骏千译，中国电影出版社 1981 年版。

　　② ［法］卡尔科－马赛尔、克莱尔：《电影与文学改编》，刘芳译，文化艺术出版社 2005 年版。

　　③ ［加］安德烈·戈德罗：《从文学到影片——叙事体系》，刘云舟译，商务印书馆 2010 年版。

　　④ ［美］罗伯特·斯塔姆：《文学和电影：电影改编理论与实践指南》，北京大学出版社 2006 年版。

等著作专门以电影改编为研究对象。而 2006 年成立的国际学术组织"文学与银幕改编研究学会"标志着"改编学"作为新的领域进入了国际学术研究视野。①

电影改编研究在国内也是个热门研究课题。近三十年来，国内的电影改编研究出现了两次高潮：一次是 20 世纪 80 年代，一次是 21 世纪以来。20 世纪 80 年代随着《阿 Q 正传》《子夜》《天云山传奇》《芙蓉镇》《红高粱》等大批文学作品改编成电影，并获得各种电影奖项，许多学者参与到电影改编的讨论中来。讨论文章集结为《再创作——电影改编问题讨论集》《电影的文学性讨论文选》出版。这一时期讨论的焦点是对原著的忠实性问题、电影的文学性问题等。21 世纪以来随着电影市场的兴起，电影影响力的日渐扩大，而文学日益边缘化，电影改编研究受到重视。与前一时期相比，21 世纪以来的电影改编研究视野更加开阔，研究方法更加多样化。

一 近三十年电影改编研究总体特征

总的来说，近三十年电影改编研究具有以下几个方面的特点：其一，从研究的内容视野来看，以热点作品、现象的即时性批评为主；其二，从研究范式来看，电影文本同文学原著文本的对比分析成为压倒性的主导模式；其三，从研究的理论观点来看，"忠实论"居于主流地位。

从大众传播的效力来说，电影要比文学作品更具有传播影响力。当一部文学作品改编成电影之后，比较容易引起批评家的关注，尤

---

① 张冲：《文本与视觉的互动：英美文学电影改编的理论与应用》，复旦大学出版社 2010 年版，第 304—305 页。

其是当文学作品是名著，或者改编者是名导演的时候。新的改编作品一出来，就形成了一个批评的关注焦点。20 世纪 80 年代初，《阿Q 正传》《伤逝》《药》等鲁迅小说被改编成电影，就引起了批评界广泛的注意。《电影艺术》杂志在 1981—1982 年集中刊发了钟惦棐的《读新片〈伤逝〉和〈药〉并泛论电影》、吴世昌的《纪念鲁迅不能篡改他的作品》、王得后的《因〈药〉的改编而想到的》《这个阿 Q 的银幕形象》、李振潼的《学习与商榷——影片〈伤逝〉引起的思考》等系列讨论文章。在茅盾的《子夜》、老舍的《骆驼祥子》、曹禺的《雷雨》等现代文学名著改编的电影上映后，立即涌现出大量的评论文章，包括李振潼的《〈子夜〉：从小说到电影》、王志超的《从几个次要人物的改动谈〈子夜〉的改编》、李希凡的《略论虎妞形象的再创造——〈骆驼祥子〉观后》、孙道临的《谈〈雷雨〉的电影改编》、曹其敏的《一次不成功的挑战——评影片〈雷雨〉》等。当代文学部分也是如此，2005 年王安忆的小说《长恨歌》被搬上银幕，2012 年，陈忠实的小说《白鹿原》改编成电影，都立即引起了广泛的讨论。①

如果导演具有一定的知名度，其改编作品也容易受到批评界的即时关注。谢晋的不少电影都改编自文学作品，他的《天云山传奇》

---

① 相关论文有：刘海波的《走调的〈长恨歌〉》，《电影新作》2005 年第 6 期；李玫的《空间叙事与时间叙事：〈长恨歌〉从小说到电影》，《电影文学》2005 年第 12 期；罗勤的《丢失的灵魂——谈电影〈长恨歌〉的改编》，《电影文学》2006 年第 1 期。周仲谋的《西部乡土史诗与地域文化的影像呈现——论电影〈白鹿原〉的改编艺术》，《北京社会科学》2013 年第 1 期；李洋的《〈白鹿原〉：减法的艺术与 T 型史诗》，《电影艺术》2012 年第 6 期；陈宗俊的《半部好戏——谈电影〈白鹿原〉对原著的改编》，《创作与评论》2012 年第 11 期；卢衍鹏的《从文学与传媒的张力看电影〈白鹿原〉的改编》，《创作与评论》2012 年第 11 期；车文丽的《离间与同化：从叙事学角度看〈白鹿原〉小说与电影的差异》，《艺苑》2013 年第 1 期；史静的《〈白鹿原〉：从小说到电影》，《艺苑》2013 年第 1 期；等等。

《牧马人》《高山下的花环》《芙蓉镇》等作品一出来就得到了即时的评论。①陈凯歌的电影同样如此，他的《黄土地》《孩子王》《搜索》等作品也从改编的角度得到即时评论。②张艺谋 2011 年的电影《金陵十三钗》上映，一时成为热议的话题，专论其改编问题的论文不少于十篇。

也就是说，有两种情况电影改编容易受到批评界的关注，要么是文学作品本身比较有名，要么是改编导演比较有名，二者兼而有之的当然更容易被讨论。而在此范围之外的改编作品则比较容易被忽视。这表现出改编研究的一种不均衡现象。那些"经典"作品的研究因为较为集中而时有重复，相反，"冷门"的作品则往往无人问津。这样的研究给人感觉有点"蜂拥而上"的味道，而热点过后一切似乎烟消云散，改编作品被人迅速遗忘。如果说这有点急功近利，似乎也不算过分。

谈改编的论文还比较容易集中于某些热门的现象，除上面提到的名著改编问题外③，"红色经典"改编问题也得到了广泛的讨论。

---

① 相关评论文章包括：梅朵的《胆识、勇气和责任感——评〈天云山传奇〉》，《电影艺术》1981 年第 3 期；周斌的《这里有我生命的根——读〈牧马人〉随感》，《电影新作》1982 年第 1 期；王朝闻的《了然于心——看〈牧马人〉有感》，《电影艺术》1982 年第 7 期；王忠全的《为什么感人不深——谈影片〈牧马人〉的不足》，《电影艺术》1982 年第 8 期；林滨的《谢晋与〈高山下的花环〉》，《电影评介》1984 年第 1 期；李德顺的《〈高山下的花环〉改编断想》，《电视文艺》1984 年第 2 期；白净的《秦癫子"癫"味不够——影片〈芙蓉镇〉观后》，《电影评介》1987 年第 12 期；等等。

② 相关文章包括：成志伟的《不要忘记电影特点和群众——观影片〈黄土地〉有感》，《电影艺术》1985 年第 4 期；杨海波的《圣典与怪圈——评〈孩子王〉》，《电影评介》1988 年第 3 期；尹鸿的《加法与减法——关于陈凯歌导演的〈搜索〉》，《当代电影》2012 年第 8 期；马旭的《男权批判的自觉与迷失——女性主义视野下的〈搜索〉主题变奏》，《北京电影学院学报》2013 年第 2 期。

③ 在名著的电影改编中，除了与本书密切相关的现当代文学"名著"外，讨论得更多的是古典名著包括《红楼梦》《水浒传》《三国演义》等的改编。

包括《"红色经典"改编现象读解》《定位与错位——影视改编与文学研究中的"红色经典"》《红色经典界说、改编及传播》《一起事先张扬的文化事件——透视"红色经典"改编》《红色经典改编热读解》《漫谈红色经典改编》等。①

对热门电影作品、现象的浓厚兴趣，使得改编研究具有鲜明的时代色彩。学者们往往热衷于对某个电影新作、某个特定的改编现象（如名著改编、"红色经典"的改编）做跟踪性、印象式的批评。在研究范式上，以改编前与改编后的作品比较分析为主，而在观念上又往往以前作品（即文学作品）为是，要求改编后的作品"忠实"于原作。这种现象不仅在我们前面所引的 20 世纪 80 年代的论文中普遍存在（80 年代的论文甚至会为此争论不休），即便是当下的研究中，很多学者仍然抱持相似的理念。

20 世纪 80 年代，鲁迅小说《药》的改编受到了吴世昌、李玉铭、韩志君等多人的质疑，理由是电影改变了小说原作的内容与精神。吴世昌的批评文章是比较极端的，他认为电影篡改了鲁迅的小说。而"这样一篇短篇小说，如果要拍成电影，只需照原作故事，突出其中要点，使观者易于把捉其主题思想，这个故事至多半个小时可以演完……"吴在看完电影感到"别扭"的同时，还有着深沉的担忧："如果这样篡改原作的风气任其继续下去，乃至受到某些编者的欢迎、观众的喝彩，在文艺界、在文学评论界、在电影界会发

---

① 相关文章包括：张法的《"红色经典"改编现象读解》，《文艺研究》2005 年第 4 期；张志忠的《定位与错位——影视改编与文学研究中的"红色经典"》，《文艺研究》2005 年第 4 期；侯洪、张斌的《红色经典界说、改编及传播》，《当代电影》2004 年第 6 期；张宗伟的《一起事先张扬的文化事件——透视"红色经典"改编》，《当代电影》2007 年第 1 期；王瑾的《红色经典改编热读解》，《文艺理论与批评》2007 年第 4 期；杨锦鸿的《漫谈红色经典改编》，《文艺理论与批评》2008 年第 2 期。

生怎样的社会效果?"① 编剧肖尹宪在回应批评时，就在很多相当具体的细节上提出自己对原作的理解，包括清廷是否在白天杀革命党，"暗杀"情节是否恰当，小栓的妈能不能做儿子好了的梦，等等。② 曹其敬批评电影《雷雨》删掉了鲁贵向女儿要钱的举动，在周冲向四凤表述自己的梦时又蹩脚地增加了大海、帆船、海鸥的空镜头等③，李振潼在仔细比较《子夜》小说与电影两个文本后，高度肯定了电影《子夜》的改编者"忠于原著的认真严肃的态度"④。

忠于原著对于改编者来说是一种要求，也是一种压力。就连夏衍这样的权威人士都会因此受到指责，从而不得不为自己的改编进行辩护。针对有人批评：砍门槛的细节"为了加强政治因素"反倒减少了"现实主义因素"，⑤ 夏衍认为这符合鲁迅先生笔下的祥林嫂反叛的性格。夏衍引用一大段小说原文，说卫老婆子要出卖祥林嫂，她用逃走来反抗，用"抢亲"的办法来强制她，她顽强的抗拒使一般人都觉得"异乎寻常"和"出格"。⑥ 夏衍这样一位电影界重量级人物，在回应批评时也要搬出鲁迅来，表示自己并没有违背小说精神。不过，他的解释仍然遭到了批评者的再批评⑦：祥林嫂的反抗"二婚"恰恰是她深受封建"贞节"观念毒害的明证，恰恰说明她是麻木的、缺乏反抗精神的。不只是对现代文学"名著"

---

① 吴世昌：《纪念鲁迅不能篡改他的作品》，《电影艺术》1981 年第 12 期。

② 参见肖尹宪《从〈药〉谈起——与李玉铭、韩志君、吴世昌同志商榷》，《电影艺术》1982 年第 12 期。

③ 参见曹其敬《一次不成功的挑战——评影片〈雷雨〉》，《电影艺术》1984 年第 7 期。

④ 李振潼：《〈子夜〉从小说到电影》，《电影艺术》1982 年第 6 期。

⑤ 舒若等：《不是发展了原著，而是背离了原著——从影片〈祝福〉中祥林嫂砍门槛等问题谈起》，《中国电影》1957 年 4 月号。

⑥ 夏衍：《关于改编的若干问题》，《人民电影》1978 年第 4 期。

⑦ 参见孟蒙《论小说〈祝福〉的现实主义深度及和它的不正确理解——就电影〈祝福〉向夏衍同志再请教》，《中国现代文学研究丛刊》1983 年第 4 期。

做如此要求，针对《灵与肉》《被爱情遗忘的角落》《人到中年》《神鞭》《老井》《红高粱》等当代作品也是如此：讨论的方法都是同小说原作进行比较，只是对忠实性的要求上不如"名著"那样严苛。

关注单个的作品，以文学文本与电影文本的细致比较为方法，一定程度上以文学文本为标准要求电影文本"忠实"于原作，这似乎已经成为电影改编研究的"传统"。这在我们读到的许多改编研究论文中都普遍存在，甚至在改编研究方法已经多样化的当下，仍然是许多研究者喜欢采用的方法。文本对照分析的研究方法，其好处在于，研究者可以深入两个文本的细微之处，详尽地发掘两个文本的不同，从而洞悉到改编者的良苦用心，也能洞察到该文本改编的得与失。它是具体而微的、深入细致的，局限性也正在于此。虽然读起来各个文本的比较有这样那样的不同，但其研究路径却大同小异。这样的研究往往缺少全局性的视野，不能上升到对改编研究普遍规律的探究，也很难提出新的理论见解。

二 近年来电影改编研究的新趋势

有些学者在近年来的改编研究中，已经不能满足于做单个作品的比较研究，而是以较为宽广的宏观视野来审视相当时间跨度内的整体改编现象。周斌的《论新中国的电影改编》一文就是以整个新中国成立以来的电影改编现象作为研究对象，认为 1949 年至 1956 年的电影改编表现为"传统的弘扬和意识形态的强化"，1966 年至 1976 年"注重为政治斗争和路线斗争服务"，而 1977 年至 2009 年电

影改编的特点是"多元化的选择和艺术个性的凸显"①；龚金平的博士论文《作为历史与实践的中国当代电影改编》，在研究内容的时间跨度上从 1949 年开始直至 2005 年，也是以分期的方式来总结新中国成立以来各个历史时段的改编特点。其分期的方法基本上是依照通常的历史发展的阶段进行，分为"十七年"与"文化大革命时期""新时期""后新时期"②，那么不同历史时期的电影改编也带有浓厚的时代色彩。尽管作者声称并不想写一本中国当代电影改编史，但实际上已经初步具备了史的框架。这篇博士论文的视野宏阔、内容翔实，虽然在总体框架上很难有所突破，但在相当多的局部论述中新意迭出。文末附录有 1949 年以来的电影改编目录，为后来的研究者提供了方便，由此也可见作者的用心。当然，这份目录只收录了 130 部改编电影，据笔者的统计，还不到实际数目的三分之一。刘明银的《改编：从文学到影像的审美转换》③ 也是以时间的流程为论述线索，采用一种以点带面的方式略述 1905 年以来从文学到影像的"审美转换"历程。其论述对象包括鲁迅、《子夜》、凌子风、《红高粱》、黄建新、陈凯歌、王朔、刘恒等，在对这些对象做深入剖析的过程中，展现出中国现当代文学改编电影的大致历程。姚尚凯的硕士学位论文《新中国六十年文学作品改编电影的整体梳理及其规律研究》④ 也试图宏观上把握 60 年的电影改编并对其规律做出

① 周斌：《论新中国的电影改编》，载《中国电影的传统与创新》，复旦大学出版社 2012 年版，第 120—132 页。

② 龚金平：《作为历史与实践的中国当代电影改编》，博士学位论文，复旦大学，2006 年。

③ 刘明银：《改编：从文学到影像的审美转换》，中国电影出版社 2008 年版。

④ 姚尚凯：《新中国六十年文学作品改编电影的整体梳理及其规律研究》，硕士学位论文，上海师范大学，2011 年。

说明。当然，在有限的篇幅里试图讨论这么大的问题可能会给人以力不能逮的感觉。赵慧娟的《论新时期文学思潮对电影的影响》①深入论述了伤痕文学、反思文学、改革文学、寻根文学、先锋文学、新写实文学这些新时期的主要文学思潮对中国当代电影产生的积极影响，认为新时期文学的发展嬗变同当代电影的发展具有一一呼应的影响关系。作者也试图说明，文学的发展影响电影，电影的发展也在一定时期反过来影响文学，这应该是一种双向互动的关系。简敏的《影视的传播与文学的接受》②从传播学的视角，以大量文学改编事例说明 20 世纪 90 年代以来文学与影视之间关系的变化。由于影视成为主导媒介，文学成了信息的接受者，这就改变了以往文学向影视单向传播的状况。文学与影视所扮演的角色悄然发生变化，其互动关系也因而发生变化。刘华的硕士学位论文《九十年代以来当代文学改编电影研究》③以近二十年的电影改编为对象，讨论了电影改编的主题与思想、原则与方法、影响及思考等。秦立彦的《新世纪的中国电影改编》④致力于研究新世纪以来电影改编所出现的新状况，认为电影人越来越不觉得需要"忠实于"原作，自由改编成为通用做法，作家也以其作品能被改编为荣，不计较是否篡改了原作。这些研究往往都具有相当宽阔的视野，在相当长的一个历史时段中力图把握电影改编的整体现象，探索其中的规律。也许有些研究还只是机械地套用现有的某些框架而没有从改编现象本身去

---

① 赵慧娟：《论新时期文学思潮对电影的影响》，博士学位论文，山东大学，2010 年。
② 简敏：《影视的传播与文学的接受》，《武汉大学学报》2009 年第 2 期。
③ 刘华：《九十年代以来当代文学改编电影研究》，硕士学位论文，南京师范大学，2012 年。
④ 秦立彦：《新世纪的中国电影改编》，《艺术评论》2011 年第 1 期。

揭示问题，有些讨论可能还比较稚嫩，但是这样的尝试是应当得到肯定的，同时，这些尝试毕竟已经初步从宏观上思考了当代文学与电影之间的关系以及从文学到电影的改编规律。这些研究已经为后来的相关研究奠定了一定的基础。

文学（主要是小说）与电影的共性之一，是它们都是叙事文本，都致力于讲故事。近年来，以叙事学理论来研究改编问题较为常见。陈林侠的博士论文《叙事的智慧：当代小说的电影改编研究》①，就是从"经典叙事学的角度"，深入比较电影文本与文学文本，研究"改编的情调与趣味""改编的修辞与认知""改编的人物与构成层次""改编的叙述语言与时序""改编的人物对话与文字""改编的叙事节奏与韵律"等诸多问题。徐安维的《刘恒影视改编作品的叙事研究》② 认为电影与文学在叙事上具有先天的关联性，刘恒的影视改编作品以叙事的角度观之，可以分为三个阶段：早期的文学化叙事、中期的影视化叙事以及近期的大众化叙事。李军的《当代中国改编电影的叙事伦理》③ 认为，当代中国电影改编的叙事伦理经历了一个从现代伦理向后现代伦理转换的过程，伦理叙事作为修辞术有着深刻的历史与文化逻辑，在改编叙事中发挥着吸引观众与传达意识形态的功能。马军英的《媒介变化与叙事转换——以陈凯歌电影改编为例》一文，以陈凯歌为研究案例，用叙事学、符号学的方法进行深入研究，提出了许多颇有见地的看法。他认为，"文学叙事往往以话语或观念为中心；电影叙事则以运动为中心，即以人与

① 陈林侠：《叙事的智慧：当代小说的电影改编研究》，博士学位论文，浙江大学，2005 年。
② 徐安维：《刘恒影视改编作品的叙事研究》，硕士学位论文，浙江大学，2007 年。
③ 李军：《当代中国改编电影的叙事伦理》，《前沿》2012 年第 20 期。

物的各种言语、表情、表现的变化为中心"，"图像符号在画面上的集合可能，帮助电影获得了一种共时叙事的能力，这使电影内在地表现出某种集成叙事的特点，从而易于构成一个完整的世界"；论文也探讨了文学文本与电影文本的物质载体对于改编叙事的影响，认为"作为一种现代工业的成果和大众传媒，电影叙事表现出更为复杂的叙述者与受述者关系。相遇在这里的力量，既有艺术家们的自由表达冲动，又有来自权力、资本、制度与习俗的控制。因而，改编过程也是一个各种力量相互博弈的过程"。①

21 世纪以来，西方的后现代主义思潮越来越多地影响到学界的研究活动。在改编研究中，所谓的"互文性"理论得到了较多研究者的重视与运用。"互文性"（也称"文本间性"）是法国学者克里斯蒂娃于 1969 年在《符号学》一书中首先提出，意在强调任何一个单独的文本都是不自足的，文本的意义是在与其他文本交互参照、交互指涉的过程中产生的。"互文性"理论是对结构主义孤立地、封闭地研究文本的反动，它天然地与改编研究相接近。张薇的《互文性视野下文学作品的电影改编》② 明确以互文性理论为指导，研究第五代导演的电影改编现象；全炯俊的《文学与电影的互文性：〈活着〉和〈红高粱〉的电影改编》③ 以互文性理论为基础，从大众性转换、意识形态性转换和神话性想象力向政治性想象力转换等三个方面分析了这两部小说作品电影化的现象，指出当下小说作品电影

---

① 马军英：《媒介变化与叙事转换——以陈凯歌电影改编为例》"摘要部分"，世界图书出版社 2011 年版。

② 张薇：《互文性视野下文学作品的电影改编》，硕士学位论文，华中科技大学，2010 年。

③ 全炯俊：《文学与电影的互文性：〈活着〉和〈红高粱〉的电影改编》，《中国现代文学研究丛刊》2011 年第 10 期。

化的代表性模式：原著小说一般为神话性、反思性、非大众性的，而改编电影则为政治性、妥协性、大众性的。赵庆超的博士论文也明确以互文性理论为指导："笔者主要从文学研究的角度借鉴互文性理论的研究成果和方法，强调一个主文本与其他互文本通过明引、暗引、拼贴、模仿、重写、戏拟、改编、套用等互文手法发生互文关系的特性。被研究的文学文本就是主文本，而改编而成电影文本就是互文本，电影文本通过改编完成创造性的改写活动，形成两者之间的互文关系。在考察文学作品与电影文本的互文关系上，既可以从叙事学、修辞学、符号学的微观角度研究不同文本在节奏、时序、人物、象征、反讽等艺术元素处理上的异同，还可以从主题学、文化学的宏观角度研究不同文本之间在主题思想、文化风格、审美风貌上的深层嬗变原因，达到用互文性理论来观照文学性在文化转型期存在特征的研究目的。"① 陈林侠的《叙事的智慧：当代小说的电影改编研究》在研究理念上采用了互文性的理论观点，正如作者指出的："后现代思潮中的互文性理论拓展了影视改编的研究思路，不仅从取消原创性的角度降低了改编研究常有的文学精英心态，而且也对影视艺术因经济的占优而存在的新贵心理有所警惕。"② 互文性理论的引入的确有利于克服改编研究存在的"忠实论"原则的干扰，但在实际研究过程中，也应当注意容易出现的以时髦理论的名义进行简单的文本比照。

此外，张颐武的《"中国之眼"：改编的跨文化问题》、钟大丰

① 赵庆超：《中国新时期文学作品的电影改编研究》，博士学位论文，山东师范大学，2010 年。

② 陈林侠：《叙事的智慧：当代小说的电影改编研究》"内容提要"，博士学位论文，浙江大学，2005 年。

的《从〈定军山〉到〈西洋镜〉：改编背后的文化立场转移》以文化研究的方法，朱杰的《选择与传播：中国现代文学的当代影视转换》① 从传播学的角度，朱怡淼的《选择与接受：关于文学与电影改编》② 从接受美学的角度来进行改编研究，这些论文都以较新的理论视野带给改编研究领域以新的思维与方法。

三　问题的提出及基本思路

综观这些年来的电影改编研究，有一个突出的问题值得注意，那就是研究的数量众多而精品不足。虽然经历了三十年的长期研究，但到目前为止，应该说，高质量的、有较大影响的改编研究成果还不多。而国内较有影响的电影学术杂志近年来对于改编的关注度都有所降低③，对比国外"改编学"的兴起以及国内电影改编活动的兴盛，我们的改编研究可能还有较大的提升空间。

在学术研究中，问题意识似乎是个老生常谈的话题。在数量众多而精品不足的改编研究领域，缺乏问题意识应该说是一个重要原因。有人热衷于跟风式的文本比较分析，有人在既定的框架内谈文学与影视的关系，有人机械地套用西方的某些理论，这些研究往往不是从问题本身出发。以西方舶来的时髦理论套用到中国的现实中，这似乎已成为我们研究的"传统"。以某某理论为指导，现实的问题似乎都可以迎刃而解。在改编研究中，多方借鉴各种理论成果当然

---

① 朱杰：《选择与传播：中国现代文学的当代影视转换》，博士学位论文，华中师范大学，2004 年。

② 朱怡淼：《选择与接受：关于文学与电影改编》，《艺术百家》2012 年第 5 期。

③ 考察《电影艺术》《当代电影》《北京电影学院学报》近五年来刊载的学术论文，以电影改编为研究对象的寥寥无几。

是应当得到鼓励的。除了叙事学、互文性、文化研究、接受美学、读者理论等理论外，还可以广泛吸收传播学、电影学甚至政治学、经济学等各个学科的理论。但是，有不少研究已经迷失在或者新奇或者复杂的理论中，中国电影改编的现实只是用来证明西方理论之正确的注脚。这种本末倒置的学术研究风气，对于我们的理论创新是极为不利的。西方的理论从来都不是什么颠扑不破的真理，恰恰相反，新的理论的提出往往是对某种盛行的、主导性的理论的反动。敏锐地发现研究中的问题，大胆地提出新的理论观点，这无疑在考验着研究者的勇气与智慧。

从具体研究来说，在笔者看来，目前的研究过于重视文本的比较研究，忽视改编过程中人的因素；过于强调改编中"变"的内容，轻视改编中的文学接受和传播现象。笔者认为，在改编研究中应当加大对于改编者——主要是导演的研究。因为导演是用影像的方式阐释文学作品的关键：他既是文学作品的阅读者，又是电影的生产者，他是文学接受—传播的核心人物。

虽然早在1983年导演黄健中就撰文呼吁改编要重视"导演的因素"[①]，但到目前只有个别研究者从导演的角度研究改编问题。傅明根的《大风起兮——第五代电影对文学作品的改编研究》[②]，即以第五代导演为考察对象，中心内容是提出改编的几种模式：张艺谋的民俗型、陈凯歌的反思型、吴子牛的战争型。冯果的《当代中国电

---

① 黄健中：《改编应注入导演的因素》，《电影艺术》1983年第8期。
② 傅明根：《大风起兮——第五代电影对文学作品的改编研究》，博士学位论文，暨南大学，2006年。

影艺术的困境——对电影与文学关系的一个考察》① 考察了第三到第六代电影人的电影改编（实际上第六代很少电影改编），认为：第三代电影人"由于左翼电影的教化传统和好莱坞的叙事方式无法阐释鲁迅、沈从文等作品的丰富内涵"；第四代电影人"性格比较软弱"，在意识形态的强大压力下，他们的作品手段大于实质、技巧大于内容；第五代电影人"由于缺乏任何系统的基础教育，他们在更深一层感悟和表达人类经验时，遇到了很大的障碍"，同时，他们为了要立于潮头可以放弃艺术追求，因此，当代中国电影艺术面临困境。在笔者看来，以代际划分（尽管有导演并不承认这种划分）来研究改编问题不失为一个好的研究角度，但是，它的局限性也是明显存在的。当代导演创作的时间跨度较大，很多导演的前后变化相当大，像张艺谋甚至自己否定自己，有意识追求完全不同的艺术风格；用一个"反思型"这样的概念也不能概括陈凯歌的电影；更何况导演的创作个性要求他区别于同时代的其他导演。因此，我们在用代际概念研究导演时应当保持相当的警惕。程惠哲的《电影对小说的跨越——张艺谋影片研究》② 一书专门研究张艺谋电影的改编问题。它从电影与文学的关系的角度研究张艺谋电影，认为张艺谋电影与文学的关系表现为从倚重（《红高粱》到《大红灯笼高高挂》）到役使与规制（《秋菊打官司》到《幸福时光》），再到离弃、回馈（《英雄》到《满城尽带黄金甲》）。该书的兴趣主要在于分析这样的发展变化轨迹，而较少从张艺谋本人的个性特点入手。这本书的优点在于，因为考察作品较少，作者可以十分细致地深入文本

---

① 冯果：《当代中国电影艺术的困境——对电影与文学关系的一个考察》"摘要"，上海文化出版社 2007 年版。

② 程惠哲：《电影对小说的跨越——张艺谋影片研究》，中国电影出版社 2010 年版。

进行分析。

改编研究中过多关注业已形成的作品，而较少关注改编者，这是不太正常的。我们主张，在对文学作品进行影像阐释的过程中，要充分关注改编者（文学的阐释者）的个性特点。对于同一部作品，不同的导演肯定会有不同的阐释方式，我们要研究作为独特个体的导演在改编中的重要意义。他自身的哪些因素，以及哪些外力因素的作用使得他的影像阐释会成为我们所看到的样子。研究导演也就抓住了电影改编的中心环节。

关注改编者（导演）也就是要关注改编的过程，而不是只关注改编后的结果。目前的研究，对于改编的过程似乎没有兴趣。一个作品改编成我们看到的样子，这个过程中有它的必然性，也充满了偶然性。导演的个性特征、人生阅历、文学趣味、欣赏能力等内在因素，以及他所处的时代环境、政治与法律约束、经济压力、作家态度、技术条件等外在因素都会对改编产生影响。我们既要考察改编电影业已成型的样态，也要考察改编过程中未能成型的设想，从而揭示在复杂的改编过程中各种要素之间千丝万缕的关系。

概言之，鉴于当前改编研究中对于改编者的研究不足，本书将集中讨论从文学到电影的过程中导演的角色问题。我们将研究对象的时间限定在新时期以后，是因为这三十年时间里导演拥有相对自由而独立的话语权力。这种话语权力同前三十年相比简直不可同日而语。同新中国成立前相比，改编数量明显增多，现象更为突出。作为样本的 12 名导演，其选取标准是：（1）导演有影响；（2）改编数量较多，都在四部以上。以笔者有限的阅读来看，专论电影导演同当代文学之关系的论著或博士论文目前还未曾出现。市场经济时代，掌握了电影生产话语权的导演对文学的传播与影响是深刻的。大略讲来，这种影响包括两个层面。其一，导演的选择、接受、阐释直接影响文学作品的公众认知度；其二，这种力量又反过来影响当代文学的生产与流通。前者正是本书所要深入分析的。研究的基本思路是，从个案分析入手，梳理导演改编的所有文本，寻找其改编的基本特点，探索特点呈现背后的深层原因，在此基础上对其改编得失进行评价。研究的理论指导是西方的接受美学、读者反应批评等读者理论，结合电影导演的实际，从四个角度展开研究，包括作为"前理解"的思想观念、影像艺术与原作的创造性对话、个性风格的同化力量、作为"阐释群体"的市场意识等。研究中要重视改编过程的分析，讨论导演"前理解"与原作的交流、碰撞、同化或者妥协过程。通过全面而深入地分析，总结电影导演与当代文学的关系：他是如何选择、接受当代文学的，又是怎样对其进行阐释的？以世界电影改编经验为参照，中国导演改编成就如何？有何不足？也是要最终做一总结的。

第一章

读者理论视野下的电影改编研究

近三十年来的电影改编研究论文数以千计，今天已经很难统计出准确的数字了，但在研究的总体方法上大多雷同。绝大多数的研究都是以作品为中心的比较研究，也就是比较改编前的文学作品同改编后的电影作品有哪些不同，是否忠实于原作，比较孰优孰劣，并分析得出结论的原因。近年来，研究者对于新方法的追求反映了学术界对较为单一的研究现状的不满，但新的理论方法包括叙事学、修辞学、互文性理论等也基本上是结构主义方法的文本对照研究。要改变电影改编研究数量多而质量不高的研究现状，还必须有新的理论视野的观照。

电影改编首先是一种文学接受活动。电影创作除了个别导演一边拍摄一边构思剧本，大多之前就有一个文学剧本，文学剧本中改编自文学作品的剧本又占了相当大的比例。换句话说，在拍摄电影之前导演就是某一改编文学作品的阅读者，是这部作品感染、打动了这位读者使之有着某种充分的理由要将其搬上银幕。值得注意的是，中国当代最优秀的导演往往热衷于文学的电影改编。谢晋 1980年后拍摄的 10 部电影中 7 部改编自文学作品，张艺谋 18 部电影中13 部是改编电影，凌子风、谢飞 1980 年后的电影全部是文学作品改编的。此外，陈凯歌、姜文、张元、冯小刚、黄建新、吴天明、霍建起等诸多导演都有相当多的电影改编自文学作品。可以说，某种程度上是文学造就了这些大导演，这个现象很有深入研究的价值。如果我们不否认新时期以来中国导演在电影创作中具有相当的自主性，以导演—读者视角观之，导演（改编者）的文学接受活动直接影响了电影的改编创作。在电影改编过程中，改编者首先应该是个好的读者，一个具有"文学能力"的读者。他对文学作品的欣赏趣味、理解水平、把握能力以及再创造能力等，都决定了改编的成功与否。电影导演（改编者）联结着文学接受与影像再造的两端，电影改编研究也理所应当要关注这个中心环节，而这恰恰是今天的电影改编研究忽视的地方。从这个意义来看，如果说文学理论经历了一个从作品中心向读者中心的转变过程，我们认为，电影改编研究也期待着从作品中心向读者中心转换。这个读者就是将文学作品搬上银幕的核心人物——电影导演。

　　所谓读者理论，是指文学理论中强调读者的作用，研究读者在文本意义生成过程中的功能，考察阅读的一般过程的理论。在西方文论中，读者理论涉及现象学文论、接受美学、文学解释学、读者反应批评等既相互联系又有所区别的理论。从读者理论视野来看电

影改编研究，有以下几个方面值得注意：一是在作品意义的生成中，读者理论强调读者的作用，从而使电影改编研究走出作品忠实论的研究模式，转向以改编者为中心的研究范式；二是读者理论对一般阅读过程的深入考察可以指导研究从文学出发接受影像再造的改编过程；三是改编者身份的多重性、复杂性既有合乎读者理论之处，又对读者理论提出新的挑战。

一 读者中心的确立与改编研究的范式转型

在作者、作品、世界、读者这四要素中，较早重视读者作用的是现象学文论，而胡塞尔的现象学为整个读者理论提供了哲学基础。胡塞尔的现象学提倡"回到事物本身"，此前的关于事物的看法一律悬置起来："在认识批判的开端，整个世界，物理的和心理的自然，最后还有人自身的自我以及与上述这些对象有关的科学都必须被打上可疑的标记，它们的存在，它们的有效性始终是被搁置的。"①"现象学还原"要求搁置此前已有的一切解释、判断、结论，这样才能抵达事物的本质。审美对象不能脱离审美主体而存在，必须借助于主体的意识活动才能得到显现。从文学的角度说，作品的自足性是不存在的，它不能脱离读者的解读。

日内瓦学派的布莱认为，书在被读者阅读之前只是一个纸做的东西，"书等着有个人来把它们从其物质性和静止性中解脱出来"②。萨特则指出："一切文学作品都是一种吁求。写作就是向读者提出吁

---

① ［德］埃德蒙德·胡塞尔：《现象学的观念》，倪梁康译，上海译文出版社 1986 年版，第 28 页。

② ［比］乔治·布莱：《批评意识》，郭宏安译，广西师范大学出版社 2002 年版，第237 页。

求，要他把我通过语言所作的启示化为客观存在。"① "正是由于作者和读者的共同努力，才使那个虚虚实实的客体得以显现出来，因为它是头脑的产物。没有一种艺术可以不为别人或没有别人参加创造的。"② 伊瑟尔指出，"文学作品有两极，即艺术极与审美极。艺术极是作者的文本，审美极是由读者来完成的一种实现"③。文学作品即处于这两极之间，既不同于作者的文本，也不同于对于文本的实现。它是由作者与读者共同创造的产物，产生于读者与文本交流过程中。

姚斯的《文学史作为文学理论的挑战》从接受美学的角度明确提出，文学史是接受的文学史，读者的期待视野对文学接受具有重要意义，在接受过程中读者具有再创造的能动性，作品的文学效果取决于作品与读者两种因素等观点，强调文学研究中读者的中心地位。

解构主义也强调读者的重要性。罗兰·巴特认为，文本总是互相指涉的，阅读的过程就是一个读者参与文本意义再生产的过程，阅读也是一种写作。在《S/Z》一书对巴尔扎克小说《萨拉辛涅》的解读中，罗兰·巴特进一步区分出两个重要概念：可读性文本和可写性文本。可读性文本意义是较为明确的，并没有多少空白等待读者去填充，读者要么选择接受文本的意义，要么选择拒绝阅读。可写性文本则与之相反，允许读者进行创造性的发挥，读者因而既

---

① ［美］韦德·巴斯金编：《萨特论艺术》，欧阳友权、冯黎明译，中国人民大学出版社 2004 年版，第 168 页。

② 同上书，第 164 页。

③ ［德］伊塞尔：《阅读活动——审美反应理论》，周宁、金元浦译，中国社会科学出版社 1991 年版，第 29 页。

是作品的消费者又是意义的生产者。

从现象学文论到接受美学，再到巴特的解构主义阅读理论，都认为孤立的文本本身是不具有自足性的，是读者的阅读赋予文本以意义，这是一个基本判断。这个基本判断带来了整个理论研究范式的转型，那就是从作品中心向读者中心转变。读者理论虽然有许多差异，但在这一点上却是共同的。它对电影改编的启发意义在于根本思维方式的改变上，那就是从作品转向改编者这个中心环节上来，要高度重视改编者创造性的阅读接受活动。文学作品与电影作品的比较研究不管采用何种理论方法（叙事学的、修辞学的、主题学的等），都是将文本视为一种封闭的、孤立的结构；而占据主流地位的旨在考察改编作品是否忠实于原作的改编研究则在观念意识上存在严重问题，这种研究在观念深处认为文学作品大概只有唯一的权威解释，从而拒绝承认改编者再创造的可能性，这样的思维方式在读者理论看来显然是不能接受的。姚斯将文学接受区分为水平接受和垂直接受两种，前者是共时性的，后者是历时性的，水平接受应当鼓励读者的创造性解读，垂直接受比如名著的接受实际上"忠实"的不是作品本身，而是作品的接受史，即改编者是否挑战了某一历史时段的读者对文本的接受。

虽然读者理论强调读者的中心地位，提出作品的意义有赖于读者实现，作品就是对读者自由的吁求，阅读也是写作等看法，但是读者理论对读者的作用并没有过分夸大，而是对其功能有所限制。一方面是对读者的素养提出要求，提出"有知识的读者"（费什）、"文学能力"（卡勒）等概念；另一方面则是认为阅读活动不能脱离文本，是对文本"召唤结构"的回应。这提示我们，在改编研究中绝对不能忽视文本的结构，当然，这种结构是在读者视野下的结构，是读者与之展开对话的结构。

伊塞尔的文本阅读理论提出了文本的"召唤结构"（appeal structure）概念，这一概念类同于英伽登的文本的"未定点""空白"，召唤读者对此进行填充。它一方面呼吁读者进行想象赋予文本意义，另一方面又有其内在规定性，要求读者的想象符合文本的结构。"隐含的读者"是伊塞尔提出的另一个著名概念，"意味着文本结构中存在一种预先设计的交流模式，同时也意味着读者在实际阅读中对这种潜在模式的实现"①。"暗隐的读者作为一种概念，深深地植根于本文的结构中；暗隐的读者是一种结构，而绝不与任何真实的读者相同。"② 隐含的读者植根于文本结构之中，是文本结构中预先设定的读者，读者的阅读接受过程当然要受制于文本结构，要与文本结构暗示的方向保持一致。同时，隐含的读者又不是现实的读者，它是一种可能性的读者。文本预留了多种解释的可能性，隐含的读者可以是多种多样的，一旦隐含读者现实化，那就是选择了其中的某一种可能性。

作为读者理解作品的限制性因素，读者理论视野中的作品结构与传统认识的作品原意、作者原意等概念有很大区别，它首先承认作品具有丰富的意涵，有多种阐释的可能性，依靠读者的想象来加以实现。所谓"具体化"也好，"召唤结构"也好，"隐含的读者"也好，都旨在揭示文本的多种可能性。读者的阅读就是一种选择过程，选择其中的一种意义实现方式。电影改编亦是如此，在多样化

---

① 董学文：《西方文学理论史》，北京大学出版社 2005 年版，第 344 页。
② ［德］伊塞尔：《阅读活动——审美反应理论》，周宁、金元浦译，中国社会科学出版社 1991 年版，第 43 页。

的阐释空间里，导演选择了唯一的方式用影像呈现出来。所谓的"具体化"在电影改编领域表现得最为直接，因为影像呈现作为读者阅读结果——改编者用想象填补文本"空白""未定点"并以影像的形式呈现出来——是最直观的。研究者对此的考察也是最能落到实处的，因为具体化的结果就证据确凿地摆在面前。总之，在电影改编研究中，读者理论出现以后的作品研究将不再是结构主义方式的封闭文本研究，而是一种开放的结构，是融合了读者视野的作为"召唤结构"的文本研究。

二 阅读理论：一般阅读—改编过程的研究

以改编前后两个文本（文学文本与电影文本）的比较为主导模式的改编研究存在两大缺点：一是不重视读者——改编者的研究，改编研究很少研究改编者这是很奇怪的，关于这一点我们已经做了说明；二是只关注"成品"，忽视改编过程的研究。电影的改编过程涉及改编作品的选择、对文本的认识与接受、对文本的误读与改造、从文字到影像的转换等多个层面。读者理论对一般阅读过程的研究为电影改编研究提供了很好的理论基础，特别是海德格尔、伽达默尔、姚斯等人对读者的阅读理解活动提出的新见解对改编研究具有重要意义。

在对事物的认知过程中，海德格尔指出了"前理解"的重要性。前理解是阐释者的一种认知结构，包括先行具有、先行见到和先行掌握三种形式。[①] 这三种形式的分析表明阐释者在具体理解文本之前

————————

① 参见［德］海德格尔《存在与时间》，陈嘉映、王庆节译，生活·读书·新知三联书店 1987 年版，第 181—188 页。

已经先在具有特定的历史文化和明确的观点。伽达默尔在前理解概念的基础上提出"成见"（vorurtiel）的概念，成见是读者阅读之前就已具有的基本见解。在胡塞尔看来，要达到对事物本质的认识必须摒弃各种已有的概念、判断，包括阐释者本人此前的见解。施莱尔马赫和狄尔泰也都将读者的前理解视作"偏见"，必须清除才能理解作者的"原意"。与之不同，伽达默尔提出了视域的概念。所谓视域（horizont），"就是看视的区域，这个区域囊括和包含了从某个立足点出发所能看到的一切"①。"前理解"不可避免，也不必清除。理解的过程就是读者的视域同文本的视域交流、碰撞，相互结合、交融的过程。

在伽达默尔哲学解释学的基础上，姚斯提出了"期待视野"（the horizon of expectation）这个核心术语。姚斯期待视野概念侧重于读者的文学审美经验，"从类型的前理解、从已经熟识作品的形式与主题、从诗歌语言和实践语言的对立中产生了期待视界。"② 姚斯还对读者的一般阅读过程有过探讨，他把阅读过程分为三个阶段："初级阅读经验是审美感觉范围内的直接理解阶段，反思性阐释阶段是在此之上的二级阅读阶段。""第三级阅读最近乎历史—哲学阐释学了，它涉及从作品的时间和生成前提上对一部作品的阐释。"③ 初级阅读是审美感知阶段，二级阅读是理性反思阶段，三级阅读则是在文本接受的效果历史中进行。前两个阶段涉及的是个体阅读现象。

---

① ［德］汉斯·伽达默尔：《真理与方法》上卷，洪汉鼎译，上海译文出版社1992年版，第388页。

② ［德］姚斯、［美］霍拉勃：《接受美学与接受理论》，周宁等译，辽宁人民出版社1987年版，第28页。

③ 同上书，第178、183页。

姚斯的文学阅读实际上就是这样的一个过程："个体阅读是一个由原有的'期待视野'（前结构）出发，在与作品召唤结构的具体接触、碰撞中，调动读者感性经验积累和想象力，对作品空白与不确定性进行'具体化'与重建，达到意象意境意义的初步感性总合；在此基础上，介入主体反思，设定具体的'问答逻辑'，通过辩证的'对话'深入作品的内层，理性地把握并阐释作品的底蕴，最终达到读者视野与作品视野的沟通和交融的过程。"① 这句话融合了多家学说，可以说是对读者一般阅读过程的综合性阐发。

与姚斯注重总体性地讨论一般阅读过程不同，读者反应批评强调对阅读过程中读者的体验与反应的研究。费什强调，文学是一种活动艺术，阅读活动也就是读者面对一个个语词时的时间性的连续反应。"意义即事件"，这事件就是读者参与其中的、发生在词与词之间、发生在读者头脑中的事件。

如果我们把改编理解为一种阅读接受活动，改编后的作品是改编者对文学作品"具体化"的结果，是对文学作品的翻译，那么，我们就要充分研究这样的一种"视域融合"的过程。改编者的"前理解""期待视野"具有举足轻重的影响作用，是必须得到重点考察的。这包括他的人生经历、个性气质、欣赏趣味、审美经验、文学能力等多方面内容。我们认为，群体性的改编研究，比如以代际划分的导演群体改编研究或笼统的某个历史时段的改编研究是存在问题的，主要是因为这样的改编研究漠视改编者个体的差异性与独特性，改编者的期待视野也没有纳入考察的范围。同属于第五代导演，同样活跃于 20 世纪 80 年代至今的张艺谋、陈凯歌在改编作品

---

① 朱立元：《接受美学》，上海人民出版社 1989 年版，第 163 页。

的选择、改编策略、改编风格上就迥然有别，根本原因就在于二人的期待视野很不相同。谢晋的政治题材悲剧风格的改编风格、黄建新的轻喜剧风格的现实忧思、张元对边缘题材作品的热衷、霍建起对文学作品影像诗意的寻找等，都与导演的个性气质、人生经历、审美趣味等有很大关系。抛开这些来谈电影改编只能是雾里看花，水中望月，不能抵达问题的本相。

改编的过程实际上就是一个读者（改编者）视域同文学作品视域碰撞、对话、交流从而达到融合的一个过程。这个过程中既有"同化"，也有"顺应"，从而达到一种"平衡"。改编研究要深入探究这样的一个复杂过程，既要考察对文学作品的接受、认同层面，也要考察改编者"同化"文学作品从而对其进行改造的部分。既要重视从文学作品与电影作品比照中发现视域融合的过程，也要重视对导演期待视野、改编进程记录的分析与研究。这样的改编研究不仅是"知其然"的研究，更是"知其所以然"的研究。

三　电影改编对读者理论提出的新挑战

读者理论对于改编研究范式的转型、对于研究改编的一般过程具有重要的意义，然而，改编有它自身的特殊性，并不完全等同于读者的阅读接受活动。其特殊性表现在两个方面：（1）不同于普通读者单纯的读者身份，改编者既是读者又是作者，他是文学作品的阅读者同时又是电影作品的创作者；（2）改编者不只是作为个体读者在阅读作品，他在很大程度上代表着他的电影观众在阅读。改编者集多重身份于一体：既是读者又是作者，既是个体读者又是群体读者，这就决定了改编研究的复杂性。因而，改编研究既可以借鉴

读者理论相关论述，也为读者理论提出了新的挑战，必须加以重新思考。

一般认为，读者的阅读理解行为往往是不自觉的、无意识的，并不带有明确的目的性。英伽登指出，"读者主动地运用自己的想象，从作品的许多可能的或可容许的成分中选出一些成分来填补各种未确定点。这种选择的做出通常并没有自觉的、明确的意图。他只是任凭其想象力纵横驰骋，以一系列新成分来补充客体，从而使客体显得好像是充分确定的"[1]。作为一般的阅读现象，的确如此，读者并不会预设某个目标，而是由作品牵引着前行。但电影改编则完全不同，它带有明确的创作意图，在阅读的过程中时时想象着如何将文学语言转换为电影语言。一般阅读活动往往是超功利的，而改编的文学阅读则有着很强的功利性。这种阅读是为我所用的，而不是纯粹的审美需要。它要尽力在文学作品中找到可资利用的东西，比如故事情节、人物形象、悲剧或喜剧元素、诗意的想象等，阅读者时时处处启动与文字的影像对话。不难发现，这其实已经是另一个重要的研究课题，即文学作品的跨媒介传播问题，而作为读者的改编者恰恰是文学的影像传播的中间环节。改编者站在读者与作者的交叉点上，他要清楚文学与电影两种媒介的不同物质，要思考如何将文学语言"翻译"成电影语言，从而更好地实现文学的影像传播。

前面谈过，读者理论揭示了一般阅读活动，但对"复合读者"（这里权且发明这个术语）这种情形很少涉及。如果把布鲁姆的

---

[1]　英伽登：《对文学的艺术作品的认识》，转引自董学文《西方文学理论史》，北京大学出版社 2005 年版，第 341 页。

"影响的焦虑"理论也视作一种读者理论的话，倒是对此有所阐发。布鲁姆研究的对象也既是读者又是作者，他试图说明的是后代作家对前代作家的阅读活动，为了摆脱前代作家的影响，后代作家对前代作家的阅读必然表现为"误读"："诗的影响——当它涉及两位强者诗人，两位真正的诗人时——总是以对前一位诗人的误读而进行的。这种误读是一种创造性的校正，实际上必然是一种误译。一部成果斐然的'诗的影响'的历史，乃是一部焦虑和自我拯救的漫画的历史，是歪曲和误解的历史，是反常和随心所欲的修正的历史，而没有所有这一切，现代诗歌本身是根本不可能生存的。"① 与之不同，电影改编对文学作品的阅读似乎根本不存在这样的焦虑心态，也不存在有意识的误读问题。恰恰相反，电影改编顺从、忠实文学作品的意图被认为是值得赞扬的表现。从"影响的焦虑"理论来看，如果我们不否认改编也是一种创作，是电影与文学两个创造物之间的平等对话，那么，我们就要重新检讨以文学的标准来衡量电影的可靠性，重新思考"误读"与"曲解"的价值。

作为一种特殊的阅读活动，电影改编者不单单是一名个体阅读者，他也始终代表着他的电影观众的视野。电影的创作很少不考虑到自己的观众构成、观众的欣赏趣味、接受能力等因素，而改编电影则早已将观众的群体意识深植于改编者的阅读过程之中。读者理论或多或少地注意到个体阅读同群体阅读之间的关系，只是同具体的改编现象有所不同。费什、布莱奇提出的"阐释群体"概念强调个体阅读必然受到所属群体的限制与制约。"无论文本或读者都是解

---

① ［美］哈德罗·布鲁姆：《影响的焦虑——一种诗歌理论》，徐天博译，江苏教育出版社 2006 年版，第 31 页。

释团体所具有的功能，解释团体既使文本的外形/特征也使读者的行为能够被理解。"① 阐释群体的概念已经触及个体阅读受其所在群体意识限制的问题，并不能随心所欲。在理解个体阅读同群体阅读关系问题上，瑙曼的思考更加深入而具体。他指出："作品一旦到达读者手中，社会接受便已开始，一些社会机构如出版社、书店、图书馆、批评机构、宣传广告集团、教学研究、电视广播等，逐步把作品的社会效益变成现实。这些机构代表了社会的、阶级的、集团的意识，指导读者应该如何评价作家和作品，应当如何看待不同的文学流派、文学时期甚至整个文学史，应当阅读或不应当阅读哪些作家的作品，应当用什么样的思想和艺术标准去衡量作品。"② 瑙曼的研究所涉及的范围相当宽泛而细致深入，对于我们的改编研究具有启发意义。但是，瑙曼的社会接受仍然强调的是阅读个体所在的社会阶层、社会处境等因素对阅读的影响，而电影改编者同他的观众群体之间的关系可能还要更加复杂得多。他们可能并不属于同一阶层，欣赏趣味、知识结构、接受能力等也会存在差异，个体读者在考虑到他的观众群体时必然会有复杂的分裂、撕扯、冲撞等内在交流活动，这些都是需要在研究中进行细致深入分析的。也就是说，电影改编作为一种特殊的阅读活动，它的复杂性已经超出了读者理论业已论述的范围，必须在既有的基础上做出进一步的思考。

① ［美］费什：《读者反应批评：理论与实践》，文楚安译，中国社会科学出版社1998年版，第3页。

② ［德］瑙曼等：《社会—文学—阅读》，转引自张首映《二十世纪西方文论史》，北京大学出版社1999年版，第279页。

第二章

"视域融合"——作为
"前理解"的思想观念

接受美学认为，阅读理解的过程就是读者的视域同文本的视域交流、碰撞，相互结合、交融的过程。这个过程就是所谓"视域融合"的过程。心理学家皮亚杰指出："认识既不是起因于一个有自我意识的主体，也不是起因于业已形成的（从主体角度来看）、会把自己烙印在主体之上的客体；认识起因于主客体之间的相互作用，这种作用发生在主体和客体之间的中途，因而同时既包含主体又包含客体。"① 视域融合的过程即是这样一种主客体相互包容的过程，你中有我，我中有你。

---

① ［瑞士］皮亚杰:《发生认识论》，吴福元译，商务印书馆1981年版，第21页。

电影改编的过程实则是一种"视域融合"的过程，是导演从其先在视野出发同小说文本之间的交流、对话过程。这一过程的完成情况既同文本内容相关，也同导演的"前理解"密切相关。这种"前理解"表现为在具体理解文本之前导演已经先在具有特定的历史文化和明确的观点。在电影改编实践中，导演先在的思想观念往往深刻地影响他对小说文本的选择与解释。对于谢晋来说，主流政治题材的小说容易进入他的改编视域，他对这类小说的理解又往往同官方意识形态保持一致，在具体阐释上他习惯用俗化的方式解释政治命题；黄健中有很强的理论自觉，他习惯于以学得的理论阐释小说原作，赋予故事以理论的升华，有时又不免理念先行、言过其实；理想主义与教化意识是谢飞的先在视域，他对文本的理解往往以此为立足点，在对话过程中既有对小说的改造也有为小说所改造的不同情形。

第一节　谢晋：主流意识形态的世俗化

20 世纪 80 年代是谢晋电影事业的高峰。从 1980 年改编鲁彦周的《天云山传奇》，1982 年改编张贤亮的《灵与肉》，1984 年改编李存葆的《高山下的花环》到 1986 年改编古华的《芙蓉镇》，谢晋借助当代文学的力量，不断创造自己电影事业的一个个辉煌。80 年代末期以后，谢晋尝试着突破自己的艺术模式，他先后改编了白先勇的《谪仙记》（1989）和张贤亮的《邢老汉和狗的故事》（1993），但他的电影似乎从此开始在走一条下坡路。

一 政治小说偏好

进入新时期，谢晋选择拍摄的第一部电影是《天云山传奇》。这是一部政治电影，其小说原作在 1979 年《清明》杂志创刊号上发表后，引发了热烈的讨论。《人民日报》1980 年 2 月 6 日发表了一篇题为《历史的潮流阻挡不住——谈〈天云山传奇〉中吴遥的形象》的文章，认为小说的一个"突出成就"，"是为文学人物的画廊里提供了一个思想僵化、顽固抵制党的路线的干部典型——吴遥"①。随后，小说被改编拍成电影，《人民日报》对此做了多篇正面报道。影片上映后，著名电影评论家钟惦棐 1981 年 2 月 4 日在《人民日报》上发表了《预示着矫健的明天——〈天云山传奇〉随笔》，对《天云山传奇》给予高度评价。不久后，批评的声音出现了。《西藏日报》于 1981 年 3 月 12 日、4 月 2 日和 16 日连续发表了 6 篇讨论文章，既有肯定作品表现的"反右派斗争扩大化"的政治正确性，也有十分严厉的批评和指责，认为这"是一部倾向上存在严重问题的影片"，"是借用三中全会决定的为右派摘帽和改正错划右派的政策，明修栈道、暗度陈仓，来丑化党的形象，美化乃至歌颂右派"。真正将争论推向高潮的是《文艺报》1982 年第 4 期上发表的袁康、晓文的《一部违反真实的影片——评〈天云山传奇〉》，这篇文章从根本上否定了影片《天云山传奇》，认为影片"歪曲了反右派斗争的真相，丑化了党的领导，在青年中引起了思想混乱，是一部思想倾向

---

① 何孔周：《历史的潮流阻挡不住——谈〈天云山传奇〉中吴遥的形象》，《人民日报》1980 年 2 月 6 日。

和社会效果都不好的作品"①。文章认为《天云山传奇》所塑造的几个主要人物也都是不真实的，是"损害党的形象""毁坏党的形象"的。由这一期开始一直到1982年的第8期，《文艺报》专门设立栏目，开展了关于《天云山传奇》长达四个月的集中讨论，使得全国范围内的争论达到高潮。在争论的背后，暗流涌动，"拨乱反正"时期新旧意识形态在做殊死较量。在一封鲁彦周当时写给朋友的信中，我们大致能感受到20世纪80年代初期文艺批评诡谲的一面。他在信中这样写道："最近，从北京传来小道消息，说是某重要人物对电影《天云山传奇》发表讲话了，说这部影片把右派写成英雄，把干部写成坏人，并下令禁演了。这个消息确否得不到证实。但已经在我省造成了混乱，因为这部影片刚刚在合肥放过，干部、工人、学生反映都是非常好的，省委宣传部也开了座谈会，我省第一书记张劲夫同志在北京也在中南海看过这部影片，他也认为不错。怎么忽然之间，就出现了这样大的转折，我并听说《人民日报》《红旗》杂志都把准备发表的评论文章撤了，这使我联想到《文艺报》一月号是不是也把文章撤了，所以没有只字提到'天云山'。"② 政治人物的介入、意识形态的批评，对创作者所造成的困扰由此可见一斑。

在电影改编上，谢晋是一个"忠实派"。他认为，"导演一定要了解作者想要表现的是什么思想，了解作者最原始的意图，从他切身的体会出发开掘主题，千万不要离开原作去开掘主题。开掘要深、

---

① 袁康、晓文：《一部违反真实的影片——评〈天云山传奇〉》，《文艺报》1982年第4期。

② 鲁彦周写给吴泰昌的信，见吴泰昌《〈天云山传奇〉大讨论纪实·上》，《江淮文史》2008年第1期。

要准"①。谢晋对《天云山传奇》的主题思想是全盘接受的，他必然也同作者鲁彦周一样承受巨大的精神压力，去尝试做一次意识形态的冒险。谢晋坦陈："《天云山传奇》可以说是在有点人心惶惶的情况下拍摄的。在整个创作过程中，不光有来自外界的干扰，也有来自艺术创作人员中间的种种阻力。一部影片刚要上马，一听到什么'风声'，到处议论纷纷，这种现象，是一种不正常的精神状态，它有时往往比某些领导的干涉还要厉害。"②《天云山传奇》这样一部"敏感"的电影在当时获得了公映的资格，其幕后的曲折经历现在已经很难知晓了。但据有关回忆，《天云山传奇》的通过审查与另一部同时期的电影没能过关有关。当时，白桦的小说《苦恋》引起风波，政治高层介入，由《苦恋》改编的电影《太阳和人》禁演，"成为经历过那个年代的国人都知道而都没有看过的影片。而《天云山传奇》则因此而被通过审查。用当年影视界的老人们的话说：《天云山传奇》之过关，得利于《太阳和人》没有过关"③。如果《太阳和人》在先，《天云山传奇》在后，局面可能就会完全不一样。《天云山传奇》的幸运看来与它出现的时间点有着重大干系。更重要的是，它是政治折中术的结果，反映了 20 世纪 80 年代初期微妙的政治平衡的努力。

谢晋选中的其他几部小说在政治的敏感性上与《天云山传奇》有着极大的相似性，以谢晋的话来说，他的电影都经历过"折腾"，而被"折腾"的原因无他，正是意识形态上的敏感性。《灵与肉》

---

① 谢晋：《当我拿到文学剧本之后……》，《电影通讯》1982 年第 3 期。

② 谢晋：《心灵深处的呐喊：〈天云山传奇〉导演创作随想》，《电影艺术》1981 年第 4 期。

③ 徐庆全：《天云山传奇的传奇》，《文化艺术报》2007 年 3 月 21 日。

表现了"右派"的悲惨境遇，"'又是一部讲右派的电影！'当时，《牧马人》在社会上引起了许多议论。'谢晋为什么对右派的遭遇特别感兴趣？'……选择这一题材，当时有许多好心的同志为之担忧，'谢晋同志刚拍完《天云山传奇》，又要再拍一部反映右派的影片，是不是……恐怕……'这类题材似乎已列为禁区了。甚至摄制组内也有部分同志疑虑，这样的片子拍出来，会不会通过？"① 正是由于小说所表现的敏感的政治题材，使得影片的创作人员承担着巨大的精神压力。"《牧马人》开拍不久，社会上开始反精神污染，就被迫停下来了。要不是上影厂的厂长和市电影局的局长一再坚持要拍摄的话，该片可能夭折。"② 实际上，《牧马人》可能得到了更高层政治人物的支持，时任上海市市长的汪道涵看了剧本后对上海电影制片厂厂长徐桑楚说："这个剧本太好了，为什么谢晋不拍了？"事后，谢晋"感慨地说，徐桑楚传达的汪道涵市长的话，简直是给我们送了一件皮大衣"③。政治电影需要政治的保护伞，雪中送炭才显出炭的重要。

李存葆的小说《高山下的花环》发表之后，受到了读者的热烈欢迎，一时间"洛阳纸贵"。但要把它拍成电影则要冒相当的政治风险。这部反映军队生活尖锐矛盾的电影不仅要接受常规的电影局的审查，还要接受军队总参谋部、总政治部的严格审查。谢晋称这样的电影是中国影坛的"第一个"，因为几十年来都没有过反映部队问题的电影。影片中涉及的军队中的特权问题、用抚恤金还债问题、

---

① 郭伟成：《为电影而生——谢晋传》，中国电影出版社2009年版，第111页。

② 施加明：《我拍的影片几乎都受过折腾——谢晋喟叹自己拍的影片及其他》，《电影评介》1988年第11期。

③ 郭伟成：《为电影而生——谢晋传》，中国电影出版社2009年版，第112页。

战斗英雄违反纪律问题、军需物资存在的质量问题等，一个个都是难以处理的烫手山芋，稍不小心就会满盘皆输。

《芙蓉镇》的改编拍摄也因其题材的敏感性经历了一番磨难。这部正面表现"文化大革命"历史的小说在改编电影时正值反对"资产阶级自由化"的热潮期，谢晋承受了不小的政治压力。"与《天云山传奇》和《牧马人》一样，《芙蓉镇》被反复审查了半年之久，说是'影片有重大问题'，不让发行，不让公映。"① 好不容易审查通过了，上海市委宣传部转发上级"指示"，要求对《芙蓉镇》不准宣传，不准对外。

与小说相比，电影是更为敏感的领域。有些内容小说可以较为大胆地写出来，但改编为电影则需要慎之又慎。它必然面临来自相关部门严格的审查，而被审查者完全处于弱势地位，只能服从上级审查意见，而不能有所抗辩。有时，政出多门，一个领导一个说法，电影创作者就更难办了。比如《高山下的花环》送审时，刘白羽、陈荒煤、冯牧都对这个剧本进行了"具体的帮助"。陈荒煤说："要加强梁三喜这个人物，戏要以这条线为主。"冯牧说："'小北京'这一段最好，要加强。"刘白羽说："梁大娘这个人物是中华民族的母亲，一定要加强。"② 这几个人物分别是文化部、文联、总政治部的领导，谁的意见都要重视。到底怎样改编并不是改编者个体创作的自由。对于这类涉及政治敏感性的题材，电影改编者如果用如临深渊、如履薄冰来形容其创作难度，可能也不为过。当然，这是事情的一个方面；另一方面，改编者的政治"冒险"也并非完全吃力

---

① 郭伟成：《为电影而生——谢晋传》，中国电影出版社 2009 年版，第 126 页。
② 谢晋：《〈高山下的花环〉导演阐述》，载《我对导演艺术的追求》，中国电影出版社 1990 年版，第 147 页。

不讨好。越是有争议的题材，越能激起人们观看的兴趣。作为回报，《天云山传奇》《牧马人》这几部电影观众都以亿计算，《高山下的花环》观众数为1.7亿人次，《芙蓉镇》的观众更是超过2亿人次。

当然，我们所说的谢晋政治冒险绝非指其敢于挑战当下的意识形态。实际上，在影坛摸爬滚打多年，尤其是在那个政治极端高压的"文化大革命"年代仍受赏识的谢晋（他拍出了获得高层好评的《春苗》），他的政治嗅觉自非一般导演可以比拟。谢晋对几个改编文本的选择，有一个共同的特点，那就是绝对不违反现行的意识形态准则，或者也可以说，是绝对拥护并服务于当前新的政治需要。

我们来看谢晋是怎样理解《灵与肉》这部小说的：

> 初一看，张贤亮同志的得奖小说《灵与肉》，是写了一个被错划右派的命运，他的不幸遭遇。好像又是一篇"伤痕文学"。但是，我们认为不尽然，看一部作品，要抓住它的内核，要理解它的精神。作者张贤亮同志在一篇文章中有这样一段话："在长达十年，甚至二十余年，'左'的路线统治下，人们在肉体上和心灵上留下了这样或那样的伤痕，这是无可讳言的……但是，怎样有意识地把这种伤痕中能使人振奋，使人前进的那一面表现出来，不仅引起人哲理性的思考，而且给人以美的享受……三中全会之后，痛定思痛，我们是可以从那些惨痛的经历中提炼出美的元素……"这是作者构思《灵与肉》的基调，也正是看到了这一点，我们对选择这一题材，充满信心。①

---

① 谢晋：《探索和追求——影片〈牧马人〉导演总结》，《我对导演艺术的追求》，中国电影出版社1990年版，第110页。

一部描写"右派分子""资产阶级的狗崽子"在新中国成立以来所遭受的非人待遇的小说，一部写"灵与肉"双重痛苦史的小说，原本可以让人更冷峻地审视历史，作者却将深沉的悲剧演化为温情的救赎。心灵与肉体的痛苦挣扎只是主人公当前收获的微薄幸福的底色，没有这底色，幸福感就不会那么强烈。这是一部饱经磨难的"知识分子"被驯化、奴化的惨痛史，而作者却无疑在无保留地欣赏乃至歌颂知识者的自我奴化。所谓爱国主义，所谓对土地的眷恋、人民的眷恋只是许灵均已经彻底自我奴化的心灵世界的遮羞布。谢晋对小说"精神"的理解是准确的，也正是看到了小说在写"伤痕"之时所强化的"令人振奋"的东西，谢晋才选中它改编电影。

再来看《天云山传奇》，谢晋是这样认识这部作品的：

> 我们学习了邓小平同志的讲话及党的十一届五中全会公报，又找了一些有关的同志座谈……《天云山传奇》着力写被错划为右派的罗群，仍然热爱社会主义、热爱党、热爱人民，并且努力工作。这样的同志不是很多吗！"文化大革命"十年中我们不是见到了很多吗！这样特定历史时期的英雄人物难道不应当成为我们社会主义银幕的歌颂对象吗?！而且读完剧本并不是叫人悲观失望，而是给人以向上的感觉……这个戏是个严肃的正剧，带有悲剧色彩，但不是悲剧。我主观意图是希望用美好的情操鼓舞人心，使观众从中受到教育。①

在谢晋看来，这部小说的主调不是"控诉"，而是"歌颂"，罗群这个特定时期的受难者，成为新时代的归来英雄，是千千万万个

---

① 谢晋：《〈天云山传奇〉导演阐述》，《电影通讯》1981 年第 2 期。

"热爱社会主义、热爱党、热爱人民"的代表。谢晋要在这个人物身上体现影片的教育意义。

谢晋在 20 世纪 80 年代所选择的几个文本有一个共同特点，它们在结构上都可大致分为两个时期，即历史时期与现实时期，也可以叫作新旧两个时期。几部小说都有对历史时期的批判与反思，然而，又都毫无保留地讴歌现实时期。《天云山传奇》《灵与肉》如此，《高山下的花环》《芙蓉镇》亦是如此。《高山下的花环》中的主人公赵蒙生已经痛改前非，《芙蓉镇》中的"右派"秦书田、富农胡玉音在"文化大革命"时期吃尽苦头，新时期则是苦尽甘来，秦获得政治新生，而胡则又重操旧业，而"坏人"王秋赦则遭到报应。有人说谢晋："他对于历史的表述，绝对符合主导意识形态对于整个中国现当代历史和现实的权威解释。只要社会政治权威话语中提出一种意识形态的想象性关系，谢晋的影片就提供一个与之相适应的故事。"① 我们说谢晋电影的意识形态"冒险"，实则指其对此前历史时期的反思。由于在新旧交替时期党内保守势力仍较强大，以及电影本身所具有的意识形态敏感性，谢晋所冒的风险不可谓不大。但就他的本意来说，却并非试图挑战某些政治意识形态。只是因为谢晋所熟悉的结构模式使其不得已耳——他要歌颂新的意识形态，就不得不开罪旧的意识形态。

如果了解谢晋的个人生平及创作史，那么，他对政治小说的浓厚兴趣就一点也不奇怪了。谢晋的青少年时代正是国家处于民族危亡之际的抗日战争的动荡年代，他也曾随着战局的变化而颠沛流离，

---

① 李奕明：《谢晋电影在中国电影史上的地位》，载《电影旅者：谢晋从影 50 周年回顾文选》，台北市中国电影史料研究会 1999 年版，第 37 页。

饱经忧患。在四川小城江安（谢晋就读的国立剧专迁居于此），他师从曹禺、洪深、焦菊隐、黄佐临等名家，完成了令他终身受益的学业。1950年，谢晋考入华北革命大学政治研究院，8个月的学习不仅使这个年轻人学到了很多马列主义的革命理论，而且他开始获得了政治的信任。20世纪50年代是谢晋开始走向影坛并迅速成名的时期，他与人合作拍摄了《鸡毛信》《妇女代表》《望穿秋水》《影迷传》《一场风波》等电影，独立执导了《控诉》《水乡的春天》《女篮5号》等电影。60年代的《红色娘子军》是谢晋电影事业的一个高峰，这部电影可以说是"红色经典"中的经典。如果我们以谢晋五六十年代最为有名的两部电影——《女篮5号》《红色娘子军》为例，就可以发现谢晋电影某些共性的东西。首先就是强烈的意识形态性，两部电影都旨在讴歌党的领导并证明现行政权的合法性。其次，在结构上都有一个新旧对比、冲突的模式，《女篮5号》是新中国与旧中国体育运动员的生存状况对比，《红色娘子军》则是新旧两股力量的厮杀，新的进步力量打败了罪恶的旧势力，使妇女得到解放、人民得到解放。

"文化大革命"时期，谢晋因《舞台姐妹》而遭受猛烈的批判，其本人的政治待遇也一落千丈。他不仅失去了导演电影的资格，还同许多人一样参加劳动改造。这期间，谢晋父亲服安眠药自杀，不久，母亲也跳楼自杀。"文化大革命"对谢晋的伤害应该说是惨痛的。谢晋后来对遭受批判的"右派分子"的同情，对"文化大革命"的反感与批判是有其现实原因的。

1970年7月的一天，谢晋被紧急召进电影《海港》剧组。时任上海市委副书记的徐景贤亲自宣布谢晋经过批斗已经回到"毛主席

革命路线"上来。谢晋为此激动得"热泪盈眶"。谢晋在那么多文艺工作者都被打倒的情况下，能获得"文化大革命"时期政治上层的支持重新起用，一定程度上是因为其较强的领会与表达主流意识形态的能力。谢晋的工作获得了信任与肯定。1974 年、1975 年，谢晋被上级指定拍摄《春苗》《磐石湾》，前者反映在卫生系统的"两条路线斗争"，后者反映农村中的阶级斗争与路线斗争问题。在为数不多的"文化大革命"时期电影中，谢晋导演（或参与导演）了三部重要电影。这几部谢晋事后称作"大毒草"的电影为当时的意识形态宣传发挥了重要的作用。

当历史进入新的"拨乱反正"时期，谢晋需要用新的姿态来与此前的自我形象做深刻切割。他选择《天云山传奇》《牧马人》《高山下的花环》这样一些具有相当意识形态风险性的小说文本，应当说对其此前形象的改变具有重要意义。谢晋从"文化大革命"时期的政治鼓手一变而为反思英雄、现实主义电影大师。今天已经很少有人再去注意谢晋在"文化大革命"时期拍摄的那几部电影了。这样的政治冒险对于谢晋个人来说是值得的。当然，多年的电影工作经历所累积的人脉资源也是谢晋敢于冒险的政治资本。

二 阐释策略：主流意识的俗化

谢晋电影酷爱表现政治，也善于表现政治。他总是能够通过某些有效的策略来降低意识形态的风险。在《牧马人》的拍摄总结中，谢晋写道：

> 只要按党中央六中全会决议的精神，实事求是地用科学态
> 度来反映历史性的悲剧，来回顾建国以来的这一曲折的历史，

高瞻远瞩来看待《牧马人》所描写的年代，向前看，作出具体的分析，这样的题材不是不可以写，关键在于怎么写。所谓的"禁区"是完全可以突破的。①

"禁区"并不可怕，关键是要找到突破"禁区"的方法，关键"在于怎么写"。其实，这种对"怎么写"的关注，谢晋在选择小说文本之时就已经具有了。而他在电影改编过程中更是着重强调这一点。在笔者看来，谢晋的"高招"主要在于他有意识地追求政治的俗化。"俗化"是相对于神化、圣化来讲的，它将政治传奇化、人情化、煽情化。在其中人们看到的更多是戏剧性，是复杂的情感，是催人泪下的故事。政治借人情故事得到表现，而尖锐的意识形态问题也在观众的笑与泪中得到宣泄、消解。

《天云山传奇》真不愧为一部"传奇"。它写了一位奇女子冯晴岚，在罗群已被剥夺了一切政治权利，连生存都很成问题的情况下，毅然决定跟随这个受难者——此时他们还没有任何的关系：不是亲戚，也不是恋人。冯以其微薄的工资要养活罗及养女，还要为其提供书籍。冯与罗的关系发展在小说中显得突兀，因为以宋薇口吻的追忆缺乏必要的交代。谢晋对冯晴岚这个人物有着深刻的理解：

> 她身上体现着一种中国女性的典型性格。平时温顺、含蓄，细心观察，而出头露面的事总让给别人去做，甚至爱情也是这样。开始，她对罗群也有好印象，一旦发现宋薇爱罗群后，马上缩回去，并真心祝福他们。可是在考验面前，她不会随便动

---

① 谢晋：《探索和追求——影片〈牧马人〉导演总结》，载《我对导演艺术的追求》，中国电影出版社1990年版，第111页。

摇,她相信自己的直感,敢于独立思考。她爱罗群,一反常态地把原来的羞涩、温和全丢在脑后,主动跑去和罗群结婚,亲自拉着板车接罗群回家……现在这个人物的缺点是变化少,对罗群也是太主动了一些。①

谢晋其实已经意识到冯这个人物存在的不足,注意到了她"一反常态"的地方。但谢晋又说服自己接受了这个形象,并在电影中做了一些细节的补充。冯在影片中的形象,是架着一副眼镜的知识分子,她目光坚定,理性而又冷静,身体瘦弱却意志坚强。小说的传奇之处不仅在此。宋薇与罗群的相识,从撞倒这个"年轻而高大"的人开始,在相视的傻笑中彼此留下好感。一次宋薇骑马失控,马一路狂奔,罗群紧急追赶,终于在悬崖边勒住了缰绳,宋薇也就势倒在了罗群的怀里,于是二人的感情迅速升温。这样的情节像极了金庸的武侠小说,但又显得何其幼稚可笑。鲁彦周并非写爱情的高手,但在这部小说里却交织着复杂的恋情,小说也因之充满市民趣味的传奇色彩。接下来的故事是,宋薇从对罗群的热恋,迅速转为"划清界限",19 年间音讯完全隔绝,却在一夜之间旧情复萌。更不可思议的是,她居然投身于先前所反感、憎恶的,也是罗群的死对头的吴遥,成了吴遥的妻子并育有一个女儿。宋薇一百八十度的大逆转实在是过于突然。影片中安排了一个领导在轿车中说媒的场景,宋薇面有难色,摇头拒绝。紧接着三个画面,是吴遥牵着宋薇的手在散步,吴侃侃而谈,宋并不情愿;在酒宴上,众人推杯换盏,宋半推半就,表情尴尬;在吴、宋的婚宴上,众人祝福,吴喜悦之情

---

① 谢晋:《〈天云山传奇〉导演阐述》,《电影通讯》1981 年第 2 期。

溢于言表，宋则似有隐情。虽然谢晋的改编在细节上强调了人物行为前后的连贯性，但并没有改变大的情节走向上的传奇性。更有意思的是，小说中的另一个女性周瑜贞也爱上了罗群。她表示要"继承晴岚姐姐的遗志"，当宋薇目睹这一幕之后，只能黯然退场，并献上自己"虔诚的祝福"。如果从年龄差距来说，罗与周是最不可能的，但在小说中却最后成功了。

于是，我们可以看到，在小说与电影文本中，创作者借助于情感编码的方式来演绎政治主题，这是其重要特色。故事里面交织着多重的三角恋爱关系。罗、宋、吴是一组，罗、宋、冯是一组，罗、宋、周又是一组，电影中还增加了一组，即罗、冯、王（技术员小王也爱上了冯，但遭到冯的拒绝，以此烘托冯的坚毅性格）。在罗、宋、吴这一组情感关系中，宋的抛弃罗投身于吴，显示反"右"政治斗争的开展；而在小说（影片）的开头，宋与吴的关系已经危机四伏："我和吴遥在一起，并没有多少话好谈，我们生活得很单调、很枯燥。我们的家庭气氛就像这所房子一样，很大，很空，有时还很冷。一种寂寞苍凉的感觉，常常向我袭来。"这已经是政治上拨乱反正的"新时期"了，此时的宋薇看到阔别多年的罗群，她的印象是："金灿灿的阳光，射在他那脸上，使他的脸上充满光辉。看着看着，我的手猛然抖起来，我的心也猛地跳了，那正是他，是罗群啊！他那魁伟的身材，雕塑型的面孔，虽然有二十年没见了，但他还是那个样子啊，困苦只是磨炼了他，却并没有能够损伤了他，相反，他好像比以前更健壮更高大了！"宋薇情感的天平明显地向罗群倾斜，正如政治的天平明显倾向于罗群。如果没有年轻的周瑜贞的加入，真不知道结局会将如何。当然，按照文本本身的逻辑，宋薇与

罗群的情感破局早已注定。在罗、宋、周的三角关系中，宋代表的是过去，而周则代表的是未来。周的身份比较特殊，她是"中央某部门负责同志"的女儿，作为空降干部，她的言论往往代表着政治高层的意志，连地委副书记吴遥都对周忌惮三分。周和罗站在一起时的姿态都是神情"严肃庄重"，目光是"深邃的沉思般的"，而且"又都在望着远方"，这样的描述昭示着政治人物告别过去从而迈向"矫健的明天"。周、罗的关系更像是对长期受难的罗的一种政治奖赏。

这种以复杂交缠的情感来演绎政治变迁的编码方式，为谢晋的电影所全盘接受。可以说，这样的结构方式与谢晋的审美理想是暗合的。在《女篮5号》中不也是以男女主人公的恋爱故事为主线，来演绎新旧两个政治时代的分野吗？在电影《芙蓉镇》中，也有着复杂的人物情感纠葛。围绕着胡玉音就有多个情感线索。先是黎满庚，这个复员军人爱上了妓女的女儿，组织上劝其划清界限，否则党员难保。黎满庚是个宋薇式的人物，接受了组织的意见，与胡断绝关系。胡于是嫁给了懦弱无用的桂桂，在政治风波中桂桂自杀了。接下来，在共同的受歧视和惩罚性劳作中，"反动富农婆"胡玉音与"右派"分子秦书田相爱了，成了一对"黑夫妻"。胡与秦的艰难爱情，是小说中政治批判最为有力的一章。当秦书田去申请结婚登记时，王秋赦大骂他们是社会渣滓，根本算不得公民，没有结婚的权利。秦申辩称就算不是人，是鸡公鸡婆，也不能禁止婚配呀。但是，在当权者眼里他们还真的连畜生都不如。在批斗会上，当王秋赦以道德的名义批判秦为"无耻下流的东西"时，胡玉音则挺身质问，是摆明的男女关系合法，还是"那些白天做报告、晚上开侧门的犯了法?"这是正义的一对与邪恶的一对（李国香与王秋赦）第一次正面的交锋，也是被压迫者以传统道德为武器向当权者的开火。小说叙事至此达到高潮，因为以小说的逻辑，伴随政治权力斗争的是情感的分配、道德的审视。在大逆转之前，权力与情感、道德的关系成反比。至此，政治斗争演化为两对男女的斗争，胡与秦在政治上处于被压迫地位，在道德上却处于强势地位，李与王则反之。斗争的结果是胡与秦的失败，胡惨遭铁丝贯乳的惩处，而秦则被判刑。在电影中，胡、秦与李、王的正面冲突并没有出现，这似乎更接近那个时代政治"贱民"的现实。而在宣布秦的刑期时，电影让秦说出了那句经典台词："活下去！像牲口一样地活下去！"这句台词在小说中只是以胡与秦目光交流的形式出现。小说中胡玉音的另一个爱慕者是谷燕山，他是一位"老革命"，但同时又是一位性功能残缺者。这个形象设计很耐人寻味：作为政权奠基者的谷很想爱胡，但却没有爱的能力；而谷也是李国香这个运动暴发户青睐的对象，李很想同谷发展亲密关系，但遭到谷的拒绝。政治上的老派很快被新派所挟持。李国香对胡玉音的凶残，令人想到这是在挟私报复。就像《天云山传奇》中宋薇为罗群翻案，让吴遥理解为为过去的情人行方便，而吴遥拒不为罗平反也像是在打击情敌。以情感编码来图解政治，其好处是容易为大众所理解，其不足就在于会让人误解为是个人私情作怪，而削弱政治反思的力度。《芙蓉镇》中另一个不可思议的情感故事就是李国香与王秋赦的苟合。作为芙蓉镇上一颗冉冉升起的政治新星，一个有背景的女当权派，她怎么可能爱上王秋赦这样一个地痞加无赖？虽然从个人感情上讲令人难以理解，但又符合文本中政治隐喻的逻辑：它隐喻新的当权派依赖的政治力量恰

恰是王秋赦这样的流氓无产者，写李、王二人的偷情关系也就丑化了"文化大革命"中的政治当权派。

在电影《牧马人》中，许灵均也面临情感抉择，要么跟随父亲去美国，要么同妻儿仍留在小乡村中；跟随父亲是中国传统的孝道，但却背离了祖国、土地和人民。父亲的到来不过是块试金石，是一种巨大的诱惑与考验，它试验的是曾经饱受苦难的"右派"分子，在新的历史时期的政治抉择。《灵与肉》这部"右派"小说同样充满了传奇性。一个被打入底层的"右派"分子，生活贫困极点，却被一群好心人包围。最具传奇色彩的是，上天给他送来了一个年轻的妻子。这个女人除了身材瘦小一点——这又算得上什么缺点！——一切近乎完美。她能吃苦耐劳，又善解人意，更重要的是，她近乎崇仰地爱着许灵均。这样的故事大概只能在类似于《田螺姑娘》①之类的民间传说中可以看到。有意思的是，谢晋不仅改编了《灵与肉》，还改编了《邢老汉和狗的故事》。这两篇小说都讲述了无法娶到老婆的男子，竟有媳妇从天而降的故事，而后一篇小说的主人公居然是个六七十岁的老汉。《灵与肉》的传奇性还在于，新时期到来后，许灵均政治上翻身了，他还迎来了已是亿万富翁的身居美国的父亲。许灵均这个小人物刚从苦难的炼狱中脱身，又要迎接父亲这个另一世界的人物（简直就是天外来客），这种人生的戏剧性是不是来得也太快了一点？

进一步来说，谢晋以人情写政治，其最擅长的是写悲情。谢晋电影中的悲情极具感染力，往往是催人泪下的。谢晋有时也采用某

---

① 民间传说《田螺姑娘》也是讲述一个无父无母、孤苦伶仃的小伙子，勤劳善良，安分守己，上天送给他一个美丽贤惠的女人做妻子，给了他一个温暖和谐的家庭，女人还给他生了儿子。这个故事典型地体现了中国农耕文明时代的民间梦想。

些"煽情"的方式来达到催泪的目的。谢晋电影非常注重以情感人，他所选择拍摄的小说文本首先要能感动他自己。对于这些小说，他的阅读感受总是非常强烈的，有时甚至是泪流不止：

> 谢晋对小说《天云山传奇》，是经过反复的推敲、思考、琢磨的，而不是即兴式的抉择……他被剧中冯晴岚的高尚品德深深打动，反复阅读，竟捶胸痛哭……谢晋说，我读过《天云山传奇》剧本之后，感到在这部戏里，有你，有我，有我们大家历历在目的亲身经历的一段道路。这些生活是我所熟悉的，在这些角色里，体现着我的各种感情：有爱，有憎，也有同情。①
>
> 谢晋在第一遍读小说（《高山下的花环》）时，哭了；第二遍读过时又哭了；第三遍读时还止不住眼泪。他深深地、深深地受到感动，由此产生了把它改编成电影文学剧本的构想。②

与原小说相比，谢晋的电影《天云山传奇》突出了正面人物冯晴岚的形象。特别是她用板车拉罗群到她的住处结婚那一场戏，相信打动了亿万观众的心。"我现在身上还有五块钱，五块钱结婚也够了。"冯晴岚的这句台词是电影加上去的。物质上是极其匮乏的，但人的精神却何其高贵。在漫天的风雪中，一个柔弱而又坚强的女子拉着生病的爱人，在"山路弯弯，风雪漫漫，莫道路途多艰难，知己相逢心相连"的音乐声中，迈出了坚定的步伐。板车渐行渐远，雪地里留下一串长长的脚印。这是电影中的经典画

---

① 代琇、庄辛：《谢晋传》，华东师范大学出版社1997年版，第66页。
② 同上书，第84页。

面，是男女主人公情感的升华，也是影片主题的升华。导演精心安排的冯晴岚离世一场戏也感人至深：罗群为卧病在床的冯晴岚买来一块衣服面料，流着眼泪说这是一个马车夫的礼物，是送给爱人十九周年结婚纪念的礼物。罗群强压住自己的情感，诉说他对冯的亏欠：将近二十年的共同生活却没有能力给冯买一根线，明知冯身上穿的是破碎的瓦片，还是无力给她置办一件棉袄。在冯弥留之际，养女小凌云伏在其身上痛哭，罗群也是泪流满面——小说中他始终是个政治上的英雄，情感上却处处被动。故事的讲述者周瑜贞恰好见证了这一催人泪下的场面。"山路弯弯"的板车歌再次响起，冯闭上了眼睛，影片紧接着出现了一组画面：冯的遗像旁蜡烛燃尽腾起青烟，晾在室内的破背心，切了一半的咸菜和刀，缀有补丁的布窗帘。宋薇可以说是影片中导演"用情最深"的一个人物，谢晋套用郭沫若的"蔡文姬就是我"，称"宋薇就是我"。他这样分析宋薇这个人物：

> 她的性格表现经常是矛盾的，年轻时是单纯和虚荣交织着；中年时安逸与痛苦交织着。对罗群，有不可忘怀的瞬间，也有侥幸心理，因为自己没有被卷入进去。这种逼真、矛盾的心情还表现在最后，她离开了吴遥，又不可能回到罗群身边，才明白自己应迈开独立人格的步子。她上半部青年时代主要是"纯"，下半部主要是表现隐忍，最后表现她的痛楚、惭愧。在品质上对她是无可责备的，但要真实体现她个性鲜明的灵魂。①

---

① 谢晋：《〈天云山传奇〉导演阐述》，《电影通讯》1981 年第 2 期。

小说中宋薇的情感生活很容易让人产生这样一种感觉：她是一个跳来跳去的可笑女人，尤其是当她同自己的好姐妹冯晴岚对比的时候。谢晋对这个人物的分析，无疑带有他本人个体生命体验的印记。这个"把盲从当作听党的话，把政治上的虚荣当作积极向上"的人，在新时代决心"迈开独立人格的步子"，听上去就像是谢晋在自说自话——他对宋薇的理解也是政治性的。也许正是因为谢晋对这个人物有着非同寻常的理解，他才给中国电影留下了这一复杂而深刻的艺术形象。当宋薇还没有从与罗群失恋的痛苦中恢复就匆匆与吴遥完婚，当吴遥将文件撕碎并撒了宋薇一身，当宋薇被吴遥狠狠地扇了一耳光，嘴角流出鲜血，当宋薇装扮一新重回天云山，发现罗群与周瑜贞走到了一起，这些镜头会让观众产生强烈的同情、悲伤情绪：宋薇自始至终都是一个悲剧人物，电影突出了她受伤害的一面。

　　《高山下的花环》原本是以一个记者采访的形式展开的，故事的讲述者是一个高干子弟，小说即以高干子弟的转变为发展脉络。小说最新颖独特的地方可能也正在于此，它大胆揭露了军队中的腐败问题，表现了"老革命家"的迅速堕落。谢晋读这部小说却有他自己的视角：

　　　　《花环》引起我最大共鸣的是梁三喜一家。我和李准的设想，就以梁大娘、玉秀这一家为主，这一家的命运最拨动我的心弦。为什么不从赵蒙生家庭开始呢？我以为从高干子弟家庭这个角度开掘，范围较窄，也比较单一，容易搞成一个赵蒙生转变记。从梁三喜这一家的角度去开掘，它的深度、广度、艺术感染力会大得多。我在日记中写道："梁三喜这一家的精神，

是我们民族的精神，民族的灵魂，民族的伦理。"第一遍看小说，为这一家的命运和精神哭了；第二遍看时还哭；第三遍看时还有泪。小说能够这样强烈震动我，我相信电影也能震动大家。①

于是，电影从小说的叙述者的限知视角变为全知视角，重点也从赵蒙生身上转向梁三喜一家。故事的核心是梁三喜一家，作衬托的是赵蒙生一家，再加上靳开来的小家庭（小说没有交代，电影有意补写了几个温馨画面）以及雷军长父子，谢晋又走向了他所熟悉的家—国叙事。谢晋对小说的读解有他先在视野的影响。客观地讲，小说最具特色的部分是它触及了现实中最尖锐的层面，包括军队中的特权阶层、革命者的堕落、以抚恤金还债等。而所谓在梁三喜一家贫苦人民身上体现出的"民族精神、民族灵魂、民族伦理"则是军旅题材中司空见惯的内容。谢晋的本领在于，他能将这司空见惯的内容拍得使人深受感染。从听说梁三喜牺牲了开始，谢晋让梁大娘和玉秀在表演上尽量保持克制，压抑住自己的情感。直到玉秀看到三喜的遗物——一件军大衣和一个拨浪鼓，玉秀再也克制不住，深夜跑到三喜的坟上痛哭。这样的处理，张弛有度，收放自如，它所起到的效果正像谢晋所讲，剧中人物不哭，"观众已哭成了一片"。拨浪鼓这个小道具在电影中的几次使用也恰到好处。这是三喜给他尚未谋面的孩子的礼物，当夜深人静三喜独自看着拨浪鼓出神时，他对亲人的思念、回家的渴望、即将为人父的喜悦都通过这一小道具表现出来。当拨浪鼓作为三

---

① 谢晋：《我将从零开始……关于〈高山下的花环〉答记者问》，载《我对导演艺术的追求》，中国电影出版社 1990 年版，第 154 页。

喜的遗物出现时，物是人非，已经熟知其隐含意义的观众就不能不为之动容了。大娘还债一场戏是影片的高潮。在连队为大娘临行前做的酒宴上，梁大娘拿出了六百二十元钱还债，其中五百五十元是三喜的抚恤金。众人纷纷凑钱要替三喜还，梁大娘却始终不为所动。指导员赵蒙生给大娘下跪劝慰，痛哭失声。众人散去，玉秀递给赵蒙生三喜的遗书（照理说这是三喜写给妻子的家信，没有必要交给赵）。玉秀转身哭泣离开，影片响起三喜读信的画外音："人死账不死。咱人穷志不短。"三喜在信中交代以抚恤金还债，不够的部分则卖掉家里的猪凑上。影片中出现玉秀在雪地上推着独轮车卖猪的画面。在信的结尾，三喜要求自己死后玉秀改嫁，并称自己留下的唯一遗物——舍不得穿的军大衣可以作为玉秀的嫁妆。此时，伴随画外音的却是二人结婚时的喜庆合影，谢晋以这种声画对位的方式来深化生离死别的悲情。

在对小说《灵与肉》的整体把握上，谢晋认为小说写了"六个两"，即表现了"两个国家、两种制度、两个不同的阶级、两种不同的路线、父子两代人、新旧两个中国"。谢晋以其擅长的对照手法来处理小说描写的三十年的时空跨度。父亲的归来对于许灵均来说并不具有实质性的意义，只不过是提供了另一国家、另一制度与生活方式的参照，是考验这个有"历史问题"的牧马人的试金石。为了强化这种对比，电影较多地采用交叉剪辑的方式。在许同父亲吃过饭，许的旁白"可怜的秀芝啊，你怎么能想到三个人吃顿饭要80多块钱"之后，紧接着的是家人送行的画面：一路上，许灵均将儿子搂在怀里，回应儿子一个个稚气的问题，说明他并不以去北京为意，心思全在儿子身上。当赶车的郭騙子逗清清他爸爸要去外国时，清

清立即肯定地表示不会的，"我妈妈说，爸爸是妈妈手里的风筝，飞得再高，线还在妈妈手里"。孩子无意中透露的夫妻枕边话让人觉得好笑，又真实反映了夫妻俩很深的情感。许灵均坐上县城的汽车，还探出半个脑袋，孩子懂事地喊"爸爸再见"，秀芝已在擦拭眼泪了。秀芝背起儿子跟着汽车跑，儿子哭泣着喊爸爸，汽车消失在腾起的灰尘里，但儿子喊爸爸的稚嫩声音一定萦绕在爸爸的心中，也萦绕在观众的情绪里。上面要批斗许灵均，郭蹁子联合几个贫农以草场旱情为由加以抵制，他们的斗争很机智，也极富人情味。这是一场温暖的、人性的斗争，正在屋外偷听的许灵均自然是很受感动，观众何尝不是如此。上山放马临行前，队长送来了皮袄，原来这个当家人也有着一颗善良的心。他劝慰灵均"相信群众相信党"，不让人觉得说教，反倒很亲切。郭蹁子朝许家墙上"勒令"标语撒尿，影片以这种滑稽的形式反映群众对"文化大革命"的反感。许灵均婚后的生活是朴素而甜蜜的，电影在放大这部分苦难中的温暖。秀芝是个普通的女人，却有她朴素的见地："他做了官，我也不稀罕；他再放二十年马，我也不嫌弃。在我这儿，自打结婚起就给他改正了。"郭开玩笑说："你改正有什么用，又不能补给他五百块钱。"秀芝顿了顿说："我把心都扒给他了，比钱金贵得多。"看到这里是不能不让人心生感慨的。谢晋说：

> 有的评论说小说是"情思痛切"，我和李准同志说它是"笑中有泪，甜中有苦"。①

的确，谢晋正是在笑与泪、甜与苦的两极比照中，来把握电影

---

① 谢晋：《当我拿到文学剧本之后……》，《电影通讯》1982年第3期。

情绪的节奏。电影中很多的细节是好笑的，带有喜剧色彩，骨子里却是悲伤的。"以乐景写哀情，倍增其哀乐"，谢晋对此是领悟很深的。谢晋的过人之处在于，他能将小说读深读透，对人物的分析、内涵的把握都有精深的研究，同时，又能用电影化的细节感人至深地表达出来。谢晋的本领在今天的某些导演看来可能很传统、很俗化，但却是很多导演都难以做到的——今天电影的遗憾是很少有电影能够真正打动人。

三 被动转身之后的坚持

1986 年，正当谢晋的电影事业如日中天的时候，上海《文汇报》发表了青年评论家朱大可的《谢晋电影模式的缺陷》一文。文章指出：

> 正如一切俗文化的既定模式那样，谢晋的道德情感密码又总是按规定程序编排，从中可分离出"好人蒙冤""价值发现""道德感化""善必胜恶"四项道德母题，无论《天云山传奇》《牧马人》和《高山下的花环》，总有一些好人（罗群、许灵均、靳开来）不幸误入冤界，人的尊严被肆意剥夺，接着便有天使般温存善良的女子翩然降临（冯晴岚、李秀芝），慰抚其痛楚孤寂的灵魂，这一切便感化了自私自利者（赵蒙生母子）、意志软弱者（宋薇）和出卖朋友者，既而又感化了观众。上述冥冥道德力量有力保证了一个善必胜恶结局的出现：罗群官复原职，而吴遥被遣送至党校学习；许灵均当上了教师，且有天方夜谭式的美国财宝向他发出迷人的召唤；靳开来稍有例外，但在雷震的"天理难容"式的怒吼中，还是敷设了善必胜恶的明

亮线索。于是谢晋便向观众提供了化解社会冲突的奇异的道德神话。①

　　作者进而指出："但当我们突破电影的视界、以文化的观点在更大空间里对其加以考察时，便发现它现在是中国文化变革进程中的一个严重的不协和音、一次从'五四'精神的轰轰烈烈的大步后撤，于是，对谢晋模式进行密码破译、重新估价和扬弃性超越，就成为某种紧迫的历史要求。"②

　　与之相呼应，李劼发表了《"谢晋时代"应该结束》一文，文章也认为：谢晋电影已经形成了一个"封闭的稳态模式"，这是一种"陈旧的模式"。谢晋电影终将失去"存在的价值"和"取宠的市场"，"谢晋时代应该结束"。③

　　朱大可等人措辞激烈的评论文章引发了一场轩然大波，一时间关于"谢晋电影模式"的争论成为热门话题。文艺界的领导、评论界的"大腕"也纷纷出来发表看法。夏衍力挺谢晋，认为把"谢晋电影模式"说成"'化解社会冲突的奇异神话'，烙着'俗电影的印记'，'是一个封闭的稳态模式'，'是中国文化改革进程中的一个严重的不协和音'，甚至把'谢晋模式'说成是一种儒学，说谢晋的时代已经结束，这就似乎太轻率、太武断了"④。钟惦棐在《谢晋电影十思》一文中指出，谢晋电影的雅俗共赏、老少咸宜，恰恰是他的功绩。他反驳"谢晋电影时代"的说法，认为"时代有谢晋，谢

----

① 朱大可：《谢晋电影模式的缺陷》，《文汇报》1986 年 7 月 18 日。
② 同上。
③ 李劼：《"谢晋时代"应该结束》，《文汇报》1986 年 8 月 1 日。
④ 夏衍：《要大力提高电影质量——在中国影协主席团委员座谈会上讲话》，《电影艺术》1986 年第 10 期。

晋无时代"①。

对于"谢晋电影模式"的批评，谢晋本人在接受采访时这样回应："这种立论就不准确，只能说我的作品有自己的追求和风格，不存在什么'谢晋电影模式'。模式，意味着凝固，停止不前，而我还是在不断探索和创新，现实主义本身也在不断发展变化着。把我的作品提到什么'谢晋时代'的高度，更不确切，我没那么伟大。"②作为蜚声中外的大导演，对于来自年轻人的猛烈批评自然是感觉很不舒服的。虽然是以"笑谈"的姿态回应，但谢晋的内心肯定不能轻松。如果从1986年以后的谢晋拍片经历来看，他实际上认可了这种批评——观众再也难从他的影片里找到过去的"模式"。谢晋尝试着走出自己的套路，他拍流亡海外的"贵族"（《最后的贵族》）、残障儿童（《启明星》）、监狱女犯人（《女儿谷》）、寻亲的佛家弟子（《清凉寺的钟声》）、一百多年前的战争（《鸦片战争》），等等。他要借助不同的题材来拓展自己的艺术边界，"不断探索和创新"，追求不同的艺术风格。要知道，此时的谢晋已是六十开外了。他的艺术探索的热情值得肯定，但一定程度上，他也是在进行一场艺术的冒险。

在艺术上要突破过去的"模式"，正是在这一创作思路的指引下，谢晋先后改编了白先勇的《谪仙记》和张贤亮的《邢老汉和狗的故事》。

从谢晋的创作经历来看，他选择白先勇的《谪仙记》是件出人意料的事情。这个短篇小说讲述四个年轻女性从大陆漂到美国的故

---

① 钟惦棐：《谢晋电影十思》，《文汇报》1986年9月13日。
② 汤娟：《谢晋笑谈"谢晋电影模式"》，《解放日报》1986年8月15日。

事，她们从先前优裕的生活变为自食其力，有着白先勇小说一贯的家道衰落、他乡飘零之感。这个题材本身是谢晋所不熟悉的，而美国的生活环境更是谢晋所不了解的。谢晋之所以接拍这部小说，据他本人讲是因为：

> 当我还在拍《芙蓉镇》时，台湾作家白先勇就把他的小说《谪仙记》寄给了我，问我有没有兴趣把它搬上银幕。《芙蓉镇》拍完后，我又仔细地将书看了几遍，书中四个女性为了生活而漂泊他乡的悲惨遭遇深深地激励了我，于是三月中旬我从新加坡回来后，拍了一份电报给白先生，六月份和他在上海星国宾馆就剧本的改编事宜商讨了半月余。①

从谢晋的描述来看，在改编过程中白先勇是主动的，有点毛遂自荐的味道。当然，其中更主要的原因还是小说"深深地激励了"导演。不过，说这篇小说讲四个女性的"悲惨遭遇"则是不准确的，这只是谢晋个人对小说的主观性理解。大概正是基于这种理解，电影让李彤在美国的生活充满了痛苦与艰辛：又是做模特，又是当老商人的情妇，甚至还因当妓女被抓了进去，为了生活她也不知有多少个情人，"交的男朋友倒可以组成一个联合国了"。关于电影改编的起因，《最后的贵族》的副导演武珍年提供了另一个版本：

> 1985 年，美国举行谢晋影片回顾展期间，谢晋认识了旅居美国的台湾作家白先勇，他是国民党高级将领白崇禧的公子。他们两人一见如故。谢晋一眼就看出白先勇的小说《谪仙记》

---

① 淇由：《访谢晋》，《电影评介》1987 年第 11 期。

中的人物所隐含的曹雪芹《红楼梦》中人物的影子。李彤仿佛间乎林黛玉和晴雯；黄慧芬似乎像薛宝钗。听谢晋这么一说，文绉绉的白先勇跳了起来："你怎么知道我心底深处想的东西？还没有一位评论家这样说过。"他说完，就心悦诚服地把改编、拍摄《谪仙记》的大权委托给谢晋。①

在这个版本里，谢晋与白先勇是惺惺相惜，互相赏识。特别是谢晋对小说文本的独到见解正"说中"了白先勇"隐含"的创作初衷。熟读《红楼梦》的谢晋对小说《谪仙记》做这样的解读并不奇怪，他的"先在视野"影响了他的分析。但是，应该说这种解读是一种过度诠释。如果说李彤身上还多少有点晴雯的刚烈（可晴雯毕竟是出身贫寒的傲骨，与李彤富家女身份完全不同），她可完全没有林黛玉的气质，甚至是反其道而行之；而黄慧芬与薛宝钗则纯粹是风马牛不相及。如果白先勇正如描述的那样跳起来附和，那么他是否也有着某种强烈的"隐含"动机？

《谪仙记》这篇小说非常短，只有一万二千字，但它对人物的挖掘却很深，这篇小说是能看出白先勇的艺术功力的。小说开篇，写这四个国民党"大官"家的女孩子自命为"四强"，即中、英、美、苏，这是何等的骄傲！四人出国留学，在威士礼出尽了风头。李彤更是一天一套旗袍，穿不尽的绫罗绸缎，连美国富家女都压下去了，被称作"五月皇后"。接下来是李彤父母罹难，李彤花了很长时间才从痛苦中恢复过来。这一段几乎是匆匆带过，白先勇的兴趣似乎并不在此。小说以陈寅为视角，至此都还只是听闻。陈寅第一次见到

---

① 代瑇、庄辛：《谢晋传》，华东师范大学出版社1997年版，第105页。

李彤是在其与黄慧芬的婚礼上："李彤不仅自以为漂亮，她着实美得惊人。像一轮骤从海里跳出来的太阳，周身一道道的光芒都是扎得人眼睛发疼的。李彤的身材十分高挑，五官轮廓都异常飞扬显突，一双炯炯露光的眼睛，一闪便把人罩住了。"李彤的美在陈寅看来，是一种惊若天人的美，是通体发光的神采。更为引人注目的是她头上的那只大蜘蛛，加上李彤"都异常飞扬显突"的五官轮廓，暗示她不是凡庸之辈。这只怪异的大蜘蛛在小说中前后出现了三次，这对于惜墨如金的白先勇来说自然是有深意的。可惜谢晋并没有用好这个道具：电影只在与周大庆约会一场戏中用到。与周大庆约会是小说写李彤的重要一笔，谢晋也花了大力气将其搬上银幕。小说中这一段最精彩的部分是李彤不停地要烈酒 Manhattan 以及疯狂地跳恰恰舞。李彤的饮酒是她苦闷的象征，要借酒来浇胸中块垒。小说的题名"谪仙"也与此相关：当年的李白在长安失意，借酒浇愁，"天子呼来不上船，自称臣是酒中仙"，而李白也被称作"谪仙人"。依小说之意，李彤当是天人，如今落魄于尘世间。她的酒后狂舞"好像一条受魔笛制住了的眼镜蛇，身不由己在痛苦地舞动着，舞得要解体了一般"，也实在是痛苦的宣泄。可是，电影所呈现出来的效果却是轻佻的，游戏般的，李彤就像一个醉酒的放肆舞女——考虑到电影所设计的李彤情妇、妓女身份，这一场戏并不让人产生主人公心情沉痛之观感。周大庆的憨厚也换成了英达（周的扮演者）的精明，原本要作为衬托的周仿佛成了与李调情的好角色。小说中写到的李彤赌马应该是非常好的一场戏，谢晋不知何故竟然没有拍。在赌马场上，李彤专押冷门，而对"专家"的话故意不听。结果李彤输得很惨，而其他朋友都大赢。在检讨胜败时，李彤连连质问：

"我为什么要听你的话,我为什么要听你的话。"其桀骜不驯的性格显露无遗。赌马如同打牌,她只和大的。如若再追问下去,这二者又都同于饮烈酒、跳狂舞,是寻求人生的刺激,好忘却内心的痛苦。如果要拍的话,赌马会是电影中非常精彩的戏,也是写李彤最传神的一笔。可惜谢晋只是让李彤自己在朋友间道出,好似在众人面前炫耀一般。在小说的结尾,众人得知李彤死亡的消息仍然兴致勃勃地继续打牌。奇怪的是,她们一改往日谨慎的牌风,"肆无忌惮地下起大注来",并且一个个狂叫狂笑起来。白先勇用的是春秋笔法,没有一字写众人的悲伤,实则是以李彤的方式完成对她最后的祭奠。写完这一笔才写到黄慧芬"极为深沉而又空洞的悲哀"以及热闹的纽约繁华大街的"空荡"与"寂寥"。遗憾的是,这个精彩的结尾也为改编者全部删去。

于是,谢晋将小说自身的完整性打碎,按照自己的理解对其进行重新编码。电影改变了小说的限知叙事视角,进而将主人公李彤推到台前。小说的叙事人陈寅在电影中与李彤的关系变得复杂暧昧,在小说中他只是一个客观的知情者。更重大的变化在于,电影从"谪仙"的传记一变而为"最后的贵族"(中间的过渡是《纽约客》,影片一度定名为此,这个名字不似"谪仙记"那样让普通人不知所云,也较为中性)。既然是"最后的贵族",那就要对李彤的身份有所交代。影片将李彤的母亲设计为前清王爷的女儿,李彤自然就有了贵族的血脉。一个贵族(还是"最后的")在异国他乡沦落风尘,可能更有戏剧性的落差。李彤的"任性""佻达"、自我放纵又从其贵族的身份得到解释。这样,影片就把小说整个的主题都改变了。对于李彤的结局,电影也有精心的安排。她来到威尼斯这个她的出

生地——与电影编排的开场相呼应，她感到一种"说不出的感动，我觉得我终于回了家了"。在这里，她遇到了一位年迈的俄罗斯小提琴师。这位漂泊到意大利的老人向她讲述自己对母国的怀念："想念彼得堡的雪"，"俄罗斯的雪都是温暖的"。小提琴师的话无疑是李彤此时心境的印证，她发出了这样富有哲理的感叹："世界上的水都是相通的。"然后，主人公走向了死亡。电影如是安排自然会使人联想到爱国主义、有家不能回这样的一些概念，但似乎都不是小说家所要表达的。

对于谢晋来说，《谪仙记》就像一个烫手的山芋。谢晋在他的"导演阐述"中这样说道："潜藏在《谪仙记》这篇小说表层下面的内涵、主题非常复杂，作品中蕴藏着作者的人生观。白先勇对人生、对世界的感知方式和我们以往不同，这是由他的经历、他所受到的教育所决定的，这和我们在大陆生活的人不一样。白先勇的作品吸收消化了西方现代文学所偏爱的象征手法。这种手法类似我们中国传统诗歌中的比兴手法。我认为根据《谪仙记》改编的《最后的贵族》，它具有史的作用，诗的境界。"① 由于人生阅历、教育背景、知识结构、价值理念等的不同，谢晋对于白先勇这篇小说的理解其实是有很大的障碍的。从他的"阐述"中不难看出谢晋自己也清楚地意识到这一点，但他仍然坚持要拍。他是想做出一些新的艺术探索。

谢晋进一步阐述他对作品的理解："白先勇很多篇作品都写了这么一个哲学思想，可归纳为三条：今昔之比，灵肉之争，生死之谜。

---

① 谢晋：《形象大于思想——影片〈最后的贵族〉的艺术追求》，载《我对导演艺术的追求》，中国电影出版社1990年版，第180页。

《最后的贵族》也是这样，它写了对今昔盛衰的感叹，对中华文化的认同和冀望，对芸芸众生的嘲弄和同情。白先勇常常通过有限的艺术空间，把每个人物当作一口井，深深地开掘下去，用诗的境界表现了完整的人生，把世态、人情、哲理烧成一块五光十色多种元素的合金。它的世态、人情、哲理在未来影片中应该是朦胧的，不是很清晰的。"①

谢晋此前的电影尽管有时被冠以"哲理性""诗性"这样的评语，实际上大多壁垒分明、浅显易懂。一个电影作品如果故事线索分明，人物形象鲜明，思想情感表达完整清晰，能让观众看得清楚明白，从而感染观众，不见得是件坏事。在《最后的贵族》（1989）这部电影里，导演尝试着表现某种说不清道不明的、复杂的思想观念，把"世态、人情、哲理"熔为一炉。这种艺术冒险的精神是可贵的，其所能达到的效果则另当别论。

拍摄《老人与狗》时，谢晋已是古稀之年。他再一次选择了张贤亮的作品。小说中邢老汉的"前史"类似于《李顺大造屋》中的李顺大，新中国成立后的一次运动使得邢老汉连个女人都娶不上。直到1972年，邢老汉迎来了一次"艳遇"。一个外地逃荒来的女人因为生活所迫自愿跟他生活在一起。当然，小说家的兴趣并不在于猎奇地表现一个老汉的"艳遇"，而是专注于政治主题。老汉希望女人能留下来，女人却有难言之隐。原来她的政治身份是富农，根本不可能将其户口迁过来。女人的离去是注定了的。这给邢老汉带来极大的精神伤害。女人不辞而别之后，孤独的邢老汉将情感寄托在

---

① 谢晋：《形象大于思想——影片〈最后的贵族〉的艺术追求》，载《我对导演艺术的追求》，中国电影出版社1990年版，第181页。

黄狗身上，看到狗就想起与女人共同生活的美好时光。故事写到这里似乎可以结束了，然而接下来的现实却让邢老汉连这点精神慰藉都无法保留。农村掀起了一场打狗运动，理由是要"批林批孔"，狗是孔老二"忠孝节义"思想里"义"的代表，所以窝藏狗就是窝藏阶级敌人。狗还浪费粮食，而更多地上缴粮食是现实政治的需要。最终，邢老汉也没能留住他的狗。在这一年寒冷的冬季，邢老汉孤独、凄凉地死去了。

在拍过《最后的贵族》《清凉寺的钟声》《启明星》这些"另类"电影之后，这部《老人与狗》让评论界找到了似曾相识的感觉。有人赞扬这是"现实主义的回归"[1]，实际上是看到了谢晋电影政治主题的回归。需要指出的是，同样是政治表达，《老人与狗》却与谢晋以往电影有着相当大的区别。有人说："谢晋影片不断地寻找和创造一种信仰体系，一种对于现实统治合法性和合理性的信仰。"[2] 很明显，《老人与狗》不再是这样的电影。这是一部彻头彻尾的悲剧，是对极"左"政治的强烈控诉。在这部影片里，观众再也看不到"鼓舞人心的力量"，看不到"好人蒙冤""价值发现""道德感化""善必胜恶"等所谓"道德母题"。电影在情节设置上也不再追求大起大落、曲折跌宕，也没有鲜明的今昔对照，而是用一种散文化的风格，以缓慢的节奏，在悲凉的情绪氛围中一点一点地展示人物的内心世界。它有政治性、艺术性，但独独缺

① 秦裕权：《我看〈老人与狗〉》，《电影艺术》1994年第2期。松涛：《宝刀不老，雄风犹在——电影理论、评论界人士谈谢晋新作〈老人与狗〉》，《电影新作》1994年第2期。

② 汪晖：《政治与道德及其置换的秘密：谢晋电影分析》，《电影艺术》1990年第2期。

少娱乐性。这是一部拍给五百万人看的艺术电影，而不再是给亿万人看的大众电影。

对于谢晋在 1986 年后的电影转向，有人提出尖锐批评：

> 然而《芙蓉镇》片以后的五年间，他的作品却再也看不到生动的时代气息，有的只是对最后贵族的研究、佛寺钟声的琢磨或者鸳鸯错配秀才之类的古装戏；要么流于纯理性的探索，要么是对现实生活的回避，总之没有一部描写现实生活的。纵观谢晋几十年的拍片史，这种题材的错位是十分令人惊讶的！诚然，上述题材并非不能拍或不该拍，而是谢晋这样对现实生活有真知灼见，对人民满怀炽热感情而又有深厚艺术功底的大导演，在人民和党殷切期待反映现实生活影片而且这类影片实在太少太差的时刻，却徘徊在古、偏、俗的题材实在太可惜。①

在这份批评里，其实包含人们对谢晋电影的一种基本认知与期待。谢晋电影因其与敏感的政治意识形态的密切关联而引起观影的轰动效应，正应了那句"主流电影才是最大的商业电影"。当他抛开熟悉的套路重新上路，其选择文本的趣味明显地偏离了旧有的轨道。谢晋后期电影艺术探索的勇气的确令人感佩，但是一个导演对文本的阐释效果也与他的阅历、趣味、能力密切相关。如果我们相信即便是有亿万观众的大导演也有他的局限性，谢晋选择阐释《谪仙记》《邢老汉和狗的故事》这两个小说文本可能根本就是一个错误。谢晋电影改编实践的启示意义在于，当小说文本与导演知识结构、期待

---

① 童加勃：《谢晋，你不该随大流》，《电影评介》1991 年第 9 期。

视野相一致，二者能产生高度共鸣时，往往能获得较好的改编成绩。而如果二者相距甚远，导演勉力为之，则往往吃力不讨好。谢晋电影的辉煌与他选择合适的小说有关，而一旦偏离驾轻就熟的轨道，即便是谢晋这样的大导演也难以驾驭。行走在一条错误的改编道路上，"谢晋时代"真的过去了。

第二节　黄健中：改编中的理论自觉

黄健中，出生于 1941 年，是导演中的"第四代"。黄健中导演的作品较多，但除了少数几部作品外（《山神》《雾宅》《我的 1919》等），大部分是改编自当代小说。其独立执导的第一部作品《如意》（1982）改编自刘心武的同名小说；其后，《26 个姑娘》（1984）改编自魏继新的小说《燕儿窝之夜》；《良家妇女》（1985）改编自李宽定的同名小说；《一个死者对生者的访问》（1986）改编自刘树纲的同名话剧；《贞女》（1987）改编自古华的同名小说；《龙年警官》（1990）改编自魏人的《刑警队长的誓言》；《大鸿米店》（1995）改编自苏童的长篇小说《米》；《银饰》（2005）改编自周大新的同名小说。如果算上 1979 年根据前涉长篇小说《桐柏英雄》改编的电影《小花》①，黄健中的改编电影数量达到 9 部之多，他是名副其实的改编"大户"。

---

① 黄健中担任电影《小花》的副导演，导演是年纪较大的张铮，一般认为，黄健中在这部影片中贡献了较多的智慧与力量。

黄健中比较早地认识到电影改编过程中导演无可替代的重要性，为此他专门撰写了《改编应注入导演的因素》一文。这在电影应"忠实于原著"的观念十分盛行的 20 世纪 80 年代初期应该是一个大胆的理论突破。黄健中认为，有两个重要因素决定了改编中导演的重要性：一是随着"近二十年来世界电影艺术的发展"，个性化电影的出现决定了导演在电影创作中扮演了关键性的作用。伯格曼、阿仑·雷乃、费里尼、黑泽明、科波拉、安东尼奥尼、特吕弗等导演的影片，"从内容到手段，乃至他们的电影观念都是非常独特的，他们的作品是不能被任何人所替代的。费里尼的电影就是费里尼的，不能想象他拍摄了一半的影片，另一个人能接上去拍，这如同任何人都无法补上维纳斯这位艺术女神的断臂一样的奇妙"。二是"个性的排他性和个性的相互吸引"。经常会出现这种情况："一个天才的作家与一个天才的导演的合作，却生出一个畸形儿。"一部好的小说总是按其自身的思维逻辑在运作，而不能被其他门类艺术简单地替代。小说与电影在思维方法、艺术观念上都很不相同，所以，黄健中认为改编之前应该思考："为谁去改编，导演是谁？应该明确。是为郑洞天改编，还是为滕文骥改编？不能说改编出来以后谁导演都行。"[1] 由谁导演决定了改编的尺度与方式方法。关于这个问题，黄健中还曾谈道："我常常对别人谈起这么个比喻：作家盖起一座高楼大厦，我必须拆掉。哪怕我在旧地基上盖起的是一座小草屋，但那才真正算是我自己的作品。这座高楼大厦是否选得合适，主要看导演有无深厚的生活底蕴。选择后的再深入生活是短期的，生活的底

---

① 黄健中：《改编应注入导演的因素》，《电影艺术》1983 年第 8 期。

蕴是长期的基础性的。"① 导演因其个性的不同，他对原作感兴趣的内容、他的处理方式等都会有很大的差异。改编一定要体现出导演的个性来，那样才能称得上是导演的作品。改编的成功与否，那就要看导演长期生活形成的个性是否具有足够的同化原作的能力。那么，作为一名优秀的导演，黄健中在其影片改编中什么样的"个性"起到了重要的作用？

黄健中的成长历程有其特殊性。他没有进入电影院校进行系统的理论学习，而是从 20 世纪 60 年代开始即进入北京电影制片厂，跟随崔嵬、陈怀皑等老一辈电影导演，在耳濡目染的拍片实践中学习。他从场记做起，到副导演，再到导演，按理说他的经历证明其优势在于丰富的实践。有意思的是，黄健中在第四代导演中恰恰是以理论见长。熟悉黄健中的人对于他的基本印象是，他勤于读书，勤于思考，也勤于理论写作。在北京电影制片厂，这个年轻人的聪明、好学给老导演留下了很好的印象。陈怀皑勉励他"十年过后回头来看"，他肯定能成长为电影厂里出类拔萃的人物。当十年过后黄健中已小有成就时，陈怀皑让他"十年过后"再回头，见证其成长的老一辈导演对黄健中是有一份殷切期待的。黄健中能从许许多多年轻导演中冒出来成为其中的佼佼者，自然有他过人之处。他的聪明首先就在于能够准确地判断自己的优势与不足，并尽力做到扬长"补"短。当你的短板经过努力变成了你的长处时，你自然就能脱颖而出了。

在我们这些人身上，有一个共同的趋势：都处于不断地要

① 罗雪莹：《五十而不知天命——导演黄健中访谈录》，《当代电影》1992 年第 1 期。

摆脱自己、叛逆自己、否定自己、自我反省的过程中。我们之所以这样做，是因为我们这一代人师承的老一辈艺术家，大都是从话剧走来的，我们的电影观念基本上是半话剧半电影。为了使自己的观念更加适应于电影这门日臻成熟与完美的艺术，我们不但在思考着如何摆脱自己，而且把这一思考提给了比我们更年轻的电影工作者，譬如田壮壮他们这一批人，在对生活的思考和艺术观念上，会比我们更加单纯。[①]

黄健中所处的时代正是大变革的时代，20世纪80年代电影观念必然要从几十年的文化封闭中走向更新。他们所师承的老一辈导演固然有着丰富的实践经验和精湛的艺术功力，但从电影理论观念来说，恰恰是保守的、注定会被更替的一方。长期的耳濡目染，黄健中身上自然也带有深厚的旧电影的影子。像田壮壮、陈凯歌这样新一代的导演们，他们在艺术经验上固然不如黄健中纯熟，但他们从电影院校毕业，对世界电影发展的动态，尤其是最近二三十年来欧洲电影的新发展显然有着清晰的认识。他们在理论上有着更好的准备，对于电影语言的创新、电影面貌的改变有较大的决心。他们可以轻装上阵，没有包袱，"更加单纯"。黄健中要想在面向未来的竞争中能有一席之地，必须花大力气提升自己的理论修养，革新自己的电影观念。他的确也是这样做的。

黄健中是当代导演中理论写作最勤的一个，他把他的学习所得经过系统思考写成一篇篇独立的学术论文，发表在《电影艺术》《当代电影》《北京电影学院学报》《文艺研究》等国内一流学术刊

---

① 黄健中：《进行生活和艺术的积累与思考——为克服电影创作的平庸而努力》，载《黄健中导演笔记》，作家出版社2011年版，第122页。

物上。从他所发表的这些论文来看，黄健中的理论思考是多方面的。包括《电影应该电影化》《电影的思维与电影的美感》《电影，面临声音的挑战》《从电影的艺术容量谈视觉元素——外国影片学习点滴》《画面与空间——我的影片造型观念》《蒙太奇休止》等讨论电影本身的艺术特点、电影观念的创新的理论文章；包括《〈黄土地〉的艺术个性》《崔嵬和他的儿童世界》《1981 年的记忆》《〈小街〉·杨延晋》《开拓人的内在深层世界——评孙周、王宏、张光照三位青年导演和他们的作品》等分析、评述同代人的电影论文；当然还有对自己艺术创作的理论阐发，黄健中的每部电影几乎都有撰写成文的理论探讨，包括《〈如意〉：中国意味与诗化品格》《〈过年〉：对宗法观念的思考》《〈我的 1919〉：历史的反思与激情的奔突》《〈米〉：对人类生存环境的思考》《〈良家妇女〉：性的魅力与浪漫气息》，等等。从他的相关论文不难看出，黄健中对世界电影的发展尤其是 20 世纪 50 年代以来的新发展有着浓厚的兴趣，对于法国电影新浪潮、意大利新现实主义电影等世界电影新潮流，对于费里尼、阿仑·雷乃、特吕弗、新藤兼人、爱森斯坦等导演的作品有着深入的理解；对于一些国外的电影理论著述也是相当熟悉的，包括贝拉·巴拉兹的《电影美学》、马赛尔·马尔丹的《电影语言》、岩崎昶的《电影的理论》、爱森斯坦的《蒙太奇 1938》、谢尔曼·杜拉克的《电影——视觉的艺术》等。黄健中论文中的引证令人应接不暇，足见其涉猎之广、读书之勤了。黄健中可以称得上是导演中的理论家了，但他又不是一个职业理论家。黄健中是一名导演，他的理论学习与思考归根结底还是为了指导他的电影拍摄。一个有着较深的理论造诣的导演在他的电影改编中一定有其与众不同的地方，理论修养及理论思考的习惯会为他的电影改编带来哪些优势，是否也有某些不足？

一 启蒙思想与电影美学

黄健中崛起于 20 世纪 80 年代初期，作为一名苦学勤思的导演，他对于当时社会思想文化界广泛讨论的人道主义、人性等启蒙话题是比较关注的。他在总结《如意》《良家妇女》时标题即贯之以"人·美学·电影"，"人"是排在第一位的。在他后来结集出版的《黄健中导演笔记》一书中，第一部分也是这"人·美学·电影"，但是增加了讨论其导演的电影。可见，"人"是黄健中电影非常关注的一个理论命题：他对人的理解绝非泛泛，而是有着明确的理论指导。

黄健中独立执导的第一部电影看中的是刘心武的小说《如意》，因为，在黄健中看来《如意》是他所读到的刘心武所有小说（包括获奖的小说）中最好的一部，也是最深刻的一部。这个观点当然很值得推敲，从小说的思想内涵来看，《如意》大概算不上什么"最深刻"，艺术上也未必"最好"，关于这一点我们会在后面进行分析。当然，对于一部文学作品的评价完全可以见仁见智。那么，黄健中到底极为欣赏这部小说的什么呢？在写给剧组的"导演阐述"中，黄健中大段引用刘心武对小说的阐述："《如意》实际上触及了一个很大的主题，全世界人们都注意的，人和人的关系。过去，我们就是一个简单的理论，阶级关系，阶级斗争。其实，说来说去，这是一个古老的命题，从马克思主义产生以来，就一直在探讨这个问题，就是阶级性和人性的关系。人是有阶级烙印的，但除此之外，人和人之间，阶级烙印以外的部分也起作用，一个人出生以后，就好比一封信投入邮筒一样必然要打一邮章，人必然打上阶级烙印，但没有烙印的一部分也要起作用。长期的只讲阶级斗争为纲的理论，也需要一种人道主义的东西来加以补充。归根到底，我们都是人。人要善待人，这是世界的呼声。"① 并说："我大段摘录作家的口头阐述，替代导演阐述，因为他说得很透彻，他帮助我们对作品有更深刻的认识，或者说对人性有宏观的、历史的认识。"② 刘心武对于人性、人道主义的思考明显带有那个时代的局限性，他在肯定人性、人道主义的同时，并不否定所谓的"阶级性"，认为人"一出生"，就"必然打上阶级的烙印"。他也没有勇气挑战"阶级斗争"理论，只是认为这种理论需要"一种人道主义的东西来补充"。理论上的局限使得作品的反思不够彻底。落实在小说文本中，就是石义海为斗死的资本家盖尸布，给挨斗的曹校长摘下挂在脖子上的铁饼，给劳改分子送绿豆汤等。且看他的表白："……给活活打死了，也不该让他尸身任雨淋着啊。他也是人。人对人不能狠得过了限。解放那阵，我为什么佩服共产党？就是觉着共产党不糟践人。地痞恶霸他们逮去了，为民除害，一个枪子儿毙了算，不像猫拿耗子似的，先玩上一阵，搓揉烂了再吃。我也不知道这几年是怎么啦，时兴人整治人、人糟践人。咱们学校一开批斗会，拉出人来给挂牌子、戴高帽子、撅着揪着，剃什么'阴阳头'，逼着唱什么'嚎歌'……我就觉着不是味儿。跟你说实在话吧，就算那人真是坏蛋，你这么一弄，我的心也软了，我还是可怜那让别人不当人待的人。你们常说阶级斗

---

① 黄健中：《〈如意〉：中国意味与诗化品格》，载《黄健中导演笔记》，作家出版社2011年版，第19页。
② 同上。

争，阶级斗争是人跟人斗，不是人跟狗斗，是不？那就该有个分寸，不要弄得这么不像人样儿……"这一段话可以说是小说最精彩的部分，是作者观念的集中表达。人不能糟践人，应当把人当人看，这大概是作者反对"四人帮"倒行逆施，提倡人道主义的最有力的声音。但仔细分析还是不难发现，石大爷身上所折射出来的作者思想有很大的问题。他并不反对"阶级斗争"，只是要求斗得有"分寸"，不能"狠得过了限"。因为被斗的是"人"，不是"狗"，你别像猫拿耗子似的玩耍他。与其这样，不如像新中国成立初期"一个枪子儿毙了算"。这种将人从肉体上消灭的极端做法与带有人格侮辱性的批斗相比，到底哪个更不人道？这是石大爷思想混乱的地方，也是作者理论的缺陷所在。实际上，提倡人道主义而又不反对阶级斗争，必然会陷入理论的泥潭。

对这部小说极为欣赏的黄健中也跟着刘心武一起走向泥潭，但是，黄健中聪明地在半途中避开了理论陷阱。他知道刘心武的意图，"他是想用马列主义观点探讨社会主义的人性问题"，而黄健中的理论资源是一本"文化大革命"前夕出版的《从文艺复兴到19世纪资产阶级文学家艺术家有关人道主义人性论言论选辑》，这本书收录了各个历史时期具有代表性的人性论。理论视野的相对开阔使得黄健中没有局限在一个狭小的范围内打转转。在对石义海这个人物的理解上，他更多的是强调其在"非人的环境"中表现出的高尚心灵和优美人性。黄健中引用马克思对《巴黎的秘密》中的女主人公玛丽花做出的评价："尽管她处在极端屈辱的境遇中，她仍然保持着人类的高尚心灵，人性的落拓不羁和人性的优美"；"她之所以善良，是因为她不曾害过任何人，她总是合乎人性地对待非人的环境"。"马

克思的话对我们认识石义海无疑是指南。"① 黄健中无疑是站在一个比小说作者更高的理论高度上来表现这个主人公的。

从结构上来看，小说以青年老师"我"（即电影中的程宇老师）为视角，逐步认识到石义海的人性美；而关于主人公石义海的故事大致有两个方面，一是他在"文化大革命"中的表现，小说以此表达"阶级性与人性"；二是他与格格金绮纹的爱情故事，这与刘心武热衷阐发的作为阶级性补充的"人道主义"似乎没有多大联系。也就是说，围绕主人公的两大故事板块存在脱节现象。电影保留了第一人称限知视角——当然，导演完全可以以全知视角来讲述这个故事，但这样做明显不利于影片主观抒情的需要。但在石义海的故事中弱化了"文化大革命"表现这条线，而突出他与格格艰难的黄昏恋。导演如此改编最主要的一个动因即在于一种理论上的考虑，尽量避免吃力不讨好的阶级性问题，而集中笔墨去书写"人性的优美"和"高尚的心灵"。但是，导演又没有放弃"文化大革命"这条线，而是将其整合为人物生存的"非人"的"极端境遇"，这样更能见出他"合乎人性"的一面，见出"人性的落拓不羁"。这样，黄健中以其电影《如意》回应了 20 世纪 80 年代初期的启蒙思潮，他表现的是一个普通人，同时也是一个"大写的人"。

如果进一步分析，这个"大写的人"是否也被有意识地拔高了？尤其是石义海在"文化大革命"中的表现，"众人皆醉我独醒"，一次又一次"顶风作案"，堂堂正正地同席卷一切的造反派对着干，他俨然是一个孤胆英雄。为了表现优美的人性，似乎又

---

① 黄健中：《〈如意〉：中国意味与诗化品格》，载《黄健中导演笔记》，作家出版社 2011 年版，第 19 页。

使故事失去了可信性。黄健中也许意识到了这个问题，所以他才在改编中坚持要把石义海讲鬼的故事拍进电影里——这让刘心武很奇怪，居然有导演执意要拍人物这么落后的思想。石义海坚信他看到了鬼，这个从旧时代走过来的人才显得真实——刘心武创作的这个故事让人产生怀疑的地方还不止于此，导演需要这样的细节来说服他的观众。电影以石义海与格格的爱情贯穿始终，除了已经述及的理论上的思考外，应该还有一个隐性的因素。小说最吸引人的地方不就是这个焦大爱上林妹妹的故事吗？要知道写"文化大革命"中特异个人故事的小说太多了，而写普通劳动者与前格格的黄昏恋却应该是独此一家。读者和观众都喜欢戏剧性，距离越远则戏剧性越强，但作者有义务交代这中间的过程：到底这两个差距如此之大的人怎么就互相恋上了？他们的第一次相遇是在格格家的后花园，石义海被神父惩罚倒绑双手"苏秦背剑"式地踩黄泥。格格见后不忍，命丫鬟为其松绑。如果说这一次间接交往就让石义海从此爱上了格格，总让人觉得不可思议。而好读《红楼梦》并以黛玉自居的格格居然也在此时产生与石义海"同是天涯沦落人"之感。二人的初识都不过是十几岁的年纪，不知为何此后石义海一直未娶，到死时仍是"童贞男"。如果他真的爱上了格格，那他的心理动因是应该交代清楚的。二人漫长的爱情其实有多次机会出现理想的结果，但偏偏就是不能如愿。大概在20世纪50年代中期，经人推动，格格终于在周围人的冷眼中鼓起勇气，赠送石义海一柄如意。这东西有一对，上面镶有宝石，格格以之为定情之物的用意十分明显。但格格有病，妨碍了二人结合。这病并没有什么大不了，小说中写的是更年期的毛病，电影中则

没有讲明，只是买药、吃药。到 1962 年，格格已年近五十，病也好了（居然病了五六年），但这次没有结婚的原因更加荒唐：石义海去请曹校长开介绍信，曹校长见他来找，以为是生活上的一些小事，石义海很生气，拂袖而去。曹校长其实相当热情，只是猜错了石义海的来意，石就觉得伤自尊了，他完全没有搞清楚自己的目的。当然，这并不是不可挽回的错误，石义海可以有无数次这样的机会，可婚事却这样莫名其妙地拖下了。直到十年后石义海突然死去，二人还是没有领到结婚证。刘心武不是编故事的高手，二人的爱情悲剧总让人感觉人为编造的痕迹过重。黄健中对此似乎也没有深入推敲，他看重的是人物传达的思想，是可以上升到理论高度的精神。

改编《良家妇女》具有一定的偶然性。两位来自农村的文学爱好者将李宽定的小说《良家妇女》改编成文学剧本寄给《电影艺术》杂志，并指名由黄健中将其拍成电影。黄健中接到信后对小说也很感兴趣，在通读了李宽定的其他几部中短篇后决定将其拍成电影。这部小说写的是贵州北部山区落后的婚俗，16 岁的杏仙嫁给 8 岁的少伟，"畸形的婚姻、落后的习俗、残酷的族规，如同没有阳光的天气，使人的精神也变得扭曲"。"这是在一个古老的村寨里，一曲'古老'的婚姻悲歌；是青年作家对父母辈的婚姻生活作一次哲学巡礼。"① 这是小说留给导演至为深刻的印象。以世代相因的残酷的婚配制度为切入口，表现愚昧、落后的文化，探寻人在愚昧的世界中如何寻找出路，这是影片的主旨，也是导演关于人的启蒙思想

---

① 黄健中：《〈良家妇女〉：性的魅力与浪漫气息》，载《黄健中导演笔记》，作家出版社 2011 年版，第 34 页。

的延续。黄健中认为："作家对旧婚姻的批判，正是通过对人性的开拓，对人的内在深层世界的开拓，达到其上目的的。"① 而这也正是导演拍摄这部电影的一个基本思想。

李宽定的这篇小说在内容与风格上颇类似于沈从文的《萧萧》。从结构主义的观点分析，二者同样是讲一个童养媳的故事，同样是媳妇恋上另一个男子（花狗和李开炳），最后都面临族规的惩罚，又都被豁免了。不同的是，《萧萧》结局也是开始，它讲的是一个历史循环的故事；而《良家妇女》因为新中国的成立，历史终结于杏仙这里。在风格上，二者都擅长写风俗，笔调上都可以称得上是"哀而不怨，怨而不伤"（黄健中语）。《良家妇女》也并不以批判见长，它有一种清新淡雅的风格。也就是说，这部影片可以有另一种改编方法，也是十分贴近原小说风格的方法。这种方法正是导演读农村青年寄来的第一稿剧本时的印象："它是一幅含蓄、泊远、深邃的图画，黔北的民俗风情，让人着迷。"② 如果顺着这种思路去改编，将会有许多有意味的画面得到保留。比如李开炳唱"有味道"的《马伕头的歌》：

> 张家九岁小哥哥，
>
> 讨个十八大媳妇；
>
> 半夜三更醒转来，
>
> 爹呀妈呀吓得哭。
>
> 妈在隔壁房间问——

① 黄健中：《〈良家妇女〉：性的魅力与浪漫气息》，载《黄健中导演笔记》，作家出版社 2011 年版，第 44 页。

② 同上书，第 34 页。

唱到这里，他就尖着嗓子，学着女子和孩子的腔调，自问自答地说：

"幺儿，你又尿在床上了？"

"没有。"

说完了，他就笑嘻嘻地看看这个，看看那个，却不唱，硬要大家等急了，催他，他才有意无意地往杏仙那边瞟一眼，学着孩子带哭的腔调，先喊一声"母——"，然后神气十足地唱道：

她摸我的小雀雀！

这既是乡土气味的民歌，能生动地反映现实，又是写李开炳的重要一笔。杏仙喜欢的是这个年轻有趣味的人。再看三嫂这个人物，原本也极生动，这里引小说中她与少伟斗嘴的一段：

"输不起，赢不起，毡帽拿给狗戴起！"

要不，她就唱：

"帽儿歪歪戴，媳妇来得快！"

往往，少伟眼泪鼻涕都还吊着，就忍不住笑了。

少伟破涕一笑，她就刮着脸羞他，说：

"一哭一笑，黄狗撒尿！"

这样一个稚气未脱的人物居然想着法子陷害杏仙，真叫人难以想象。在电影中，导演将三嫂处理成不能生娃总挨丈夫揍的心理扭曲的女人，比起小说来要可信些。这样的情节安排同时增强了电影对女性悲剧命运揭示的力度。在对拍摄实景地的考察中，黄健中放弃了最初的构想，婚俗、民俗退居次要地位，"而着意创造悲剧气氛：晦暝的太阳，灰沉沉的天，到处是山雾，疯女人的悲歌贯穿全部婚礼"①。电影走向另一个轨道，不是表现淡淡的哀愁，而是聚集人的命运，揭示深沉的悲剧，批判文化的愚昧与残忍，从而主张一种更人道的生命形式与生活方式。电影从民俗风味走向了启蒙主题。

黄健中早期的电影，接受西方电影理论的影响，自觉追求影片的观念与语言创新，追求电影的电影化。黄健中大量学习了世界电影自20世纪五六十年代以来的创作实践与创新理论，这成为他在电影美学方面锐意创新的指南。黄健中对于电影美学提出自己的看法："电影作家的主要课题不仅要产生作用于眼睛的效果，而且要产生通过眼睛的效果。他必须学会制作不仅很美的画面，而且学会制作含有戏剧性因素，能够耐人寻味、给人印象深刻的那样一种画面。电影的思维和美感是不可分割的。欣赏一部影片，如果没有一种叫作电影美感的东西，那是不会感动人的。"② 他的理论主张完全是法国电影新浪潮以来的作者电影一派，他在多篇文章中反复强调电影的思维是一种直观的思维，强调视觉与感觉，强调画面的美感，强调视听要素自身的张力。一句话，电影应该"电影化"。为此，黄健中在他的电影改编实践中做了多方面的尝试。

《如意》在拍摄之前，黄健中同主创人员就画了两千多幅草图，对每一个场景的画面设计可谓成竹在胸。因为花了这么大的心思，影片在画面构图上可圈可点之处甚多。石义海与格格的第一次约会，

---

① 黄健中：《〈良家妇女〉：性的魅力与浪漫气息》，载《黄健中导演笔记》，作家出版社2011年版，第40页。

② 黄健中：《电影的思维与电影的美感》，《电影文化》1982年第1期。

格格送给石义海一柄如意，周边的景物是一个正在学步的婴孩，以此替代小说春风吹来的海棠花的清香。海棠花的香气在影片中自然是不能表现的，学步的婴孩则是直观地象征新生命，象征二人爱情充满希望的起步。二人第一次在什刹海见面，湖面上波光粼粼，一对恋人在划船吹箫，夕阳斜照，微风拂面，象征着二人爱情的甜蜜；格格前夫回国后的一次湖边见面情景则大为不同，天气阴沉，划船的人形单影只，失偶的天鹅独自在水面游弋，发出声声悲鸣。格格虽然同样说了一句"这晚景儿真好"，可已经没有了上次的激动，而是落寞的、感伤的。"一切景语皆情语"，石义海与格格东方情调的爱情用这种民族传统风格的画面表现再好不过了。黄健中曾提到《沙漠苦战记》中的一个经典镜头：一队士兵在沙漠中被盗匪包围，一个士兵突围求救，导演巧妙地用伸向天边的马在沙漠中的蹄印来代替骑马的镜头。接着是一系列混乱变形的蹄印特写；一个东西匍匐在地；人的脚印的特写；丢在地面上的来复枪、军刀的特写。黄健中引用巴拉兹对此的分析："他本人从未露过脸，但是他在我们想象中的画像却更加悲壮动人。我们仿佛读到一段描写漫长路程的悲剧诗，而每一个新的足迹，每一件新的东西，都是其中的一段新的诗句。"① 这部电影中的镜头所带给黄健中的冲击是极深的。在电影《如意》批斗会一场戏中，导演尝试用画面代替小说中冗长的议论。电影用一组暴风雨来临前的特写镜头来象征"文化大革命"那场灾难，包括阴沉的天空，沉闷的响雷，教堂式的学校，北京城古建筑上的五脊六兽，中世纪式的路灯，等等，表现"文化大革命"如同欧洲中世纪的黑暗、愚昧与野蛮。电影没有去正面叙述批判会的经

---

① 黄健中：《电影的思维与电影的美感》，《电影文化》1982 年第 1 期。

过（这样既缺乏新意，又必须对烦琐的经过进行仔细的交代），而是以程宇的主观镜头来选择性地呈现一组画面：空空的批斗场地，满地的纸屑，凌乱的砖块，暗示批斗会场的混乱和激烈；石大爷上台的脚步，冷峻的面部特写，为曹校长取下挂在脖子上的铁饼，愤怒地将铁饼掷在地上发出巨响……用画面思维，大量使用表意性的特写，这样的电影美学追求与罗姆的《沙漠苦战记》是一致的，只是相较而言，《如意》在画面设计上还可以更巧妙些。

在影片《良家妇女》中，为了表现小说中的愚昧落后的文化氛围，导演有意将拍摄场景安排在一个以石头砌成的少数民族村寨里。除了这座石头堡垒外，影片中大量用到石景。三嫂求子的石头溶洞，通向外面的石路，石刻的女体，春米的石碓，等等。还有反复出现在画面中的村子入口处的巨石——泰山石敢当，这是起镇压作用的。石头象征"凝滞"、压抑、顽固不化，千百年来都是如此。影片中出现的瀑布，景色优美而灵动，破坏了整体构思，这在黄健中的理论反思中已经指出。疯女的设计以及象征着女性崇拜的石刻女体像，其画面的表意功能已经开始超出普通观众的接受能力。到改编刘树纲的《一个死者对生者的访问》时，黄健中走得更远。这部影片在思想内涵上依然是启蒙主题的，它借一个在公共汽车上勇斗歹徒而牺牲的死魂灵来拷问冷漠旁观的众人的灵魂，追问现代社会人性的状况。影片对故事做了历史的纵向延伸，插入了诸如兵马俑、原始部落人群、石像上的蜥蜴等画面，使得影片在表意上晦涩难懂。尽管有人认为："兵马俑、石象生、原始部落人群、母系社会母亲，这些穿插其中，看似与影片内容毫无关系的附加物，竟在我们头脑中形成了一条历史的贯串线，使我们从精神方面去研究产生这一社会

悲剧的原因。"① 这部试图对人的本性做哲学探讨的影片还是黄健中电影最具现代派色彩的电影，也是他在践行西方电影理论中走得最远的一部。这让人想起黄健中对费里尼的影片《8 $\frac{1}{2}$》的分析：

> 本片的主题是叙述一个处于混乱中的灵魂。影片一开头为了表现完全处在思想枯竭状态的季陀（影片主人翁），出现了一组城市交通阻塞后，一辆辆汽车内外的镜头：静止的汽车，混沌欲睡的人，沉闷而令人窒息的小轿车内季陀在挣扎着，最后打破车窗飞出去。通过飞出车窗，而不是钻出去跑掉，显而易见这是季陀的想象。社会的停滞、沉闷、混沌、窒息和他的痛苦交织在一起，这正是影片表现的一个核心，季陀在"自我解剖"的同时，客观上解剖了社会。在这一组一百来英尺的胶片里，导演传达了一个多么丰富、多么深刻的思想啊。②

费里尼的影片《8 $\frac{1}{2}$》大概也是许多人看后不知所云的电影，但在黄健中看来却是最好的一部。"我自己最感兴趣的，是我们民族的艺术，民族的性格和感情。而我却经常被扣上'现代派'的帽子，简直都摘不下来了。我的性格比较拘谨，但又很想在艺术上充分发挥自己。这样，我的性格和我的艺术追求经常发生矛盾，使我在创作中产生了许多的痛苦。"③ 在电影美学追求上，黄健中试图融合东

---

① 章柏青：《荒诞、变形、魔幻及其他——影片〈一个死者对生者的访问〉随笔》，载《电影与观众论稿》，华夏出版社1995年版，第400页。
② 黄健中：《电影应该电影化》，《电影艺术》1979年第5期。
③ 黄健中：《进行生活和艺术的积累与思考——为克服电影创作的平庸而努力》，载《黄健中导演笔记》，作家出版社2011年版，第123页。

西方艺术传统，但人们似乎更愿意关注他的影片"现代派"的一面，而忽略了他对民族传统的继承和发扬。这正是他的"痛苦"所在。在改编实践中，黄健中大可不必否定他的"现代派"的一面。尽管在某些画面的运用上，他的"现代派"手法还显得生硬、古怪，但他的电影改编理念是前卫的，是电影化的。用电影的方式来表达小说的思想内涵，这是黄健中20世纪80年代电影改编实践的可贵探索，可惜的是，90年代市场化以后，黄健中似乎不再坚持这样的艺术探索了。

二 女性主义与女性命运

启蒙思想呼唤人的觉醒，使人脱离蒙昧的状态，追求个性解放，以合乎人性的方式生存。五四思想启蒙运动的一个重要命题是关注妇女与儿童，因为他们是社会中的弱势群体，只有妇女、儿童得到了解放，才能说社会文明进步了。从呼吁人的觉醒的启蒙思想到关注女性命运，这在理论上是很自然的事情。我们注意到，黄健中所选中的小说作品，有多部是关于女性命运的。他对于中国女性命运也有着较为深刻的理论思考。

这里，我们完整地引一段黄健中的朋友对他的印象：

> 为了拍摄《良家妇女》，他精读了《文学源流浅说》及《中国古代妇女史》《中国女性史》《婚姻与家庭》等等。他有一个厚厚的导演手记，上面密密麻麻地写满了甲骨、钟鼎等中国古代文字及注释。为了拍摄《一个死者对生者的访问》，他细细地研究了《关于人的学说的哲学探讨》等一系列书籍。当记者向他提出："您的创作灵感有很大一部分来自理论，您是否通

过理论思维所形成的理性来导引您的创作"这个问题时，黄健中的回答是肯定的。他说："我认为一个艺术家如果不能在理性上把握宏观，那他的作品就只能是小家子气的，缺乏深度和广度，不具备艺术的品格。"正因为如此，黄健中企图使他的影片注入对哲学的思考。①

面对记者的提问，黄健中直截了当的回答强调了他的创作中理论引导的重要性，他甚至极端地认为非此则"作品只能是小家子气的"。为了拍摄某部影片，他会去读相关的理论书籍，深入研究某一相关理论问题，这在中国导演界大概也是绝无仅有的吧。为了弄清楚某一问题，他有时要研读好几部理论著作。上面提到的《良家妇女》的拍摄在黄健中的导演阐述中也有所说明，他不仅自己看，还推荐摄制团队一起研读：

> 如果可能请大家阅读一下《中国妇女生活史》《中国古代
> ██史》和恩格斯的著作《家庭、私有制和国家的起源》，也
> 许从这里可以感受到影片的主题。②

黄健中绝对是动真格的，不是在故弄玄虚。在电影的开头出现一段毛笔书写的"题记"：

"在我们中国，最可敬的是女子，最可悲的呢，也是女子。"

紧接着的是一段旁白："汉字最早的形态甲骨文中，女人的'女'字是一个跪在地上的女子，两手交叉，温驯地放在胸前；而妇

---

① 沈及明：《寻寻觅觅到中年——记黄健中》，中国艺术研究院影视研究室《影视文化》编辑部编：《影视文化》丛刊第 1 辑，文化艺术出版社 1988 年版，第 264 页。

② 黄健中：《〈良家妇女〉：性的魅力与浪漫气息》，载《黄健中导演笔记》，作家出版社 2011 年版，第 35 页。

女的'妇'字，则是一个持扫帚的女人，象征着从事家务劳动。"

再接下来才是出片名字幕，出演职员表，这一段持续时间很长，衬底的画面是一系列古代妇女石刻像，包括跪女、执帚、育婴、求子、生殖、裹足、碓米、推磨、出嫁、沉潭、哭丧等，并在石刻像的上方标明不同的历史年代。片子的结尾依然用的是这些石刻像。我们看导演对这种安排的思考：

> 影片《良家妇女》为了讨论中国妇女的地位，片头想要从中国妇女在两千多年历史上去追溯，从殷商时期甲骨文上所记载的象形文字做一个哲学的思考，那么这个思考就不是一个导演自己的。这一系列浮雕的画面表现妇女的生老病死、婚丧嫁娶等等。正是谈画面的同时，录音师介入两个声音，一个是狼嗥，一个是婴儿啼哭。哭声是一种历史延伸感，而狼嗥则是蛮荒的初始时代的印记，两个声音形成对立。另外，就是石臼春米，这个音响把前面两个音响做一个破坏（这是不是在声音上有一种哲理呢），或者说是做一个声音的连接。这个声音有什么来由呵，没有，就是听觉的需要。丹纳在《艺术哲学》一书中谈到音乐家对声音的敏感超过凡人……①

给古老的石刻像画面配以狼嗥和婴儿啼哭的声音，在艺术感觉上的确非常精彩，其效果从理论上来说也的确如同黄健中所阐述的，有一种历史的延伸感和蛮荒感，达到了"哲理"思考的层次。从这个精心设计的开头不难看出，导演对李宽定这篇小说的阐释集中在

---

① 黄健中：《在"电影中的声音研讨会"上的发言》（结集出版时改名为"电影，面临声音的挑战"），《北京电影学院学报》1987年第2期。

对妇女命运的思考，受到相关理论的影响，导演将这种思考放置到几千年的历史长河中，并要将这种思考上升到哲理的层面。然而，现在的问题是，李宽定的小说能否承载得起这么沉重的思考？

小说《良家妇女》以清新淡雅见长，故事里没有尖锐的矛盾冲突，杏仙、五娘、少伟都是那么的好，是人性优美的代表。杏仙也不是"反封建"的先锋，她总在犹豫不决要不要同开炳结婚而抛弃现有的家庭。其实导演也非常清楚，这部小说中"婆婆不再是过去作品中经常出现的恶婆婆，小丈夫也不再是恶少。而且作家大段大段地表现婆媳之间、'姐弟'之间的和谐，把生活写得很美、很有诗意"①。家庭成员之间和谐共处大概不是导演所理解的两千年来妇女生存的状态。杏仙也不是妇女历史命运的代表，她终结了这段历史。如果从历史出发，五娘这个角色倒更适合导演的哲理思考。因为五娘同丈夫刚结婚丈夫就逃婚走了，留下她守寡带少伟。但导演又没有在五娘身上花更多的工夫进一步加以改写。出于理论的兴趣，黄健中一开始就给电影戴上一顶关于千百年来中国妇女命运的帽子，实际上，这顶帽子戴在小说《良家妇女》头上并不那么合适。为了这顶不合适的帽子，导演还必须给这"脑袋"做适当的修改。导演设计了一个新的人物——疯女人，疯女人基本游离于故事之外，是导演理念的产物。疯女人产生于这样的理论逻辑：两千年的中华文明是一部妇女的奴役史，当中有许许多多的悲剧；而小说太美好了，缺少悲剧人物，必须得有一个被逼疯了的女子来作为代表。疯女子的悲歌笼罩于整部影片，悲剧氛围是有了，只是

---

① 黄健中：《〈良家妇女〉：性的魅力与浪漫气息》，载《黄健中导演笔记》，作家出版社 2011 年版，第 43 页。

核心故事却不具有导演想要的冲击力。至于疯女子送给杏仙的石刻女子裸像，其用意在黄健中看来是表示女性的自我崇拜，但从故事本身来看也是令人费解的。这个塑像有突出的女性器官包括乳房、外阴等，杏仙拿到后珍藏起来不时观看抚摩。这个似乎有些变态的举动是相当怪异的，是为了表现导演的关于女性性别意识觉醒的理念而强加给人物的。

如果说黄健中对《良家妇女》的改编有些理论先行、理念大于故事的话，在改编古华的《贞女》时，理论与故事就要契合得多了。小说《贞女》讲述爱鹅滩这个地方，竖着十五座贞节牌坊，唐、宋、元、明、清皆有。小说由两个故事组成，一是清代的青玉（情欲的谐音）守节的故事，一个是当代桂花改嫁的故事。这两个故事在小说中各自独立，没有交集。年轻的青玉为情欲所困，封建礼教却要活活扼杀她作为一个正常人的欲望。四爷命她天天读《女训》《烈女传》《二十四孝图》之类的书籍，她的生命价值就是冲着贞节牌坊去的。礼教压抑人性透过一个细节即可见出，青玉高耸的乳房为人所讥笑，她只好用白布将其裹紧。青玉也一直服从礼教的摆布，但她的梦境还是泄露了本真的欲望："不知是白天还是晚上，是在屋里还是屋外，她的身子被人抱住了，压住了……她想喊'救命'，可又喊不出，她的嘴巴被人堵住了，也是一张嘴。于是她把自己的嘴也闭得铁紧、铁紧。她拼命地扭动身子，乱蹬双脚。终于，她的小嘴张开了，浑身都酥软了。怎么花开了，草绿了，带着雨露，生命的欢乐……"青玉的美貌引得教书的吴先生窥视，而吴先生恰恰是青玉生命价值的见证。可惜吴先生被家里的狗活活咬死，青玉这个鲜活的个体也就逐渐凋谢了。历史虽然已经进入当代，但人们的传

统思想依旧。司机吴老大总是怀疑漂亮的媳妇桂花不忠，一回来就要突击检查，强迫桂花脱光身子，还动辄打骂桂花。这是对女性人格尊严的恣意践踏，桂花提出离婚，非但没人同情，反倒招来周围人的谩骂。吴老大出车祸死了，乡里人就怪罪桂花，给她开的饭店贴上"人间无情酒家女，世上最毒荡妇心"的对联。大家相约不在她的饭店吃饭，还要照老规矩用黄土将酒店填平、封埋。原本对桂花有意的车杆子，却也是礼教思想严重。有人给他提亲，他却认为是"提了个二路亲，娶个半路婆"，扬言要"砸开他狗脑壳"：

> 我车杆子就这么没志气，没出息，去捡人家的剩饭剩菜吃？我堂堂正正红花郎，真要结下一门二路亲，娶下一个半路婆，莫说亲戚朋友看不起，就是师兄师弟面前也抬不起头。……可那小师娘，脸模子倒是真能迷住人，尤其那双黑眼睛，能把人的魂都勾了去……

车杆子的心态是矛盾的，他很喜欢桂花，却囿于旧的思想束缚嫌弃桂花。在车杆子及周围人的身上我们可以看到传统思想所具有的巨大威慑力。好在时代在改变，桂花不会像青玉一样在压抑中凋谢，而是大胆质问："哪样叫二婚？哪样叫半路人？请你先想清白，也请你先讲清白。"

在拍摄这部影片之前，黄健中依然做了不少理论功课：

> 世界女性学的学者指出：在人类历史上，中国可能是最早出版"女训书"的国家（富士谷笃子主编《女性学入门》第151页）。在我国"烈女传""女儿经""女训""女诫"是伴着历史、政治、经济、文化延伸着。这种名教，"戳之非刀、非

锯、非水火；文亦戮之，名亦戮之，声音笑貌亦戮之"（龚自珍：《乙丙之际著议》第九）。从文化的（道德的）角度研究中国妇女，审视其命运和心态，最终以批判封建道德观对人性的摧残，也许是古华创作小说《贞女》的题旨。①

在论述了古华小说创作的主旨之后，黄健中深入中国传统文化的内部来谈对个体的压抑与解放两种思想体系：

> 在中国哲学史上对人的个体意识就存在朱熹"存天理，灭人欲"与龚自珍"众人之宰……自名曰我"两种势不两立的哲学体系。朱熹的哲学思想是继承程颢、程颐的思想，并通过二程继承孔孟道德的正传，这是中国文化的正宗。而龚自珍提出"众人之宰，非道非极，自名曰我"是一个近代的命题，具有鲜明的反封建的性质，它标志着"自我"的开始觉醒，是中国近代人文主义思想的开端。

> 如果我们能够宏观把握和审视今天围绕农村妇女在婚姻方面所需要讨论的问题——社会的发展和某些观念的停滞的矛盾，那么，我们就把握了这部影片的主题，就明了这种两个时空结构的特殊意义。古华说：桂花和青玉虽然经历着"两种命运、两番风雨"，却又都维系着"我国几千年来妇女命运"。她们的故事同中有异，异中有同，既有区别，又有联系。这种结构和比较，增强了事件的纵深感和沉重感，使作品的整体具有深邃的历史内涵和强烈的现实意义。②

---

① 黄健中：《〈贞女〉：超以象外得其圜中》，载《黄健中导演笔记》，作家出版社2011年版，第46页。

② 同上书，第47页。

黄健中知识视野的开阔、理论功底的深厚令人敬佩，同时，又让人心生"杀鸡焉用牛刀"的感慨。其实，古华的小说没有那么复杂，也没有那么高深。黄健中在电影改编中最有价值的设计应该是他真正打通两个时代的故事。导演让同一个演员饰演桂花和五婶，二人都追求自由的爱情，前者在现代社会获得了成功，而后者则被逼跳崖；车杆子和长工由同一人扮演，他们都是作为女子爱情对象存在的；青玉的扮演者在现代故事中扮演小妹，前者失败而后者获得了爱情；暗恋青玉的吴先生在现代故事里扮演小妹的男朋友吴老师；检查桂花贞操的吴老大，在过去的故事里演老管家，这个角色是五婶与长工偷情的窥探者和告发者；这样的人物安排，联结了两个不同时代的故事，让观众心领神会其中的奥妙，更强化了小说的主题表达。只是另外几组人物关系就有点让人不得要领了：导演让同一演员分别饰演肖村长和肖四爷、导游女和四奶奶、妇女主任和三嫂。

黄健中选中的几篇小说都是关注女性命运的，他有兴趣拍出个"女性三部曲"。黄健中擅长在宏观的历史大视野中审视女性的命运，他所塑造的女性往往是被压抑的、悲剧色彩浓郁的形象。黄健中重视女性在压迫中的解放，他往往是透过女性性意识的觉醒、欲望的张扬来表现这种解放的欲求。《贞女》中的桂花、青玉、五婶都是如此，《良家妇女》中的杏仙也往性的解放上靠（小说没有此意），黄健中在阐释《良家妇女》时称其为"性的魅力"原因即在此。他后来拍摄的《银饰》中碧兰也主动找到小银匠，借其满足自己在家庭生活中不能满足的性欲；《龙年警官》中的傅冬与妻子离婚的原因主要是妻子抱怨他每天晚上都不在家，结婚与不结婚一个样，小说中完全没有这个情节;《大鸿米店》中的织云也是欲望的象征,是她主动勾引五龙。以女性主义的理论来讲,性意识的觉醒,女性欲望的张扬(主动的追求替代传统的被动接受),具有反抗男权社会的重要意义。

也许同样是出于塑造女性形象的兴趣,黄健中拍了一部名为《26个姑娘》的电影。这部电影讴歌了在大洪水中用生命保护油库的一群姑娘们,带有明显的主旋律色彩。这是一部不成功的电影,黄健中本人后来都很少提及。也许从他选择改编《燕儿窝之夜》这样的一部艺术价值不高的小说开始,他就注定了要失败。这也间接反映了黄健中在选择文学作品上眼界不高的局限,他所改编的诸多小说中,真正上乘之作是比较少的。除了这部《燕儿窝之夜》外,改编成《龙年警官》的小说《刑警队长的誓言》在思想与艺术上都差强人意。黄健中重视思想理论的思考,在小说文本选择上可能不是那么挑剔。

黄健中也尝试着使这个主旋律故事带有自己的艺术个性,他保留了正面人物身上的缺点,使人物看起来更可信,也更饱满;他尽量使电影具有一些诗性的品格,为此,他请人专门创作了表现主题的一首现代诗:

> 我去了,很正常,
>
> 像一颗流弹飞完了全部射程;
>
> 给容纳过我的空间留下点什么呢?
>
> 恐怕只是我自己的回声。
>
> ……
>
> 我落在哪儿并不重要,

重要的是我有过光亮、速度和声音；

在天地间划过一条炽热的弧线，

然后才燃烧了自身。

……

诗写得很精彩，但用在万分火急的水灾面前，由即将跳下深水去传递求救信息的倩倩来朗诵，让人感觉矫揉造作。钟惦棐曾批评黄健中影片有一条"很长的唯美主义的尾巴"，这里的改编也是如此。

三 "新历史主义"遭遇市场

在商品经济的冲击下，黄健中曾有两年的沉寂期，他也感到茫然不知所措。直到1990年拍摄《龙年警官》，他才找到创作的方向。黄健中是个聪明的导演，也是适应能力非常强的导演。他能从一个普通的场记一跃而成为副导演、导演，既有他勤学苦思的一面，也有他精明强干的一面。实际上，20世纪90年代以后尤其是21世纪以后，黄健中电影创作的高峰期已经过去，他愿意把他的精力更多地花费在更加大众化的电视剧上，[①] 这在很多杰出导演是不屑于去做的。黄健中90年代以后的电影改编，从小说文本的选择到改编风格的设计都离不开一个重要考量，那就是商业性的因素。

关于《龙年警官》，黄健中说：

---

① 黄健中是个高产的电视剧导演，自20世纪90年代中期以来拍摄了《笑傲江湖》《雾柳镇》《大秦帝国》《都市民谣》《越王勾践》《母仪天下》《张大千》《大风歌》等二十余部电视剧。

过去我一直被人称作"赔钱导演"，这两年北影经济形势严峻，又分给我一套三居室的新房，一种责任感使我觉得不能再给厂里赔钱，想给厂里拍一部挣钱片，于是就有了《龙年警官》。如果说拍这部影片的起因是想还厂里的情，一旦投入创作，便注入了我们对生活和艺术的严肃性。在拍摄过程中，我们对主旋律电影、娱乐片、艺术片都作了或多或少的探索与融合，力求做到既有票房，又不掉价。①

黄健中以为厂里挣钱的名义掩盖了他本人的商业诉求，一头扎入市场经济的怀抱对于黄健中来说多少还是有些不好意思。在随后的叙述中，他更多强调"艺术的严肃性""探索""不掉价"也是这种心态的表现。当然，客观地说，黄健中也的确没有完全为票房而票房，他希望走一条中间路线，在艺术与票房之间保持平衡。

《龙年警官》改编自魏人的《刑警队长的誓言》，这部小说为电影提供了一个基本的故事雏形。小说除了描述刑警队长傅冬强烈的职业责任感外，还重点讲了关于他的复杂的情感纠葛：一个是妻子孙岩，在这段感情中傅冬是个失败者，因为妻子爱上了经理，并为经理而坐牢；一个是情人阿玲，她的丈夫就是孙岩爱上的那个经理；还有一个是爱慕者仲小妹，这是一段办公室恋情，当然也只是女方的单相思。作为一部反映公安干警的主旋律电影，影片对傅冬与阿玲的关系做了保留，他们只是男女朋友关系，不涉及肉体上的交往；同时，阿玲的身份也做了单纯化的处理，不再是小说中经理的妻子，处心积虑地陷害丈夫，报复孙岩。也许在黄健中看来，小说中的这

---

① 罗雪莹：《五十而不知天命——导演黄健中访谈录》，《当代电影》1992 年第 1 期。

一情节过于巧合，失去了生活的严肃性。孙岩的婚外情也是浅尝辄止，在结局时回到了原有的轨道上来（小说中的孙岩是个"死不悔改"分子，到死都不认为自己错了），刑警队长以他的家庭责任感、对感情的忠贞赢得了健全的家庭。以复杂而且相当时尚化的情感纠葛来表现主流电影"英雄人物"，这反映了导演在主旋律电影与娱乐片之间保持平衡的努力。在读过小说后赋予未来电影何种风格，应该是黄健中考虑的一个重要问题。这部电影的成功很大程度上在于，它诚实地向香港警匪片学习。从抓捕逃犯黄小龙的主线设计（小说没有这个情节），到音乐的使用、大量的动作戏，乃至以幻灯片展现罪犯样貌、阿玲机场空等候、女演员港台化的时尚打扮等细节安排，都是像模像样的港片风格与气派。

对于这样一部商业气息十足的影片的改编，黄健中仍然有他严肃的理论思考：

> 我强调好看并不意味着不尊重生活，拍艺术片的导演必定要尊重生活，否则就会滑到迎合的那一类去。所以对于我来说必须有两种制约，一个是对生活的认识，一个是对艺术的严肃。二者如何结合是影片成功的关键。我将这种结合定为"幽默"。我认为将艺术片、生活片、警匪片以一种幽默的方式处理，是符合当前电影观众的欣赏需要的，主人公的幽默感对于影片的成功至关重要。①

在这段话里，黄健中明确了"好看"是第一原则，同时又坚持

---

① 黄健中：《〈龙年警官〉：商业性与艺术性的结合》，载《黄健中导演笔记》，作家出版社 2011 年版，第 52—53 页。

必须注重生活和艺术的严肃性。怎样做到二者的平衡？黄健中提出一个概念，就是"幽默"。理论思考是一回事，艺术实践可能又是另一回事。饰演傅冬的张丰毅是个严肃有余而幽默不足的演员——他不时来一句"哈哈"，只是给人造成干笑的印象，这可能使黄健中的艺术与商业平衡的理论主张大打折扣。另外，导演在小说之外加写的追捕黄小龙的情节主线与傅冬的情感纠葛处于一种游离状态，还不如小说中将傅冬破案与阿玲的阴谋扭结在一起那样结合紧密。

虽然现实题材的《龙年警官》受到了评论界的欢迎，但黄健中拍得最好的还是历史题材。20 世纪 90 年代中期以后黄健中改编的两部文学作品都是历史题材，一部是苏童的《米》，一部是周大新的《银饰》。从文学评论的角度来说，这两部小说都是"新历史"小说。它们对历史的理解不同于官方意识形态，不以"还原历史本来面目为目的"，而是以个人化的主体视角，"以一种新的切入历史的角度走向另一层面上的历史真实"。① 这两部作品的改编都离不开商业性的考量——很多"新历史"小说天然地同商业性紧密相连——只是在这过程中间，黄健中还是注入了理性的人文思考。

我们前面曾谈到，黄健中倚恃理论的指导，他对文学文本的选择并不具有独特的"慧眼"。他所改编的大多数文学作品都是二三流的，有些根本不入流——尽管有些作品拍出来获了不少奖，或者得到了好评，但并不影响我们做出这样的判断。不过，1995 年的这一次改编，我们要说黄健中终于找对了一个好的文本——尽管这部影片最后没能上映。这个小说文本就是苏童的《米》。虽然这部作品没能给黄健中带来任何荣誉，但还是要说，这应该是迄今为止，黄健

---

① 王彪：《新历史小说选·导论》，浙江文艺出版社 1993 年版，第 5 页。

中导演的最有力量的作品，也是最深刻的一部——他一直都在追求的深刻。同张艺谋、陈凯歌比起来，黄健中不是那种在改编中创新能力特别强的导演，他在很大程度上还是要依赖小说自身的力量来完成电影创作。因此，可以说《大鸿米店》的成功很大程度上缘于苏童小说的成功。

1994 年 4 月，黄健中拿到苏童的改编授权后，即开始着手改编工作。在做小说的改编剖析时，黄健中导演相当严谨、细致。他专门列了长达 9 页的一张对比表（见黄健中《〈米〉：对人类生存环境的思考》一文），表的左边是小说各章详细的情节说明，右边是电影的改编要点。从这张表里，可以清楚地看到黄健中对小说的概括、理解、评价，可以看到他对未来电影在取舍、详略、发展、改动等诸多方面的思考。比如，在分析第五章时，小说写"五龙开始钻织云的后窗"，黄健中认为"钻后窗"是常规戏，没有特色，"五龙和织云的戏如果放在米仓里会更精彩"。第六章，五龙出于泄愤把织云的衣服扒了，将米塞入织云下身，黄健中提出："此处的改编要注意：1. 如何避免裸体。2. 性虐待到了不堪入目的地步，怎么避？但又要写出五龙疯狂的复仇。"① 第七章，织云离开了米店，把五龙留给了绮云，姐妹发生争执，最后绮云还是"默认了现实"，"五龙与绮云结合了"。对此，黄健中提出："绮云从恨五龙到嫁五龙，过程（或说理由），并不充分。改编怎么能写出精彩的一笔。""改编时，米店应有碾米房。碾好的米像瀑布般流进米仓，五龙把绮云抛到米仓时，绮云是同他在米堆上搏斗，不要单纯写五龙的性虐待，墙上

---

① 黄健中：《〈米〉：对人类生存环境的思考》，载《黄健中导演笔记》，作家出版社 2011 年版，第 63 页。

的风扇转着夕阳的光（绮云洗澡应是在黄昏，打烊之后）。"黄健中继而提出对第七章的总体思考："从本章考虑绮云：她为什么要嫁给五龙？嫁给五龙后又重复着织云那样被五龙的性虐待，这同此前她倔强的性格似有不符；她探望织云时对六爷、五龙的认识是十分清醒的，她不可能有反抗吗？怎样看待绮云？怎样写绮云？怎样评定绮云？在读完第四章时想到织云性格的完成在此处却落到绮云身上。"①

　　黄健中对小说中绮云这个人物的设计是不满意的，他的系列思考也恰恰击中了小说的软肋。苏童是从五龙的角度来构思织云与绮云这一对姐妹的。织云是放荡的，是城市对五龙的诱惑与利用，但五龙凭借自己的狡诈，反过来利用织云干掉了阿保，实施了复仇的初步计划；然而要确认自己的城市身份，织云这个"贱货"是不行的，他还必须占有绮云这位黄花闺女。绮云越是反抗他，他越要占有绮云，并用性虐待的方式施以报复。苏童写五龙同这两个女人的关系，是在抽象层面上反映他同城市的关系。就像后来五龙成了镇上的一霸时出入于妓院中，妓女使他染上了梅毒——他在占领城市的同时，城市也腐蚀了他，使他最终丧失了性的能力也即生命力。苏童从五龙的角度设计绮云没有问题，但黄健中的分析也是合理的，绮云这个人物最大的问题就在于，她是怎样转变过来的？对于这个人物设计的质疑使得电影在故事走向上出现了重大的转向：导演将绮云始终置于五龙的对立面，在五龙炸了吕公馆成为镇上的霸主时，绮云同五龙的斗争变成了电影叙事的主线。在苏童的小说中，绮云

　　① 黄健中：《〈米〉：对人类生存环境的思考》，载《黄健中导演笔记》，作家出版社2011年版，第64页。

大概只能算是一个符号,在黄健中的电影里,他出于一贯地对女性命运的关注,加大了绮云的戏份,使绮云的行动前后一致。但问题是,在更深的层面上,绮云同五龙的斗争具有怎样的象征意义呢?需要指出的是,一直在战斗的绮云从观众的角度来说肯定要比逆来顺受的绮云更具有"可看性"。在决定砍掉五龙后人的戏后,电影叙事的动力来自哪里?从观赏性的角度来说,绮云形象的改变因而是必然的。

上面引述的黄健中的"改编思考"还有一个重要问题,就是怎样处理小说中大量存在的露骨的性描写。五龙的陋习是将米强行塞入女性的下身,这是人物的标志性举动,象征着对女性的征服。就像是乡下的狗用它的尿液标明它的领地一样。这一典型细节是苏童对五龙这个人物的独特设计,令人印象极为深刻。五龙对于米又有一种独特的渴求、眷恋甚至是崇拜。他在乡村长大,米的缺失(饥荒)使他被迫逃离,他喜欢咀嚼生米,喜欢睡在米仓,他的终极理想是要拉两车皮的白米回乡,他在做爱时要将米塞入女人子宫因而具有极为丰富的象征意义。当然,小说家可以肆无忌惮地"狂欢",电影作为一种视觉艺术却必须面对如何"避免裸体"的难题,尤其是在没有实行电影分级制的中国。在黄健中对小说的初读里,他把五龙的性爱理解为一种"不堪入目"的"性虐待",要避免过于直露,却又要拍出五龙的"疯狂",这可能存在一定程度的误读。五龙的性行为主要还是追求一种肉体上的生命本能欲望的满足,五龙的"疯狂"是其生命力张扬的表征,是他来自乡村的野性、粗蛮以及对米的独特情感的象征。当然,电影最后呈现出来的效果非常好,说明黄健中对这一段性爱场面的重头戏的改编思考有一个演进的过程。导演将这场轰轰烈烈的性爱场面设计在米仓里，五龙和织云赤裸着身体在米堆中间翻滚，米粒恰好遮掩住二人身体的关键部位。既有大胆的肉体接触，同时又避免了过于暴露，黄健中很好地解决了技术上的难题。同时，秉承阅读小说时的构思："墙上的风扇转着夕阳的光"——要把性爱的画面拍得足够唯美，导演让绮云开动碾米机，白花花的米从上空像瀑布一样"流淌"下来，打在五龙和织云的身上。二人并没有因为绮云的干扰而停止做爱，反倒激发了他们更大的激情。在夕阳的光辉中，在白米飞溅的"雾气"里，他们一直折腾到筋疲力尽。这是黄健中导演对小说中性爱描写的阅读想象，也是他贡献给中国电影的独特的、生机勃勃的画面。

小说《米》一共十四章，而电影《大鸿米店》大致只拍了前七章的内容。小说写到了五龙从城市的"儿子"（女婿）变成了城市的"父亲"（三个孩子的爹），而后染上梅毒由盛而衰，最终在返乡的火车上死去。而电影只是讲到五龙在城市站稳了脚跟，成了地方上的霸主就结束了。正如有人所评论的：

> 《大鸿米店》破坏了小说的圆形封闭结构，只叙述了五龙在城市的流浪过程，以五龙对城市的顺利攻占为高潮，以五龙换上象征着与城市高度融合的金牙为结局。故事的中断必然导致圆形结构框架中盛满的意义向四处溢出。因此，对于人物丰富的精神漂泊历程，电影只单薄地表现了人性由善而恶的转变过程并将其放大。①

---

① 王博：《从〈米〉到〈大鸿米店〉——浅析历史寓言意蕴的消解》，《电影文学》2013年第1期。

　　黄健中为何做出如此大的改变？一个主要原因是他对故事后来的发展并不满意。在他的"改编思考"里，黄健中多次标记类似的内容："孩子的戏改编时似应该删去""写儿子和媳妇们的事，剧本拟全部删去""本章只有五龙的一句话改编可考虑""本章其他情节几乎不值得改编"等。黄健中认为小说前半部比后半部要好，"小说写宿命，所以写两代人。我更偏重于讨论生存环境。只写五龙，不写他的下一代"①。从一部电影的容量这个客观实际出发，五龙后代的戏是不宜改编进来的，况且小说后半部的确不如前半部。五龙的儿子米生、柴生的性格并不鲜明，织云儿子抱玉的形象也比较模糊。只要从这种艺术的直觉出发就行了，但黄健中的言说方式，他一定要上升到理论的高度：他的理论逻辑是，苏童写两代人是因为他要表达宿命论的观点，而电影只写五龙是因为表现生存环境，讲五龙就够了。黄健中习惯于理论思考，但偏偏就在这个地方，他的思考是有偏差的。小说是讲一个带有贬义色彩的"宿命论"的故事吗？导演也许并没有理解五龙这个人物的精神世界：尽管他成功地闯入了城市并成为城市中呼风唤雨的人物，但他始终是城市中的灵魂漂泊者，是个异乡人，乡村才是他永恒的归宿。他是带着仇恨来到城市，凭借仇恨在城里谋得一席之地，"仇恨是做人最好的资本"，"你可以忘记你的爹娘，但你不要忘记仇恨"，这是他信奉的仇恨哲学。在五龙下一代身上我们看到，仇恨也是可以遗传的。这不是宿命论，而是对历史的一种新理解（小说所演绎的小镇风云告诉我们，历史往往是由恶的力量推动的），是一种关于仇恨的哲学思考。我们

---

　　① 黄健中：《〈米〉：对人类生存环境的思考》，载《黄健中导演笔记》，作家出版社2011年版，第67页。

说黄健中在电影改编中有一种理论自觉，是说他往往从理论出发来确认自己的改编坐标，并不表明他时时更新自己的理论视野。没有证据可以证明他所改编的"新历史"题材的小说（《米》《银饰》）是由于他对新历史理论的认知。实际上，他的知识视野往往停留在20世纪80年代关于人的思考。也就是说，他主要还是利用旧的知识结构来理解新的理论命题。

影片《大鸿米店》集中表现五龙这个人物，导演对这个人物的理论思考主要来源于鲁迅先生的相关著作及理论阐述：

> 在陀思妥耶夫斯基的小说《罪与罚》《穷人》中，我们更可以看到五龙的影子。鲁迅在《陀思妥耶夫斯基的事》一文中写道："他把小说中的男男女女，放在万难忍受的境遇里，来试炼它们，不但剥去了表面的洁白，拷问出藏在底下的罪恶，而且还要拷问出藏在那罪恶之下的真正洁白来。"陀思妥耶夫斯基称自己是"在高的意义上的写实主义者，即我是将人的灵魂的深，显示于人的"。鲁迅对此评介道："灵魂的深处并不平安，敢于正视的本来就不多，更何况写出？因此有些柔软无力的读者，便往往将他只看作'残酷的天才'。"苏童无疑就是这种将人的灵魂的深，显示于人的"残酷的天才"。①
>
> 影片是从文化角度对人类生存环境的思考，是对旧社会、旧制度、旧的文化土壤、精神气候的批判……苏童把自己的解剖刀直接插入一个"恶"字。人性恶。这甚至使人想到《狂人

---

① 黄健中：《〈米〉：对人类生存环境的思考》，载《黄健中导演笔记》，作家出版社2011年版，第68—69页。

日记》那伙"吃人的人"的具象化。①

　　黄健中认定五龙是鲁迅笔下"国民劣根性"的代表，是"旧中国、旧社会、旧的土壤孕育"的"罪恶典型"——只是不知道黄健中所引的"藏在那罪恶之下的真正洁白"所指为何。从这样的知识视野出发，电影重在社会批判，批判罪恶的"人类生存环境"，"揭出病苦以引起疗救的注意"——试问这样的理论命题不是早就被系统地阐述过吗？幸好还有一个"人性恶"的命题，这样赤裸裸地正面集中表现"人性恶"在小说史上、电影史上还是很少见的。但是，不能说五龙是"旧中国、旧社会、旧的土壤孕育"的"罪恶典型"。五龙就是五龙，他并不具有普遍的、必然的代表性，而是偶然的、个性化的独特人物。这正是新历史小说的观念。

　　周大新的小说《银饰》又是一部典型的新历史文本："当我站在那片扔满鸡毛、碎纸、烂菜叶等乌七八糟杂物的废墟上，向87年前的那个早晨凝望时，我最先看到的是那条弯弯曲曲轻笼在晨雾里的西关小街；跟着看到了青砖绿瓦屋脊上蹲有两个小兽不大却有气势的银饰铺……"作者以一种带有强烈个体体验色彩的叙述方式来追怀往昔，强调历史的虚构性。周大新的这部小说在叙事上存在明显的缺陷，不清楚为什么黄健中会选择这个文本。从现有的资料来看，黄健中对这部小说的改编只字未提，而黄对其很多作品都做过详细的总结与回顾。这部小说讲明德府的大少奶奶碧兰与富恒银店的小银匠少恒偷情，被丈夫吕道景发现，性变态的道景并不责怪妻子，只要求碧兰定期献上银饰；碧兰因而偷府上的钱满足道景的要

<hr />

　　① 黄健中：《〈米〉：对人类生存环境的思考》，载《黄健中导演笔记》，作家出版社2011年版，第68页。

求，这一举动又为公婆发现；身为知府大人的公公设计借刀杀人，毒死了小银匠，而老银匠误以为是碧兰所为；老银匠为儿子报仇，做了一个银饰送给碧兰，碧兰戴上后活活憋死。这部小说在叙事上有诸多难以经得起推敲之处，① 比如大家闺秀的碧兰怎么会选择小银匠来偷情？小银匠不过是碧兰发泄性欲的对象，怎么演变成了纯洁的真爱，还要为他生下孩子、孝敬老父？小银匠为何轻易地就答应为碧兰买毒药？面对父亲的指责，他还是要义无反顾地一次次赴约，要知道知府家的后花园可不是轻易进得去的。碧兰偷盗府里的钱也是明显欠考虑的，况且这钱也太容易到手了，偷人参来滋补小银匠更是不顾后果的冒失。按照小说的叙述分析，小银匠就像是一个无知的傻子，碧兰就像是愚蠢的荡妇，但偏偏二人又成了故事讴歌的主人公——是否也有黄健中所熟悉的女性性解放、人的压抑与自由等命题表达？如果黄健中作如是理解，那也只是自欺欺人。小说本身具有浓厚的市民消费色彩：一个同性恋的少爷，被性欲旺盛的少奶奶苦逼；年轻貌美的少奶奶性欲得不到满足，勾引小银匠在后花园的野地里交媾；知府的阴谋、借刀杀人、下毒、连环计，这些无一不是上好的吸引大众读者的故事情节。黄健中改编这部小说最大的动机应该是商业上的考虑，正如片子的宣传海报用的是小银匠吃碧兰乳房的画面。黄健中似乎也懒得在情节上仔细推敲，基本上全盘照搬了小说的情节。除了影片风格上多少有些古典的韵味，以及装点门面的"人文气息"外，黄健中对于这部小说的改编几乎乏善可陈。

---

① 李奕明的《〈银饰〉的得与失》（《电影创作》1995 年第 2 期）一文对此有深入分析。

黄健中是一位勤于学习、勤于思考的导演，在担任导演之前有一定的理论储备。与一般导演不同的是，他在解读小说时往往以某种理论为指导，更多地从理性而非感性出发。这种情形有些类似于操着各种理论武器的文学批评家。这种改编方式的优点在于，它能深化影片的主题，使改编后的影片达到一定的思想深度。黄健中在20世纪80年代也确曾改编过受到好评的电影，《如意》《良家妇女》是代表。但他的理论功底基本还停留在80年代，当他解读《米》这样的小说时已经有些力不从心了。黄健中电影改编更大的问题在于，他似乎缺乏一种文学鉴赏的眼光。他所选择的这些小说除了苏童的《米》之外，很少有一流的作品。《刑警队长的誓言》《燕儿窝之夜》等作品更是等而下之。原作自身的先天不足极大地影响了导演的改编成就。

第三节　谢飞：理想主义与教化意识

谢飞导演的电影作品，绝大多数都来自文学作品改编。除了第一部作品《我们的田野》（1983）（先前的《火娃》《向导》两部作品谢飞担任副导演）及《世界屋脊的太阳》（1991）（谢飞担任总导演，导演是王坪，这部电影可能还不是严格意义上的谢飞电影作品）之外，《湘女萧萧》（1986）、《本命年》（1989）、《香魂女》（1992）、《黑骏马》（1995）、《益西卓玛》（2000）等五部作品全部是改编电影。这五部作品的原著小说在题材、主题、思想、风格等方面差异很大，从表面上看，似乎很难概括谢飞的改编特点。只有深入分析，才能看到谢飞对不同小说文本理解的方式及其电影改编的内在特质。

一 导演的身份认同

谢飞的电影改编同他的身份、成长经历以及由此形成的价值观念、思想意识有着深刻的内在联系。

谢飞的人生经历有两点很值得注意。

其一，是他的出身及成长背景。谢飞 1942 年出生于革命圣地延安，父亲是著名的革命家谢觉哉。1961 年谢飞毕业于北京四中，1965 年毕业于北京电影学院导演系。谢飞刚好在"文化大革命"前完成了自己的求学之路，这一点很重要。正如他自己所言："同近几年轰动国内外的中国'第五代'电影导演们不同，我们'第四代'导演都是在'文化大革命'前受过完整、严格的知识、道德、专业教育。我们与祖国同成长，同悲欢，同命运。强烈的社会责任感与民族忧患意识，是我们这一代艺术家共有的特征。"① 的确，完整的共和国教育所获得的"责任感""忧患意识"是理解谢飞电影的两个重要关键词。也有人从谢飞的代际属性来谈谢飞的教育背景同他的电影的关系：

> 他们都受教育于比较稳定的 50 年代和 60 年代初，传统文化的熏陶很浓重，"建国 17 年"的主流意识形态深深镶嵌在他们的脑海里，差不多成为一种"集体无意识"。尽管在"文化大革命"中他们也被突如其来地打了一棒，但其深层文化心态，其内心情结是很纯情的"共和国情结"。这种情结总是或多或少

---

① 谢飞：《我愿永远年轻》，载《谢飞集》，中国电影出版社 1998 年版，第 259 页。

地投射在他们的电影创作中。以浓郁的理想色彩梦幻般地再现童年的金黄色，成为其无法改变的心理编码。所以，尽管经历了十年浩劫的血雨腥风，但50年代的那种理想、信念，那种人与人之间的赤诚关系，人生价值的追求，积极向上的进取精神总也不肯泯灭。他们不愿因某些阴暗面而悲观绝望，不愿轻易地抛弃理想。因此，他们在影片中总是呼唤美好、温馨、友谊、健康，呼唤理想主义的回归。①

因而，可以说"理想主义"是理解谢飞电影的另一个关键词。由于革命家庭的出身背景，谢飞要比一般"第四代导演"理想主义色彩更加浓郁些。责任感、忧患意识以及理想主义这些成长经历中获得的理念简直主导了谢飞的电影改编。

其二，是他的教师身份。谢飞自北京电影学院毕业后即留校任教，教师是他的终身职业，而且是主要职业。谢飞每三年只能有一年拍电影，其余两年必须从事教学工作。虽然导演身份使他蜚声海内外，但某种意义上说，导演只是他的副业，这样一种身份在中国导演界是相当特殊的。既然导演只是副业，那么在看待电影上可能就会更加淡泊些，少一些浮躁与急功近利；同时，作为国家电影专业最高学府的教授、博士生导师，他对小说文本的解读及电影的改编又带有很强的研究性质。此外，教师的教育意识、人文气息还自然地同他的责任感、理想主义等融合在一起。可以说，教师身份在谢飞的电影改编中扮演了极其重要的角色。

由于长期在高校担任教师，谢飞要从事科研工作，研究、撰写

---

① 陈育新、陈晓云：《怪圈：有意味的形式——对谢飞影片的一种阐释》，《艺术百家》1995年第1期。

并发表学术论文。他专门研究过电影改编问题，提出"改编需要创造"的观点，在研究日本电影《人证》的改编时指出："电影剧作的改编者，应当善于将散乱的线索集中化、清晰化；应当善于为文学的形式找到相应的电影手法，使文字的东西视觉化；应当学会想象出原作中没有写到或描写得不具体但有所暗示的东西。这一切，又都是为了忠实地、更有光彩地再现原作的思想内容和艺术风采。"① 在拍摄电影时，他将这种研究思维带了进来。在拍摄《黑骏马》之前，谢飞看了张承志的其他作品以及对小说《黑骏马》的一些评论②；拍《香魂女》时，除了仔细阅读小说原作，还对有关周大新其他作品的介绍听得非常"专注"，并表示一定要到周大新处，"把他以往的作品通读一遍"③。拍《本命年》也是如此，他找来刘恒的其他作品进行仔细研读。这样的做法也许在大多数导演看来是多此一举——读小说原著就可以了，为什么还要去读原著作者的其他作品？而在谢飞这里，尽可能地通读原作者作品是一种习惯，这种习惯很大程度来自学术研究的思维惯性。阅读作者其他作品的做法，其目的主要在于准确把握作品的本意，把握作者的"原意"。作为一个教学工作者、研究人员，误解、错解作品大概不是一件光彩的事情。也就是说，在主观上，谢飞是一个"忠实派"。他力求准确地再现作品的"真实意图"，并不想"误读"原作，更不想歪曲作者的意思——否则就没有必要读那么多的其他作品了。

---

① 谢飞：《改编需要创造——谈〈人证〉从小说到电影》，载《谢飞集》，中国电影出版社 1998 年版，第 265 页。

② 谢飞：《关于〈黑骏马〉的谈话》，载《谢飞集》，中国电影出版社 1998 年版，第 302 页。

③ 常松：《执着追求〈香魂女〉，历时二年做"嫁衣"——访影片〈香魂女〉责任编辑尹江春》，《电影评介》1993 年第 6 期。

谢飞的这种研究性阅读所带来的直接好处就是他对作品的把握的确到了一个非常深刻的地步，尤其是对作品内涵、人物形象的分析，往往令人叹服。在《黑骏马》的"导演工作台本"里，谢飞写道："《黑骏马》的主题是永恒。具体地讲是通过主人公对生活的反思与再认识，通过对奶奶与索米娅两代牧民妇女形象的刻画，表现蕴含丰富的女性之美，歌颂养育生命的母爱。热爱生命，亘古不变的生命意识，是我们表现的主旨。"① 在导演《本命年》过程中，也处处表现了谢飞对刘恒原作《黑的雪》的深入领会："80—82 场为'酒后幻景'，是人物心态、精神的变形写照。要荒诞、离奇，把现在、过去、幻觉、想象、周围的人与事都混乱地搅在一起，显示李想从旧路上挣出来，想要做个好人而又行不通的痛苦心境。"（《谢飞集》第 46 页）"83—89 场为第四单元'方叉子'。这段戏完整，一气呵成，有情节，有悬念，重点在李慧泉精神的巨大矛盾与痛苦搏斗上。他几次试图与方斗，也是同自己斗，却以失败告终。方是个逃犯，却又是他唯一可倾吐内心的人；他想按正确的办，环境与自身的局限又让他做不到。这是他的悲剧所在。"（《谢飞集》第 52 页）

导演作为一名文学作品的读者，其阅读接受过程实际上也是个认知心理学问题。对此瑞士心理学家皮亚杰有过深入探讨。皮亚杰从儿童心理研究入手，认为人的认知心理结构存在四个基本范畴：图式、同化、顺应和平衡。"图式"是认识事物的基础和前提，儿童随着认知水平的不断提高，图式也不断发生改变，变得更加复杂化。"同化"与"顺应"揭示的是认知过程的两种心理机能："刺激输入

---

① 谢飞：《〈黑骏马〉导演工作台本》，载《谢飞集》，中国电影出版社 1998 年版，第 128 页。

的过滤或改变中心叫作同化；内部图式的改变，以适应现实，叫作顺应。"① 通过同化或者顺应这样的一个认知过程，从而达到了逐渐稳定的平衡，产生新的图式，成为下一次理解的起点。皮亚杰说："认识既不是起因于一个有自我意识的主体，也不是起因于业已形成的（从主体角度来看）、会把自己烙印在主体之上的客体；认识起因于主客体之间的相互作用，这种作用发生在主体和客体之间的中途，因而同时既包含着主体又包含着客体。"② 皮亚杰的理论实际上从认知心理学的角度揭示了读者的文学接受过程，它有助于我们理解导演的文学接受与改编过程。

皮亚杰的理论认为推动主体认知改变的形式有两种，一种是同化，一种是顺应。实际上在主体遭遇客体的过程中，还有一种形式是契合，也就是主体与客体高度吻合，主体的认知图式并不发生变化。以皮亚杰的认知理论来观察谢飞的改编实践，我们不难发现，从总体来看，谢飞的五部改编作品的主导模式既有主体对客体的同化，也有顺应，还有二者的契合。

二 理想主义的追求

谢飞的电影改编以同化为主，《湘女萧萧》《益西卓玛》《本命年》等三部作品都是这种类型。

《湘女萧萧》改编自沈从文的小说《萧萧》。小说原文仅有八千余字，描写的是十二三岁的萧萧做了童养媳，丈夫小她十岁，平日里只是哄丈夫、带丈夫玩。做工的花狗引诱了她，"萧萧就这样给花

① ［瑞士］皮亚杰：《儿童心理学》，吴福元译，商务印书馆1981年版，第7页。
② ［瑞士］皮亚杰：《发生认识论》，王宪钿等译，商务印书馆1981年版，第21页。

狗把心窍子唱开，变成个妇人了"。因为被花狗弄大了肚子，萧萧面临要么"沉潭"，要么"发卖"的命运。但是没人要买萧萧，生下了一个儿子的萧萧仍然是这家的媳妇。十年后萧萧与丈夫圆房，不久儿子也娶了童养媳。"这一天，萧萧，抱了自己新生的毛毛，在屋前榆蜡树篱笆间看热闹，同十年前抱丈夫一个样子。"沈从文的小说有一个重要主题，那就是叙写乡土生活的"常"与"变"。在《萧萧》这篇小说中，他是要讲述乡土生活恒常不变、循环往复的特性，表现一种生命的自在状态。"木末芙蓉花，山中发红萼。涧户寂无人，纷纷开且落。"他们的生活似乎与世隔绝，花开花落，无人问津。这篇小说虽然篇幅短小，却意蕴深远。虽然电影几乎完整地保留了小说故事情节甚至细节，但是，它的格调是王维诗，导演却将它解作杜甫诗。

谢飞这样谈到他对《萧萧》的电影改编："1986年，我选择了著名作家沈从文先生50年前写的名作《萧萧》，拍成了影片《湘女萧萧》（它也是写青年的，只不过是那个遥远时代的青年），就是在这种责任心的驱使下，希望继续兴起鲁迅先生在新文化运动中高举的'改造国民精神'的大旗，用艺术作品，为新时期的精神建设出力。"[1] 也就是说，导演是以他的知识结构中的鲁迅视野来解读这部沈从文小说的。这就难怪从电影作品中我们看到的是落后的婚姻制度——童养媳对人的命运的压抑，专制的宗法制度对人的生命的戕害，是一种反抗的需要。《萧萧》在这样的观念解读下也就变成了启蒙的读本。

---

① 谢飞：《我愿永远年轻——电影创作回顾》，载《谢飞集》，中国电影出版社1998年版，第258页。

为了使影片具有"改造国民精神"的意义，导演做了较大的改动。他将原本在小说中只是虚写一笔的"沉潭"内容充实、完善，为此专门借用沈从文另一短篇《巧秀和冬生》中的情节。严格来说，电影《湘女萧萧》是对《萧萧》和《巧秀和冬生》两部小说的改编，以《萧萧》为主，以《巧秀和冬生》为辅。当然，对《巧秀和冬生》的借用也仅限"沉潭"一节的几百字，包括巧秀娘年轻守寡，偷汉子，被捉奸，男的被打断双腿，巧秀娘被扒光衣服抬去沉潭，众人围观，船到水中央把巧秀娘推下水等细节。不同的是，电影抛弃了小说中对族长的私心、恐惧等的描写，着重对巧秀娘、打虎匠的不畏强暴以及众人夹杂着观赏、虐待等复杂心理的表现进行描写。电影将族长处理为一个威严、冷酷的宗法社会统治者形象，给萧萧带来极大的精神恐惧。看来要实现人的解放特别是精神的解放，只有打倒代表了精神统治的宗法制度才行。

电影中的另一个重要改动在于结尾，已经成为新式学生的春倌（萧萧的丈夫）回家时看到了牛儿要娶童养媳了，家里人打算同时安排他同萧萧圆房，他丢下"包袱"逃走了。大概在导演看来，原小说的结局太黑暗了，人们都在默默地守着旧有的生活方式一成不变地活在封闭、保守的空间里。春倌这个接受了新式教育的年轻人，应该成为旧制度的背叛者——这是五四新文化的启蒙遗产，很自然地存在于谢飞的知识结构里。"可以说，谢飞在《湘女萧萧》中的所作所为，既代表了第四代的态度，又代表了一个教师的态度，因为这两者之间有一个共同点，那就是：以光明和进取来启蒙观众、启蒙学生。春倌就是谢飞派给影片《湘女萧萧》的启蒙的号召者。"① 在小说里，学

----

① 饶曙光、裴亚莉：《谢飞电影：时代 VS 个人》，《当代电影》2006 年第 2 期。

生只是作为长期存在的乡土生活的参照而存在，是乡民嘲讽的对象。电影里，学生因与新式教育、启蒙精神相联系，因而代表着先进文化的方向。

为了适应电影主旨的表达，影片在造型语言上也是颇费工夫。影片中多次出现的碾坊中的水车、石磨、舂米石器等，既是乡土地域风情的写照，代表着旧式的生活方式；同时，这些器具循环往复的机械运作也象征着历史的因循重复。我们还注意到，萧萧与花狗第一次交合的场景也被导演搬到了这里。一个暴雨的日子，花狗和萧萧都来到碾坊避雨。花狗支走小丈夫后，一把拉开了萧萧身上裹胸的白布（这白布是萧萧婆婆给萧萧裹上的，象征着对正常人性的束缚）。接下来出现的场景是大雨倾盆，水推车，车推石磨，用含蓄的画面交代正在发生的激烈的性爱。有人这样评价此处的造型安排："导演将男女主人公的首次结合安排在了磨坊不无深意，石磨有阴阳两面，它们不断地轮转和紧密地咬合，不正是性爱的最好象征吗？然而，冰冷的石磨又有着另外的一面，缚在巧秀娘脖颈上的石磨又隐喻着封建礼教对人性的碾压。"[①] 这样，导演就赋予了简单的造型以十分丰厚的内涵。

《益西卓玛》改编自扎西达娃的短篇小说《冥》，这是一部带有先锋性的、神秘主义色彩的小说，一如扎西达娃的成名作《西藏，系在皮绳扣上的魂》。小说叙述加措、益西这一对年迈的夫妇只言片语的简短对话，过往的生活在闪烁其词中得到一鳞半爪的显现。更神秘难解的是，来拜访他们的格桑到底是谁，直到小说结束都未交

---

① 胡斌：《一次精彩的"误读"——从沈从文的〈萧萧〉到谢飞的〈湘女萧萧〉》，《写作》2012 年第 23 期。

代。按理说，以谢飞的教育、成长背景他是不会喜欢这样的小说的。难道是康巴汉子的男子气概、流浪的浪漫生活、美丽的西藏女人被抢婚这些带有异域情调的细节打动了导演？谢飞这样解释他拍这部电影的动机：

> 我是想通过一个虚构的个人形象来表现大时代的变化。西藏作为中华民族的一部分，我想比较真实地把它的今天和这半个世纪的情况表现出来，使得世界能接受、后人能接受。美国人拍了《西藏七年》和《达赖传》，其中关于解放后的情况完全是污蔑和丑化，可是在世界上放映得很广泛。我们如果没有东西拿出去，他们会永远认为西藏就是那样悲惨的状况。所以西藏区领导比较支持这部影片的创作。西藏50年来从一个奴隶社会翻天覆地进入了一个现代社会，这是现实。我作为一个艺术家讲的都是真心话，而且是愿意讲这些现实的东西，但是必须艺术地讲，政治方面不能直接去宣传。①

谢飞的电影有着很强的"载道"思想，当你读完原著后，你会发现谢飞的改编有时看起来是很奇怪的。《益西卓玛》是这样，《本命年》也是如此。从小说《冥》里是怎么也不可能看出它同西藏的历史、现实变革有丝毫联系的，但谢飞就是这样做了。他从拍完《世界屋脊的太阳》后就一直想拍一部关于西藏的电影，一直没有合适的本子。小说《冥》肯定也不是很理想的，但这个故事留下了许多的想象空间。谢飞也是《益西卓玛》的编剧，主导了小说的改编工作。改编的基本思路是，以益西一生的情感纠葛为中心，形成一

---

① 谢飞、梁光弟等：《〈益西卓玛〉走近西藏》，《电影艺术》2000年第4期。

女三男的基本故事框架。加措是康巴汉子，勇敢而放肆的赶骡人，多情的浪荡汉；贡萨是少爷，西藏贵族的代表，1959 年跟随达赖叛逃，后又回到祖国的怀抱，成了政协委员；因为西藏地区宗教盛行，小说为此还虚构了喇嘛桑秋这个人物，他同益西青梅竹马，并一直保持着精神恋爱。而益西本人是农奴的女儿，代表西藏大多数底层人民。益西还是一个歌手，有名的金嗓子，会唱仓央嘉措的诗。以歌声作为影片叙事的重要元素在谢飞电影里是一种常态，他执导的第一部影片《我们的田野》以及《黑骏马》等影片中都可以看到这种元素的重要性。《益西卓玛》中，益西美妙的歌声既是西藏风情的展现，也是影片叙事的重要一环（加措就是因为益西的歌声而放弃赶骡，决定抢婚的），还是人物命运起伏的渲染与烘托。

　　谢飞以其强烈的责任感、家国意识同化这部小小的文学作品，这个作品实在是有难以承受之重。虽然这部电影获得了 2000 年度中国电影金鸡奖的"最佳编剧特别奖"，但在结构上仍然有着不容忽视的瑕疵。贡萨从恶劣的少爷到政协委员前后变化过大，加措在娶回益西后中间的一段生活让人摸不着头脑，益西与桑秋的感情因桑秋的过晚出现而显得牵强，等等。这些瑕疵反映了作品改编过程中由于原作与电影距离过大，从而出现了"编"的痕迹过重，处处有意为之的情形。

　　谢飞以自己的主观意念同化作品的另一个有意思的例子是《本命年》。这部电影改编自刘恒的小说《黑的雪》。小说讲述一个叫李慧泉的劳改犯释放出狱后的心路历程，以大量心理描写深入挖掘他的精神世界，他最后的死亡带有宿命论的思想。关于小说的主题，刘恒在谈及小说标题"黑的雪"时讲得很清楚："书名带有一种宿命思想——人的命运就像从天上飘落的雪花，它们原来都是洁白无瑕，但落在何处却不能自由选择。有的落在僻静的地方，保持了原先的纯净；有的却任人踩踏，染上了污秽。"① 人的命运与生存境况的关系，人的自由选择是一个存在主义的命题，这是谢飞知识结构中所没有的；小说中宿命论的思想也是接受理想主义教育的谢飞所不能认同的。另外，由于在拍摄的过程中没有遇到雪景，小说中"黑的雪"这一主要意象在电影中没有出现。于是电影在姜文的建议下更名为《本命年》，并增加了本命年系红腰带可以辟邪的画外音。《本命年》这个名字对于影片内容来说实在有些莫名其妙，它的宿命色彩与导演的本意也是相互矛盾的。

如果我们细致考察《本命年》的改编过程，就会发现更多的这种矛盾之处。谢飞这样阐述他对小说的理解：

> （比较多地谈到李慧泉这个人物）看了小说之后我作了一些改动，这个人物精神上的痛苦以及走入死胡同，是我对去年中国现状的一种思索。我于 1987 年底由美国回来，发现当时和 1986 年我走时很不一样，金钱统治一切，很多人都很困惑。……这个青年的痛苦，我觉得是作者刘恒对现实、人生的一次思索，并不完全是写实的人物，所以我能理解，就是要表现一下信仰的问题，生命的意义的问题。……这个人物，主要是生理上发达，打人是个强者，但是他在精神上是个弱者，原因是他没多少文化。按说他这个个体户，好好去挣钱不就得了吗？挣钱也挣得不少，一天到晚痛苦什么呀？迈过这个坎，唯

---

① 罗雪莹：《重建理想和民族精神的呼唤——访〈本命年〉导演谢飞》，载《谢飞集》，中国电影出版社 1998 年版，第 274 页。

利是图，也就不会痛苦，崔永利是不会睡不着觉的。①

从美国归来的谢飞，很自然地把李慧泉视作"垮掉的一代""精神迷惘的一代"的代表，所以他要透过这个人物表现"信仰的问题""生命意义的问题"。这里面大概还有鲁迅的"揭出病苦，引起疗救的注意"的意图。事实上，小说中的泉子只是作为生存于某种境遇的特殊个体存在的边缘人物，并不具有普遍的代表性，更谈不上是青年人的代表。刘恒眼中李慧泉的悲剧是生存境遇决定的，是李慧泉的成长环境决定了他的命运。谢飞则认为，"原因是他没多少文化"，是精神危机的问题（这大概是教师职业决定了谢飞的思考方向吧），所以要通过影片呼吁"重建理想和民族精神"。影片由小说的微观个体叙事转化为宏观的大叙事，被赋予了重大使命。

在具体的改编过程中，谢飞曾建议"在影片中着重表现'文化大革命'期间学业荒废造成了主人公李慧泉稀里糊涂的一生"②，这又是教师职业及"第四代意识"的惯性思维了，这一提议被刘恒否定了。谢飞也接受了刘恒的观点："任何一个国家，任何一个时代，都会有一些人走向恶而不能自拔，并不一定动乱时代才造成青年人的迷途。处在同一个大的社会背景之下，每个人承担的压力基本是相等的，因此，每个人都要为自己选择的人生道路及其结局负责。"③ 不知道刘恒的存在主义启蒙对谢飞有多大触动，谢飞对此没

---

① 胡克、谢飞等：《讨论〈本命年〉》，《当代电影》1989 年第 6 期。
② 罗雪莹：《重建理想和民族精神的呼唤——访〈本命年〉导演谢飞》，载《谢飞集》，中国电影出版社 1998 年版，第 274 页。
③ 同上。

有提及，但影片在故事层面基本保持了小说的原貌。

在安排电影的结尾时，谢飞和刘恒有过这样的讨论：

> 我（谢飞）曾经考虑了一个结尾：李慧泉被两个男孩扎伤，但伤口比较浅，他自己又用手往里扎了一下，然后倒下了。我觉得挺精彩。但刘恒沉思了半天，说："导演，这么写人物是否太高大了？他能否愤世嫉俗到以自杀来抗议人生残酷的地步？"我想他说的也对，泉子不是文化人，他的思维不可能那么健全、理智，而只能处在一种朦胧状态。①

谢飞提出的自己"觉得挺精彩"的结尾，是个把人物充分理想化的结尾。他能接受刘恒的观点，主要理由还是泉子"没文化"。也就是说，谢飞总是顺着自己的视野、思路来理解小说、理解人物，他能同刘恒很好合作把片子顺利地完成，并获得一致好评，简直就是一个奇迹。今天人们在谈论谢飞电影时，首先想到的肯定是这部《本命年》，有人这样评价这部电影：

> 影片的问世恰逢 80 年代末期，它不仅具有巨大的前瞻性，预示了 1989 年风波之后，城市青年的绝望和宿命情绪；而且揭示了 90 年代，呼之欲出的"第六代"电影人所关注的思潮、题材和风格。
>
> 以城市的疏离和绝望为标志，这部黑色的、政治大胆的影片，讲述了一个过去的劳教犯无家可归的故事。谢飞粗砺的写实风格和锋芒尖锐的主题，成为"第六代""地下电

---

① 罗雪莹：《重建理想和民族精神的呼唤——访〈本命年〉导演谢飞》，载《谢飞集》，中国电影出版社 1998 年版，第 281 页。

影"追随的道路。①

《本命年》乃至谢飞本人在电影史上的贡献是提供了一个异质的样本：以独特风格表现边缘人题材，以电影的方法深入挖掘人物的内心世界，充满了尖锐的抗争性。很少有人认为这是一部试图"重建理想和民族精神"的电影。也就是说，谢飞导演的主观意图在影片中基本上落空了，他试图以自己的观念同化这部有着存在主义特质的小说，结果却是自己被同化了。

三 在对话中妥协

《黑骏马》的原作发表于 1982 年，1995 年谢飞方才将其搬上银幕。历史语境已经完全改变，这也表明电影改编与时代并没有必然的关系，倒是导演的趣味在文本的选择及改编过程中起到决定性作用。说到《黑骏马》的改编，谢飞简直是逆时代潮流而动。在市场经济甚嚣尘上，电影体制已然发生改变的历史语境下，谢飞相当清楚《黑骏马》一片是不会有商业价值的。但谢飞是有坚持、有追求的导演，有人这样评价他："谢飞电影是作者电影的典范，他是作为电影艺术坚实存在的主要旗帜。……谢飞电影的人格形态和银幕表现相互联系，文化的蕴含和艺术个性的相互支持，使他卓然有别于同时代的导演。"② 的确，作为"作者导演的典范"，作为始终追求影片的"文化蕴含"和"艺术个性"的导演，谢飞没有与时代同流合污，而是坚持自己的选择。他甚至有一点野心和抱负，想要通过

---

① 谢枫：《再发现第四代》，《电影艺术》2008 年第 5 期。
② 周星：《论谢飞电影的理想追求与诗意艺术》，《南京师范大学文学院学报》2003 年第 4 期。

电影改造这个时代。这一点应该是谢飞选择《黑骏马》的一个重要原因。

谢飞选择《黑骏马》的另一个重要原因在于他对这部中篇小说的理解。实际上，谢飞对这部作品的理解有一个过程。在谢飞原有的知识视野里，他大概并不认为《黑骏马》是篇杰作。在听了同事苏牧老师的文学课后，谢飞的文学观念发生了变化。谢飞将苏牧观点转述了出来，苏牧认为文学有三种类型：第一类是瞬间作品，只是在某一特定阶段产生强烈的社会效应，像《于无声处》《放下你的鞭子》，时过境迁也就只有历史研究、文学研究的价值了；第二类是阶段性作品，在相当长的时期内有它的审美价值，像《人到中年》《阿Q正传》等，但到了国外就没有多少价值了，且若干年后社会发展了，作品也会丧失现实意义；第三类是"长河式作品"，"就是在人类历史的长河里它在任何时代，对任何民族都有认识审美价值，有它的生命力，这类作品的主题就是只要人类存在，它的主题就会存在。比如生与死、爱情、嫉妒、仇恨等"①。"当时，苏牧列举的当代文学作品中长河式作品的例子就是《黑骏马》。他认为《黑骏马》的立意是长河式的，就是永恒的，我赞同他的观点，一直想将它搬上银幕。"②《黑骏马》这部优秀的电影作品的面世实在要感谢苏牧这位默默耕耘在七尺讲台上的老师，是他将《黑骏马》直接推荐给了谢飞。同时也将他的文学观念带给了谢飞。多年以后当时上课的内容谢飞仍然记忆犹新——不仅记住了苏牧的文学类型划分，连举的例子都记得清清楚楚——可见苏牧的文学见解对谢飞影响有

---

① 谢飞：《关于〈黑骏马〉的谈话——谢飞访谈录》，载《谢飞集》，中国电影出版社1998年版，第298页。

② 同上书，第299页。

多大。从这件事来说，谢飞是好学的，北京电影学院的工作经历也为他知识视野的更新提供了很好的机会。

正是带着这种对作品的理解，谢飞基本是顺应小说的内容，在主题、内容、风格、故事情节上基本遵从小说的意旨。谢飞多次提到电影的主题是"永恒"，是歌颂母亲，歌颂"亘古不变的生命意识"。"无论是前半部回忆的'浪漫'风格，与后半部相见的'写实'手法，都应统一在朴素、浓厚的抒情基调之中，一如平淡至极、韵味悠长的生活本身。"① 导演的思路是相当清楚的。为了与小说的抒情基调保持一致，谢飞将主人公白音宝力格的身份由兽医改为歌手，演员也由蒙古歌手腾格尔担任。这一改动相当精彩，一如《我们的田野》里的令人回味的主题曲、《益西卓玛》里的西藏歌谣。蒙古长调《钢嘎·哈拉》韵味悠长地回荡在茫茫的草原上，充满了蒙古风情。"钢嘎·哈拉"就是黑骏马的意思，它又自然地联系着主要人物的情感纠葛。

小说和电影中"前半部"和"后半部"的分界无疑是白音宝力格的学成归来。此前索米娅的"黎明送别"是小说和电影的高潮，而白音宝力格回来后发现索米娅怀孕了，这是他不能接受的，而奶奶和索米娅则认为生命高于一切，这就促成了白音宝力格的离开，也就有了后来索米娅的苦难命运。所以这一段是转折点，是重要的关节，正是在这一段小说与电影稍有不同。小说写索米娅怀孕的原因是黄毛希拉的糟蹋，而电影中则交代得不是很清楚。白音宝力格学习的时间从小说里的八个月变成了电影中的三年，奶奶的话似乎

①　谢飞：《〈黑骏马〉导演工作台本》，载《谢飞集》，中国电影出版社 1998 年版，第 128 页。

在暗示索米娅因为长期没有等回白音宝力格而同高大的希拉好上了。这样的改变就使得白音宝力格由愤怒的受辱者变成了失败的却又不够宽宏大量的恋人，这样就把谴责的力量全部集中到了白音宝力格的身上。索米娅怀孕原因在电影中的语焉不详也很有可能是导演追求"永恒"的艺术的需要，所以尽量削弱故事的戏剧性。作为汉族的观众，我们总是想追问到底在索米娅身上发生了什么，认为这是至关重要的。然而电影与小说都不想满足我们，因为它们的思想意识已经超越了民族的道德观念，追问的是带有普遍性的生命意识。

张承志的《黑骏马》丰富了谢飞的视野，在改编的过程中谢飞基本顺应了小说的思想与风格。当然，谢飞也有自己的思考，他认为，"这篇小说是张承志早期比较理想主义的作品，他对两代蒙古族妇女身上所表现出来的那种对生命热爱、对人生宽容的热情礼赞，肯定了人性中的一些美好的东西，这些东西在物欲横流的今天正是我们所丢失的"[①]，也就是在"理想主义"以及现实意义——在物欲横流的时代重建精神家园——上，谢飞的思想与张承志的思想合拍了。

《香魂女》的改编相对来说就比较容易了。它不像《湘女萧萧》《益西卓玛》那样改变原作的思想内容，也不像《本命年》《黑骏马》那样要适应原作的思想，《香魂女》中导演与原作思想是高度契合的。据当事人回忆，长春电影制片厂一直在为周大新的小说《香魂塘畔的香油坊》寻找拍片人，但由于各种原因一直都未能落实。直到谢飞的出现，事情才有了转机："谢飞接到小说后，连夜一口气儿读完。十分兴奋，深深地被小说中的人物和情节所吸引，当

① 谢飞、吴冠平：《眺望在精神家园的窗前》，《电影艺术》1995 年第 5 期。

即与厂长敲定：'要拍，我就拍这个了！'"① 可以说是一拍即合。

《香魂女》的原作小说主要描写郜二嫂小时候家里穷被迫嫁给了瘸子做媳妇，后来做了香油坊的老板，又以金钱为诱饵娶了环环做儿媳。郜二嫂的儿子是个患有癫痫病的傻子，而环环家正处于困厄之中，也是被逼无奈。郜二嫂的故事在环环身上重演，郜二嫂也就从受害者变成了"施害者"。最后郜二嫂终于良心发现，让环环同儿子离婚。谢飞选择《香魂塘畔的香油坊》的主要原因还是小说的内容、人物及蕴含的思想吸引了他，正如谢飞自己所言：

> 因为我接受的电影教育比较传统。我始终认为内容是第一位的，形式在其次，所以我的主要作品都是小说改编。当一部小说在情节立意、人物性格等方面引起我的共鸣，我就选择它为自己的电影创作对象。主题通过故事和人物来体现，出色的人物性格能引起我特别的兴趣。比如《香魂女》，故事很简单，人物却极有趣，是个圆形人，而不是单面人。②

谢飞对《香魂女》主题的理解是："说浅层的，是对封建传统劣根性的愚昧、荒谬的抨击；说深层的，是表现人性的扭曲（也可叫异化）与复归。"③ 谢飞这样分析小说的主要人物郜二嫂："塑造出一个真实、复杂、独特的中国当代农村妇女的形象，是我们艺术上的主要追求。独特的身世造就了二嫂泼辣、极有心计的个性；传统中国妇女的地位又使其有着懦弱、逆来顺受的一面。善良与狠毒、

---

① 常松：《执着追求〈香魂女〉，历时二年做"嫁衣"——访影片〈香魂女〉责任编辑尹江春》，《电影评介》1993 年第 6 期。
② 谢飞、杨远婴：《我的这五年——谢飞访谈录》，《当代电影》2006 年第 2 期。
③ 谢飞：《影片〈香魂女〉导演的话》，《文艺研究》1993 年第 3 期。

精明与愚昧、美好与粗俗等矛盾的东西有机地杂存在她的身上。"①
谢飞的分析是相当专业也相当到位的，他深刻地把握了小说的思想
主题以及人物的复杂个性。"封建传统劣根性""人性的扭曲与复
归"、人物性格的两面性，这些概念是植入谢飞的观念意识之中的，
这也是他同这部小说能一拍即合的重要原因。因为思想的高度契合，
他并不感觉电影《香魂女》有多了不起。当影片在国外获大奖时，
他甚至感到"有点意外"，因为"那个故事比较传统"。②

　　既然在故事内容、人物形象、思想意蕴上导演与作品保持高度
的一致，那么在这些方面导演所做的改动自然就很少了。《香魂女》
的主要改编工作是用电影化的语言来表现小说的思想内容，追求自
己的影像风格。这一点已经有人指出来了：

> 　　常言道"文如其人"，谢飞的影片也具有一种儒雅的气
> 质——我们在《湘女萧萧》与《香魂女》的空间造型上都可以
> 感受到一种优美意境的魅力。谢飞偏爱使用空镜头，特别注重
> 影像造型、视觉美感的营构及地方风情的渲染表现。③

　　以电影画面表现优美而独特的意境，某种程度上带有诗化风格，
在自然、朴素、平实的画面流动中塑造人物、挖掘主题，这是谢飞
电影在改编时十分注意的地方。

　　谢飞的成长经历与职业身份在很大程度上形成了他较为坚定的

---

　　① 谢飞：《〈香魂女〉导演工作台本》，载《谢飞集》，中国电影出版社1998年版，
第82页。

　　② 谢飞：《关于〈黑骏马〉的谈话——谢飞访谈录》，载《谢飞集》，中国电影出版
社1998年版，第301页。

　　③ 关耳：《从〈湘女萧萧〉到〈香魂女〉——谢飞的导演艺术及其第四代意识管
窥》，《电影评介》1993年第8期。

价值观念，这种价值观念概括来讲就是理想主义与教化意识。谢飞的文学品位较高，他看中的几部小说在艺术上是较为成熟的，也有各自不同的价值诉求。在改编过程中，谢飞的期待视野、价值观念与所选作品互相碰撞，形成了几种不同的交流状态。谢飞既有自己的价值坚守，同时他又能从善如流，应该说，这样的一种开放的改编态度使他的作品既有自己的风格，又吸收了小说的优点。谢飞的电影改编总体来说是成功的。

第三章

"具体化"——影像艺术与
原作的创造性对话

　　小说是语言的艺术，电影是影像的艺术，从小说到电影是一种跨艺术的实践过程。英伽登认为，作为虚构艺术的小说中充满许多的"未定点"和空白点，需要读者的阅读加以"具体化"。电影改编之"具体化"的特殊性表现为，不仅仅是文本中的"未定点"、空白点需要加以填充，而且，文学语言需要在整体上"翻译"为影像。布鲁斯东指出："在根据小说拍摄的影片中，许多'小说化'的元素不可避免地被抛弃了。这种抛弃的严重程度，使得新的作品在严格的意义上说，已经和原作很少相似之处。电影既然不再以语言为唯一的和基本的元素，它也就必然要抛弃掉那些只有语言才能描述的特殊的内容：借喻、梦境、回忆、概念性的意识等，而代之

以电影所能提供的无穷尽的空间变化、具体现实的摄影形象以及蒙太奇和剪辑的原理。"① 文学阅读过程中的"具体化"实则是"具象化",导演读到的是抽象的语言文字,想到的及最终落实的必然是场景、动作、造型等直观的画面。

这是就作为阅读活动的电影改编的一般规律而言,实际上,导演因其个体的差异性,对改编中影像艺术重视程度各有不同。相对而言,张艺谋、陈凯歌、霍建起在阐释过程中对于影像艺术有着强烈的自觉,以富有特色的造型语言来"翻译"原作,小说与电影之间从而构成一种创造性的对话关系。当然,这三位导演在故事的影像呈现上也是各有千秋的。张艺谋最为通达,能为不同的文本找到"恰当的具体化"(英伽登语)形式,影像风格多变而艺术上不断创新;陈凯歌惯于用艰深影像表现复杂内涵,有时不免失之晦涩;霍建起则努力以诗化之影像解读小说,风格唯美而忧伤。

第一节　张艺谋:摄影师眼中的文学图景

张艺谋是当代中国最有影响的电影导演之一,在电影界驰骋二十多年,他的每一部影片都受到了专家、群众的热切关注。张艺谋是当代中国少数几个享有崇高国际声誉的电影导演。他号称是"得奖专业户",从执导的第一部影片《红高粱》开始,获得了多项国

---

① 〔美〕乔治·布鲁斯东:《从小说到电影》,高峻千译,中国电影出版社 1981 年版,第 2—3 页。

际 A 类电影节重要奖项。就是这样一位中国家喻户晓的著名导演，对文学作品情有独钟。他广泛地阅读中国当代文学作品，积极地将它们搬上电影银幕。迄今为止，在张艺谋所拍摄的 18 部影片中，除了少数几部找不到文学原著以外，像《代号美洲豹》《十面埋伏》等，绝大多数的张氏电影出自文学改编。尤其是在 2001 年以前，11 部电影中就有 10 部是改编作品，比例高达 91%。张艺谋电影的成功一定程度上是源自小说本身的成功，但更大程度上是他的改编的成功。张艺谋为何如此热衷于电影改编？他的电影改编特点又表现在哪些方面？这是我们所要探讨的主要问题。

一 文学是电影的"母体"

在文学与电影的关系上，张艺谋十分重视文学的作用，强调文学对于电影等其他门类艺术所具有的极其重要的意义。他认为，文学是电影的"母体""源泉"，没有好的小说就没有好的电影，电影的繁荣取决于文学的繁荣。

> 我认为文学是电影创作的母体，是一个源泉，是一个根本，这是不容置疑的。我们经常说关于中国的文艺创作，不管是电影、电视、音乐、美术各个方面，其实我觉得首先要关注中国的文学，只有文学的繁荣，我们才有其他门类艺术的共同繁荣。尤其电影和电视更是如此，因为它直接从文学中吸取很多东西，它直接从文学中发现好的剧本，好的故事。①

---

① 张艺谋：《电影·艺术·人生——张艺谋答军艺学员问》，《解放军艺术学院学报》2000 年第 1 期。

中国电影永远没离开文学这根拐杖。看中国电影繁荣与否，首先要看中国文学繁荣与否。中国有好电影，首先要感谢作家写的好小说为电影提供了再创造的可能性，如果拿掉这些小说，中国电影的大部分作品都不会存在。①

我这几年从小说中受益匪浅，非常感谢大量的小说家和我们合作，而且我觉得没有小说就没有好电影，没有小说家大量的优秀小说，也没有今天的电影，没有这么多的选择和可能性。②

虽然不少导演的电影受惠于文学作品良多，但像张艺谋这样如此直言不讳，如此强调文学作品的意义的，还比较少见。张艺谋认为，文学作品至少在两个方面对电影提供了帮助，其一是思想内涵上的，其二是影像风格上的。

首先，小说家们的好作品，无论是写人还是写事的，都有深刻的内涵。这就在内容上为影片提供了一个很好的基础。如果自己去写，说实话，我们目前还没有这个水平，没有这种深刻的东西。其次是小说家们不同风格的作品可以使我们的影片风格各异，因为我一般是根据小说的风格来确定我影片的风格，这就使我能拍出风格样式完全不同的电影。③

为了找到理想的文学作品，张艺谋大量翻阅各种文学期刊。他订了38种文学杂志，包括《收获》《花城》《小说月报》《中篇小说

---

① 李尔葳：《张艺谋说》，春风文艺出版社1998年版，第10页。
② 李尔葳：《直面张艺谋》，经济日报出版社2002年版，第320页。
③ 李尔葳：《张艺谋说》，春风文艺出版社1998年版，第10、11页。

选刊》等纯文学杂志。而且每晚睡前看,"床头搁一堆书,全部看完,倒下就睡,已经成习惯了"①。至少在2000年以前,张艺谋是中国导演中读小说最用功的一个,他的用功甚至超过了某些职业批评家。尤其是在文学日益边缘化的20世纪90年代,有人笑称当代文学只剩下一个读者就是张艺谋。张艺谋对所谓纯文学的热衷并不反映他的文学修养与爱好有多么高雅,他是带着强烈的"功利性"读小说的。在读的过程中,他是希望能够找到改编的素材,找到拍电影的可能性。他把这个过程比作是"逛街",是找他想要的"商品"。②从他比较中意的文学作品来看,就小说的题材内容来说,并没有什么规律可循,五花八门,什么都有。《妻妾成群》《红高粱》《万家诉讼》《门规》《纪念》《活着》等小说文本差异很大,很难说有什么共性。在这一点上,张艺谋同很多导演不一样,张艺谋是"广谱"型的,而很多导演则就其性格特质会倾向于某一类。

张艺谋喜欢改编文学作品,在原有文学作品基础上进行二度创作,这可以说是他电影创作的一种习惯方式,也是他较为擅长的一种创作方式。张艺谋之所以崇尚改编的二度创作是基于这样的一种自我能力判断:

> 我能做一个比较好的改编者,但是我不能作为原创,我没有这个能力,一张白纸就写出一个中篇来,好像还没有这个能力。长期的导演实践,使我锻炼出另外一种能力,就是改编的能力,二度创作的能力。③

① 林燕、子虚:《直击张艺谋》,《中国新时代》1997年第3期,第17页。
② 李尔葳:《直面张艺谋》,经济日报出版社2002年版,第303页。
③ 郭景波、张艺谋:《张艺谋:创作与人生》,《电影艺术》1999年第3期。

自己面对一张白纸，马上要写东西，我觉得自己的能耐还不到。我善于改编。哪怕改得面目全非，但是还是要有个东西给我，这是我的一个习惯。现在我们也换一种方法，就是找几位作家来谈，北京话叫"攒"，白手起家"攒"一个东西。讲一些故事、说一些想法、谈一些感受。但是我的体会是攒一个东西比去找一个东西还累，还容易主题先行、概念先行。攒了以后，还得现做记录，还得请人把它写出来。经常是开十天讨论会，费用花了不少，记录了一堆录音带，写出来一看不是那么回事。这种情况常有。①

张艺谋对自己改编能力的自信可见一斑。当然，这种自信是建立在艰辛的劳动基础之上的。在每部作品拍摄之前，张艺谋必定集合相关的创作人员，以文学原著为基础"搞运动"。也就是反复讨论，一定要把剧本"搞扎实"。电影《幸福时光》改编自莫言的《师傅越来越幽默》，编剧是鬼子。在原作基础上，剧本一共改了六稿，历时一年零两个月。鬼子的《幸福时光·备忘录》一书详细记录了其间的艰苦过程。《纪念》改编成电影《我的父亲母亲》，编剧是原小说作者鲍十，剧本也先后改了五稿。通常是编剧交稿后，张艺谋组织主创人员住进宾馆开"批判会"，而剧本讨论的主导者一定是张艺谋，他"说话的时间占百分之七八十"②，讨论的细致程度通常会到某一个具体画面。然后执笔的编剧根据大家的意见回去再改，直到满意为止，这是一个榨干改编者才华的过程。述平的《晚报新闻》改编成电影《有话好好说》就花了很大的心

---

① 碧云天：《与张艺谋对话》，《电影创作》1998 年第 3 期。
② 张明主编：《与张艺谋对话》，中国电影出版社 2003 年版，第 149 页。

血，前后历时一年半，累计写下的文字达到八十多万字；李晓的小说《门规》由毕飞宇执笔改编，也是数易其稿，最后在改稿的基础上写出长篇小说《上海往事》出版。在电影拍摄需要大量资金支持的背景下，反复修改剧本可以说是最经济实惠的方法了。实践证明，张艺谋的这种工作方式为他的电影成功打下了良好的基础。

当然，张艺谋的电影改编工作前后期是有所变化的。他的早期电影像《妻妾成群》《红高粱》据张艺谋讲"改动百分之四十"——实际上从内容、意义上来说并没有这么高的改动比例——而后来的电影像《摇啊摇，摇到外婆桥》《一个都不能少》等作品从小说到电影的改编还真的达到了百分之八九十。① 什么原因造成这种前后的巨大差异？可能最大的原因还是张艺谋自身对当代文学的判断，即他认为20世纪90年代的文学是越来越差，远不如80年代文学那么思想与意义上的成熟完整。张艺谋也曾多次公开抨击90年代以来的文学：

> 今天的文学不如80年代，那时一直是力作连篇，而90年代的感觉太差。②

> 现今的东西不太好，不如十几年前。当然文学圈子的人会不以为然。但我还是坚持这个观点。中国今天的文学比较自我。说白了，没劲，没什么意思。……今天全中国都充满了某种沸腾感，不管是求知欲是权欲还是物欲还是拜金，不少人的心态

---

① 参见张明主编《与张艺谋对话》，中国电影出版社2003年版，第150页。
② 碧云天：《与张艺谋对话》，《电影创作》1998年第3期。

都在沸腾、躁动，社会到处都充满了一种动荡的东西，完全不像西方。在这种情况下文学应该是很来劲，但文学现状不是这样。文学比电影自由得多，在这么自由的情况下写不出来东西是作家自己的问题。①

至于文学在20世纪90年代以后为什么"没劲"，张艺谋也给出了自己的解释，他认为这可能跟作家受到社会思潮影响以及作家创作理念的变化有关：

> 现今的文学有点像现在城市的人，受物欲、拜金主义的影响，很没劲。而且有时文学成为小圈子里的东西，越没劲他越觉得这就是纯文学。就是自我这点东西，越来越无病呻吟，使文学脱离人民，脱离广大观众的兴趣，而成为小圈子里的津津乐道的东西。②

> 对于这几年的小说创作，我作为一名读者，总体感觉是日渐衰弱，尽管小说的品种日益增多。主要的原因，我个人以为是小说家成为作家之后，生活面越来越狭窄，小圈子越来越封闭，题材越来越单薄，抒发的情感也越来越自私。③

20世纪90年代以来占据文坛主流的所谓个人化（甚至私人化）写作、日常生活写作，很大程度上偏离了20世纪80年代文

---

① 张艺谋：《现今文学没劲》，《文学自由谈》1998年第6期。
② 叶坦：《"电影是感情性的东西"——与张艺谋的谈话》，《电影艺术》1998年第3期。
③ 陈墨：《倾注真情、守住"本土"——张艺谋访谈录》，《大众电影》1998年第12期。

学注重社会变革的把握、思想文化的深度探讨这些做法，这是张艺谋不满意的主要原因。从张艺谋的言辞中我们也能看到，他所认为的好的文学，也就是他所要选择的改编对象应当是具有"感染力、震撼力或者张力"的文学作品，这样的作品不是只关注自我狭小生活世界的无病呻吟，而是要给广大的读者"指明认识社会、认识自己、认识价值、认识真理的途径"。从张艺谋已经改编或者曾经打算改编的文学作品来看，虽然表面看起来各种题材兼备，既有历史的，也有现时的；既有城市的，也有乡村的；既有悲剧的，也有喜剧的。但是至少有一点是共同的，那就是所有的这些作品都应当具有认识社会人生的价值，具有较为丰富的思想文化内涵。这样的作品才是能够感染人、震撼人的，才是具有艺术张力的，因而才能进入张艺谋的改编视野。

正是因为有了对当代文学前后认识的变化，张艺谋改编电影的方式也略有不同。大体说来，有这样几个阶段：从1987年的第一部作品《红高粱》到90年代中期的《活着》是第一个阶段，这一阶段张艺谋对文学作品比较认可，在思想内容的改编上较少；从1995年的《摇啊摇，摇到外婆桥》到1999年的《我的父亲母亲》是第二阶段，对原作情节、思想的改动较大，表现出张艺谋对文学有保留的信任；第三阶段是从2001年的《英雄》到2005年的《千里走单骑》，完全撇开文学，自行创作；第四阶段是从2008年的《满城尽带黄金甲》开始到2011年的《金陵十三钗》，张艺谋又重新回归创作的老路，重视文学作品的改编。这种回归一定程度上是第三阶段创作艺术上的乏善可陈导致的。

二 找寻独特的影像风格

通过对张艺谋前后文学判断的比较分析，可以大致看到张艺谋电影改编的历史演变，这当然也可以成为一个很好的论述框架。但是，如果仔细追问张艺谋电影改编最核心的特点是什么，我们会发现，对于影像风格的极端重视可能是张艺谋电影改编工作的主导性因素。也就是说，在面对一个在一定程度上打动了他的文学文本时，张艺谋最大的考虑是能不能以某种独特的影像方式将其表现出来？也就是小说的"电影化"问题是最大的考量。如果找不到独特的"电影化"方式，他宁可不拍。张艺谋说："我在把小说改编成电影的时候，尽量使形象视觉化，假使做不到视觉化的话，那么根本无法去拍摄电影。"① 他原打算改编贾平凹的《美穴地》、刘震云的《一地鸡毛》、余华的《河边的错误》等小说，最终因为没能找到合适的影像风格而放弃。而改编的过程很大程度上就是怎样将小说付诸电影化的过程，通过造型、色彩、声音、摄像等电影手段，以达到某种独特的影像风格。这种强烈的影像风格意识来源于张艺谋的职业出身，在做导演之前他是一位摄影专业毕业的杰出的摄影师。对于张艺谋来说，他不想重复别人，也不想重复自己，他追求每一部影片都有自己的风格。由于张艺谋改编作品较多，为了论述的方便，我们大致将张艺谋的电影区分为以下几种风格进行分析。

《红高粱》《菊豆》《大红灯笼高高挂》是张艺谋导演的最早的

---

① 李尔葳：《直面张艺谋》，经济日报出版社 2002 年版，第 52 页。

作品，这三部作品都获得了巨大的成功，奠定了张艺谋在电影界的地位。这三部作品有一个共同特点，那就是在原作提供的丰厚的思想文化内涵基础上，追求独特的视觉造型风格。

张艺谋选择了莫言的小说《高粱酒》改编成了他的第一部电影《红高粱》（1987），一炮打响，一举夺得1988年柏林电影节金熊奖。《红高粱》在国内的票房是5000万，以当时的单人票价二角五分计，观看这部电影的观众人数达到两亿人次，这简直就是一个天文数字。《红高粱》的成功是因为一个卓越的摄影师遇到了一个杰出的小说文本——这个小说文本的作者后来成了诺贝尔文学奖的获得者——二者的对话迸发出灵感的火花，从而产生了一部电影的不朽之作。

莫言的《高粱酒》是20世纪80年代中期的一部带有明显探索性质的小说。它在形式上，时空颠倒错乱，忽东忽西；叙事上以"我"为限知视角，以"我父亲"豆官为童年体验视角，讲述"我爷爷""我奶奶"的故事；在思想观念上，小说要表达的是"高密东北乡无疑是地球上最美丽最丑陋、最超脱最世俗、最圣洁最龌龊、最英雄好汉最王八蛋、最能喝酒最能爱的地方"，也就是说，是民间的混沌不清状态。这部小说在多个方面都具有开创性的意义，张艺谋以此作为自己第一部影片的改编对象，可以说是慧眼识英雄。当然，电影并没有完全保留小说的这些独特之处。在形式上，电影将小说中的故事整理成线性的时间发展顺序；在叙事上保留了画外音"我"的视角，豆官的在场视角模糊不显；在思想观念上，电影表现的主要是人物美丽、圣洁、英雄好汉的一面。张艺谋多次谈到他对小说《高粱酒》的印象：

我当初看中莫言的这篇小说，就跟在这高粱地里的感觉一

样，觉着小说里的这片高粱地，这些神事儿，这些男人女人，豪爽开朗，旷达豁然，生生死死中狂放出浑身的热气和活力，随心所欲里透出作人的自在和快乐。……我把《红高粱》搞成今天这副浓浓烈烈、张张扬扬的样子，充其量也就是说了"人活一口气"这么一个拙直浅显的意思。①

张艺谋对小说的理解是生命的自由豪放，风格是浓郁热烈，这大概同他因"右派"的家庭出身所造成的长期生活的压抑有关。"人活一口气"，他需要痛痛快快地释放一回。这是从思想内容层面来说的。张艺谋在小说这样一个丰富的文本里读到了它浓郁、张扬的一面，雄浑粗犷、大胆泼辣的一面。相信他在阅读小说文本之时就已经找到了影片的影像风格，在此之前，他作为一名有着杰出才华的摄影师活跃在中国的影坛上，② 当他读小说文本的时候，这种摄影师的经验自然能进入他的理解过程。如果仔细比较《黄土地》和《红高粱》，你会发现在摄影风格上，二者有许多相似之处。比如对画面造型的重视，赋予景观画面以深刻的象征内涵，粗犷的影像风格，等等。

电影《红高粱》首先在高粱上下功夫，给予大片生长茂盛的高粱以丰富的表意性。为了拍摄的需要，张艺谋特意花钱种植了上百亩的高粱。种的过程也颇费周折，据说当地人早已不种高粱了，还是请莫言帮忙，找了高密县里的领导才种上。这上百亩的高粱对影片的意义是至关重要的，它不仅是故事发生的重要场景——比如劫

① 张艺谋：《我拍〈红高粱〉》，《电影艺术》1988 年第 4 期。
② 在导演《红高粱》之前，张艺谋曾是《一个和八个》《黄土地》《大阅兵》的摄影师。

匪抢新娘、日本人修公路剥人皮、打日本人的设伏点等，更是作为独立的影像造型出现，具有丰富的表意功能。

小说《红高粱》中高粱一词虽然出现了多达 264 次，但绝大多数时候是作为地名、植物名称出现的，直接对其描写的段落并不多见。写得也比较简略，如：

> 生存在这块土地上的我的父老乡亲们，喜食高粱，每年都大量种植。八月深秋，无边无际的高粱红成汪洋的血海。高粱高密辉煌，高粱凄婉可人，高粱爱情激荡。秋风苍凉，阳光很旺，瓦蓝的天上游荡着一朵朵丰满的白云，高粱上滑动着一朵朵丰满白云的紫红色影子。
>
> 一轮明月冉冉升起，遍地高粱肃然默立，高粱穗子浸在月光里，像蘸过水银，汩汩生辉。我父亲在剪破的月影下，闻到了比现在强烈无数倍的腥甜气息。

而在电影中，主要场景只有两处，一处是烧酒作坊，选在宁夏的一处荒凉地界，其古朴苍凉风格颇似《黄土地》中的黄土高坡；另一处就是这大片的高粱地了。也就是说，有将近一半的戏是在高粱地里完成的。小说里呈现的故事精神，在张艺谋的电影中是要通过画面造型有力地传达出来。有关高粱的造型有两处堪称经典，其一是"野合"，其二是奶奶的牺牲。

在"野合"这场戏中，从第 18 分 37 秒开始直至第 22 分结束，高粱成了主要的表现对象。第 18 分 37 秒至 19 分 18 秒是"我爷爷"夹着"我奶奶"穿行在密集的高粱丛中，用近景跟拍；第 19 分 19 秒至 19 分 50 秒是追赶戏，摄影风格近似黑泽明《罗生门》中樵夫

在林中奔跑的那场戏，强调速度与力量，这是一种原始的野性的力量；然后是"我爷爷"揭下面罩，"我奶奶"不再抵抗，"我爷爷"踩踏高粱并以此为床。从第21分19秒开始，"野合"的激情与欢畅，生命的自由自在、热情奔放就完全由意象化的高粱画面来表达了。电影用风中摇摆的高粱叶、刺眼的阳光穿透密集的高粱林以及在强风吹拂下成片的高粱有节拍地起伏这些造型语言，并伴随着嘹亮的唢呐声（曲调是"妹妹你大胆地往前走"）来表示。从激烈的奔跑、追逐的动作戏到突然的静止再到空镜头的画面造型，张艺谋更多地采用画面造型的方式来表现小说中的语言信息。

另一处令人印象深刻的高粱画面是在电影的结尾，"我奶奶"牺牲后"我父亲"所看到的血红的高粱画面，这一画面持续的时间长达2分50秒。在此之前的画面是"我爷爷"看到"我奶奶"死后的静默，然后是日食的画面，也就是"黑色的太阳"画面。莫言对此评价道："苏联小说《静静的顿河》第四部中，说婀克西妮娅这个好女人被枪弹打死后，她的情人葛里高利莫名其妙地跌倒，他爬起来，看到'天上一轮耀眼的黑色太阳'。这一经典性的文学细节，被张艺谋、顾长卫移植到银幕上，这是天衣无缝的移植。"[1] 小说中没有"黑色的太阳"的描写，不知道是谁想到了这个绝妙的主意。日食之后的阳光更显刺眼，阳光下随风摇曳的高粱不再是鲜绿的颜色，而成了真正的"红高粱"。小说对"我奶奶"牺牲时的描写是"奶奶的血把父亲的手染红了，又染绿了；奶奶洁白的胸脯被自己的血染绿了，又染红了"。然后是一群白色的象征和平的鸽子，在天空中飞翔。电影并没有按照小说来组织画面，而是用上了张艺谋喜欢的

---

① 莫言：《影片〈红高粱〉观后杂感》，《当代电影》1988 年第 2 期。

大红颜色，铺满整个画面，以此来演绎导演对"红高粱"的理解。14 年后，当张艺谋故技重演，把这一手法用在了商业电影《英雄》上时，画面所表现的内涵完全不能同《红高粱》相比。

影片精心安排的两次祭酒仪式以及在祭酒仪式上唱的原生态的祭酒歌，同样有着强烈的视觉造型意义。一群打着赤膊的汉子，虔诚地捧起大碗，碗中盛满了血红的高粱酒，唱着生命的壮歌。既有劳动的崇高感，对上天恩赐的神圣礼赞，又通过祭酒仪式表现了这群血性男儿慷慨赴死的决心。此外，影片开始时出现的"颠轿"这一充满动感的画面造型，表现了人物粗鲁中的放荡不羁，邪恶中的游戏精神。

《菊豆》（1990）是根据刘恒的小说《伏羲伏羲》改编，在思想主题上电影并没有做较大的改动。刘恒的小说已经提供了一个很好的故事，一个有深度的思想内涵。它讲述了一个关于人的原始欲望，以及这种欲望被社会文化—道德伦理所压抑的故事。电影最大的改变在于，它将小说中人物的纯粹农民身份改变为开染坊的手工业者。这一改动的目的很明显是要增加故事的可视性，高高悬挂的五颜六色的布匹、多彩的染池，这些让张艺谋的色彩感有了用武之地。当然，张艺谋绝不单单为了视觉上的好看才安排一个染坊，而是将染坊与故事的推进很好地结合在了一起。

在电影第 28 分 42 秒至 29 分 11 秒，菊豆和天青第一次偷情。菊豆的脚推开了支架，染布用的辘轳疯狂地转动起来，长长的红布快速掉进鲜红的染池里，红布在运动中溅起的水珠打在菊豆的脸上，菊豆发出快乐的呻吟，画面传来辘轳有力并有节奏的转动声。这一场戏并没有正面表现菊豆与天青做爱的镜头，但是通过辘轳、红布、

染池、水珠等画面造型，观众能够清楚地感知到性爱场面的疯狂激动、热烈（红色）、欢快。在第88分46秒至89分12秒，天白用木棒击打落水的天青，辘轳声响起，鲜红的长布快速掉进红色的染池，这画面同菊豆、天青二人第一次做爱何其相似。而杀人者天白正是二人疯狂做爱的结晶。在这样的造型语言里，清楚地表达了天白是伦理道德的维护者，菊豆与天青原始欲望的直接产物是天白，而恰恰又是天白终结了他们的情欲。电影紧接着的画面是影片中屡次出现的高高悬挂着的长长的布条，这个画面就像是祭奠的幡布。

《大红灯笼高高挂》（1991）改编自苏童的《妻妾成群》，在如何影像化地传达小说的思想内涵上，张艺谋花了不少心思。他以封闭的古旧院落作为场景，色调阴冷灰暗；用俯拍的镜头拍摄幽暗的夜景，加上寒冷的雪景，极力渲染阴森恐怖的生存环境。在这样一个阴冷肃杀的封闭空间里，大红灯笼是唯一有生气的景观。小说里只有一处提到灯笼，在电影中灯笼却成了核心意象。它无所不在，是一种直观而浅显的象征。为了突出红灯笼这一造型，张艺谋不惜大胆地假造民俗，想象出一整套的所谓点灯、挂灯、灭灯、封灯的仪式。与之相应的还有捶脚的仪式。这些仪式非常直观地诠释了传统男权社会男性对女性的控制，以及女性对男性的依赖性与附属性这一小说主题。造型化的好处是它的直接、通俗、好看，它也的确能在一定程度上表达小说的思想意涵。但过于仪式化的造型，其拙劣处也是明显的，它简化了我们对传统社会的理解，甚至使得小说的主题思想庸俗化。大宅院中的一群女人好像就是为了挂灯笼而使出浑身解数，全家族上下都围绕着灯笼团团转似的，这不是有点漫画化吗？丫鬟小雁也在自己的小屋挂灯笼，被发现后竟然还不"销毁证据",等着让人揪出,这也有些让人觉得不可思议。

1991年的一天,当张艺谋正在为《美穴地》《一地鸡毛》的改编一筹莫展之时——花了不知多少精力,仍然找不到感觉——一次偶然上街买杂志,他读到了陈源斌的《万家诉讼》。《万家诉讼》令张艺谋爱不释手,当即发加急电报同陈源斌联系。在当年的10月份张同陈签下了改编合同。小说本身很有趣,讲一个乡村妇女因为丈夫挨打执着地向打人者村长讨要"说法",为此几次三番进城"打官司"。但是真正开始改编的时候,张艺谋发现很难找到自己满意的影像风格:

> 我一开始曾和刘恒商量,准备拍成一部轻松的生活喜剧,并按这个方法来结构剧本。可当我们按刘恒的剧本,按那种喜剧风格来谈人物、谈风格、谈结构时,我们却感到很乏味。我们谈了三四天,从头到尾拉了一遍,然后发现:秋菊老是一趟一趟进城打官司,这种故事如果按常规方法拍,即使拍得再好,它也只会是一个传统的故事,常规的故事。它造成的那种效果没有那种鼓舞人心的力量,所以当时确实有一种走投无路的感觉。[①]

因为找不到合适的影像风格,张艺谋"晚上翻来覆去睡不着觉"。一天早上,他突然灵光一闪,用他自己的话来形容就是"忽如一夜春风来"。他想到用"纯纪实"的方法来拍,要有纪录片的风格,在拍摄过程中采用"偷拍"的手法。一旦确立了影像风格,接下来的改编工作就显得顺理成章、得心应手了。电影将原小说故事

---

① 李尔葳:《张艺谋说》,春风文艺出版社1998年版,第35、36页。

情节线索同偷拍结合在一起，将演员的表演同周边群众的日常生活相融合，既表现了小说的思想主旨，又有着更鲜活的时代气息。它让人相信：这个故事不是编出来的，它就发生在我们身边。

影片开头将近两分钟的长镜头，就是以隐藏摄像机偷拍到的20世纪90年代中期某县城大街的画面。步行的、推自行车的男女老少、各色人等，他们都没有意识到自己已经走进了电影画面。在川流不息的人群中我们渐渐发现了电影主人公秋菊，她带着妹子拉着板车进城了。板车上铺着厚厚的棉被，里面躺着她的丈夫庆来。没有人向她们投来异样的目光。她们的衣着、举止、神态同周围人是完全合拍的。在第25分50秒至26分45秒，画面上出现秋菊看到的县城一景：各种年画。年画的内容各异，既有传统的福禄寿星、鲤鱼娃娃、门神，也有毛主席标准像，还有各种港台男女明星甚至西方明星的接吻照。看起来似乎光怪陆离，却真实地反映了思想文化的现状。此外，诸如乡村的交通、农村的家庭生活、节庆风俗、城里的旅馆、公安的办公等，都真实地得到了记录。影片的社会、文化信息量是巨大的，从中自自然然生长出来的故事具有相当的可信度，这就是纪录片风格的力量。

电影将小说中的种油菜改为种辣子，红红的辣椒挂满农舍的整面外墙，秋菊卖猪打官司也就改成了卖辣子，这是出于视觉上的考虑；秋菊的身份也改为一个孕妇，为后面的摆酒的乡俗，特别是秋菊与村长的和解，埋下了伏笔。秋菊一家几次三番地请村长来喝孩子的满月酒，却传来村长因庆来案情性质发生变化而被公安带走的消息，秋菊追出去，一脸的茫然，画面定格于此。电影以纪实的手法深入刻画了秋菊这样一个浑身上下充满了土气的倔强女子。她要的是村长给个"说法",不然没法在乡间抬头做人,而"法"本身有它自身的逻辑,它要么不能满足秋菊的要求,要么又超出她的预期。电影生动地表现了处在情与法冲撞之中的一群真实的底层人物。

《一个都不能少》(1998)改编自施祥生的小说《天上有个太阳》,这次的纪实风格更加彻底,全部用非职业演员。而为了适应彻底的纪录电影风格的需要,导演非常重视这些以孩子为主体的非职业演员的临场发挥,电影对原有故事情节做了大刀阔斧的改造。原小说讲一个偏远乡村的小学校长,生活极端贫困,但精神崇高,无私奉献于祖国的教育事业。小说的一个中心情节是校长为了帮助一位名叫王芳的同学,不惜放弃等待多年的民办教师转正指标,坚决同作为恶势力代表的乡长与商人作斗争。这部小说在题材内容、情节设置、思想情感上都与刘醒龙的《凤凰琴》很相似,都是以热情讴歌奉献在偏远山区的民办教师为主旨。因为意图过于明显,情节稍显煽情,小说稍稍令人产生矫揉造作之感。如果按照小说来拍,农村以儿童为对象买卖婚姻,乡长还作为帮凶,这样的影片是没办法通过的;把民办教师塑造成卖掉老母的棺材帮学生还债这样的神圣、崇高形象,在张艺谋那里肯定也是通不过的。

《一个都不能少》把小说对高大、完美的人的塑造转变为对事的执着,那就是制止溜生现象的再次发生。"一个都不能少",这样一个艰巨的任务落在了13岁代课老师魏敏芝的身上,这是她柔弱的肩膀所不能承担的。在高老师手上学生从四十几个变成了二十八个,他却要求魏敏芝"一个都不能少",这里面当然反映了乡村教师的理想与信念。明明不能承担,魏敏芝却偏要去承担,这就有了戏剧性。

影片对于魏敏芝动机的解释是为了五十元或六十元的代课费。电影在故事情节上只是保留了老师进城找学生，并通过电视台找到了学生。其他的情节则几乎全部是新的。影片只有一个大致的框架走向，绝大部分细节都是依赖这些非职业演员不是表演的表演。比如魏敏芝的课堂教学，高老师指导魏敏芝唱歌，一群学生向砖场主要钱，魏敏芝在电视台找台长等。正是这些"自然反应"主导了影片的内容，影片才具有了小说所没有的"震撼人心"的力量。

电影《有话好好说》（1997）改编自述平的小说《晚报新闻》，对小说做了很大改动。《晚报新闻》在结构上把真实的"晚报新闻"报道的各种现实生活中发生的离奇案例同虚构的故事拼贴在一起，最后这则虚构故事也成了一条"晚报新闻"。电影抛弃了小说这种结构上的先锋性，而专注于讲故事。在故事层面，陈云辉遇到了中学时代暗恋的安红，一味纠缠安红。安红找她的男友德蒙揍了陈一顿，打掉了陈的门牙。陈扬言要剁掉德蒙的右手，并备好了菜刀。德蒙加上安红有三个情妇（这是述平擅长的故事），他犯不着为安红牺牲，所以逃了。陈云辉的复仇于是失去了对象，他受到了朋友刘大明的嘲讽。刘大明在讥讽陈云辉的过程中得到快感，他嘲讽陈即使将手放在陈的面前陈也不敢剁下去。刘的话激怒了陈，他真的一刀剁向了刘放在肮脏桌子上的手。故事出人意料地向另一个方向发展，陈也因此被抓，他的故事成了一则"晚报新闻"。张艺谋读到这个小说的感受是认为最精彩的部分是陈的最后那一刀，他对述平说："你这小说好就好在最后一刀，一切的努力都是为了这最后的一刀。"①

---

① 述平：《谈〈晚报新闻〉》，载《小说月报：从小说到影视》，百花文艺出版社2011年版，第227页。

述平本人并不认可这一点，但决定权在张艺谋手上。可以说整个的改编工作对原著做了大幅度的修改，一切都是冲着"最后一刀"去的。故事的第三者张秋生从苦口婆心的劝架人最后变成了行凶者，原本要行凶的主人公最后成了受害者，故事来了个180度的大逆转。电影还在此基础上增添了许多喜剧性的因素，幽默、好玩是张艺谋在这部电影改编过程中追求的重要目标。

《一个都不能少》的演员是业余的，《有话好好说》则好像摄影师是业余的。张艺谋为影片的改编找到了一种新的影像风格，那就是自始至终用摇晃的画面来表现略带荒诞的喜剧性内容。此前张艺谋电影以画面的优美、造型的独特著称，这一次他有意识地用扛着摄像机跟拍的方式，造成画面的摇摆不定。类似于业余摄影爱好者用DV拍摄的效果，从头到尾没有用固定机位的三脚架。在摇晃不定的镜头中，有时甚至是违反常规的画面里，观众体验到一种亲历般的现场感，这是很多正常电影所不能达到的效果。比如影片开头长达三分多钟的赵小帅追安红的戏，从第17分58秒到18分56秒的赵小帅、刘德龙街头打架一场戏，都是用肩扛摄像机跟拍及长镜头相结合的方式。"非专业"的摄影手法带给观众的观影体验同样是纪实性的，是一种强烈的在场感，好像故事就发生在我们身边。再加上故事内容的市民性，细节的生活化，《有话好好说》的改编在总体上营造了一种记录生活的氛围。

1998年，张艺谋同时开拍两部电影，都是有关基层农村教育的。他对于落后的乡村教育有一种强烈的责任感，一直有意拍一部电影呼唤各方面来共同关注穷困地区的儿童教育问题。他几乎同时买到了两部相关小说的改编权，一部是《天上有个太阳》，另一部是

《纪念》。对于同样的题材，张艺谋选择了不同的影像风格，从而决定了不同的改编方法。拿张艺谋自己的话来说就是：

> 这两部电影的风格都是原文学作品的神韵演化出来的。我们坚持了文学作品中的基本走向。这也是我改编所有作品比较注重的，就是求神似不求形似。所以你看我的所有电影都是改自文学作品，但是有时候电影跟文学作品很接近，而有时候电影跟文学作品则完全不一样，主要就是求神似不求形似。①

正是以"求神似不求形似"，围绕文学作品神韵进行改编为原则，两部同样题材的作品张艺谋选择了两种完全不同的影像风格。第一部电影《一个都不能少》采用了纪实的风格，由一群土生土长的非职业演员来演，改编时只是讨论出一个大致故事框架，重视演员们的现场感觉和即兴发挥；而改编鲍十的小说《纪念》则采用写意的诗化风格，故事也就朝着另外一个方向发展。以影像风格决定改编的方向的结果是，甚至连改编的初衷都在一定程度上发生了变化。

小说《纪念》写了一个外来的乡村教师骆长余为地方农村教育奉献了几十年，从一个青年小伙子到他的死亡，经他手教出来的孩子无数。为了盖学校的木材，他死在了外地。得知这个消息后，他的各个年龄层次、各种不同职业的学生们自发地来为他抬棺。电影保留了浩浩荡荡的队伍行走在冰天雪地里为老师抬棺这感人的一幕。只是抬棺的举动是母亲坚持要做的，不是一开始学生就自发要求的。"我"甚至已经掏钱雇人来抬，以满足母亲的心愿。这种看起来不大

---

① 郭景波、张艺谋：《张艺谋：创作与人生》，《电影艺术》1999 年第 3 期。

的改动其实是有通盘的考虑的，反映了电影在主题思想上的根本改变。

《我的父亲母亲》是一部"慢"电影，有着浓烈的抒情色彩与诗化风格，这在张艺谋以前的电影中还没有出现过。张艺谋曾经谈到过他对这部影片在风格上的看法以及他的坚持：

> 其实，当时几乎全体主创人员都不看好这个剧本，我一谈剧本，他们就提一大堆意见，这儿要加强，那儿要补充。面对这一大堆意见，我说，这都是用通俗情节剧的眼光，应当采用简单清纯的风格。当时我很清楚，这种方法搞好了很成功，弄不好就失败，成也萧何，败也萧何，但我坚持用这样一种朴素的方式。由于与其他主创人员的意见不一致，所以我们就很少讨论了，我只留了编剧在现场，每天晚上都和编剧谈，让编剧按我的意图改，编剧写的加强的东西，我在拍戏的时候将其简化，没有情节也能产生很强的震撼力。[1]

张艺谋在改编《纪念》时，尝试采用这种新的电影风格其实也并不奇怪。因为小说本身已经具备了这样的基础。《纪念》故事情节较少，也缺乏戏剧性，而抒情色彩很浓。但是，诗化的影像风格如果用在表现一个男子的奉献教育工作，似乎很难拍成一部好看的电影。于是，电影的主题转向爱情，围绕着"父亲母亲"纯洁的爱情展开。这份爱情里有着母亲对知识的敬仰，对文化人的至死不渝的欣赏。也有可能是为了在巩俐之后，张艺谋要全力推出他的新女主角章子怡。影片将最美的画面给了"我母亲"，绚烂的乡野自然景观

---

① 张卫、张艺谋：《〈我的父亲母亲〉创作谈》，《当代电影》2000 年第 1 期。

充当陪衬。抒情的回忆性镜头用的是绚丽的彩色画面，而父亲死后现实的场景则全是没有色彩的黑白画面。这样，影片就由小说对人物献身教育工作的热情讴歌，转向了对逝去时代的亲切缅怀，对美好爱情的浪漫回味。

《山楂树之恋》（2010）是张艺谋对文学表示失望转而原创编剧之后的一次改编回归，这次他选择的是在网络上被热捧的同名小说，作者是艾米。以张艺谋的地位、功力，他大概不需要借助已经有较高人气的小说的支持。他选择这部作品的原因，一方面是在作品中有他熟悉的时代氛围和熟悉的故事；另一方面，这部作品也真切地打动了他，他甚至产生了"想哭的感觉"。张艺谋谈到他对小说印象最深的地方：

> 剧本不长，我很快就翻到最后的细节：静秋走到老三的床前，不知该怎么办。老三已在弥留之际，旁边的人对静秋说："你快叫吧，平常怎么叫现在就怎么叫，你现在叫他还听得见。"于是她不停地喊着："我是静秋，我是静秋！"……看到这里，我突然有了哭的感动。这是原始的感动，是我看过所有剧本中最稀罕的，我很珍惜它。①

张艺谋的电影改编通常都有这种情况，即原小说在某一点上感动了他，然后他找来一帮人对作品进行改编。改编的过程中可能会把原作改得面目全非，但是始终抓住这原初的感动不放手。这原初的感动就是定心针，是文学作品同电影联系的关键点，找到了这个点也就找到了改编的核心。所谓文学作品的"神韵"也是从这个核

---

① 张艺谋：《〈山楂树之恋〉，我有了哭的感动》，《新华每日电讯》2010年9月20日。

心要点出发的，当然文学作品的"神韵"也是作为读者的导演对文学作品的理解和把握，带有很强的个体性。张艺谋较为详细地谈到了在改编《山楂树之恋》过程中，他是怎样从原初感动出发进行改编工作的：

> 我还是珍爱自己那点儿原始的感动，这最原始的东西，决定了现在电影的结构和方向：采取一种娓娓道来的叙事方式，朴实无华地跟进，让人心动。我只是希望观众有这个感受。而后，我邀请一些精英改编剧本，基本按原著的方向走，不打算大动，更不想电影里有太多的炫技，让它好比上世纪70年代的电影——实实在在。因为，我也是从那个时代过来的，回头看，总觉得那时的人们，脸上有很多纯真、很多干净。
>
> 当年，电影《我的父亲母亲》采取比较外化的抒情，本身就像一首散文诗，影像一会儿彩色、一会儿黑白，为的是渲染；现在的《山楂树之恋》，用的是内敛的方式、娓娓道来的细节。①

从原始感动出发，找到与文学作品神韵相契合的影像风格，这是张艺谋电影改编始终坚持的一个策略。在上面的引文中，张艺谋提到《山楂树之恋》同《我的父亲母亲》风格上的不同，实际上，他自己大概也意识到二者总体上的相似性。那就是，以优美而写意的画面，营造回忆性的抒情氛围，在缓慢的节拍中依靠演员的表演来表达朴素的感动。小说中那个"前凸后翘"的静秋对"老三"这个出身高干的年轻人来说充满了欲望的诱惑，也是他对静秋一见钟

---

① 张艺谋：《〈山楂树之恋〉，我有了哭的感动》，《新华每日电讯》2010年9月20日。

情的重要原因，电影里的形象却是较为单薄干瘪的；小说里"老三"第一次拥抱静秋就忍不住要同她接吻，并且把舌头都伸到了静秋的嘴里；在河里洗澡的情节中，看到大部裸露的静秋，"老三"有了生理上的自然反应；而在医院护士宿舍二人相拥而卧的部分，他们也是互相裸身亲密抚摸。这些内容在电影里都做了保守而含蓄的处理。张艺谋安排静秋、"老三"即使是过河也要靠一根木棍牵着，河里洗澡两人就像是一对童年伙伴，在医院宿舍里二人虽然同床但也相安无事。小说《山楂树之恋》被称作"史上最干净的爱情"，电影无疑在这一点上更加纯粹。张艺谋做如是改编除了有自身对那个时代的记忆之外，更多的是考虑纯粹的写意风格的需要。

三　造型语言的创新

翻开张艺谋的访谈录，他谈到最多的是"创新"，是"不一样"。在他迄今拍摄的 18 部故事片中，虽然不能说每一部作品都是一个新的影像风格，但从主观上说，他是希望每一个作品都是不一样的。他也在为他的每一部作品从文学出发寻找最有创意的影像风格。为此，他有时甚至有意"扬短避长"。然而，导演并不是万能的，这样就不可避免地会有失败之作；一个人的创造能力也有枯竭的时候，当张艺谋为创新意识所催逼，我们也会发现他也有江郎才尽的时候。尽管如此，张艺谋在电影改编中所表现出来的探索精神还是令人敬佩的。

在上文中，我们大致区分了张艺谋电影改编中几种影像风格类型，其实每一种类型其内在追求也是不同的。《红高粱》《大红灯笼高高挂》《菊豆》都强调突出视觉造型效果，但由于各自改编的原始小说不同，其影像风格也有非常大的差异。《红高粱》是热烈奔放的，是狂欢的"酒神"精神；《菊豆》则与之相反，是深沉压抑的，是人性扭曲与痛苦的悲剧；《大红灯笼高高挂》更注重造型的仪式化，在色彩的对比中表现阴森恐怖的氛围与专制主义的诱惑。2008年拍摄完成的《满城尽带黄金甲》也突出视觉造型效果，电影采用了曹禺《雷雨》的故事原型，但其目的只是单纯为了视觉欣赏的消费需要，以至于王朔嘲讽张艺谋是"搞装修的"。片中大量的花费高昂的视觉造型并没有多少丰富的审美意涵。张艺谋以纪实风格拍摄的三部影片，《秋菊打官司》基本跟着原故事走，但用偷拍的方法给故事以特定的地域风味；《一个都不能少》更像一部纪录片，全部用业余演员，人物决定故事的走向；《有话好好说》是用跟拍的方法，有意颠覆正规摄影理念，从而带来纪实的影像风格，并且强化了影片的喜剧色彩。同样是诗化写意风格，《我的父亲母亲》强调画面的前后对比，具有浓郁的浪漫情调，《山楂树之恋》则较为平实，朴素之中蕴含忧郁。

张艺谋的《摇啊摇，摇到外婆桥》（1995）根据李晓的小说《门规》改编，编剧是毕飞宇。这是一部公认的失败之作，毕飞宇说这部电影及小说（指根据改编完成的小说《上海往事》）都不及格。[①] 但是张艺谋仍然要在这部商业气息很浓的电影中寻找他的影像风格。他不想把这个黑帮题材的小说拍成《教父》，而是选择了少年水生的独特视角。为此，电影有意改小了水生的年龄，从小说中的18 岁变为 13 岁，这样他就不像小说中那样成为事件的直接参与者，

---

① 杨东城：《毕飞宇：〈摇啊摇，摇到外婆桥〉电影和小说都不及格》，《华商晨报》2009 年 2 月 8 日。

而仅仅是个旁观者。电影在结构上也分为两个主要部分，一是繁华而充满罪恶的大上海，二是远离尘嚣的避难小岛，这里有田园风光，是人性复归的场域。但是，由于意图过于明显而细节打磨不够，再加上水生这个人物的苍白，电影反倒不如原小说那样集中、有力量。从莫言的《师傅越来越幽默》到《幸福时光》（2000）也存在相似的问题。在这部电影的风格上，张艺谋追求喜剧性，追求"含泪的笑"的影像效果，他选用赵本山这个中国家喻户晓的小品演员做主角目的正在于此。也许张艺谋对莫言原作的理解正是基于"幽默"一词，但是由于电影相对小说来说有着许多限制，他的电影并不能按小说中的故事去拍，所以剩下的只能是无聊而庸俗的"笑"和浅薄的"好人故事"。莫言小说最精彩、最有力量的部分，一个是作为省级劳模的下岗工人艰难的晚年岁月，一个是在废弃的车厢里男女偷欢所折射的当代社会风情。这两点在电影审查制度下当然是禁忌，然而，删去它们电影的思想内涵并没有相应得到丰富。这样的改编剧本能够获得电影局的通过，但在思想性上是大打折扣的，难怪小说原作者莫言对它深表不满。①

1994 年的《活着》是在拍摄完成《红高粱》《菊豆》《大红灯笼高高挂》等十分强调造型语言的背景下进行的，张艺谋要在这部影片中彻底摒弃此前他所擅长的创作路数，摒弃独特的造型风格。他要用最通俗的方法来讲故事，所以，这部影片是相对缺少张艺谋风格的电影，除了影片中的皮影戏之外。在当时的张艺谋看来，他是要尝试新的不同风格，但从今天的整体眼光来看，影片的风格特点并不鲜明。"通俗剧"的影像风格也决定了电影内容上的改编，它

---

① 莫言：《小说创作与影视表现》，《文史哲》2004 年第 2 期。

要求尽量向大众的欣赏趣味靠拢。余华的小说《活着》至少有两个向度，其一是表层的温情故事，讲一个家庭几十年来的历史变迁，用的是温暖的回忆的调子；其二是深层的悲剧与生存的荒诞，小说中的人物一一死去，包括最爱恋的、最弱小的、最无助的生命。电影明显继承了第一个向度，而舍弃了第二个向度。这样，电影就迎合了观众的口味，而丧失了向人性、向人与世界的存在深层掘进的可能。

电影《金陵十三钗》（2011）根据严歌苓的同名小说改编，其创新表现在多方面影像风格的融合。概括来讲，电影实际上讲述了教导队、洋人约翰以及秦淮歌妓们共同拯救一群女中学生的故事，影片相应展开了民族—国家叙事、人道主义—人性叙事、道德—历史叙事以及女性主义—个人叙事等多重叙事空间。电影改变了小说相对单一的叙事视角，开拓了多重叙事空间，这样就最大层面满足了不同观众的审美期待。在影像上，电影将抗日军人的豪气同江南女子的柔媚、教堂天顶的绚丽同陷落城池的阴森鬼气、慷慨赴死的悲壮同艰难求生的悲惨等融合在一起。为了使电影具有多层的审美空间以满足不同观众的欣赏需要，电影在改编上可谓煞费苦心。

在小说原著中，虽然作者将小说题名定为"金陵十三钗"，并且也称这群秦淮妓女顶替女中学生的故事是"我正在写的故事的核心部分"，但作者对这群女子为何会有这样的义举以及如何能够做到成功顶替这样两个至关重要的问题都交代不清。且不说小说根本没有涉及窑姐们冒生命危险替换女学生的动机，即便是下了赴死的决心，也不是"什么样的女子她们不会装呢？羊羔一样的女中学生也可以装得惟妙惟肖"。这样一句轻描淡写的话就能蒙混过关的，这中间其

实是有着相当的技术上的难度的。为此，影片增加了一个重要的细节，那就是当日本兵来搜查时，女学生有意将日本兵引开，使躲在地窖里的窑姐们不致暴露，女学生因此反倒处于危险之中并最终被发现。这一幕完全看在窑姐们的眼里，感恩戴德，投桃报李，理所应当。这是其一。其二，电影对秦淮歌妓中的头牌玉墨的身世进行改写，叙述她也有一个类似的中学时代，而且还是一个优秀的中学生，只是被继父奸污才坠落红尘。与这相似，所有的窑姐都有一个纯真的年代，叙事在这里似乎巧妙地转换为救学生就等同于救自己。当她们采取行动时，她们似乎又回到了那个纯洁的原点。换句话说，玉墨们借此实现了自我的道德救赎。而妖冶、放荡的娇娃如何转身为纯洁、"温驯的羔羊"？影片无疑对此做了充分的考虑，那就是将约翰的身份设计为尸体化妆师，而日本人留给他的时间也由小说中的半小时改为一个晚上，这样就足以实现那个大胆的计划，同时也有足够的时间完成令观众心满意足的缠绵的告别。玉墨们的故事对于张艺谋来说是个难以抵挡的诱惑，不仅仅是这个故事本身所具有的颠覆性效果——它彻头彻尾地改写了妓女的形象，还有秦淮歌妓所拥有的巨大的影像诱惑力。她们简直是那个年代最时髦的一群女人，职业决定了她们放荡的本性，但又毕竟是中国女性，刻骨的风骚包藏在贴身的旗袍里，潜伏在风情万种的水蛇腰的扭动中，滋长于吴侬软语的咿咿呀呀之中，一个眼神也可以勾魂摄魄。影像中歌妓们穿着各色旗袍，手拨乐器，唱着动听的江南小调款款向我们走来，这大概就是屡试不爽的、令人着迷的东方情调吧。

客观地讲，在拯救女中学生的几股力量中，约翰和玉墨们的联合起到了至关重要的作用，而李教官则基本上是可有可无的。小说中的戴教官（李教官的原型）就不过是1937年12月南京城一个窝囊的缩影。然而电影中我们看到，李教官领导的对日抗战至少用掉了三分之一的篇幅，而影片号称的6个亿的投资相信花在这条线索上的经费应是大大超过三分之一这个比例。如此大的投入肯定不只是为了送女学生一程（小说中女学生本就在教堂里，根本就不需要人来护送），它牵涉到政治的、商业的乃至民族情绪的许多敏感神经。它简直太重要了——虽然从逻辑上讲这个故事本身也许并不需要它——讲好这则故事是其后叙事成功的前提。试想，如果影片只是讲述一个洋人和一群妓女解救中国女学生，这会让所有的中国观众情何以堪？因此，李教官们射向日本人的一颗颗子弹，实现的是预先的复仇，是大溃败中为中国人争得的一点点颜面，他们代表的是民族不曾屈服的力量。当然，这一段战争戏也是最具市场号召力的视听大餐，是引人入胜的暴力美学。尤其是李教官，影片把他塑造为一个狙击手（过去叫神枪手），狙击手的神秘、神奇相信会让观众普遍着迷，这也是以弱敌强的战斗最好的影像选择。李教官的最后一场戏无疑是影片中最具观赏性的一段。他在敌人必经的道路上预先伏藏好多枚手榴弹，然后射击引爆手榴弹，敌人大片地应声倒下。李教官最终难敌众多的敌人，身负重伤，他安详地坐在楼上等候敌人的到来。当敌人的子弹命中李教官的时候，他带着只有灵魂早已飞离这个世界的人才有的表情缓缓坠落下去。他的腿上系着许多长线，线的那一头系着一捆捆的手榴弹。然后是用超高速摄像机拍摄到的爆破画面，而爆破点就是一家花纸店，升格镜头缓慢播出的五彩的视像，优美而又令人心碎。

张艺谋因其对文学作品的高度重视，对电影改编从始至终的一

贯热衷，而成为电影改编研究的一个重要个案。尽管也不可避免地受到时代的、市场的、电影审查的等各方面因素的影响，张艺谋电影的文学改编仍然有他鲜明的个人特色。他往往从某个令他心动的文学作品出发，紧紧围绕打动他的某些内容，找到恰当的影像表现风格。确定影像风格对于张艺谋来说，就等于找到了改编的基准点，接下来的改编工作就能够顺理成章地进行下去。影像艺术创新是张艺谋电影改编的一个重要特点，他为此做出了许多成功的尝试，即便是相近的风格类型他也强调个体不同的特色。

张艺谋电影事业的成功一半来自小说作品的艺术成就，一半来自导演影像艺术上的造诣，二者的完美结合成就了张艺谋。张艺谋通过大量阅读当代小说寻找最佳改编原作，在这方面，他是挑剔的，也独具慧眼。对于导演来说，最好的小说是最适合自己的小说，这跟导演的能力有关。有些导演只能拍三流、四流的作品，他的艺术趣味、改编能力决定了这一点。张艺谋具备大导演的气魄，能同最优秀的作品进行创造性的艺术对话。遗憾的是，当代文学未能提供更优秀的作品，尤其是20世纪90年代以后，无法助力于张艺谋电影事业更进一步的提升。优秀的导演还具有一种化腐朽为神奇的能力。《晚报新闻》《纪念》《天上有个太阳》这类差强人意的小说居然能被改编成一流的电影，张艺谋的改编能力令人叹为观止。

第二节　陈凯歌：影像的寓言结构

陈凯歌是当代中国电影的领军者之一。他的电影使得柯蓝名不见经传的散文《深谷回声》载入史册，使得《孩子王》《命若琴弦》成为作家阿城、史铁生最为知名的小说，也使中国香港作家李碧华的名字广为人知。因为电影《搜索》，网络小说《网逝》的故事也在更大范围得到传播。

陈凯歌近三十年的电影创作虽然不可避免地受到时代变迁的影响，但也与他个人的人生阅历、文学趣味、思想追求有着密不可分的关联。这些个体性的因素决定了陈凯歌影片的风格特色，也决定了陈凯歌电影对于文学作品的选择与阐释。

一　"文化大革命"的暗影及其影响

应当指出的是，陈凯歌对影片深层结构的迷恋与他的"文化大革命"体验大有关系。陈凯歌的早熟是那个特定年代形成的，一个少年亲眼看到了、体验到了本不应该看到、体验到的东西，这对其心灵的冲击可想而知。现实逼迫着他进行严肃的思索。从那个年代走过来的心灵已受创伤的人，是很难不在其作品中表达深层思考的。在回忆自己"文化大革命"经历的《少年凯歌》一书的"自序"中，陈凯歌写道：

> 我一直认为我的人生经验大都来自那个时期，其中最重要的是，这个"文化大革命"帮助我认识了我自己。认识自己即

是认识世界，明白这一点，就决定了我的一生。尽管"文化大革命"因"十年浩劫"这样的名词而似乎得到否定，也有了许多批评的书籍，但只要人们仍然只会控诉他人时，这场"革命"实际上还没有结束。我试图做的，就是在审判台空着的时候自己走上去，承担起我应承担的那部分责任。因此，这是我的自供书。我一直不能以轻松的态度看待生活，这也许恰恰是我在书中所描绘的那个时代给我的影响，我却没有什么后悔。①

在陈凯歌的这段"夫子自道"里，他坦承"文化大革命"经历对他至关重要的影响，也表现出难得的自省精神。一方面，他对"文化大革命"有着较为深刻的反思；另一方面，从"文化大革命"获得的思考能力又影响着他的文本接受与再创作。

陈凯歌1952年出生于北京。父亲陈怀皑是新中国著名导演，曾与崔嵬合作导演了《青春之歌》。陈凯歌从作为导演的父亲身上获取的滋养似乎并不太多。虽然后来陈也公开赞许过"老一代"电影人叙事的精致、流畅，但他更多是作为叛逆的"第五代"电影导演出现的：非但不去师承父辈，还要做"弑父者"。然而，父亲对陈凯歌的影响是刻入灵魂的，当然，如果没有"文化大革命"那段特殊的经历，父亲的影响不会那样深刻。

1965年，陈凯歌以优异的成绩考入著名的北京四中，这里是高干子弟的"集中营"。陈凯歌在这里所接受到的教育可以说是最为纯粹的"红色"教育，"毛主席著作学习小组"遍布校园，学生们在班主任的注视下，狂热地诵读《毛泽东选集》，讨论"革命""阶

---

① 陈凯歌：《少年凯歌》，人民文学出版社2001年版，第2—3页。

级""专政"等问题。① 陈凯歌在北京四中一年多的学习经历，是他
对阿城的小说《孩子王》有着天然的亲近感的重要原因。在北京四
中，陈凯歌自然有幸接触到来自新中国权力核心圈的某些信息，而
在随后不久上演的"文化大革命"大戏中，他更是目睹了一幕幕作
为平民子弟所不能见到的人生戏剧。几十年后，当陈凯歌拿起笔来
写下这段往事时，故人故事依然历历在目，可见，陈凯歌的中学时
代虽然短暂，却是刻骨铭心的。

很快，陈凯歌不再是看戏的观众，而是戏剧的主角。父亲因为
是"国民党分子、历史反革命、漏网右派"而遭到批斗，而陈凯歌
则是选择"革命"，选择与父亲"划清界限"。为了表现出"革命"
的决绝态度，他贴了父亲的批斗标语（词都是陈凯歌写的），跟着人
群高喊"打倒"父亲的口号，并在关键时刻推了父亲一把。多年以
后，陈凯歌这样描述当时的情景："我已经记不清我说了些什么，只
记得父亲看了我一眼，我就用手在他的肩上推了一下，我弄不清我
推得有多重，大约不很重，但我毕竟推了我的父亲。我一直记得手
放在他肩上那一瞬间的感觉，他似乎躲了一下，终于没躲开，腰越
发弯了下去。四周都是热辣辣快意的眼睛……如果我更大一点，或
许会悟到这件事是可以当一场戏一样来演的，那样，我会好受得多，
可我只有十四岁。但是，在十四岁时，我已经学会背叛自己的父亲，
这是怎么回事？我强忍的泪水流进喉咙，很咸，它是从哪儿来的？
它想证明什么？我也很奇怪，当一个孩子当众把自己和父亲一点一
点撕碎，听到的仍然是笑声，这是一群什么样的人民呢？"② 这是我

---

① 陈凯歌：《少年凯歌》，人民文学出版社 2001 年版，第 41 页。
② 同上书，第 72 页。

们所能看到的陈凯歌最为完整的一段回忆，事实上，成名之后这段经历被人反复问起，陈凯歌都往往要么语焉不详，要么不愿作答。他同父亲也从未提起过此事，只是凭着两个男人之间的默契达到关系的和解。越是真的伤痛，越是不能轻易地触及。当"文化大革命"的烈火烧到陈凯歌本人时，他正是14岁的少年，正是对世界、对人生充满了探究的欲望的年龄，也是心智发展尚未完成的时期。由于恐惧，害怕被群体抛弃的恐惧，他选择了背叛，而背叛的对象是他的至亲。这对于一个具有初步反思能力的少年来说，是永远的心灵创伤。

来自"文化大革命"的创伤体验对于陈凯歌电影创作的影响是深远的。我们看到，陈凯歌的电影一再重复忠诚与背叛这一主题。在电影《荆轲刺秦王》中，陈凯歌将"荆轲刺秦王"这个《史记》中的经典故事，读解成一个关于秦王人性扭曲的故事。秦王在一声声"秦王嬴政，你忘了秦国先君一统天下的大愿了吗"话语声中，选择背叛了自己的亲生父亲吕不韦，这句表明理想的话语也就成了一句魔咒。《史记》中残暴无情的秦王在陈凯歌的电影中变成了一个自我谴责的内心痛苦的人物。《无极》中的"鬼狼"因为恐惧，投靠无欢，背叛了族人，最后以灰飞烟灭的死亡来赎罪。《和你在一起》的故事向着另一个方向发展。影片中的刘小春放弃名利，也就是放弃"群体"的认同，而回归亲情，回归真诚的本我。

在电影《霸王别姬》中，对于生长在中国香港的作家李碧华来说相当隔膜的"文化大革命"生活，陈凯歌给予了浓墨重彩的表现。《霸王别姬》的影像阐释最值得注意的地方有两处：一是北京深厚的文化底蕴，包括旧北京日常生活、风俗民情的表现，以及京剧文化的魅力，这是陈凯歌从小耳濡目染的生活环境；二是对"文化大革命"的最为有力的正面表现。电影的叙事从清末民初进入"文化大革命",戏剧到达了高潮的顶点。段小楼与程蝶衣在烈火、旗帜与红卫兵包围下的批斗现场,互相揭发,虽然他们都穿着戏服,但这却是对现实与戏剧绝妙的讽刺。霸王与虞姬的生死惜别转为现实中的生死对头,这真是触及灵魂的革命,一向以霸王自居的段小楼(他在日本人、国民党士兵面前仍是霸王的英雄气概)唯独在"文化大革命"之中表现得如此怯懦。陈凯歌借助自己亲历的"文化大革命"批斗场景完成了人物塑造至关重要的一笔。真正的"霸王别姬"在陈凯歌看来,不是李碧华小说中的两人发配到天南海北(一个流放到福建,一个到甘肃),而是心灵的距离以及永难愈合的创伤。电影中有意设置的小四这个人物是小说里所没有的,他是一个典型的背叛者形象。这个路边拾来的婴孩,在个人私欲与时代感召的驱动下,背叛了他的父辈。但很快,他也成了被"革命"的对象。这样的故事情节令人想到现实中的陈凯歌在推倒了父亲之后,并没有得到"革命"的认可,不久,家里还是被他的红卫兵同学们给抄了,大量的书籍被焚毁,而病中的母亲则被罚面壁三个多小时。

在《霸王别姬》中,陈凯歌将一个香港人写的具有地理时空上的边缘人感怀的故事①,演绎成一个位于中央的正统北京人看来的历史嬗变故事。不仅是《霸王别姬》,陈凯歌前期的电影大都借助于自

---

① 李碧华的小说《霸王别姬》分明有一种香港人的被抛弃的观感在里面,作为面向香港读者群体的通俗小说,这种观感的抒发很正常。小说结尾写到,段小楼这个来到香港的名伶,看到来领取中英协议草案报告的人群:"香港人至为关心的,是一九九七年。小楼无心恋战,他实在也活不到那一天。最懊恼的,是找他看屋的主人,要收回楼宇自住了,不久,他便无立锥之地。整个的中国,整个的香港,都离弃了他,只好到澡堂泡一泡。到了该处,只见'芬兰浴'三个字。啊,连裕德池,也没有了。"李碧华:《霸王别姬》,天地图书出版公司1985年版,第143页。

己的感性生命体验。《大阅兵》里有他多年当兵的生活，《孩子王》中的西双版纳正是他 1969 年开始的长达两年的插队生活的地方，《边走边唱》中融合进了许多他对"文化大革命"的思考。陈凯歌是一个早熟的导演，在他的影片中往往可以见到源自其生命体验的思考。

从拍摄影片的角度来说，阿城的小说《孩子王》其实并不是上佳的选择——它的故事性并不强，内容的容量也比较少。陈凯歌选择阿城的小说《孩子王》，其理由却是显而易见的。首先，陈凯歌和阿城一样，都是来自北京的下乡插队知青，都在云南插队，而小说《孩子王》写的正是这段生活。陈凯歌曾经饱含深情地讲过这样一番话：

> 他极少谈起 11 年间的生活……他带着一把磨亮了的砍刀，沿着一条梯田带，一直砍下去，在中午时还没有穷尽眼前的草。手在机械地运动，思想却不随之机械。"我用一上午想一件事，想不完，下午再接下去想。"他这样想了 11 年，砍了 11 年。日月起落，草木枯荣，还有人世沧桑。
>
> 我和阿城都曾用利斧砍倒过合抱的大树，然后在旱季里点起满山的大火。当几百年的生命嘶叫着化为灰烟，我们却在望着自己的握斧过后的血手笑，自豪地挺起胸膛。我们的工作其实就是杀戮。后来，我从树想到了人。在我去云南采景时，我首先想找到的就是被我伐去树身的树根。①

共同的生活经历，曾经经受的相同的折磨，使他对阿城的作品产生高度的共鸣。在陈凯歌的回忆里，云南的插队生活无疑是艰苦

---

① 陈凯歌：《我拍〈孩子王〉》，《南方文坛》1997 年第 1 期。

的，在艰苦的劳作中，他也学会长大。关于这段生活，他的回忆录《少年凯歌》里重点讲了两件事，一件事是他所见到的知青薇被多次粗暴地强奸，疯掉了；另一件事则是在西双版纳的原始森林里不停地砍树，以及最后将整座山烧掉。陈凯歌在他的《少年凯歌》一书中大段引用阿城小说《树王》中的"烧山"描写来说明当时的情形。上文所说的"我们的工作其实就是杀戮。后来，我从树想到了人"，是确有所指的。阿城的小说写的是知青老杆儿临时受命到村里的中学当老师，他发现这里的学生书也没有，教学的内容都是政治性的。他决定教他们识字，以这些字来写点真切实在的东西。因为老杆儿没有按照要求来教学，他最后自然被逐出了学校。小说的主题很明显是反映"文化大革命"时期教育制度问题的，而这恰恰是从"文化大革命"的教育中走过来的陈凯歌极为认同的。在一所政治意识形态被完全控制的学校里，教育到底是育人还是"毁人"？身在其中的陈凯歌可能并不能察觉，反倒是以为自己在群体中追求进步。当灾难降临到他的头上时，他不得不冷静地思考：是什么使这些年轻的学生变成了暴徒？而"我"也成了"群氓中一分子"？

小说《孩子王》中，老杆儿从接到通知到来到学校，四次写到砍刀。第一次是同屋的老黑要求老杆儿把刀留下，"我很舍不得"，说："锄你先拿着，刀不能给。"这部分应是写实，一则长期劳动与刀有感情，二则初到学校内心忐忑，恐被逐回。第二次是众人为"我"送别，帮忙提了东西，"我"过意不去，"便把刀抢在手里"，继而引发众人议论："你个憋包，还拿砍刀做什么？快扔了，还不学个教书的样子？"我的反应则是，"更捏紧了刀，迸出一股力，只一挥，就把路边一株小臂粗矮树棵子斜劈了"。"大家都喝彩，说：

'学生闹了，就这么打。'我举刀告别，和老黑上路。"当众人劝其做教书人的样子时，老杆儿似乎有些愤愤然，并不认同教书先生文弱的样子，而是挥刀砍树显得有力量，"举刀告别"，更是有一股豪气。第三次是快到学校，"心里有些跳，刀就隐在袖管里"，刀是可以壮胆的。第四次是到了学校，老陈递来水，"我"接水时忘了袖子里的刀，刀"哐当"一声掉在了地上，引得围观的学生哄笑。这一段是颇有喜剧性的。对于惜墨如金的阿城来说，如此三番五次地写砍刀必定有他的原因。砍刀在这里的意义可能是多方面的，既有当时社会环境的交代，也有人物心理的烘托，还有小说情调气氛的安排。陈凯歌无疑也注意到了砍刀在小说中不同寻常的意义，他将其直接理解为"教育杀人"——"我们的工作其实就是杀戮"，从以刀砍树联想到以刀杀人，中间的过渡自然是自己的中学时代所耳闻目睹的红卫兵抄家、批斗的暴力血腥场景，而这一切与当时高度政治化的教育有着紧密的关联。陈凯歌在法国戛纳答记者问时说："我个人经历了'文化大革命'，那时候我就像电影中孩子们那样的岁数。'文化大革命'前我所接受的是空洞的革命教育，但是我们却不知怎样建立独立的人格，最大的愿望是成为革命的螺丝钉。……这部影片有我的生活经验在里面。"① 其实，阿城的小说里砍刀未必象征着"我们"的"杀戮"，因为老杆儿带着一把刀来意在"杀戮"学生从逻辑上讲是不通的，相反，他做的反倒是从荒唐的教育制度下"拯救"孩子的事情。但小说《孩子王》所发出的"救救孩子"的呼声，陈凯歌却是能产生强烈共鸣的。因为他本人就是当时教育制度的受害者，接受了"空洞的革命教育"，希望成为"革命的螺

---

① 李彤：《〈孩子王〉戛纳答问》，《当代电影》1988 年第 6 期。

丝钉",而不知"独立的人格"为何物。

> 影片《孩子王》是对旧的、陈腐的、误人子弟的教育方法的彻底否定。至今我仍认为这种否定是对的。因为我十分憎恶从小加在我头上的那套教育制度。这种教育的目标是把学生塑造成分布在庞大社会机器中的螺丝钉，它的最终结果是，造成学生思想的盲从、意志的脆弱和毫无创造精神。这样就可以解释，一批生气勃勃的年轻人在国家和民族命运突变的关头，为什么会措手不及乃至一哄而起。因为他们所继承的，是古老文化遗留给他们的传统人格，他们从来就不是善于独立思考的人。①

陈凯歌对于小说《孩子王》的启蒙主题有着深刻的理解，同小说一样，他将老杆儿塑造成了一个启蒙者的形象。这个启蒙者类似于《狂人日记》中的狂人，是"众人皆醉我独醒"，行为也在他人看来接近疯狂。只是这个启蒙者并没有参与到"吃人"的行动中去，他有着阿城笔下人物的道家的超脱。陈凯歌明显是熟悉鲁迅思想的，他反思自己，指出"在'文化大革命'中，我吃过苦；我看别人受苦；我也曾使别人受苦——我是群氓中一分子"②。紧随其后，他大段引用鲁迅"合群的自大""个人的自大，就是独异，是对庸众宣战"等论述。陈凯歌在理解阿城小说时，他是将自身创伤体验融合进鲁迅思想背景的。或许在这个意义上，他认为带刀来教书的老杆儿也参与到"教育杀人"的行列中来。的确，在电影中导演安排了

---

① 罗雪莹：《银幕上的寻梦人——陈凯歌访谈录》，载杨远婴、潘桦等主编《当代电影论丛：90 年代的"第五代"》，北京广播学院出版社 2000 年版，第 272 页。

② 陈凯歌：《少年凯歌》，人民文学出版社 2001 年版，第 91 页。

几段老杆儿在黑板上抄课文的戏，内容有"亿万人民，亿万颗红心""做个新时代的庄稼汉""'平静'中的不'平静'"（课文标题如此，内容讲"阶级斗争"，揪出暗藏的阶级敌人）等。同样是"救救孩子"，老杆儿投入行动中去，"一意孤行"，最后被驱逐，而"狂人"则得到了官员"候补"的资格。从这一点来说，《孩子王》是悲壮的。以一己之力与整个体制对抗，为孩子树立独立的人格，这样的人或许才是真正的"孩子王"。"脑袋在肩上，文章靠自己"，成为你自己，做一个独立的人，这不正是启蒙的主题吗？在对这一主题的表达上，阿城的态度是愤激的，而形式上却是平和、超脱的。一般读者可能只是看到小说超脱的一面，却忽略了文中暗藏的愤怒情绪。那几次提及的隐在袖中的砍刀不正是具有某种象征意味？老杆儿对没纸印书却大发批判材料，对抄社论、课堂上唱革命歌曲的不满，正可见作者的态度。陈凯歌对小说中显露出来的"金刚怒目"的一面深有领悟。他在影片的结尾安排老杆儿对王福说："王福，你什么也不要抄，字典也不要抄。"陈凯歌解释说："（这段话）看似平静，实际上他内心已到了忍无可忍的地步了。"① 所谓"忍无可忍"当然是陈凯歌的读解，他从小说的字里行间看出此种"微言大义"来，陈凯歌做如此理解是与他的"文化大革命"体验密切相关的。

二 艰深镜语"以诗解诗"

柯蓝的散文《深谷回声》成为陈凯歌的电影脚本，并非他的主动选择。1983 年年底，广西电影制片厂的魏必达厂长拿来两个剧本，

---

① 陈晓光：《陈凯歌谈〈孩子王〉》，《电影评介》1987 年第 11 期。

让陈凯歌挑选，其中之一就是张子良改编的《深谷回声》。这个本子对于陈凯歌来说并没有多大的吸引力。它的主题是反封建包办婚姻，这是一个较为陈旧的主题。散文最大的亮点是作为解放军战士的"我"对年轻美丽的"她"所暗藏的恋情，与茹志鹃的《百合花》相类似，写的是委婉动人的"没有爱情的爱情牧歌"。但是，这部分却被删除了。陈凯歌并不是没有注意到剧本中的"情感"："（《深谷回声》）写一个命运类似蓝花花的陕北姑娘，对远道而来的八路军干部产生了感情，最终因封建婚姻制度的桎梏而投水自尽了。"① 陈凯歌对于这类"儿女情长"的情感似乎并不感兴趣，他更偏向于"宏大叙事"："本子写得有文采，但可以看出，作者对自己故土又悲又喜的感情，对民族和历史的既往与将来进行思索的东西，在剧作中还未充分展开。这种不满足，促使我们开始了在陕北近一个月的生活历程。"② 一群从电影学院毕业不久的志同道合的创作者，从散文提供的自然环境里找到了创作的灵感，将他们的所学，将他们初生牛犊不怕虎的大胆创新精神全部倾注到这部影片当中。他们对原作本身的不满意反倒激发了他们的创作热情，而少了一层顾虑。是他们到陕北的实地考察，是陕北的地理风貌、人情世态拯救了这部"几近夭折之势"③ 的电影。而影片也将诉诸个体情感的"深谷回声"改换成了积淀深厚的"黄土地"。影片所做的工作，正是要突破原有的框架，进行更深层次的历史、文化的思考。

《黄土地》是中国电影史上公认的在影像风格上有重大突破的电

---

① 陈凯歌：《千里走陕北——贫穷和希望的手记》，《电影艺术》1985 年第 4 期。有意思的是，在散文中并不是姑娘对远道而来的战士产生感情，而是恰恰相反。

② 陈凯歌：《千里走陕北——贫穷和希望的手记》，《电影艺术》1985 年第 4 期。

③ 张艺谋：《就拍这块土》，《电影艺术》1985 年第 5 期。

影。影片有意识地大量采用不规则构图，黄土的面积在整个画面中占了 60% 以上，有时甚至是 90%，"黄土地"当之无愧地成了影片的主角，这在世界电影史上也是独一无二的。这样的画面构图，一方面突出了影片的主题，将人们注视的焦点投放到深厚的黄土地上；另一方面，大面积的黄土又对天空、树木、人物构成一种挤压，带给人一些深层次的思索。以暖色调（黄色）为主的黄土地，是我们这个民族世代繁衍生息的地方，是文化传承滋养的地方；同时，画框里的黄土通常是裸露的原土，寸草不生，贫瘠而荒凉，象征着千百年来中华民族生存环境的恶劣，而这样的生存环境必然对生存其间的人民构成挤压。于是，电影回应了散文中反封建包办婚姻的主题，是环境资源的匮乏、生存空间的窘迫造成了反人性的文化，造成了人物命运的悲凉。影片多采用固定机位摄像，以较小幅度移动拍摄，画面稳定、单调、沉闷，人物表情凝滞，动作缓慢。静静流淌的混浊的黄河水，宽厚而呆板的黄土地，在画面中长时间的存留，而绝少音乐的配合，不能不引起人们关于我们这个民族、历史、文化的某些思索。在影片即将结束时出现的安塞腰鼓是摄影上另一个引人关注的焦点，在百十个壮年齐奏的震耳欲聋的腰鼓声中，此前单调、沉闷、压抑的氛围一扫而空。影片终于在沉默中爆发了，沉默中其实早已蕴含了惊人的力量。电影让少年憨憨在愚昧的求雨阵形中逆着人流跑动——"群氓"中的个休，这样的画面安排寄寓着导演对于未来的希望。

在拍摄腰鼓戏部分，有人指出：

> 陈凯歌站在腰鼓阵前，脑海中冒出的是老子《道德经》中的一句话："大方无隅，大器晚成，大音希声，大象无形。"这

句话代表了美学的最高境界。①

其实，何止是腰鼓这场戏，"大音希声，大象无形"的境界是整部影片的美学追求。在表面看来无所言说的画面中，蕴藏着极为丰富的意涵，这一切都留待观众去做深入的理解。这正是中国古典诗的境界，在风景图画中包藏深意，似乎什么都没有说，但已全部表达了出来。

如果说散文《深谷回声》的主题是陈旧的，电影《黄土地》所表达的所谓"民族精神"的主题又何尝不是陈旧的。影片改编的思路大致可以看到：它摒弃了散文中战士对姑娘爱的情愫这一个体性的、容易受质疑的内容，继承了散文反对封建包办婚姻的主题（在改编者看来，这并不是个坏主题），并对其进行深入挖掘。由包办婚姻联想到贫穷（这也是陈凯歌造访陕北留下的深刻印象），由贫穷联想到土地的贫瘠、生存空间的窘迫，联想到人民的愚昧、历史的因袭、文化的落后，最后是奋发的希冀以及对未来的期盼。这样的主题发展思路大概一个小学生都可以想到。《黄土地》的意义并不在此，虽然其主题表达有着不言而喻的正当性，而是在于它用影像的方式对原作进行了独特的富有诗意的演绎。

《边走边唱》以"莽莽苍苍"的群山、寸草不生的沙漠、荒凉破败的寺庙来回应小说中的"信仰"主题，仿佛置身于这样的环境中的人，与人类的本原更接近。影片中几处用到蓝色调：开头师父临死的画面用的就是蓝色调，其间悬挂众多的白幡（人未死何以灵幡已挂出？），当"千弦断，琴匣开……"的童谣响起，幽蓝的光线

---

① 黄晓阳：《印象中国：张艺谋传》，华夏出版社 2008 年版，第 47 页。

中白幡乱舞（令人想起风动、幡动还是心动的禅宗典故，暗示小瞎子心思已动）。一次，小瞎子在蓝蓝的暗夜中问师父，星星是什么，师父答是天上的瀑布，一颗星星是什么？师父答是不落的石头。此时画面中出现蓝色夜幕下椭圆形的巨石。对话本身已富有诗意，它更暗示名叫"石头"的小瞎子是天上的星星下凡。如果联想到老瞎子后来讲的玉皇大帝两个儿子下凡洗澡的故事，就更能确信这一点。蓝色给人以幽深、神秘之感。在老瞎子犯病那场戏里，兰秀俯身抚摸他的胸口，老瞎子在颤抖着，这里用的也是蓝色光，接着，画面切换至老瞎子拥抱、抚摸面店老板娘，而四周挂满了白幡，面店老板幽灵般隐在画面一角偷看。此处的表现极为隐晦，从第二日石头似哭似笑、疯疯傻傻的痛苦表情来看，老瞎子应是与兰秀有了越轨的举动。正是这一夜之后，老瞎子最后一根琴弦才真的弹断了。陈凯歌想在这里说什么？是不是暗示老瞎子必须经过女人这一关才能最终修成正果？只有真正释放了自身的本能欲望才能成为一个完整的人？（正如他的唱词里所唱的，什么时候才能成为一个人啊?）而当这一切达成的时候，也就是死亡降临的时候——向死而生。片中时时出现古庙里死神的塑像，它与游动的象征欲望的蛇处于同一个空间中，而死神的形象正是片中壶口瀑布边面店老板的形象。死神的塑像及他的现实化身——面店老板在影片中高频度的出现，以及电影以死亡开场（师父的师父）以死亡结束（石头的师父）的结构安排，使得影片充满了死亡的气息，但它又是一部关于人应当怎样活着的电影。《边走边唱》处于一种充满诗意的零散状态，它有非常丰富的想法要在片中表达，它的画面充满了思考的意味。当然，也有很多的画面设计是令人难以理解的。比如，黄河壶口瀑布的多次出现意味着什么？黄河边的壮汉们抬着老瞎子干什么？姑娘们用沙子给老瞎子洗澡是否有什么含义？老板娘为什么要给老瞎子唱那段莫名其妙的歌？等等。陈凯歌用银幕写下的诗是深邃的诗、哲理性的诗，有些部分只可意会不可言传，而有的则很难索解了。小说家戈弗雷·切希尔在美国《电影评论》杂志中撰文评价这部电影时说：

> 《边走边唱》是陈凯歌第一部依赖外资的影片。尽管可以说它产生了更大的影响，但是他对风格的依赖发展到了一个近乎古怪的极端。据说陈凯歌受到了加布里尔·加西亚·马尔克斯小说的启发，编织了一个令人眼花缭乱，以假充真的民间故事——讲述一位音乐大师和他的学生终生的追求，毫不吝惜地充分展现了美丽的风景，而故事的含义却晦涩不清。该片看上去就像一个不着边际的寓言，从一幅令人瞠目结舌的风景猛然跳到另一幅，将各种瀑布和戈壁的镜头组成一部翩翩的视觉芭蕾，观赏起来令人神醉，但归根结底像梦境一样神秘，使人望而却步……①

《孩子王》的拍摄也正是陈凯歌诗情迸发时期，他的同伴注意到他的口头禅"你看那——"

> 凯歌说话经常爱用"你看那"。"你看那山"，"你看那河沟儿"，乍听起来觉着做作，日子久了，反倒悟出里边有股什么韵味。一日我陪他上山，可能是早晨的酽茶让凯歌兴奋："你看那山，夕阳西下的两个钟头里可叠出七道层次，假假的像舞台上

---

① 转引自李尔葳《陈凯歌印象》，《今日中国》1994 年第 3 期。

的景片。你看那雾，浓的时候让你十步不见刀丛，所以《孩子王》影片里要有四大造型因素，暴烈的太阳、浓浓的雾、黄昏的逆光和黑得发青的夜，这里从形象上说有很多只可意会难得言传的内容。"正说着，一块云彩遮住太阳，凯歌立时感慨："这云彩有意思，投下的影子在走，起初我们看那云彩呆呆地不动，便在地上追它的影子，谁知即使骑上最快的马也极难追得上，我们跑累了就都看着天，嘴里不住地叨念：有意思，真有点意思！"①

描述这番情景的谢园正是《孩子王》的主演，通过这段话可以见出陈凯歌创作时的一种精神状态。他极像一位中国的古代诗人，他对自然景观有着极为敏锐的体察，能从自己熟悉的西双版纳自然景观中引发非常细微的情思。当然，当他以银幕做诗时，有些观众可以意会，有些则只能是他自说自话而无从得知他的意图了。

影片中老杆儿带刀来到学校这个细节是小说原有的，当老杆儿的刀掉出来，电影给了一个特写。砍刀亮闪闪地发出寒光。在来学校的路上，老杆儿步入树桩阵中，这些树木不知何故被拦腰砍断，形状极为丑陋，这一画面持续了18秒。而同样的画面在老杆儿离开学校之时又出现了，牧童正朝着死树撒尿。在学校的门口立着一棵粗壮的枯树，一柄砍刀嵌入树身，这是老杆儿刚来时的情景。奇怪的是，此后学校门前的这株树不见了，而代之以一株较为纤瘦的枯树。陈凯歌以这样的镜头语言阐释了小说中"教育杀人"的理念。教育原有"树人"之意，如今却是僵死的枯树、砍断的树桩。一进

---

① 谢园：《他叫陈凯歌》，《当代电影》1993 年第 1 期。

入学校，摄影就从门后、窗后进行，画面中的人物就活动在"框框"之中。学校门前巨大的石碾在影片中数度出现，这一形象同样是在深化这样的一个意义："文化大革命"的教育是在无情地碾压孩子。于是，陈凯歌很自然地把希望寄托在不接受教育的牧童身上，他不受条条框框的限制，自由自在，身心健康。在陈凯歌看来，牧童的放牧牛群简直是"天国"的境界①，这似乎是出人意料的②。"我在现实世界里决不加入任何抽象的造型因素，而是设置一些可以引起联想的具象造型材料，从这些生活化的场景中，引出抽象的具有哲理意味的结果。"③

陈凯歌的抱负正是要透过画面来做这样的哲理诗，以他的话来说，《孩子王》所要追求的是这样一种宏大而根本的境界：

> 铃木大拙说得好，"大器者，直要不受人惑，随处做主，立处皆真"。《孩子王》在大的立意上就是要说一吃二喝三不争人先，把上山下乡的背景远远推向深处，绝不可以就事论事，须着凝练不具象的手笔勾画出宏大的人生断面，是一部完成了对个体人生存在价值本身的超越而对广大现象世界有着丰富兴趣的影片。④

电影理论家马尔丹认为："由于电影含有各种言外之意，又有各

---

① 罗雪莹：《思考人生 审视自我——访〈孩子王〉陈凯歌》，《大西北电影》1988年第2期。

② 放牧的意义在于与大自然同在，合乎自然天性，同僵化的、违反人性的教育形成反差，这是容易理解的。但称其为"天国"只能是陈凯歌诗性的浪漫言论。另外，《少年凯歌》的第一章篇名即是"天国"，意指"文化大革命"营造的虚幻的乌托邦。

③ 罗雪莹：《思考人生 审视自我——访〈孩子王〉陈凯歌》，《大西北电影》1988年第2期。

④ 同上。

种思想延伸，因此我们倒是更应将电影语言同诗的语言相比。"① 陈凯歌正是在践行这一理论主张。然而，电影毕竟是具象的艺术，是不太适合做过于深邃的思考的。往往导演寄寓太深，而观众却不甚了了。很多人都注意到影片的第一个镜头，这是一个大全景，画面上绿色的森林中间一条红色蜿蜒小路，直通远方茅草盖就的校舍。画框中的景物保持不变，只是变换光线，使之呈现出从清晨至黑夜的"斗转星移"。对此，陈凯歌自我阐释道：

> 在片头以一个"斗转星移、天道运行"的画面作为全片之纲，是影片构思之初就有的想法。董仲舒说过"天不变道亦不变"，我们这个画面所表现的却是自然界在运转，道仍旧不变。那金灿灿的校舍，是教育和文化的象征，它高居于群山之上，处于天道运行的中心。从黎明大雾起，到破雾日出，然后再到斗转星移，自然界的时序周而复始地循环变化，而校舍却伴随那白色的雾气和"逍遥游"的歌声，悠闲安适，纹丝不动坐落在山坡上。它代表了中国传统文化中最腐朽顽固的部分，是我们民族前进过程中亟待攻破的堡垒。②

这段出现于电影字幕之前的长达一分钟的长镜头，自然是陈凯歌的大手笔，是他有意识地为影片立的"纲"。然而，如果不经导演的解释，大概观众很难领会画面所蕴含的深意。正如罗艺军所指出的：

> 大概找不出另一个电影导演如陈凯歌企图让一个电影镜

---

① ［法］马赛尔·马尔丹：《电影语言》，何振淦译，中国电影出版社1980年版，第4页。
② 罗雪莹：《思考人生 审视自我——访〈孩子王〉陈凯歌》，《大西北电影》1988年第2期。

头承载这样宏大而又高度抽象的宇宙观和文化观的哲学命题。电影是一种极为具象的艺术，长于整体再现，短于抽象思辨。电影是一次过的艺术，观众看影片时根本没有余裕像读哲学论文那样反复思考、仔细品味、深入解读。如果没有导演本人的导读，很难会有另外一个观众读出这样的内涵。一个镜头中密集超量的信息，接受中必然出现大量冗余信息。思想大于形象，成为陈凯歌电影的特色，晦涩难解，摈观众于影院之外。[①]

这样的画面设计在《孩子王》中并不罕见，如影片中几次出现的老杆儿独自立在校舍前发呆的镜头（此时天空一片火红，枯树与草舍相伴）象征着什么？老杆儿照镜子，破镜中出现两个自己，他作痴笑状，应作何解？还有影片结束时大火烧山的壮观画面，用来隐喻彻底摧毁传统文化的因循重复，是否能被观众读懂？"以诗解诗"，不仅是用镜头语言诗意地阐释原作的思想内涵，还要进而生发出新的境界来，这才是陈凯歌的性格。

在陈凯歌的人生经历中，父亲的形象对于童年的陈凯歌是十分模糊的，而他对母亲的印象却是多年后仍然记忆犹新。

从小学起，母亲就陆陆续续教我念些诗，她穿着一身淡果绿的绸睡衣，靠在院里的一张藤椅上，手里握着一卷《千家诗》。太阳出来，就念："清晨入古寺，初日照高林。曲径通幽处，禅房花木深。"暮春了，则是："双双瓦雀行书案，点点杨

---

① 罗艺军：《第五代与电影意象造型》，载陈思和等主编《中国当代文论选》，上海教育出版社 2010 年版，第 313 页。

花入砚池。"逢到夜间，就会是："有约不来过夜半，闲敲棋子落灯花。"这样的功课一直持续到我可以几百行地背诵排律。母亲只要我体会，很少作意义之类的讲解，所以至今不忘。这些图画了的诗歌不能不对我日后的电影有了影响。①

陈凯歌是一个诗歌爱好者，根据诗人北岛的回忆，陈凯歌和《今天》杂志的诗歌圈关系密切：

> 1978 年 4 月 8 日……我们请了一些年轻人帮我们朗诵，其中有陈凯歌，他当时还是电影学院的学生。他朗诵了郭路生的《相信未来》和我的《回答》。那是 1949 年以来第一次举办这样的朗诵会。
>
> 陈凯歌不仅参加我们的朗诵会，还化名在《今天》上发表小说。有这么一种说法"诗歌扎的根，小说结的果，电影开的花"，我看是有道理的。②

从小所接受的文化熏陶使陈凯歌具有了一种诗人的气质，他喜欢用诗的思维来处理他的作品，"以诗解诗"是他电影改编的独特之处。这里所说的诗不是风花雪月、浪漫与哀愁之类的情调、情绪表现与抒发，而是一种思维，讲究含蓄、隐喻，言在此而意在彼，讲究画面（文字）背后的深度。

从小所受的家庭教育，作为第五代导演的影像创新意识，在陈凯歌身上形成一个交织点，他要用不同凡响的诗的镜头来阐发自己

---

① 陈凯歌：《少年凯歌》，人民文学出版社 2001 年版，第 21—22 页。
② 查建英：《八十年代访谈录》，生活·读书·新知三联书店 2006 年版，第 73、75 页。

对原作的理解。然而，这样的阐发往往由于思考的过于宏大、深邃而拒观众于千里之外。

三 向小说深处开掘

陈凯歌电影影像的艰深与其对深层结构的迷恋相关。陈凯歌的影片，从1984年的《黄土地》到2012年的《搜索》，无论是艺术片也好，商业片也罢，似乎都有一个深层结构。就以几部商业片为例，《赵氏孤儿》追问在暴力面前个人的选择；《荆轲刺秦王》颠覆了传统秦王的形象，审视着人性的善与恶；就连饱受争议的《无极》，在丰富而强烈的视听刺激中仍然思索着人是否可以战胜命运的主题。陈凯歌是一个思考者，他以影像来表达自己对社会人生的深入思考。

电影《孩子王》中，对戕害孩子的教育制度的批判是故事的第一个层次，而小说的叙事大概至此就已结束。陈凯歌继而追问支撑这种教育制度的"文化大革命"的起因。他从小说中读出许多文字不能表达的东西，并将原因归结为中国文化。陈凯歌说：这部电影"其中的内容有的小说中有，有的没有。没有的，是阿城用文字不能做的"。"字典在影片中成了文化的象征物。明白了这一点，就可以知道，在影片中对字典的态度就是对文化的态度了。我可以说，《孩子王》是一个有关中国文化的故事。"① 陈凯歌坚持认为自己是用影像来对小说《孩子王》进行阐释，即便是小说没有的内容，也是阿城想说而不能用文字说出的。从陈凯歌的相关表述中，我们看到，他认为"文化大革命"之所以发生的深层次原因是中国文化：

---

① 陈凯歌：《我拍〈孩子王〉》，《南方文坛》1997年第1期。

我一直在考虑"文化革命"发生的原因，有很多人说仅仅因为毛，我想不对，在我们的传统文化中可以找到根源。我发现我们的孩子们仍然像我们一样在重复，如果一个人永远只是重复，你怎样指望他有一个独立的人格？所以我认为，《孩子王》是在讨论中国文化的一部严肃电影。

中国总在讲五千年文化。那么为什么会有"文化革命"？为什么会有集体的疯狂？为什么把革命领袖当帝王来崇拜？这和我们的文化有什么关系？我想欧洲人在二次大战之后也会有这种想法。我在想我活得到底像不像一个人。社会有那么多规则，我想逃跑，却不知逃到哪里去。我做了一个梦，这个梦就是《孩子王》。①

在陈凯歌看来，"文化大革命"发生的原因与传统文化有关，具体来说是与传统文化的因循重复有关。他将阿城小说中出现的那首民谣："从前，有座山，山上有座庙，庙里有个和尚，讲故事。讲的什么呢？从前有座山。山里有座庙，庙里有个和尚讲——"理解为这种传统文化因循重复的明证。

从逻辑上来讲，"文化大革命"恰恰是要破除传统文化的，而"史无前例"的"文化大革命"也很难说是历史的重复。陈凯歌的思考在这里也许是不能自圆其说的。他将阿城的故事向前发展一步，可能恰恰背离了原作的意图。当小说中老杆儿讲到"从前有座山"这则民谣时，众知青意识到了其乐趣所在，一起"吼"出这则循环故事。这则故事给知青们带来极大的欢乐畅快情绪。这则故事的循环意指

---

① 李彤：《〈孩子王〉戛纳答问》，《当代电影》1988 年第 6 期。

文化的传承大概并没有错，但它是民间的而非官方的，是自由自在的而非保守僵化的（区别于官方的教育）。它的风格类似于老杆儿写的歌"一二三四五，初三班真苦。识字过三千，识字能读书。五四三二一，初三班争气。脑袋在肩上，文章靠自己"。这种文化的传承到底是积极的还是消极的？这就涉及小说对于传统文化的态度问题。如果说字典是"文化的象征物"，老杆儿对王福的抄字典行为是持赞赏态度的。在小说的结尾，老杆儿一大早就去王福所在的三队，"走着走着，我忽然停下来，从包里取出那本字典，翻开，一笔一笔地写上'送给王福来娣'看一看，又并排写上我的名字，再慢慢地走，不觉轻松起来"。将字典郑重地送给王福，在老杆儿这里似乎是一件神圣的事情。联系到此前老杆儿在学校教书的情形，可以说，"返璞归真"，"直指本心"地将知识应然的状态传给学生是小说的立意所在。而当时的教育却将过多的油彩涂抹了上去，本色的"传统文化"却遭到了破坏。老杆儿最后之所以感到"轻松起来"，正是在于他通过字典将"传统文化"传递了下去。

小说《孩子王》原本是一个意义完整而相对简单的故事，陈凯歌结合自身的经历做了进一步的思考。他认为传统文化陈陈相因、缺乏活力，受其影响的孩子仍然是没有独立个性的。所以，他让电影中的老杆儿说出"什么也不要抄，字典也不要抄"的话来。在影片的结尾，陈凯歌索性安排一场大火烧山的戏，象征着要将这因循重复的传统文化也要烧光。大火烧山的场景是作为云南插队知青的陈凯歌永生难忘的真实生活图景。这原本是他所憎恶的人类的破坏行径，嫁接到影片中，却赋予它"革命性"的光芒。

1991 年，陈凯歌拍摄完成《边走边唱》，这是他以学者身份访问美国三年之后的作品，这部作品对宗教的浓厚兴趣应与他的三年美国生活有关。这一次，陈凯歌选择了同样是北京知青的史铁生的小说《命若琴弦》。实际上，这也不是陈凯歌第一次对史铁生的作品表示敬意。早在 1984 年拍摄他的处女作《黄土地》之时，陈凯歌的创作团队就从史铁生的作品里获得了灵感。张艺谋这样描述拍摄体验：

> 自轩辕皇帝征战至几十年前的国内战争，这里也是未断"铁骑突出刀枪鸣"，可动荡后，黄土地最多的还是安静。庄稼人平静地日出而作，日入而息，生儿育女，传宗接代。史铁生的小说《我的遥远的清平湾》中，对于黄土地上最常见的景象，有这样的描写："……夕阳就要落下峁顶，吆牛声回荡在土地和天空，悠长而又悲怆。第一个是犁田的，第二个是点种的，第三个是撒粪的。小小的行列在广阔的土地上缓缓走去，就像我们民族走过的漫长而又艰难的历史。……"这里的生活节奏，可谓缓慢，沉重，凝固。①

现在不清楚是谁将这本同样描写陕北生活的《我的遥远的清平湾》带进了剧组，但可以肯定的是，无论是摄影风格还是影片主题思想，陈凯歌的《黄土地》都深受史铁生这部小说影响。

《命若琴弦》是一部短篇，作者以相当精练的内容讲述一则寓言故事。寓言的规律大概是故事内容越少，其辐射的范围反倒越广。小说的内容也很简单，讲一老一小两个瞎子，以说书为生。老瞎子

---

① 张艺谋：《就拍这块土》，《电影艺术》1985 年第 5 期。

的师父告诉他要弹断一千根琴弦就可以抓药重见光明。这个信念支撑着他有滋有味地活了一生。等他真的弹断了一千根琴弦去抓药时，才发现那药方不过是一张白纸。老瞎子痛不欲生，但想到小瞎子，他还是打起精神，告诉小瞎子他记错了，得弹断一千二百根。师父的故事在老瞎子身上重演，而在小瞎子的身上，小说一再暗示，老瞎子的故事也在重演。于是，小说的开头也就是结尾，结尾也是开头："莽莽苍苍的群山之中走着两个瞎子，一老一少，一前一后，两顶发了黑的草帽起伏颠动，匆匆忙忙，像是随着一条不安静的河水在漂流。无所谓从哪儿来，也无所谓到哪儿去。"不同的是，结尾还有一句："也无所谓谁是谁。"史铁生企图将他所虚构的这个寓言推及所有人，正如他一贯所做的：他总是以残疾者的独特生命体验来书写一个特别的故事，但又试图告诉别人这并不是残缺者的故事，而是关于人类的故事。"无所谓从哪儿来到哪儿去，也无所谓谁是谁。"又分明是一种哲学追问，哲学的基本命题不就是"我是谁""我从哪里来、到哪里去"吗？小说所要演绎的正是这样一个全人类的主题：生命就像是琴弦，拉紧了才能弹好，弹好也就够了，不要追问最终的结果。人生的"目的本来就没有"，重要的是生命的过程，就像一直在行走中的老、小瞎子。

《命若琴弦》原本就是一个可以让人产生丰富联想的"可写"① 文本，它所具有的哲理性深度是当代作品中并不多见的。而陈凯歌又在小说的基础上做了深入的挖掘，使得电影的思想意涵变得更为深邃，同时也变得复杂起来。

———————————

① 罗兰·巴特将文本区分为"可读"文本与"可写"文本，"可写"的文本允许读者创造性地阅读，而"可读"的文本则剥夺了读者主动参与的权利。

在小说中，作者探讨了这样一个命题：人活着，要不要有信念（或者说信仰）？陈凯歌接过了这个命题，做了自己的思索，其答案与史铁生不尽相同。在史铁生那里，信念是必要的，如果不相信药方的作用，支撑老瞎子的那根心弦就拉不紧，人生也就没有了意义。但小说有着明显的叙事的裂隙，这个裂隙连小瞎子都看出来了：其一，既然有药方，为什么非要等弹断一千根才去抓药？不是可以早点取出早见光明？其二，就算是做药引（一千根琴弦的药引大概也是闻所未闻的事），断琴弦也是好弄到的，何必要根根弹断这么费事？小说以师父要动气而匆匆停止了探讨，也就糊里糊涂地掩盖了叙事上的漏洞。到最后谜底揭晓，师父的师父传下来的药方（也不知道传了多少代）不过是一张白纸，也就是说，这是个彻头彻尾的骗局，是一个从开始就难以自圆其说的谎言。陈凯歌的叙事大概正是从这里开始，他要在小瞎子这个年轻人这里终止故事的循环，终止作为信仰的谎言。

陈凯歌将老瞎子塑造为一个"神神"，被众人抬举着，在孙、李两大族人械斗时，只需几句弹唱就能平息。但老瞎子也是个不能洞悉自己命运的凡人，他并不知道自己信了几十年的药方不过是白纸一张。他只不过是众人造出来的神，而并不具有什么特异的能耐。这不由得令人想到陈凯歌曾亲历的那场轰轰烈烈的造神运动。对于"庸众"来说，造神是一种需要，所以，在老瞎子死后，他们又抬起了小瞎子，而不管这小瞎子曾经是他们群起殴打的对象。影片中小瞎子的选择更能见出陈凯歌的思考：当师父虔诚地相信只要一根根地弹断一千根琴弦就能见光明时，小瞎子说他同师父不一样，是弹断多少算多少。他似乎比师父还要通透，对于未来美好世界的诺言并不轻易相信，而看重弹的过程，也即是人生的过程。当众人抬起他让他做神时，他毅然选择走下"圣坛"，做一个凡人。小瞎子的决绝态度打破了小说封闭、重复的叙事结构，他拒绝做虚假的神去满足庸众愚昧的想象，而要做真正的人。这样看来，老瞎子代表的是自己迷信而又让人迷信的老一代，而小瞎子代表的则是不迷信别人也不让人迷信的新一代。这里所说的迷信并非所谓的封建迷信，而是用其本意：盲目相信即为迷信。在影片中，陈凯歌给人的启示应该是：什么也不要信，只相信你自己。这不再是史铁生的命题，而是陈凯歌的命题。因为在史铁生看来，人活着还是得相信点什么，哪怕相信的是个谎言也比没有好。史铁生的写作因而是"神性"的写作，是关于个人信仰的写作。而陈凯歌在他的少年时代看到了太多的谎言、盲信以及由此带来的迫害、社会失序，他相信应当走出那个时代，每个个体成为他自己，就像老瞎子在平息械斗时的唱词说的那样：人应当成为个人。

早已有人注意到《边走边唱》与"文化大革命"之间的深刻关联。日本学者佐藤忠男评论道：

> 我们可以最直接地理解这张白纸暗喻着发动"文化大革命"的理想。琴师砸烂自己师父坟墓的那个情节是相当令人激动的，那一瞬间表现出他对师父教他一个空想一事的愤怒。然而，对于包括空想在内的人们的普遍理想，最终会像肥皂泡一样地易于破灭这个被扩大了的一般性命题，也能够更多地得到人们的赞同。这部影片想说明，即便是虚假的希望，只要满怀憧憬和目标，人们就能够充实而紧张地度过每一天，有时还会因此发挥超凡的能力。在这里也许含有一些红卫兵的心态，那就是说，

文革虽然是愚蠢的空想，但的确也让大家萌生了一些希望。①

佐藤忠男的观点显然注意到了影片与"文化大革命"的直接联系，看到了其与"文化大革命"同构性的一面，但似乎忽略了陈凯歌在影片中所表达的对"文化大革命"的盲信强烈的否定态度。影片一开始的具有神话般隐喻色彩的童谣唱词："千弦断，琴匣开；琴匣开，买药来；买药来，看世界，天下白。"既提示了故事的核心情节，又升华为影片的主题意旨：影片的故事早已脱离了小说个体重见光明的诉求，而是民族全体性的"看世界，天下白"。"睁眼看世界"是我们这个民族近百年来的追求，走出封闭的、愚昧的，也是黑暗的旧世界，从而与现代世界、现代文明接轨。如果再联想到鲁迅《药》的思想内涵，我们就能更清楚地理解影片"买药"的意义：药是用来"疗救"疾病的，这里面自然有启蒙的含义。鲁迅小说中的"药"不能救治小栓的沉疴，电影中的药方根本就是一张空头支票，同样也是无效的。鲁迅小说中的药是民众愚昧的深刻讽刺，电影中的药方何尝不是如此。从这个意义上说，《边走边唱》是陈凯歌在"文化大革命"过后的 20 世纪 80 年代重续启蒙精神的一部作品，其中包含导演对"文化大革命"的深刻否定。影片的最后，小瞎子不蒙蔽自己也不去蒙蔽他人，背着他的象征理想的风筝走自己的路，宁愿"摸着石头过河"也不要别人的抬举。

于是，陈凯歌在原小说的基础上拓展了一层新的意义空间，这就使得电影的意义更加丰富起来，其思想内涵也变得芜杂起来。电影赋予小瞎子以新的性格特征，让他肩负起导演思想表达的重任；

① ［日］佐藤忠男：《中国电影百年》，钱杭译，上海书店出版社 2005 年版，第 155 页。

它也给老瞎子的形象以更丰富的内涵：正如有人所指出的，老瞎子既是一个瞎子，一个想女人的凡人，有着本能的生命欲望；也是一个疯汉，一个弹弦子的艺人，有着自己的人生理想；还是一个神神，一个坐高台唱神曲的超人。[①] 小说中老瞎子就是一个以说书为生的艺人，他的形象相对单纯，行动也更加合乎逻辑。是陈凯歌把他变得复杂了，陈凯歌在这个人物身上似乎有太多的东西需要去表达。这样的处理反倒使得人物难以理解，甚至前后矛盾——既然他是神神（超人），就应该能够抵挡女人的诱惑，也能洞察师父善意的谎言，怎么在这点上反不如他的徒弟？从故事的主脉来看，电影还是讲了个人信仰的问题，也从老瞎子的身上可以看出个人信仰的重要。但影片又在结束部分对此进行了彻底的颠覆：小瞎子取出了师父放进其琴匣里的无字药方。信仰的基础在于信，不信即无意义。这样的处理同《孩子王》如出一辙，即在故事的主体部分讲述某一个理念，而在结束之时又怀疑其可靠性，并将其彻底颠覆。《边走边唱》是瞎子苦—药方（信仰）—不要药方（反信仰），《孩子王》则是教育制度杀人—抄字典（文化）—什么也不要抄（反文化）。

陈凯歌是一个喜欢"自作聪明"的人，他总是把一个简单而完整的故事弄得很复杂，弄得支离破碎。在对原故事的解析过程中，他总是想得很多，不断将故事推向深入。他绝不肯老老实实地照搬小说，总想着翻出新意来。这样做的结果无疑使得他的电影意涵丰富饱满，充满张力，充满形而上的思索意味。与此同时，由于想得过多，他的作品又往往是晦涩难懂的，甚至是前后矛盾的。

---

① 陈墨：《陈凯歌电影论》，文化艺术出版社 1998 年版，第 228 页。陈墨也将《边走边唱》看作是陈凯歌的"隐秘的精神自传"，指出影片同陈凯歌的"文化大革命"经历有着重大关联。

如果一个导演的电影创作跨越了20世纪八九十年代，那么他必须面对创作转型的问题，这是共同的。区别只是在于，有的人转换得较为轻松些，很快就适应了新的体制机制；而有的人则面临痛苦的转型过程。陈凯歌就属于后者。如果没有20世纪90年代初期开始的市场化改革浪潮，大概他的电影可以沿着《黄土地》《孩子王》的路数一直走下去，他也会我行我素，乐此不疲。20世纪80年代计划经济体制下的电影生产，一定程度上来说，对于艺术电影是有利的。因为导演可以不用过于考虑市场的因素，也就是观众的口味，大胆地拍自己想拍的电影。在影像风格、思想深度上，可以大胆尝试。这一时期正是陈凯歌艺术电影的黄金期。

在拍完《孩子王》之后，陈凯歌在接受访问时谈道：

> 我始终认为电影的功能不仅仅是娱乐，人们到影院来不全都是为了轻松和娱乐的，企求哲理启迪或进行理论探索的人也是有的……
>
> 我这个电影不想提供人们茶余饭后的娱乐，我甘冒"天下之大不韪"，甘冒"国人皆曰可杀"的风险，可能我也有一天会像孩子王那样被逐出电影界，那也没关系，我早有准备。因为我可能不太合电影这个"道"。①

在《孩子王》没有卖掉一个电影拷贝的情况下，陈凯歌仍然如此慷慨激昂，如此态度坚决、义无反顾。谢园回忆《孩子王》完成后，陈凯歌根本不去分析获奖的可能性，放弃大有可能的柏林电影节转投更重商业性的戛纳电影节，而在戛纳电影节上带去的拷贝居

---

① 陈晓光：《陈凯歌谈〈孩子王〉》，《电影评介》1987年第11期。

然连基本的色彩还原都不对。他对名利的疏忽由此可见一斑。事后，陈凯歌只是淡淡地说了句："拍电影嘛，首先是满足自己。"① 陈凯歌的这番表白在今天已经成了绝响。几年后，他决定拍摄由香港汤臣电影公司投资的《霸王别姬》，而故事的原作者是香港的通俗小说作家李碧华。

> 这部影片的创作风格与我以往作品的差异是显而易见的。我在拍片时当然会考虑到市场问题，因为这是一部耗资巨大的影片，无论从做人的角度，还是从艺术的角度，我都不能对投资人不负责任。②

"甘冒'天下之大不韪'，甘冒'国人皆曰可杀'的风险"，也不拍商业娱乐片的誓言言犹在耳，陈凯歌还是主动走向了市场。无论他怎样辩解，从一开始选择这个本子，他就注定了必须尽可能地迎合观众的欣赏趣味。毋庸置疑，电影的商业性会削弱影片的思想深度，但有一点可以肯定的是，陈凯歌并没有在市场面前彻底放弃自己的追求。虽然近年来他一再发声，"之前大家并不了解我"，"妥协并不是件坏事"，企图扭转人们对他的认识：

> 之前大家不了解我，给我很多帽子，但没准现在你了解之后，又喜欢上我了呢？没人在乎陈凯歌怎么想的，我自己更不能把自己说大了。什么重要？看电影的过程最重要。如果这期间能把观众吸引，那才是对的。③

① 谢园：《他叫陈凯歌》，《当代电影》1993 年第 1 期。
② 罗雪莹：《银幕上的寻梦人——陈凯歌访谈录》，载杨远婴、潘桦等主编《当代电影论丛：90 年代的"第五代"》，北京广播学院出版社 2000 年版，第 261 页。
③ 郑照魁：《陈凯歌：之前大家并不了解我》，《南方日报》2012 年 7 月 3 日。

　　陈凯歌的话令人心生感慨，一位高傲的大师在市场面前也只能委曲求全。但就笔者所想这只是一种策略，骨子里陈凯歌并没有否定自己，他希望走一条中间路线。就像在《霸王别姬》的"生生死死的戏剧冲突"背后，仍然有对历史、人性、艺术的深刻思考。

　　2012 年的电影《搜索》改编自文雨的网络当红小说《请你原谅我》，这里面无疑有着电影票房的商业考量。在这部小说中，既有生离死别的浪漫爱情、阴险的设计、疯狂的报复、错综复杂的纠葛与出人意料的巧合这些传统的畅销元素，也有人肉搜索、网络暴力、富豪与小三这些当下的时尚元素。有人批评影片说：

> 　　尽管内容丰富、人物众多，但所有这些人物关系、情节线索、叙事元素，却又总是若即若离、忽远忽近，似乎并没有成为一个有机整体。社会问题电影、言情电影、悲剧、喜剧、浪漫剧各种类型、风格不仅混搭在一起而且造成各个段落和线索之间的割裂。①

　　如果说这是影片的缺点的话，原小说即已包含这些缺点。当然，在有限的篇幅内表现对当下现实的多方面的复杂思考，并未见得就是作品的缺点。《搜索》的风格与《霸王别姬》类似，也是要在大众化的影像叙事中表达深层次的思考。

　　《搜索》对现实人生的思考最引人注目的一点在于，它讲述了一个集体"杀戮"个体的故事。身患绝症的叶蓝秋在公交车上拒不给老大爷让座，这一个人"道德"事件引起了"公愤"（电影中叶示意老人坐她大腿上，更具挑衅性），然后被别有用心的记者

---

① 尹鸿：《加法与减法——关于陈凯歌导演的〈搜索〉》，《当代电影》2012 年第 8 期。

陈若兮在电视及网络上放大。于是，在网络留言中，叶蓝秋事件便被无限"上纲上线"。影片中的叶不像小说中那样似乎置身事外，而是随着事件的进展身心受到影响。叶的悲剧令人想起陈凯歌所经历的"文化大革命"年代，是群氓对个体的暴力与专政。影片的深刻之处在于，这种可怕的专制力量并非当事人的性格所决定，而是体制的必然。它是可以无限复制的，沈流舒成功的报复正是借用了同样的力量。

"文化大革命"过去多年以后，陈凯歌写了一本书，名叫《少年凯歌》。"文化大革命"留给这个导演的创伤性体验是深层次的、难以愈合的，伴随了他的整个创作生涯。这段历史带给陈凯歌的不仅仅是伤害本身，还有思考、质疑的习惯、思维的能力、偏好与深度。他的电影往往在小说原作的基础上推进一步，用艰深的影像表达深层思考，从而赋予作品以寓言化的深层结构，大致与其"文化大革命"经历相关。他偏好宏大的思想命题，不断掘进的思想探索。他能将一篇散文改编得大气恢宏、富有深沉的文化底蕴，影像有突破性的艺术创新；也能将一个香港的通俗小说改编得具有深沉的文化思考，影像与故事相得益彰。这是他的成功之处。当他将阿城、史铁生的小说以自己的思路继续往前推进时，他破坏了原作的整体性和内在逻辑性，加上艰深难解的影像，影片也变得思想复杂而混乱。酷爱思维深度的陈凯歌在市场经济时代是比较尴尬的。《搜索》对网络热门小说的改编仍然坚持了对时代、人性的严峻思索，这一点相当可贵。只是在影像追求上，不可避免地牺牲了试验性的艺术探求。

第三节 霍建起：唯美与诗化的影像

　　1982年毕业于北京电影学院美术系的霍建起，在做导演之前当了多年的电影美工。由于入行当导演较晚，在代际划分上他的身份归属有些麻烦：他自嘲是最老的新生代导演。霍建起于1994年导演第一部电影《赢家》之后，就一发而不可收。他的电影以其独特的风格多次获得金鸡奖的垂青。代表作《那山那人那狗》虽然在国内只卖出一个电影拷贝，却为他赢得了国际声誉，尤其是在日本大受欢迎。霍建起在国内的知名度虽然不能与张艺谋、陈凯歌等相提并论，但他绝对是一个不可忽视的导演。

　　霍建起对于电影改编似乎有特别的爱好，他的电影多部改编自文学作品：《那山那人那狗》（1998）改编自彭见明的同名小说；《蓝色爱情》（2000）改编自方方的《行为艺术》；《生活秀》（2002）改编自池莉的同名中篇；《暖》（2003）改编自莫言的《白狗秋千架》；《情人结》（2005）改编自安顿的口述实录（非虚构文学）《爱恨情仇》；《台北飘雪》（2009）改编自日本作家田代亲世的青春爱情小说《台北に舞う雪》。另一个值得注意的现象是，这六部作品的改编编剧全都是一个叫思芜的女性。思芜原名苏小卫，是霍建起的妻子。她毕业于北京师范大学中文系，是一位职业编剧。迄今为止，霍建起的所有电影都是思芜编剧。苏小卫的知识结构、艺术视野给了霍建起怎样的影响，大概是可想而知的。这一对夫妻档，一个学美术，一个学文学，构成一种良性的互补关系。霍建起电影的成功与这种良性的互补应该说很有关系。

综观霍建起电影对几部文学作品的改编（《台北飘雪》因非中国当代文学，不在讨论之列），笔者想到一个词——小资情调。用这个词会有些麻烦，它是一个历史概念，有其历史演变的过程，在这一演变过程中意义又发生了许多变化。这个词有其阶级特性、政治色彩，这些都不在我们的讨论范围之内。有人讲："当下意义上的'小资'，不再是按照阶级意义的划分，而是指有着相似的生活趣味和生活方式的人群。'小资情调'是指一种独特的审美化的生活方式和精神格调，表现为刻意追求精致高雅的生活品位，讲求生活细节，善于营造浪漫气息，追求休闲享受，精神上标榜自我，张扬个性自由，带有自闭自恋式的孤芳自赏等特征。相比其他阶层的文化，'小资情调'更具有审美化的色彩。"① 我们的概念与之相近，但这段表述又似乎有较多的贬义色彩。这里所说的"小资情调"其实比较简单，它不同于底层的大众文化，也不同于贵族精英文化，而是处于两者之间。它不太容易得到大众市场的热烈响应，也不做居高临下的呼吁与"启蒙"。它保有自身独特的个性，追求艺术的品位与格调，多少与青春、时尚接轨，很像一个文艺青年的气质与情调。

一　青春与爱情

1998 年，湖南潇湘电影制片厂请霍建起将湘籍作家彭见明的小说《那山那人那狗》拍成电视单本剧。看过小说后，霍建起认为将

---

① 袁梅：《审美文化视野中的"小资"和"小资情调"》，《齐鲁学刊》2005 年第 5 期。

其改编成电影更为合适。彭见明的这篇小说颇有沈从文小说的乡土
风味，结构散漫，富有诗情，内容含蓄隽永，有着独特的"舒缓而
深沉的韵味"①。这个短篇只有九千字左右，改编成一部电影自然要
补充进很多内容。但在笔者看来，电影最值得注意的改动在于，叙
事视角的改变所带来的电影思想、主题、情感等多方面的变化。原
小说的叙事视角是老乡邮员，在即将离别干了几十年的工作岗位时，
他有着难以割舍的情怀。他将这个职位传给了他的儿子，他也要将
自己奉行了几十年的价值观念包括职业操守、奉献精神、理想信念
都传给儿子。这是一个温暖而感人的故事，富于人性的力量。电影
则保留了这条故事线索，但明显叙事声音发生了变化。小说是以老
乡邮员的口吻讲述的，电影的画外音则是儿子的。这是父亲的最后
一次却是儿子的第一次，他对自己的未来充满了陌生的期待——就
像他并不知道如何应对乡民们的围观，羞涩地问父亲该怎么办。他
是一个自认为已经长大的孩子，他不需要父亲的陪护，扛起邮包匆
匆上路；他在暗中跟父亲较劲，且看在山中休息的那段画外音："越
往上走，邮包越重，背着它走三天，可真够我受的。好几次都想放
下来歇口气。可我不能一上来就让我爸觉得我干不了。再说，我爸
这岁数都能背得动，我也不能就这么服软。他不说歇，我就不歇。"
还是父亲开口了："老二，咱们歇会儿啊。"看这一对父子，一路上
竟无话可说，儿子羞于开口叫爸爸，父亲也不叫儿子，而是招呼随
行的狗"老二"歇会儿。儿子与父亲之间无声的情感交流是霍建起
理解小说的重点：

---

① 霍建起：《〈那山那人那狗〉创作杂感》，《电影艺术》1999 年第 4 期。

这个故事的核心内容是父子间的感情交流。我觉得多数父亲和成年的儿子之间都比较隔膜。男人之间不容易表达感情，父子之间又多了一层敬畏，彼此间虽然有很多话要说却很难说出口，有时一辈子都没有找到交流的机会。对于影片中的父子来说，彼此的交流就更多了一层难度：父亲常年不在家，他对儿子缺少应有的关心和了解，他甚至连儿子脖子上的疤是什么时候留下来的都不知道。儿子对父亲也比较陌生，"爸"都叫不出口。这样两个男人单独相处，本身就潜藏着差异，加上两代人不同的经历，不同的生活观念又在同行的路上不断发生着碰撞。同时，那种内在的深厚的无法用语言来表达的亲情，那种相互间的依存、寄托又在这次旅途中不断地加深、涌动。于是，在不理解中理解，在无法表达中表达，就构成了影片中感情的主线。①

如果说小说基本上是单线的父亲对儿子的教导，是从上而下的观念的传承，那么电影则是复调的，是父亲与儿子之间的交流、对话关系。叙事的重点从父亲这个传统价值的承载者转向儿子，儿子对这个变动中的世界有着自己的看法，他未必事事都听父亲的。儿子边走边听收音机里的音乐，自得其乐，父亲对此不以为然，"这有什么好听的？"父亲在漫漫的长路上自有他消遣寂寞的方式："呵呵，人哩，毕竟是幻觉最丰富、最有感受力的。老乡邮员靠着它，战胜寂寞，驱散疲劳。现在，他又回到了过去，他又陷入痴想，一个人兀自笑了，觉得身子腿脚轻松了许多，甚至，想吹几句口哨儿。"在

---

① 霍建起：《〈那山那人那狗〉创作杂感》，《电影艺术》1999 年第 4 期。

对待瞎眼五婆的事情上，父子发生了争执。父亲每隔十天半月地就以五婆孙子的名义给五婆念上一封信，好让她心存希望，儿子并不认为这是妥当的。儿子认为五婆的孙子应当承担起应有的责任，父亲的做法是包庇。父亲为此教训了儿子。父子冲突的高峰出现在关于搭便车的讨论上。儿子觉得在没有人烟的地方没必要一脚一脚地走，可以搭乘汽车。父亲批评儿子是在投机取巧，"邮路就是邮路"，得踏踏实实走才行。儿子回应说："我投机取巧？等直升机都落到山顶了，咱们还这么走啊走的，谁还要邮路？"气得父亲上前夺过收音机一把将其摁停了。相较而言，儿子可能更有远见一些——在信息化的当下，还有多少人固执地去写信呢？父亲的思想则是保守的，他习惯于自己重复了多年的生活方式，对于儿子欣赏的现代生活方式——汽车、收音机是代表符号——采取拒绝的态度。上面所提到的故事情节在小说中是没有的，影片于是改变了小说相对单一的感人的"说教"形式，更多了一些青春的气息、现代的气息。

　　客观地说，《生活秀》由霍建起来改编并不太合适。来双扬是个什么样的人？那是在吉庆街上摸爬滚打多年、算盘珠子打得啪啪响的精明人。吉庆街是个什么地方？那是三教九流、鱼龙混杂的地方。来双扬16岁就在这里做生意，不精明强干能混得下去吗？在她身上自然也沾染上精于算计、泼辣强悍的世俗气，更准确地说，她就是"世俗精神"的代表。离了这一点，就不是小说中的那个来双扬了。电影毕竟是导演的艺术，话语权在导演的手上。要把池莉的小说变成霍建起的电影，中间所做的改动是相当大的。电影再一次表现出导演类似于"文艺青年"的做派，他将叙事的中心放在来双扬的爱情上。而在小说中，来双扬与卓雄洲的所谓爱情只是几条叙事线索中的一条。这一条线索并不比来双扬与嫂子小金斗、与范沪芳和解、逼九妹出嫁、向张所长要回房产、照顾吸毒的久久、帮妹妹交清单位的劳务费等更重要。她是个精明能干的女人，在她的世界里她能掌控一切。而与卓雄洲的关系也只是她能搞定一切中的一件而已，她与卓不过是逢场作戏罢了。人家买了她两年的鸭颈，总得有个交代。她知道卓是个有钱人，能嫁给他倒也不错——注意这里的动机，仍然是金钱这样世俗的东西，这大概在霍建起那里是难以接受的。她主动约卓到度假酒店，能嫁给卓固然好，反之也是对这段关系的一个了结。了结的方式自然是肉体交易，来双扬清楚得很，人家盯了你两年不就是图这点事吗？看清了这一点其实也很残忍，世俗的逻辑是没有爱情这回事的。卓雄洲床上的失败让来双扬意识到他们是配不到一起的，短暂的失望过后，来双扬"还是一个很讲江湖义气的女人"，她将卓搂到胸前睡觉。因为她知道"毕竟卓雄洲的好梦，做了漫长的两年多"。来双扬没有任何的小女子的扭捏作态，世故的她清楚地知道男人想要什么。这件事处理得干净利落，毫不拖泥带水。电影中的来双扬似乎想要轰轰烈烈地谈一场恋爱，她把卓雄洲当成了理想的对象。小说的开场是一件让来双扬"崩溃"的事情，有人白天敲门（过夜生活的来双扬扬言谁要在白天敲她的门就向谁开枪），来人是他的哥哥和侄子，他们还要她照顾。电影的开场却是富有情调的，精心修饰的来双扬照着镜子涂口红，她十指纤纤，优雅地抽着烟——影片中的来双扬总是这一副神态与扮相，完全不像一个卖鸭脖的忙碌的生意人，倒像是自我迷恋、待价而沽的街头"小姐"。她与卓雄洲眉来眼去，渐渐就有了感情，卓还约朋友来照顾她的生意。在来双扬受小金欺负时，还挺身而出并安慰她——小

说中的来双扬可没有这么窝囊，是她在大庭广众之下先是辱骂既而教训再是痛殴小金，打得小金趴在地上起不来。来双扬简直就是市井江湖锤炼出来的泼妇。电影中来双扬没有这么泼悍，反倒显得有些懦弱。霍建起说：“可能是我内心软弱的表现，比如说《生活秀》，我就觉得是不是人家觉得来双扬太恶了，觉得有点接受不了。如果要纯粹表现一种恶的东西的时候，我就不知道怎么去表现这种题材的电影。我觉得悲剧中一定要有一种暖的东西出来。生活中有一些亮色，哪怕再残酷，也有一种亮色，有一种温馨的东西。”① 导演的个性、精神气质会影响他对人物的理解与处理。霍建起不忍心在他的电影里将来双扬表现为一个十足的泼妇，这样整个故事的走向就都发生了改变。霍建起要让来双扬谈一场纯粹的恋爱，她的形象就得往柔软处靠，她需要变成一个惹人怜爱的小女人。她和卓还有一段约会的美好时光，在暗淡的灯光下也曾险些把持不住；导演还设计两人夜晚骑自行车，来双扬紧搂住卓的腰，放声大笑。这不正是恋爱青年的经典画面吗？

　　《情人结》改编自安顿的口述实录《相逢陌生人》系列之《爱恨情仇》。原故事登载在报纸上不过半页而已，但就是这半页纸打动了霍建起。小说讲述的是一个现代版的罗密欧与朱丽叶的故事：侯杰与屈炎（电影中改名为侯嘉、屈然，大概是原名不够诗意，不够美）二人从小生活在同一个大院里，属于那种青梅竹马式的爱情，也是那种帅哥配美女、才子配佳人型的经典故事。侯杰属于那种高大型的男生，屈炎在大院里让人羡慕的漂亮，两人学习成绩又好，

---

　　① 李彬：《诗意导演　率性情怀———导演霍建起访谈》，《北京电影学院学报》2003 年第 3 期。

玩游戏都是当然地演新郎与新娘。这个故事改编成电影自然是青春爱情叙事，是一种地道的小资情调。如果从考虑青年观众欣赏口味的角度来说，这部电影可以说做到了极致。霍建起改编这个小说，除了坚持以往的风格之外，应该说还有比较现实的商业考虑。影片于当年的情人节上映，片名又取为与之谐音的"情人结"，编导的用意是可以看得很清楚的。导演也有意选择陆毅、赵薇这样的国内一线明星演员担纲主演，这二人外形青春靓丽，对年轻观众尤其具有号召力。在制片方的宣传上，也以所谓"纯粹爱情故事""感动情人节"相号召，看来是要以霍建起的唯美爱情兑换为现实的票房利润了。

霍建起对莫言的小说《白狗秋千架》的改编属于因缘巧合。当他从莫言的三本短篇小说集中慧眼独具地选中这篇时，制片公司也正好有意投拍，请霍建起对该小说进行改编。霍建起之所以独独挑中这篇《白狗秋千架》是因为"喜欢小说中的那种情调，莫言的大多数作品是阳刚、粗犷的，这个很细致、阴柔，挺抓人的"[①]，这种"细致、阴柔"的气质恰好与霍建起合拍。然而，仔细读作品，这部小说还是深刻而大气的。小说一开篇谈的是白狗的"种"的问题："高密东北乡原产白色温驯的大狗，绵延数代之后，很难再见一匹纯种。现在，那儿家家养的多是一些杂狗，偶有一只白色的，也总是在身体的某一部位生出杂毛，显出混血的痕迹来。"小说标题中的白狗正是这样的一匹不很纯粹的白狗，这只白狗在小说中有着重要的意义。但导演考虑到与《那山那人那狗》的重复问题，就把白狗给

① 丁一岚、霍建起：《〈暖〉：寻找记忆中挥之不去的过往》，《电影艺术》2004 年第 1 期。

去掉了。为什么小说开篇要讨论这个所谓"种"的问题？从电影里我们看不到导演对此的阐释。在《红高粱家族》里莫言就在讨论"种"的问题，讲种的退化，血性的消失。《白狗秋千架》还是讲"种"的问题，所以才有结尾的惊人一笔：暖让狗把"我"引到高粱地里，向"我"借"种"，要改良后代的基因。"我"是城里人、知识分子，而暖此前生下的三个都是哑巴。哑巴有着特殊的隐喻意义，他无法表达，先天的残缺，更可怕的是，这种弱势的处境会代代相传。遗憾的是，电影将小说最有力量的部分砍掉了。电影掐头去尾，给观众讲了一个"温暖"的爱情故事。准确地说，是围绕着暖这个人物的两则爱情故事（如果算上那个演戏的武生就是三则了）。其一是同井河的，井河一直都爱恋暖，只是因为后来的变故才作罢；其二是同哑巴的，这一点也完全颠覆了小说的表现，在小说中，暖残废后迫不得已嫁给了哑巴，而哑巴也是相当粗俗、恶劣的。在电影中，编剧思芜怀着充分的善意来理解这个人物：

> 我主观上是想把哑巴写成一个主角，他是一个好人，可好人也常常会犯错，哑巴很爱暖，但是这种爱一开始就很无望，很没竞争力，但是他没有放弃，尤其当暖的两次等待都空了的时候。人的命运常常就是这样，我心底很喜欢哑巴这个角色，他寄托了一种对生活的美好。
>
> 影片中哑巴的遭遇是暖的命运的下沉，我们把一切都落在了一种正常的境遇里。暖最终嫁给了哑巴，可是她如果不嫁哑巴她会更幸福吗？也不一定。①

---

① 丁一岚、霍建起：《〈暖〉：寻找记忆中挥之不去的过往》，《电影艺术》2004 年第 1 期。

也就是说，哑巴一开始就是暖的爱慕者，只是因为身体的残缺，就完全不具有竞争能力，是暖命运的变故给他带来了机会。所以，在影片中我们看到前期他同井河的争斗，他以自己的方式捉弄（挑逗）暖，在暖失意的时候，他总是默默相伴。哑巴最后成了呵护暖的人，是暖理想的爱情伴侣——影片的阐释方式不管怎么说都与笔者对小说的理解相隔甚远！影片之所以做如许大的改动，一个重要的原因是编导觉得小说的结尾太残酷了，观众可能完全不能接受。思芜更是从他们的生活经历来谈对作品的理解：

> 我们两个人的生活都太正常了，太惨烈、太残酷的事情如果真让我们表现可能还会假，我更擅长于表现普通而平凡的人，从人生体验上讲，就是写一种正常的人生感受……我想，从记忆的角度来说，有时候人挥之不去的其实是那些做错的事情，耿耿于怀的事情，我想表现这些。①

一个人对作品的阐释总会把个体的生命体验融入进去。霍建起和思芜在《白狗秋千架》中读到的是普通人平凡生活中的恋情与失落，是温暖的回忆与伤感的忏悔，小说中莫言所强烈感受到的城乡差异、农民脱离苦难的艰难等都以"惨烈"的形象被遮蔽掉了。

《行为艺术》并不是方方小说中的上乘之作。这篇小说以"我"（电影中的郜林）为中心从两条线索上展开故事。其一是"我"与飘云（电影中的刘云）的恋情，飘云是个画画的，酷爱行为艺术；另一条线索是"我"参与的侦破马白驹的凶杀案，受害者是杨高的

---

① 丁一岚、霍建起：《〈暖〉：寻找记忆中挥之不去的过往》，《电影艺术》2004 年第 1 期。

父亲。这两条线索平行展开，没有交集，并不能说几十年前案子的侦破是一则行为艺术。这个故事大概可以说是方方的一次不成熟的构思，写出《风景》这样的杰作的作家此次大失水准。个中缘由，也许同作家写作的市场化环境有关。刑警的侦破故事，几十年的情杀案，青年亚文化中流行的"行为艺术"，这些都是吸引读者的要素。霍建起何以看中这篇小说？电影更需要市场，导演需要用票房来证明自己的实力。一个刑警破案故事加上凄美的爱情，此外再包裹以"行为艺术"这样的时尚与哲思混融的东西，是票房的有效保证。改编之后，电影一开始就抛弃了"行为艺术"这个名字，毕竟这个名字比较小众化，不具有亲和力；电影起初定名为"以刑警的名义"，侦破故事外加主旋律价值观，也是一个很好的选择，况且影片也是围绕着侦破线索展开的，主角是几个警察，还有父子相承的意思在里面。当然，编导最后还是放弃了这个名字，用的是"蓝色爱情"：这意味着刑警故事是服务于爱情的，因为案件涉及的仇杀与女主角相关，因此爱情带上浓郁的冷峻色调。从片名的纠结与最终选择可以看出，霍建起在这部影片的改编上仍然坚持自己一贯的诉求——以爱情为主题，表现青春，表现浪漫与诗意，只是这份诗意多了一点"蓝色"的冷峻。

这部电影改编的高明之处在于，它将原小说中并行的两条线索整合了起来。这样，影片在结构上更加紧凑，表意上更加清晰。邰林与刘云的爱情原本是逸出侦破故事之外的另一则私人情感故事，电影将凶杀案的嫌疑犯设计为刘云的父亲，于是，刘云的爱情故事就自然而然地被编织进邰林的破案故事中了。刘云一开始主动接近邰林，其主要目的是让邰林这个警察帮助寻找马白驹，由恋情引出案情这条线。邰林服从上级安排接手这个案子，自然要利用刘云，还要打扰刘云得了精神病的母亲，这让邰林十分痛苦。一边是爱情，一边是职业操守，邰林就在这二者之间反复挣扎。最后的结局是圆满的，邰林收获了爱情，也侦破了案件——完成了邰林父亲的夙愿。而刘云的父亲这个嫌犯在供述完事实后证明他不过是一个事件的目击者，并不是真正的凶手。当年的卧底警察在公共浴室与马白驹邂逅，被马白驹这个情敌一嗓子喊明了身份，然后被黑社会枪杀，这应该说是一场误会。小说里杨高的父亲这位警察则是被马白驹雇黑社会残忍地杀害的。马白驹的供词在电影的画面演绎下，是另一场浪漫而坚贞的爱情故事。刘云与邰林的爱情因为这件历史案件而富有张力，再加上"行为艺术"这个元素，影片变得更加丰满，也更具小资情调了。

二 浪漫与忧伤

影片《那山那人那狗》讲述了一个忧伤的故事。霍建起这样描述他所读到的小说情绪："我读了只有几页复印纸的原作，觉得它有一种舒缓而深沉的韵味，传递出有些伤感、有些动人的情绪。"[1] 乡邮员陪儿子所走的最后一趟邮路，也是对自己人生的回顾与缅怀，他对家人——妻子与儿子充满了负疚感。作为电影中青春——爱情叙事的重要部分，儿子与侗族姑娘的一见钟情是电影中最浪漫而富有诗意的部分。小说中也写道："老人向那姑娘介绍说：身边这位是他的儿子，是刚上任的乡邮员，壬寅年出生的。""父亲发觉自己荒

---

① 霍建起：《〈那山那人那狗〉创作杂感》，《电影艺术》1999 年第 4 期。

唐了。为什么要说那么些话。为什么要住进这红花衣女子家来呢？他有些慌乱。""他回想起自己年轻时节在平川里跑邮的时候，由于经常在一栋大屋里歇脚、吃中午饭，引起了一个年轻女子的注意。于是，那年轻女子竟限时限刻站到枫树底下等他。后来，又偷偷地送他。最后，偷偷地在那绿色的邮包里塞了一双布鞋和一双绣着并蒂莲的鞋垫——这女子后来成了儿子他娘。"小说暗示儿子与父亲的爱情故事具有重叠性，正如儿子接替了父亲的工作，儿子也要重复父亲的人生轨迹，包括爱情与婚姻。电影中那个侗族姑娘年轻漂亮，性格大方开朗。影片有意安排一场盛大的侗族婚宴，篝火晚会上侗族男女载歌载舞，姑娘与儿子同舞，两情相悦，情意绵绵。这样的情景勾起了父亲美好的回忆。次日，姑娘与儿子同在厨房，谈笑兼听收音机，情投意合，十分欢洽。这样的场景令人想起《边走边唱》中的小瞎子与兰秀，也是听收音机，可是却有着不好的结局。故事的发展并没有按照父亲的轨道进行。儿子告诉父亲他可能不会娶一个山里姑娘，当父亲询问为什么时，儿子回答说："我怕她们也像我妈，离开了这里，一辈子想家。"儿子的回答勾起了父亲长久的回忆，他的眼睛有些潮湿，歉疚地说："你妈跟了我，等了一辈子。"儿子背父亲过河，父亲的腿因为经常蹚水得了严重的关节炎，这次儿子要让父亲"享受"一回。能够背起父亲，儿子就长大了。趴在儿子背上的父亲，看到儿子脖子上的伤疤——他没有尽到父亲的责任，连这么大的伤疤都不知道。影片闪回到儿子小时候父亲背他上街看戏，爆竹响起，儿子伏在父亲脖子上睡着了。想起这些，父亲梗着脖子，强忍着不让泪水流出来。儿子告诉父亲，这伤疤是15岁时背犁犁头滑下时划的，常年不在家的父亲让儿子过早地承受了生活的重压。可儿子却那么地懂事，父爱的缺失反倒使他比同龄孩子更早地成熟。烤完火后，儿子对老人说："爸，该走了。"父子的交谈促进了隔膜的消解，儿子终于喊爸，这让父亲欣慰不已。父亲激动地对狗说："老二，听见了，他喊爸了。"这一段是有着让人动容的力量的。

《暖》也是一部情绪电影，带有浓郁的感伤的抒情格调。影片的编导似乎无意于反映某种深刻的社会现实命题，而专注于阅读小说把握到的主观的抒情情绪。主人公井河因曹老师的事情重返阔别十年的家乡，这种写法是中国现代小说的一种既定模式——归乡模式。井河的大学讲师身份也颇类于鲁迅与沈从文。井河的归乡更接近于鲁迅小说中的"我"，他有一种逃避的心态。井河的逃避与他的青春记忆有关，他无法面对那个他曾经深爱又将其深深伤害了的姑娘。井河的单相思式的爱情有着特别的浪漫气息。他喜欢暖，而暖的理想目标是英俊帅气的年轻武生。她将自己的初吻献给了武生。只有当武生不要她的时候，她才会考虑嫁给井河。暖对井河的态度暧昧不明，这更增加了井河对她的爱恋。二人一起一伏荡秋千的浪漫场景是这场爱情的高潮部分。而悲剧也恰在此时发生了，秋千绳断，暖摔下来，落下终身残疾。这个渴望飞翔的女孩，她的命运从此发生改变。不要说嫁不了现成的城里人武生，就连备选的井河都很成问题。暖命运的悲剧是与井河紧密相连的，但井河却没有与暖承担共同的命运。他选择了背叛与逃避。在他这样一个知识分子的意识里，他少不了会反思、谴责自己。"有时候人挥之不去的其实是那些做错的事情，耿耿于怀的事情"，这件事情深植于井河的记忆深处。当他事隔多年重新面对暖，特别是看到暖的境况十分不好时，他内

心的自责与忏悔是可想而知的。影片中井河在去暖家时有一段独白："感伤就像空气一样包裹着你，这时候它就算是要你的命你也不会逃避。"井河是带着深深的负疚感来到暖面前的，现实生活中的暖无法不勾起井河的回忆。影片再一次重复使用闪回，将现在与过去两个时空交叠在一起。过往青涩爱情的浪漫与当下生存境况的艰难，过往的快乐与当下的负疚形成对比，影片的抒情氛围十分浓郁。电影有意加入两个道具，一是皮鞋，二是红色雨伞。皮鞋联系的是井河与暖青梅竹马般的关系，井河为暖烤鞋烤出一个大洞，若干年后，井河寄给暖一双皮鞋。这双鞋由哑巴送来，暖未看到井河的来信，就将皮鞋掷入天井。哑巴急忙拾起。十年后井河来访，暖翻出这双珍藏已久的皮鞋，最终还是没有穿。女儿穿皮鞋下楼，暖和井河颇为尴尬。皮鞋映现二人内心情感的波纹，带有忧伤的调子。井河几次三番地要将雨伞送给暖的女儿，雨伞既是城里现代化的新奇物件，又是一种庇护的象征。井河送雨伞的隐喻意义在于，他要承担起庇护小女孩的职责，以此弥补自己对于暖的歉疚，这是一种没有明言的忏悔方式。影片补写了另一条情感线，就是哑巴与暖的情感。哑巴一直是暖的暗恋者，片中有一个场景，在黎明前的秋千架下，哑巴设想暖坐在秋千架上，他推着暖愉快地荡向高空。当暖摔断了腿，在自行车后面推着暖的不是井河，而是哑巴。影片用大量的细节证明暖并非被迫嫁给哑巴，而是因爱情走到了一起。影片也一改小说中哑巴粗鲁、暴躁的形象，而是有情有义、温暖细腻的一个人。编导为影片重写了这样的一个结局：哑巴请求井河将暖和女儿带到城里去，他执意要求暖把这个意思翻给井河听。他明白自己不能带给暖和女儿美好的生活，而他也看到了暖与井河之间没有割断的情愫。

影片表现哑巴的最后一笔是让人感慨的，哑巴的真诚质朴与牺牲奉献精神可以打动万千观众。暖将哑巴推开，请他不要再说了，二人在远处的一个角落里痛哭失声，这边的女儿也已泪流满面。也就是说，在哑巴这条情感线上，影片仍然讲述的是一个伤感的故事。

池莉的《生活秀》仍然是其《烦恼人生》《冷也好热也好活着就好》的世俗风格，原生态地摹写现实人生，写了凡俗人生的烦恼与坚强。霍建起一改小说情绪基调，影片带有强烈的霍氏忧伤的调子。霍建起在分析来双扬这个人物时说："但是在她走过的路上，也留下了辛酸的心理印迹：情感上的孤独，家庭责任的重负，对自己未来的茫然使得她看似优雅的举止带出浓浓的伤感。"① 霍建起又一次使用了"伤感"这个词。可以说，伤感是霍建起所钟爱的一种艺术情调。前面已经说到，霍建起把来双扬那颗长久混迹于江湖练就的粗粝的心改变成柔软的、要人呵护的心，她把她对未来的期许都放在卓雄洲这个男人身上。当她像一个淑女一样半推半就，羞涩中又迎合卓雄洲的欲望时，卓雄洲无所谓的态度（卓所觊觎的只是来双扬的肉体，而与爱情、婚姻无关）对于来双扬不亚于当头一棒。激情过后的猛然清醒，来双扬有一种上当了的感觉。她黯然神伤，默默流下了眼泪。小说中那个处处算计别人的人——她让九妹嫁给张所长的花痴儿子，赢得了张所长在老房子问题上的大力支持；她放低姿态讨好多年的仇敌范沪芳，是为了取得父亲的授权，她甚至连同父亲谈话的路线都设计好了，一路上都是花店，鲜花赏心悦目，父亲自然心情大好。——在电影中却为人所算计。当然，电影中她本身并不是个很强势的女人，而

---

① 霍建起：《〈生活秀〉艺术总结》，《电影艺术》2002 年第 4 期。

只是个爱美的、有梦想的、处在各种复杂利害关系中的小女人。她柔弱的肩头需要承担太多的责任，她寄以希望的人却深深地伤害了她。当来双扬从电话中得知身边的卓雄洲正是开发吉庆街的商人时，她再也不能忍受了。吉庆街就是她生存的根基，也是她的"故土"，她半生的喜怒哀乐都在这里。如今却要被一锅端了，而幕后的"黑手"正是与她发生性关系的卓雄洲！卓两年来的光顾似乎还有另一种解释，他是来考察吉庆街的。在小说中，吉庆街是不会垮的。政府多次宣布取缔，最后都是不了了之，只不过是为吉庆街做广告。来双扬根本就不操心这个问题，用小说中的话来说是"她从来都不犯愁"，她有着小市民的从容与淡定——这是大人物们操心的事，而大人物不可能不考虑吉庆街上这么多人的利益。天不会塌下来。走了一个卓雄洲，马上就来了个年轻画家，这是小说的结尾，没什么大不了的。电影则不同了，吉庆街的消亡是悬在来双扬头上的咒符。她在过江的索道车上忧伤地对久久说：吉庆街要拆了，我们可怎么办啊？这个选景特别的好，对岸高楼林立，缆车格外渺小，索道离江面是那么的遥远，表现出一种人物悬在半空没着没落的感觉。来双扬无力地靠在久久的肩头，她太需要一个男人的肩头了，尽管这个肩头是那样的单薄。

安顿的故事《爱恨情仇》虽然只有半页报纸，但它已经具备了为霍建起所接受的基本要素。一段刻骨铭心的爱情，青春、浪漫、唯美、诗意，这些小说中都有的元素与霍建起的期待视野高度吻合。此外，小说直接点出这是一个莎士比亚笔下罗密欧与朱丽叶的故事，相恋的二人分别以罗密欧与朱丽叶自许。霍建起的电影在小说的基础上细腻地演绎了爱情的神奇与伟力。侯嘉与屈然，他们的爱情如果自然而然地生长，可能也很幸福，但绝不会有我们所看到的荡气回肠、刻骨铭心。一定程度上可以说是家庭的因素促进了他们爱情的成长，上一辈人的仇恨反倒成了爱情的催化剂。电影将小说中屈然父亲对侯嘉父亲的诬陷写到极致：侯嘉父亲不堪忍受自己喜欢的人的诬告而选择自杀，而年轻女子对其指控又是受到屈然父亲的指使。侯嘉父亲的死又带来母亲的残疾，这一切都无可挽回。比起小说中侯嘉父亲在事后恢复名誉，母亲为此扬眉吐气，电影中两个家族间的仇恨可谓极深。这个故事酷似莎翁戏剧之处正在于此。然而，莎翁的戏剧是经典的悲剧，罗密欧与朱丽叶为爱而殉情，《情人结》则是苦尽甘来的大团圆。这大概又是跟霍建起夫妇"中产阶级"的生活方式有关，这样的较为优裕平淡的生活不喜欢、也不大容易接受"惨烈"的悲剧。他们也渴望看到生命的戏剧性，但这种戏剧性的起伏必须是在可控的范围之内。所以，影片有的是感伤、忧郁的情调，却没有彻头彻尾的悲剧。其实霍建起的电影天然地具有商业的空间，它们是为城市生活中的那些年轻"小资"们准备的。从影片叙事的角度来讲，阻隔在二人之间的家庭障碍是叙事的动力所在——没有这层障碍，影片早就完事大吉了。这种难以克服的压抑性力量促成了故事场景的转换、时间的推移。观众也在揪心地等待转机的出现，抑或是不妙的收场。这构成了影片最大的悬念。有了这道悬念，影片就可以轻松地牵着观众的鼻子走了。爱情的神奇之处在于，阻力越大，其所激发的爱情能量就越大。两个家庭势不两立，尤其是侯家，都已经家破人亡了，怎么可能和解？爱情的力量却在两个年轻人身上固执地生长。整部影片笼罩在想爱却不得的忧

伤情调中，他们的爱情是痛苦而压抑的，却也在痛苦中品尝爱的坚贞与甜蜜。

《蓝色爱情》中的刘云，年轻美丽，目光锐利，爽朗爱笑，时尚前卫，是让人一见倾心的那种。但因为家庭事故的困扰，她的性情里多了一种忧伤的调子。霍建起对这个人物的理解是："影片中的女主角应该是一个内心很矛盾的女孩，小时候因为受过挫折有一个心理阴影，但她又是搞前卫艺术的女孩，在感性与理性，艺术理想和世俗现实之间，在期待、寻找与害怕结果中间徘徊。"① 关于行为艺术，小说中更多的是作为一种噱头存在的。在电影里，行为艺术几乎无处不在，它还作为一台话剧出现。话剧表演与现实故事交叉剪辑在一起，影片因此呈现出一种"套层"结构。这种戏中戏的设计在形式上别具一格，是一种新的艺术尝试，带有一定的先锋意味。在内容上，话剧并没有游离于现实情境之外，而是对现实的补充说明，对人物心境的揭示，更是对年轻时尚的行为艺术的感性阐释。"聪明人总是在进行艺术创作，而凡人则总是生活在别人的艺术创作中，这是一个连环套。""每扇窗户都是一道风景，每个人的视线所及都是一堂布景。守候一生，唯独不见你来谢幕。""以前，爱我的人总是因为过于认真而显得笨拙。面对你的时候我觉得很温暖，想念你的时候我感到很快乐，如果跟着你往前再走几步我就会跨出往事的大门。但我一直有一点担心，有一点害怕。你和我接吻的时候，为什么睁着眼睛？"话剧中刘云饰演的角色一身素白的长裙，她的独白富有诗意，又是现实生活中内心纠结的表白。霍建起有意选择青年演员袁泉来饰演刘云，因为

① 张燕、黄文峰：《与霍建起聊聊〈蓝色爱情〉》，《电影新作》2001 年第 3 期。

这位演员不仅清纯、富有青春活力，而且，她的眼神里有一种忧伤的东西，这正是霍建起所想要的。

三 唯美与诗意

《那山那人那狗》是一部诗化小说，改编成电影，也充满了诗意的氛围。电影模拟小说的写法，在现实与往事之间来回穿梭，为此电影用了大量的闪回镜头。电影蒙太奇的手法似乎更擅长表现人物情绪的流动。《那山那人那狗》不是传统的情节片，而是一曲抒情的乐章。这一部电影奠定了霍建起的影片风格。为了拍摄这部影片，霍建起花了很大的精力到湖南西南部的大山里实地勘探采景。优美的自然风光与诗意的影片风格相得益彰。美工出身的霍建起对于画面极为讲究。这部影片十分突出地使用绿色，影片绝大部分的画面都是满幅的绿色，这是很少见的。霍建起曾专门谈到对影片色调的使用：

> 我们到了湘西，给你的感觉是湘西就是那么绿，绿得养眼。那里也是联合国监测的无污染区域。看景以后，摄影师赵镭说这个绿特别不好拍，他其实特别喜欢拍《燃情岁月》那种秋色暖暖的调子。后来我跟他说，我说咱们不能跟别人一样，咱就拍绿，拍出满面清新的这种感觉。很少有人把绿拍得特别好，因为绿特别难拍，植物在阳光下不能达到饱和，拍出来特别不好看。但是，我们整个处理和拍摄利用阴天、早晚、雾来进行拍摄，这种给绿特别好的一种展示，我觉得跟这个故事特别合适。[①]

---

① 翁燕然：《霍建起：我是新感觉派》，《电影》2013 年第 5 期。

绿色既是乡邮员走过的实际山景，也是朝气蓬勃、富有生命力的象征。老乡邮员在回首往事时，有着一种昂扬向上的精神劲头，这是绿色所赋予的。父子俩头戴斗笠穿行在绿色中间，别有一种神秘的诗意。清晨，在迷蒙的雾霭中父子和狗走过乡间的石拱桥；父子健步走在苍苍茫茫、重峦叠嶂的山间，行走是电影的主要动作；在整片翠绿的稻田中间，一位身着桃红色上衣的年轻女子正在喷洒农药，狗向她跑来，她蓦然回首，随即回眸嫣然一笑；在热烈的侗族舞蹈中，父亲想起了自己年轻的时候：乡邮员背着邮包急匆匆地向着镜头跑来，他涉水过河，河对岸一位年轻的女子正在一棵苍劲的大树下等着他；父子俩在河边烤完火离开，画面切入绿树的浓荫下二人一狗从入画到出画，这个优美而静谧的画面持续 15 秒，其间只有飞虫曼舞；父子二人在山顶谈到孩子的母亲陷入沉思，儿子将纸折的飞机掷出，纸飞机在苍茫的大山间自由滑翔，镜头在飞动的纸飞机与静立的父子之间来回切换，儿子的表情是忧郁的，父亲则喉结缩动，眼眶潮湿。

池莉笔下的吉庆街是喧闹沸腾的夜市。"吉庆街是夜的日子，亮起的是长明灯。没有日出日落，是不醉不罢休的宴席。人们都来聚会，没有奔离。说说唱唱的，笑笑闹闹的，不是舞台上的演员，是近在眼前的真实的人，一伸手，就摸得着。看似假的，伸手一摸，真的！说是真的，到底也还是演戏，逗你乐乐，挣钱的！"热闹的吉庆街是各色人等的"秀场"，真真假假、虚虚实实，这大概是小说《生活秀》所要表达的核心主题吧。电影中吉庆街是来双扬个人的"秀场"，她的优雅风采与周围氛围和谐融洽。要把夜市布置得唯美、优雅，富有情调，并不是件容易的事，这对布光有很高的要求。影片中用了很多星星点点的小灯来营造唯美的氛围，而在主人公座位上方设置三盏大灯来保证主角的光亮美丽，又在摊位对面设置半明半暗的灯光留给卓雄洲这个暗恋者、偷窥者。喧闹混乱的夜市在精心布置下井井有条，赏心悦目。霍建起还将小说描写的武汉搬到重庆来拍摄，这里有跨江索道，大雾漫江，索道高悬，有一种辽阔而孤寂的美感；重庆的街道幽暗而潮湿，在来双扬的住处附近有一场夜景戏，昏暗的灯光下潮湿古旧的巷道，带有南方城市独特的韵味。在湖景楼最后的约会上，先是山雨欲来，预示着这场约会结局的不妙；来双扬发现卓雄洲只想把她当情人时，起身来到玻璃门前，雨水顺着玻璃门哗哗往下流，就像女主人公在流泪；在返回的路上来双扬知道卓就是吉庆街的开发商时，坚决要求下车，大雨滂沱，汽车雨刷在焦躁地来回刮动，这场暴雨正如同此时来双扬的心境。

在莫言笔下，故乡似乎并没有多少诗意与美感，那是一个他想要尽早逃离的地方。莫言曾经回忆自己参军时的情景，因为离开家乡，很多一起入伍的人都哭了，莫言没有，他巴不得早点离开。小说中的"我"也是一个逃离者，在小说中很难找到关于故乡的景色描写。霍建起则不同，大概是生长在大城市的缘故，他对乡村有着一种诗的想象。距离产生美，霍建起对于乡村的诗意想象在莫言的小说中很难见到踪迹。影片《暖》将唯美、诗意的风格推向极致。霍建起将小说故事发生地北方的"高密东北乡"搬到了南方，一个重要的原因就是，北方的秋天不具有美感。而影片选择的拍摄地点江西婺源"是一个文化氛围和自然景观都特别好的地方。那里的感觉像世外桃源，人特干净，在那里，你会产生一种离现实很远的感

觉，是一种只有在中国古诗词中才有的境界"①。这里有古老的徽州
建筑，青瓦白墙，参差错落。房子与房子之间是潮湿而平整的石头
街道，片中有好几场戏都在此拍摄。南方的潮湿、幽暗，有一种独
特的美感。暖的家是两层楼的建筑，中间天井真的是一口大如潭的
水井。远处群山环抱，碧水东流，岸边是大片白色的芦苇。绵绵的
细雨，放鸭子的河流与湿地，还有金黄的稻田，养蚕的竹匾，这些
也都是南方独有的诗意景观。霍建起这个生长在北京的城里人大概
对南方的乡村有着新奇的兴趣，他影片中的景观有着一个北方人对
南方的诗意的欣赏与赞叹。当然多少也会有点隔膜。比如影片中哑
巴在雨中背起放牛的暖，这一场景在《那山那人那狗》中已经出现，
大概影片编导对农村浪漫爱情的想象只能是如此单薄了。再者，农
村的劳动繁重而艰苦，农民对周围的"美景"也大多缺乏感知。电
影中另一个值得称道的景观自然是秋千架了。影片很多场面都是在
徽州建筑群前的秋千场完成的。有一场戏讲井河送给暖一块结婚用
的红纱，暖披在头上，井河推秋千，暖高高地荡起，暖发出愉快的
笑声。红纱从暖的头上缓缓飘落，在空中曼舞。这样的场景似乎在
暗示着什么。在另一场戏里，晨雾笼罩着乡村，井河与暖一起一伏
地荡着秋千。在这种愉快的节奏里井河向暖表白了。这场戏长达三
分钟左右，是影片最美的一段。荡秋千有一种特别的美感，它好像
要超离这个世界，摆脱现实的苦恼，一种自由飞翔般的感觉。整部
影片笼罩在由三宝创作的带有淡淡的忧伤的音乐之中，更凸显唯美、
凄凉的风格特点。

---

① 丁一岚、霍建起：《〈暖〉：寻找记忆中挥之不去的过往》，《电影艺术》2004 年第
1 期。

安顿讲述的故事只是一个剧情梗概，要将其拍成电影还需补充进相当多具体的实景。这是霍建起的长项。影片设计了相当多与故事主题、情调相一致的场景。开篇的童年游戏就很唯美，古旧的大院，20 世纪 70 年代的服装，跳台阶的游戏，一下子就把人带进了历史的时空里。一个骑自行车的英俊少年穿行在一排绿色的大树之间，阳光闪烁，气氛怀旧而温暖。霍建起也有能力将破旧而阴暗的楼道拍得富有诗意，屈然安静而忧伤地坐在楼道里，一点斜阳照在她的身上，使她的影像半明半暗，这一场景就令人印象深刻。二人到一地下旅馆，在幽蓝的冷色调中，他们褪去衣服，这是一场没有激情的性爱，充满了死亡的气息。过后，屈然要吞下大把的安眠药，侯嘉将水杯打落，二人相拥痛哭。在大学生活中，二人同读莎士比亚的《罗密欧与朱丽叶》，影片有一段唯美的镜头：风吹绿叶，落英缤纷，在夜晚斑驳的光影里，出现男女主人公美丽的身影，画外音是他们在读《罗密欧与朱丽叶》中的充满诗意的台词：

> 只有你的名字才是我的仇敌；你即使不姓这个姓，仍然是这样的一个你。是身体上任何其他的部分。啊！换一个姓名吧！姓名本来是没有意义的；我们叫作玫瑰的这一种花，要是换了个名字，它的香味还是同样的芬芳；罗密欧要是换了别的名字，他的可爱的完美也绝不会有丝毫改变。罗密欧，抛弃了你的名字吧；我愿意把我整个的心灵，赔偿你这一个身外的空名。
>
> 敬爱的神明，我痛恨我自己的名字，因为它是你的仇敌；要是把它写在纸上，我一定把这几个字撕成粉碎。

这一段的风格酷似 MTV，导演用这样一种唯美的方式来演绎二

人与莎剧相通的心境。他们以罗与朱的至死不渝的爱情相互激励，却也想避免罗与朱的悲惨结局。"罗密欧与朱丽叶是以死殉情，我们是以彼此的孤独来殉情。"孤独是凄美而有诗意的。"我们不说就是没有改变，我们永远不说就是永远没有改变。"他们要以互相坚守孤独来完成他们的柏拉图式的爱情。他们的情绪主导了周围人，双方的家庭也深受影响。屈然的父亲在临死之前道歉，作为一个父亲，他最大的痛苦是"自己的女儿一天天不再年轻"还没有找到自己的归宿。侯嘉母亲也接受了死者的道歉。这是一个温暖的结局。拍结婚照时，二人一身素白的装扮，面对镜头，屈然却怎么也笑不起来，她的眼里是晶莹的泪珠。此时镜头切换至他们在高中时代玩摩天轮时开怀大笑的情景，那时的他们是那样的年轻、充满朝气与活力。如今岁月蹉跎，他们的这份爱情来得太不容易了。

　　行为艺术认为："这个世界就是人类的一件艺术品。每个人都是艺术家，每一天都可以写进艺术史。我们永远互相配合，彼此生活在对方的艺术过程之中。"既然如此，值得追问的是，"有谁会在今天，走进我的艺术过程？""我是不是又生活在别人的艺术过程之中？"影片的开头，邰林无意中走进了刘云的艺术过程，邰林对案件的侦破又使得刘云进入了他的艺术过程，邰林和刑警们最后不是又闯入了马白驹的艺术过程了吗？话剧的加入是对现实生活的解释说明，同时又产生一种间离效果。这样一种套层结构的使用丰富了影片的内涵，影片好像要超离单纯的爱情主题，超离霍建起电影旧有的格局。对此，霍建起说："我早期的影片都是非常浪漫的、感觉是暖暖的，甚至《赢家》里残疾人的恋爱故事也是这样的。我觉得到了我这个年纪应该要深刻一点比较好，希望有表现冷峻现实、有一定震撼力的作品,这是我主观上的要求。"① 看来这是霍建起的主动追求,他想要自己的影片往深刻里走。影片的风格在浪漫与忧伤之中又有着较为沉郁的底蕴和冷峻凄凉的色彩。电影在布景上大量使用蓝色、灰色等冷色调,以表达这种深沉的忧伤。影片中的码头令人记忆深刻。这是大连一个废弃的码头,据导演讲,如果去看现场不会认为有任何的美感。但影片几次用到这个码头,拍得特别的美。站在码头上视野相当开阔,辽阔的海面,雾气蒙蒙,男女主人公心情忧伤的时候都会到这个凄清的码头来。影片的结尾也拍得极富小资情调。小说的结尾也写到飘云从二十层楼的高处跳下,周围挤满了观众,这些人不过是行为艺术的参与者,飘云在半空中打开了降落伞,众人虚惊一场。电影将场景移到一座大桥上,刘云在邬林赶来向她表白之后仍然选择从桥上跳落。邬林紧随其后纵身跳下。画面切入一段抒情的慢镜头:下雨天,刘云撑着雨伞绕过巴士车头,上了一辆巴士,随手将红色的雨伞掷到地上。这样的画面让人产生一种不祥的预感。画面切回到水面,邬林掉进水里,在水面上挣扎,呼喊刘云。最后我们看到刘云的腿上缚着绳索,在上下晃荡。原来她是在玩蹦极。这又是一场行为艺术的表演,而邬林是其中最为关键的角色,因为邬林的无意中的配合,这场演出达到空前成功的效果。相比小说,这一段的改编在视觉效果上无疑是非常精彩的。

有一种导演,一辈子可能就拍一种类型的电影。将这种类型风格拍到极致,也不失为好的策略。美工出身的霍建起对于唯美、诗意的影像情有独钟,他的电影改编无一例外地都用诗意的影像来阐释原作,即便小说原作并无多少诗意,也采取同样的改编路径。从

---

① 张燕、黄文峰:《与霍建起聊聊〈蓝色爱情〉》,《电影新作》2001 年第 3 期。

已经改编的几部作品来看，霍建起的诗意电影往往同青春爱情的主题，浪漫与忧伤的情绪格调相连。导演想走一条小资情调的路线诉诸年轻的观影群体。如果诗意的影像背后有更丰富的历史人文内涵、思想内涵，如同俄国塔尔科夫斯基的诗电影那样，这样的改编作品无疑更能经得起时间的考验。以此观之，霍建起的《那山那人那狗》《暖》在改编上更成功一些，而其余几部则还有深入下去的空间。当然，如果霍建起想有更大作为的话，他在选择小说文本上还须下功夫，毕竟基础不好改编也不易做好。

第四章

选择与"误读"的偏执——导演个性风格的同化力量

读者理论认为，文本本身不具有自足性，读者的参与、阅读的进行才使得文本产生意义。依萨特的见解，阅读就是有指导的创造。阅读即是在文本的指导下，读者的创造活动。读者总是将自身的认知注入文本的解读过程中，文本的意义因读者的不同而千差万别。所谓"一千个读者就有一千个哈姆雷特"即是此意。然而，在读者与文本的对话、交流中，也不能完全脱离文本一意孤行，否则就有"过度阐释"之嫌。

一般而言，导演往往会将自己的个性注入影片之中，同时，也会注意阐释的"边界"。"忠实于原著"对于很多导演来说仍然具有较强的约束力。因而，导演个性与小说文本之间往往表现为一种折

中、妥协的关系。与之稍有不同，本章所讨论的三位导演在改编实践中，比较顽强地表现出其突出的个性风格。姜文肆无忌惮地"篡改"原作，追求"强烈"的影像风格；张元固执地偏向于改编具有叛逆色彩的小说文本；黄建新则热衷于阐释社会现实的荒诞。

第一节　姜文：表演的张力与风格的强烈

姜文是个低产导演，迄今只拍摄了四部影片：《阳光灿烂的日子》《鬼子来了》《太阳照常升起》《让子弹飞》。有意思的是，这四部影片都是改编自当代小说，它们分别是王朔的《动物凶猛》、尤凤伟的《生存》、叶弥的《天鹅绒》和马识途的《盗官记》。应该说，姜文的电影改编具有相当突出的个性风格。

一　我行我素的改编

姜文导演电影喜欢改编文学作品，四部电影皆是如此。这四部作品从内容上看，风马牛不相及，题材的距离何止十万八千里。乍一看，姜文对文学作品的选择似乎毫无规律可循。但如果换个角度来看，还是可以捕捉到其鲜明的个性特点。

姜文所选择的这几部小说，没有一部是热门的作品，也没有一部是经典之作。叶弥的《天鹅绒》即使拍成了电影也没有几个人知道；马识途的《盗官记》是1983年的小说，1986年已被长春电影制片厂改编成了《响马县长》，二三十年过去了，它还是一部名不见经传的小说;《生存》在尤凤伟的创作中似乎还排不上号;《动物凶猛》也不是最有王朔特点的小说。如果单纯以文学的标准来看,姜文的欣赏水准至少不能说是"慧眼识英雄"。因为,即便是经他之手改编,原小说已经名声大噪,但大部分作品都仍然很难入文学批评界的"法眼"。在这一点上,姜文与很多导演不同。一些成功的大导演往往很擅长挑选那些成熟、深厚的作品,而姜文则坚持不拍最牛的文学作品。我们且来看姜文的夫子自道:

> 这些年来,我总算明白,其实电影是个门槛低的东西,电影不能拍太牛×的作品,只能拍二牛×三牛×的故事。最牛×的故事不适合拍电影,或者也没必要拍电影。《红楼梦》就没必要拍。拍不了,很难。你说博尔赫斯能拍吗,也不要拍。他的文字的组合已经那么奇妙,电影只能给他往下拽。唐诗也没必要拍电影。不是每样东西都能拍电影。我觉得昆丁一言以蔽之,通俗小说是最适合拍电影的,有可能拍出很棒的电影。

> 我的四部电影全是改自小说,但很多人没看过原小说,别说马识途的《盗官记》,就算最早改编王朔的,尤凤伟的,叶弥的,好多人也没看过,等他们把原小说看了,发现完全不一样!说我是"丧心病狂的改编"。其实我也不是故意要改得面目全非,只是你想把它翻译成一个电影,一个视听的东西,那所谓忠实原作就非常值得怀疑,人家不是为电影写的,它在文字上是好东西,但你没法把它变成影像。①

姜文讲得很清楚,他是有意不拍最好的文学作品。个中缘由,

---

① 黄渝寒:《姜文:电影不能拍太牛的文学作品》,《电影》2011 年第 9 期。

依他的解释，好的文学作品毕竟是文字上的东西，既然它在文字上已经很成功了，你就很难再将其翻译成好的影像。在姜文看来，将第一流的文学作品拍成电影简直就是画蛇添足，"电影只能给他往下拽"。姜文的见解其实很简单，文学是文字的艺术，电影是影像的艺术，最好的文学其实很难转换为最好的影像艺术。姜文不愿做这样的吃力不讨好的事情。然而，《红楼梦》固然难以"翻译"成好的电影，文学与电影相得益彰的例子却也并不少见。姜文本人主演的《芙蓉镇》《红高粱》就是其中的典型——好的文学作品是可以拍成好的电影的。姜文的经验其实是有意选择那些名不见经传的作品，然后电影将其"往上拽"。"小"作品的好处在于，导演可以放开手脚进行大胆的篡改，"丧心病狂的改编"也是允许的。作品因其分量轻，导演获得空前的改编自由，即使被改得"面目全非"也没多大关系。姜文的改编正如他所明言的那样，"忠实原作就非常值得怀疑"，他直接颠覆了电影改编领域长期信奉的"教条"——电影要忠实于原作。

《太阳照常升起》改编自叶弥的《天鹅绒》，它将原小说的一个故事扩写成了四个——今天大家津津乐道的电影"疯、恋、枪、梦"的故事，实则小说中只有一个"枪"的故事，勉强可以算半个"疯"的故事。《天鹅绒》其实只是一个极短的小说，故事似乎还未展开就已经结束了。小说的核心部分是讲一个下放知青唐雨林，在乡下"接受再教育"的生活中，他的老婆与生产队的小队长好上了。出于一个男人的尊严感，唐雨林要用枪干掉小队长。但小队长并不知道唐形容其老婆肚皮像"天鹅绒"所指何物。唐决定让小队长认识天鹅绒再死，为此他跑遍了大江南北。在这过程中，这位"侠客"

的心变得"柔软"了，他怀疑自己是否还下得了手。直到有一天，小队长说不用再找了，他已经知道天鹅绒是什么样子的了。答案是就像你老婆的皮肤一样（电影中是小队长拿来一面锦旗，锦旗就是天鹅绒的）。唐雨林迅速端起猎枪射杀了小队长。

《太阳照常升起》是姜文作品中公认的难懂的一部，但也是姜文最钟爱的作品。他称这部电影是上帝送给他的礼物。这里面就有一个问题，既然是导演最看重的作品，为何知音了了？是导演的问题还是观众的问题？不要说普通观众对这部电影敬而远之——从惨淡的票房就可以看出——即便是一些专业的评论文章，大都也贯之"拼贴""迷宫""后现代主义""梦魇"等似懂非懂的评语。看过电影的大都没有看过原著小说，实际上，如果理解了小说，再来看电影就容易多了。虽然成型的电影剧本与原来的小说有着天壤之别，但仔细琢磨还是能看出某些联系的蛛丝马迹。毕竟电影与原著小说的关系是一种刺激与派生的关系。姜文回忆道：

> 叶弥的小说好像一个天外来体，咣，撞进了我的脑袋，把我后来的故事给撞出来了。一个故事照亮了三个故事当然也把自己给照亮了，这四个故事就出来了。①

> 叶弥写的小说叫《天鹅绒》，比较短，不够一个电影，但它本身有非常吸引人和刺激人的灵感。为什么选这么一个短的小说，编剧之一述平聊了一句话，他说我适合拍一个从短篇改的电影，如果从中篇就会变得越来越长，越来越大，那么根据他老人家的建议，同时也由于叶弥小说的刺激，就拍了这么一个

① 姜文：《它是我心中的太阳》，《大众电影》2007 年第 18 期。

东西。但它本身不够一个电影，大家伙就围绕这个东西，从各自的梦里找到另三个故事。也就是说，另三个故事是原创的，是找了三个与原小说相匹配的故事，这其中有联系，也兼具偶然性和必然性。①

这一个故事与其他三个故事的关系姜文用的词是"照亮"，我们不妨说，电影是对原小说的一种信马由缰的阐释。《天鹅绒》这个短篇单从小说的思想内容上来说，它并不是一个好小说——它既缺乏深刻的内涵，也没有精致的结构，语言也很少独特之处——你甚至可以说这是一部莫名其妙的小说！小队长的妈妈莫名其妙地疯了，后来又莫名其妙地死了；她一死唐雨林夫妇就来了，不知道为什么；唐妻怎么会看上小队长？唐雨林这个喜欢打猎的印度尼西亚华侨到底是怎样的一个人？这些统统是不清楚的。《天鹅绒》这部小说充满了这许许多多的"未定点"，留待导演去"填空"。于是，导演为文本所"召唤"，以充沛的激情与丰富的想象来完成对这个作品的阐释。电影并非四个互不相干的"碎片"，而是以小说为基准联结成的一个整体。第一个故事"疯"是小说疯妈故事的发展，电影里补充进了相当多的疯癫镜头，诸如羊上树、鸟说话、树下巨大的鹅卵石、会动的河滩草坪等；最后一个故事"梦"用来解释疯妈疯的原因以及唐妻偷情的缘由：沙漠中骑骆驼行进的两个女人，她们分别走向"尽头"与"非尽头"，怀孕的女人到达的终点是丈夫的死亡，遗物中竟然有三根女人的辫子，表面看来她好像走到了终点，但这只是无尽折磨的开始。另一个女

---

① 左英：《梦是唯一的现实——姜文专访》，《电影世界》2007 年第 17 期。

人是一个有着浪漫情怀的理想主义者，她的恋人在"尽头"处等她，她在日落之前投入了恋人的怀抱——成功地走向了浪漫爱情的"尽头"。这个女人就是唐妻，当浪漫不再时，她选择了背叛：她躺在小队长的怀里仍然念叨着唐说她的肚皮就像天鹅绒，说明她还沉浸在对美好往事的追怀之中。在第四个故事的婚礼一段中也极力渲染了唐雨林的浪漫情调，可毕竟婚姻是爱情的坟墓，骨子里的浪漫会令他在婚后寻找新的刺激，这也就是第二个故事交代的内容。唐喜欢上了林大夫，林大夫在第二个故事中是个"花痴"，也就是一个欲望的符号。唐的偷情也使后来妻子的仿效有了依据。第一个故事疯妈的死与第三个故事的联系在于这样一段文本叙述："这个叫李东方的男人已经越过了死亡的恐惧，专注于某一样事物的研究。这种特性与他的母亲是一样的，坚韧和脆弱相隔着一条细线，自我的捍卫和自我的崩溃同时进行着。"电影中的这四个故事相对独立，但还是有紧密的内在联系的，其联系的纽结点就是小说文本。这个道理其实很简单，电影是从原小说派生出来的。

《鬼子来了》抛弃了原小说的思想内核：小说致力于讲一个抗日战争年代人的生存困境问题，村里人实在活不下去了，于是决定铤而走险。他们当然知道日本人的可怕，但还是跟着日本人去拉粮食，最后还没到目的地就全被打死了。导演看中了小说有趣味的故事情节，"麻袋"（鬼子）进村，引发了一系列的戏剧性反应，充满了喜剧色彩。故事氛围已经变得面目全非了。小说是沉重的、压抑的，经过改编，电影讲述了一个完全另类的，带有黑色幽默性质的抗日故事。小说按照生存的现实逻辑在走，电影则

是按照故事的戏剧性在走。最明显的改编之处在于，电影改变了小说的结局：村民在被俘鬼子的带领下来到了鬼子的驻地，鬼子头目按照契约给了村民粮食，然后又假借庆祝的名义将村里人全部杀死。马大三为了复仇，混进日本俘虏营，砍杀日本战俘，最后为国军所杀。这一改编内容超过整部电影三分之一时长。从小说到电影整体立意的巨大转换，招致广电总局的强烈不满："影片一方面不仅没有表现出在抗日战争大背景下，中国百姓对侵略者的仇恨和反抗（唯一一个敢于痛骂和反抗日军的还是个招村民讨嫌的疯子），反而突出展示和集中夸大了其愚昧、麻木、奴性的一面，另一方面，不仅没有充分暴露日本军国主义的侵略本质，反而突出渲染了日本侵略者耀武扬威的猖獗气势，由此导致影片的基本立意出现严重偏差。"审查结果是影片禁映，主要原因即在于此。而小说的原作者，也是电影编剧之一的尤凤伟，也因不满于作品的被篡改，将影片的制作方告上了法院。

《让子弹飞》的编剧危笑这样回忆这部电影的改编过程：

> 参加剧本讨论的时候，会议室里最多时坐了二十多个编剧同行，故事的脉络写在黑板上，整整写了 5 块大黑板。几乎是每一个黄四郎和张牧之的争斗回合都概括成 8 个字，每一分钟 8 个字。我们写了大概有 120 行。120 多张纸条，全部贴在黑板上，纸条背则是剧情的详细展开，随时可以摘下来补充。他说姜文的编剧习惯就是：大范围讨论，听各路英雄发言，然后什么好东西都想要。

> 姜文写剧本有个外号叫"刷漆"，他说一个剧本，永远不要想一步写好。不停地在胚胎上一层一层地刷，恨不得每天开机

之前还在刷漆。①

姜文严谨认真的工作态度、精益求精的作风由此可见一斑。他的电影与原小说之所以有那么大的距离也与他的这种工作方式有很大关系。姜文相当重视剧本的创作，他集中那么多的编剧进行手工作坊式的加工，集思广益，这是真正的再创作。一遍一遍地"刷漆"，原小说不面目全非才怪呢！对比两个文本，我们简直不能谈电影改变了些什么，只能谈小说还留下些什么：故事只剩下买官当县长，与土豪黄四郎斗法这么个骨架，其他的全都被肆无忌惮地篡改了。

姜文改编小说有一个特点，他并不反复研究小说，据他本人讲，小说他只读一遍。这个习惯从改编《动物凶猛》就已经开始了。

> 其实我当时读着《动物凶猛》的时候，我读出来就是《阳光灿烂》这么一电影，我没改，（笑）我觉得我从精神上最忠实原著，我就读一遍，放那儿了，然后我开始写剧本。把我读这个小说的印象，和我对拍电影的愿望很自然写成这么个东西，这是有点不一样，但确实给读成这样了。②

这就是姜文的"忠实观"。对比姜文所尊敬的两位导演谢晋和谢飞，他们在改编作品时会反复阅读原作，深入理解和把握原作的精神，为了准确理解作品，往往还会把作者的其他作品找来研究。姜文的做法则是"只读一遍"，这不可能（也许在姜文看来也没必要）深入挖掘作品的思想内涵。他很尊重自己的感受，第一遍读到的感

---

① 蒯乐昊：《姜文：站着，并且把钱挣了》，《南方人物周刊》2010年第43期。
② 蒯乐昊：《姜文：我永远是个业余导演》，《南方人物周刊》2010年第43期。

受最重要。然后就是自我的表达了。姜文的改编一定会强烈打上自己的个性烙印，他的电影是真正意义上的再创作。

二 让表演"有劲"

姜文在做导演之前是个优秀的职业演员。1984 年姜文毕业于中央戏剧学院表演系，1987 年因出演谢晋《芙蓉镇》一片主角秦书田这个角色而获大众电影百花奖最佳男演员奖；在他执导第一部影片之前，已经成功演绎了余占鳌（张艺谋《红高粱》）、李慧泉（谢飞《本命年》）等多个不同角色。同姜文合作过的导演大多认为他是个聪明的演员，在表演上有自己独到的想法。有一篇姜文的访谈，题目很有意思，叫作《不是编剧的演员不是好导演》，读起来挺拗口，但仔细想用在姜文身上却也挺合适。一个富有经验的职业演员在充当导演角色改编剧本的过程中（姜文是自己导演的每部电影的编剧），他一定会想到怎样从文字的东西转变为演员的表演。我们甚至可以说，在改编的过程中，他考虑最多的就是怎么演的问题。姜文认为，好的编剧就是好的演员——不懂表演能写剧本吗？——他还真让编剧危笑在电影《让子弹飞》中出演了老七这个比较重要的角色。谙熟表演艺术的姜文，在改编过程中给予演员的表演以充分的施展空间。在电影《阳光灿烂的日子》中马小军有句台词，米兰被强暴后问马小军："你觉得这样有劲吗？"马小军答："有劲！"（小说原文是"你活该！"）这句十足姜文表演风格（看到这里就会让人想到姜文憋足了劲直着脖子吼叫的样子）的台词，正可以用来形容他的电影表演对改编剧本的要求。

姜文曾经谈到对王朔《动物凶猛》改编中的一个细节：

最早我改《阳光灿烂的日子》，王朔有段描写特好，男孩进了米兰家，感受到米兰的照片和模样充满了整个世界，这你没法儿表现啊！我就设计了个望远镜，望远镜一拉，米兰充满视野。怎么把思维变成行为，是从小说改编成剧本的重要环节。电影说到底是行动。①

关于这一段，小说的原文写道："那个黄昏，我已然丧失了对外部世界的正常反应，视野有多大，她的形象便有多大；想象力有多丰富，她的神情就有多少种暗示。"无疑，这样的心理活动是没有办法表演的，为了将其落实到"行动"，姜文加了一个道具——望远镜。马小军先用这副望远镜窥视了学校老师撒尿的情景——为影片增添了一点庸俗的喜剧意味，然后才是马小军在快速旋转的"行动"中意外发现了这幅泳装彩色照片。"望远镜一拉，米兰充满视野。"再加上其后马小军将中、柬两国国旗插在米兰照片上，镜头下拉，看到马小军俯身米兰的床上吮吸米兰残留的气息，随后他拾起床上的一根头发，拿到阳光下细细地观摩等郑重又虔诚的表演来表达小说文字的信息。

在强暴米兰这场戏中，小说只是写了马小军"上了楼"，姜文则把上楼的过程细化。先是马小军骑车停在楼外，特写镜头，马小军满脸的汗水；既而上楼，他是快速地往上冲，在楼梯转角处，因力量太猛而摔倒；索性脱了鞋子，光脚往上冲，脚板踏在楼板上"咚咚"直响。这一段表演，既是后面暴力行动必要的铺垫，特别是力量、情绪上的铺垫，又是人物心态的呈现。在马小军看

---

① 黄渝寒：《姜文：电影不能拍太牛的文学作品》，《电影》2011 年第 9 期。

来，他的行动不是一般我们理解的偷偷摸摸、鬼鬼祟祟，而是理直气壮的。小说中的文字可以很简略，但电影"说到底是行动"，它要落实到演员的表演上。姜文为"上了楼"这个动作设计的表演就相当"带劲"。

在另一场戏中，马小军同几个兄弟在外"拍婆子"被警察逮住。马小军哭泣求饶，才被放了出来。小说中写道：

> 那天晚上，我没有出门，像个女孩子天黑就上床睡觉了，对父母十分驯服。既然我已经在一种势力下面低了头，我宁愿就此尊重所有势力的权威，对一个已然丧失了气节的人来说，更坏更为人所不齿的就是势利眼。

依小说的写法，马小军很快就认输了。对此，姜文有一段精彩的改写。他设计演员待在自己家里，对着一面小镜子表演：

> 你把我那根儿腰带拿过来。我那根儿！找去！啪！你不是牛么，你不是横么，你现在怎么尿了？你还甭跪着求我，甭流眼泪，我还就不吃那套。我哭怎么了？我那是迷惑你们的，孙子！我拍婆子，你管得着么你，我又没拍你妈。我还明告诉你了，我明儿还去那儿拍，我就一个人去。你要是不去逮我，你是我孙子！我镇东单镇西单，我还镇你们炮局呢！行行行，擦鼻子滚蛋！滚不滚？你不愿意滚就在这儿多待两天！

警察的教训让马小军很失体面，轻蔑的话语、蛮横的态度，特别是最后提溜着裤子慌忙逃窜的感觉，让这个正处于骄傲的青春期的少年内心难以接受。姜文的改编其实相当细腻。在这一段表演中，马小军的心理被细致地刻画了出来。透过镜子，我们看到了一个非真实的幻象，这个幻象在表演，他是马小军想要的幻觉。马小军分裂为两个，幻象中的他神气活现，实现了对警察的复仇。马小军用这种方式缓解了此前所受到的屈辱；更重要的是，他试图在内心深处彻底扭转先前那个懦弱、卑微的也是真实的自我形象："我哭怎么了？我那是迷惑你们的，孙子！"他甚至将自己的形象同警察来了个置换，跪地求饶的反倒是警察，于是，他获得了一种"精神胜利"。然而，演到最后马小军还是烦闷地啧了一下嘴，然后仰面躺倒在床上。他知道这不过是过过嘴瘾。这一段表演一气呵成，很能刻画人物复杂的心理，对演员表演的要求是比较高的。

《鬼子来了》是姜文编剧、导演同时又担任主演的一部电影，姜文在这部电影中至少可以说过了一把戏瘾。当然，这部电影的编导也为他的表演预留了充分的施展空间。在小说故事的开头，赵武（电影中改为马大三）接受了共产党的抗日队伍安排的任务，看管两名俘虏。按照小说的写法，这样的戏演起来是没有多大意思的。影片将这场戏设计为：冬日夜晚，一对男女在油灯下做爱，激战正酣时，屋外传来敲门声。"大三紧张的脸对画外：谁呀？一个男人的声音：我！大三：谁？来人：我！大三顾不上多想，翻身下炕。""大三撩帘从里屋出来开门，问：谁呀？门外的人：我！门刚一打开，大三手中的油灯被来人'扑'地吹灭，一只乌黑的手枪顶在大三的脑门上，随着噔噔的脚步声，来人把他逼到墙角。"影片以这样的开头，既清楚地交代了马大三同鱼儿的关系，又使得故事的开场富有刺激性的趣味。事情突如其来，令马大三措手不及。他被人用枪指

着脑袋，自然是极度地紧张、惊恐。可就在这样的处境中，他仍然可以做出"寻思事"（来人问："黑更半夜点灯干啥？"）的巧妙回答，也试图委婉地推却任务："那啥……这村头就有个炮楼子，怕不中吧？"当马大三发现来人留下的是两个活人时，他要冲出门找来人去。这时，刺刀从窗户纸捅进来，画外音喊马大三。马大三当即跪下答应一声。来人要求顺带审问俘虏，并称年三十要来取人。马大三问到时是谁来取人，来人答："我！"这是来人第四次回答"我"，"我"听起来好似是个不问自明的熟人，但自始至终都不知这个"我"是什么身份。"我"的态度嚣张蛮横，在俘虏这件事上又极不负责任，他同马大三之间不是一种合作的关系，而是命令，是甩包袱。这样就给了姜文的表演一种戏剧性的张力，马大三的受胁迫、惊恐、狡黠、屈从等动作与心理都要通过姜文的表演来实现。这样的表演对于实力派演员来说是很"带劲"的，情节设置也明显比小说更富趣味性。

小说《生存》也写到赵武不敢杀人，但对此挖掘还不够深。电影则集中安排马大三遭众人围攻的一场戏。事情的起因是小碌碡上了翻译官的当，学说日本话"日本人在长城里"。众人一起声讨马大三，怪他没有按承诺杀了日本人。马先是顽强辩解，但终归寡不敌众，并且自己确有责任，所以，当鱼儿为其分辩说"我们没杀人！我们不杀人！我们杀不了人！"时，马再也支撑不住了，委地痛哭："杀不了人，我害怕，我下不了手。"众人还不罢休，八婶子等四个人把脑袋放到桌子上，等马大三来宰。大三一急，窜上前拿起斧子，（画外）：别逼我了！大三拿斧子捶着桌子：再逼我，我啥都干得出来！他猛然把斧子扔到地上。众人：干呀！你！干呀！（痛哭）我干？我干？我就——跑喽！这一段戏动作性非常强，马大三从强辩到示弱（跪地痛哭），再到被众人逼到了绝路，斧子都操了起来，这口气已经完全提起来了。但看他最后的表演，第一句"我干"稍显坚定，第二句"我干"就明显是怀疑的口气了（意思是"你们让我干？"），第三句"我就"将停顿延长，大家都等着下文呢，然后再说出"跑喽！"此时我们看到的马大三满脸的委屈，泪流满面。这一段表演将马大三的本性揭露出来，他不是个英雄，只是个有缺点的甚至有点懦弱的普通老百姓。这一段的改编充分考虑到了表演的弹性空间，最终收到比较好的艺术效果。关于表演的重要性，姜文曾经谈道：

> 我举一个最简单的例子，你找一个经典的相声段子，随便让人去念，大家会说这有什么意思啊？但马三立一说，这就有意思了，表演就是这样。包括《让子弹飞》也有这样的效果。我作为编剧之一，有些台词确实写得好，但如果不那样表演出来的话，这些词就会被淹掉。比如那段戏，说："大哥，我从来不仗势欺人，我喜欢被动！"这句台词写得非常好，但是作为演员你心里去掂量掂量，没演好的话，这句台词就啥都不是。我们剧本里用的很多词都是常见的，仗势欺人是最常见的词了，不能过，还不能瘪，表演在字里行间的功夫超过用字上的功夫！①

演员出身的姜文自然知道表演的重要性，他在改编剧本的时候

---

① 吴冠平、姜文：《不是编剧的演员不是好导演——姜文访谈》，《电影艺术》2011年第 2 期。

就相当注意怎样演的问题。表演的水平同演员的素养、经验有很大的关系，但剧本的好坏直接影响到表演的可能性以及表演空间的大小。小说中同样写了日本俘虏想以激怒马大三的方式寻求速死，于是让翻译官教他骂人的汉语，结果不想死的翻译官教的内容是"我有罪""我投降""饶命啊""别杀我""我是你们的儿，是你们的孙"等求饶的话。影片中将这些话改为一句："大哥大嫂过年好，你是我的爷，我是你的儿！"同一句台词，花屋一共说了四遍，每一遍的口气、表情都不相同。第一次，马大三进屋，花屋恶狠狠地，也是信心满满地喊出这一句；第二次语速变缓，表情中带有侮辱、轻蔑的神气；花屋见马大三并没有发怒，又吼出一句，这一次是真的愤怒了；最后一次他已经没有多少信心了，刚喊出一半就被马大三叫停了。用愤怒、轻蔑、侮辱的神情、口气说出问好、讨饶的话，这中间的戏剧性、喜剧性是何等的强烈。但这种喜剧性的效果依赖于日本演员高超的表演水平。姜文在改编这一段的时候如果没有充分考虑到表演的环节，它的效果肯定是很难出来的。

《太阳照常升起》对《天鹅绒》的改编大多都是另起炉灶，即便是小说中原有的情节也十分细化了。小说中有一个重要情节，唐老师发现了妻子同小队长的奸情，要杀了小队长，而小队长称没有见过唐妻提到的天鹅绒。于是唐老师暂时不杀小队长，天鹅绒成了关键的理由。随着时间的推移，唐已渐渐不想杀小队长了——杀人是需要一个激情的刺激点的，眼看这个点慢慢过去。一天，小队长忽然对唐说你不用再去找了，我已经知道天鹅绒是什么样子了，就跟你老婆的皮肤一样。这时，唐终于找到了杀人的机会，以迅雷不及掩耳之势一枪打死了小队长。电影这样安排这场戏：在一个薄雾迷蒙的清晨，唐老师和小队长两人在水塘中间的小坝上相遇，唐的脚步沉重而缓慢。快要相遇时，唐分别从身后两侧拿出野鸡，说："这个给队上，还有这个。"（此前也有过同样的"交公"画面，唐和小队长皆表情轻松，唐还模仿部队的语言："报告队长，一切缴获要归公。"）小队长说："我把你工分给记上，"（唐无言走过小队长）"这次多记两分。我也去外地了。"（唐停住脚步，而后继续走）"你没找到我找到了。"（用力抖动一面锦旗）"你看是这个吗?"（唐停下，转过身，小队长在锦旗后露出单纯的笑脸）（唐又迈步走，眼看就要离开小坝）"可是你老婆肚子根本不像天鹅绒"（小队长一脸困惑的表情），紧接着，巨大而清脆的枪声响起，银幕一片红光。这场戏通过唐的几次停步又继续向前的表演来表现他并不想杀小队长，又通过小队长面部表情的变化来表现他的单纯、透明和毫无心机。小队长并不知道他表达困惑的那句话正是刺激唐动手的那个点，于是，危机一触即发。这样，电影更多地通过演员的表演来细腻地完成了小说中的重要情节。

在马识途的小说《盗官记》中，张牧之、师爷与黄老爷的较量一直处于幕后，是暗中使劲。作为一部商业电影，要让观众看得更有味道，电影设计了几场正面冲突的戏。其中的"鸿门宴"一场正是三位主演在表演上较劲最为精彩的一场。这一场戏长达 12 分钟，是影片中极为重要的一场。寒暄毕，黄老爷首先申明请县长的用意，即为六爷讨回公道。表示如果是他指使则当众剖腹自杀，如果不是则要还他清白。这表明他十分清楚县长的来意，同时也给县长来个下马威。县长直言买官就是为了挣钱，他想挣有钱人的钱，也就是

黄老爷的钱。其用意在于坦诚相告，变被动为主动。接着，黄老爷说到县里有两大家族，把人卖到美国，挣的是 dollar。师爷插话："还说刀的事"，黄解释 dollar 是美国人用的钱。师爷自言自语："dollar，到了，黄老爷一来，钱就到了。"三人大笑。县长和黄老爷暗自较劲，两个人都很强势。师爷夹在中间装糊涂，身段柔软，插科打诨，才能将谈话进行下去。当然，师爷并不像小说中那样与县长站在同一战壕中，他也打着自己的小算盘，所以他只谈钱，不谈打杀。黄四郎话题一转，讲到挣钱有个好去处：

> 县长：哦，请讲。
>
> 黄老爷：张——麻子。（眼睛狠狠地盯着县长的脸）
>
> 县长面不改色，与黄互相对视。师爷似乎略有所悟。
>
> 县长：张麻子？
>
> 黄老爷：对！张麻子。
>
> 县长：那么这个张麻子，到底是跟我们有关系呢，还是跟钱有关系？
>
> 黄老爷：都有关系！
>
> 县长：莫非他在鹅城？
>
> 黄老爷：在（肯定地）——也不在。

黄老爷已经怀疑县长就是张麻子，他突然提到张麻子来试探县长的反应。而县长也将计就计，反来试探黄老爷是否真的知道自己的身份。这一段虚虚实实，明枪暗箭，通过几位演员的表演表现出来，的确是很精彩的改编。类似这样的有表演张力的戏在《让子弹飞》中固然很多，电影中也有不少只为博取观众一笑的改编段落。

在这些段落里，改编剧本预设了表演时出现的喜剧效果。比如同样在"鸿门宴"这场戏里，黄老爷命一姑娘送来钻石，刚刚结束一段惊险的英雄救美戏后，三人同时喊出姑娘的名字："黛玉晴雯子!"然后哈哈大笑。紧接着，黄老爷举杯高声道："师爷，高! 县长，硬!"县长与师爷齐声喊："黄老爷又高又硬!"假县长与县长夫人在床上的那场戏也是精心设计的：

县长：夫人，兄弟我此番，只为劫账，不为劫色。同床，但不入身。有枪在此。（右手执手枪）若是兄弟我有冒犯夫人的举动，（镜头摇向县长的左手，正摸着夫人的右乳）你可以随时干掉我（右手递枪于左手，将枪放于夫人枕下，同时右手放于夫人乳上）。若是夫人有任何要求（左手又恢复刚才的位置），兄弟我也绝不推辞。

这样的为商业利益而设计的表演，从演员的角度说固然也有趣味，但这终究不过是哗众取宠的低俗噱头，是艺术上的败笔。

三 阳刚、强烈的改编风格

姜文的改编个性十足。他可能只是看到原小说中令他激动的某个创意，然后由着自己的性子进行信马由缰的再创作。这样，改编出来的电影深深地打上姜文的烙印，完全是姜文风格的作品。如果要问姜文风格到底是一种怎样的风格，最突出的应该是"阳刚、强烈"这四个字。无论是温情的成长记忆（《动物凶猛》），还是深沉的苦难叙事（《生存》），无论是知青叙事中的畸恋（《天鹅绒》），还是民国往事里的"盗官"（官即是盗，盗即是官，《盗官记》），在姜文的电影里通通都改造成强烈的、阳刚

气十足的风格。

　　这种阳刚、强烈的改编风格在上文所述的姜文相当重视的表演设计上已有突出表现。这里再举一例略作说明。在小说《生存》中，关于审鬼子的情节作者已有叙述，其中也有翻译官偷生有意错译想死的鬼子的话，这样造成的幽默风味是小说中原就有的。我们看电影中的这一段戏：

　　　　花屋：（画外）杀了我吧，我不怕死！

　　　　众人又回到炕上。

　　　　董汉臣：只有一支小队，五挺机枪。

　　　　五舅姥爷飞快地在记，大三让大家仔细听。

　　　　花屋：大日本皇军，可杀不可辱！

　　　　五舅姥爷飞快地在记。

　　　　董汉臣：九台电话，两个话匣子。

　　　　花屋：我绝不投降！绝不背叛祖国！

　　　　五舅姥爷运笔如飞。

　　　　董汉臣：粮库一个，弹药库一个。

　　　　花屋：皇军必胜！天皇陛下万岁！

　　　　董汉臣：还有十四匹洋马！

　　　　花屋：快开枪吧！

　　　　一支毛笔在纸上"唰唰"地写着。

　　　　董汉臣：交代完毕！

　　　　花屋每说一句，董汉臣就跟着错翻一句。说完两人都喘着气，喘气的节奏都是一样的。

这一段从误解开始，翻译官和鬼子都以为大限已到，铆足了劲做最后的表述。当然，鬼子是为了表现自己的英勇，而翻译官则想抓住最后的立功赎罪机会。审判就在这样的情形下获得了意想不到的可喜收获。镜头在翻译官、鬼子、五舅姥爷等人之间快速切换，在限定的时间内，演员的表演动作性极强，演到最后，"两人都喘着气，喘气的节奏都是一样的"。与小说相比，这一段最大的不同就是它的快速、强烈，而小说则是有一句没一句地审，显得松松垮垮的。

　　姜文电影强烈的风格与电影的节奏有关，而电影的节奏很大程度上又依靠演员的表演。在这方面，姜文好像一个急性子，他总是在催逼着他的演员加快叙事的节奏。《太阳照常升起》中的小队长其行走的动作特征就是一个快字。在小说中我们不知道他是怎么走的，因为小说没有交代。电影让他快起来，因为他有一个疯妈，这个疯妈经常做出奇怪的危险事情。在小说《盗官记》中，马识途用了很大的篇幅讲述花钱买官、做官赚钱这回事，电影则只用了大概一分半钟。在片头字幕出过后，就听到拧闹钟的声音，马邦德要在闹钟走过一圈的时间内交代完毕。他只能快速回答所有问题，让土匪头子满意才能保住性命。于是，买官的花费、能挣到的银子、所需的时间、上任的地点、马邦德的身份、挣钱的秘诀等信息都在短短的一分半钟里交代清楚了。

　　快速的节奏有时也来自影片的巧妙剪辑。《鬼子来了》中马大三得到皇军的承诺，要给六车粮食，他一边告诉同伴这个消息一边抽同伴耳光，同伴兴奋不已，说："要是这么的，你再抽我两耳刮子！"这是农民表示高兴的方式，很有意思。马大三真的用力抽

了，观众听到一声清脆的响声，画面已经切换到马大三赶着马车运粮食了。《阳光灿烂的日子》中，马小军（童年）同几个伙伴一起往空中抛书包，马小军扔的书包在空中迟迟不见落下，等它落下时，少年马小军接过扔出来的书包，画面的内容已是几年后了。同样，《太阳照常升起》的第一个故事结束时，疯妈的衣服漂流在河中，众人围观。音乐渐起，"美丽的梭罗河，我为你歌唱"，紧接着第二个故事开始了，主人公弹奏吉他，唱的正是这首"美丽的梭罗河"。

强烈往往同暴力联系在一起。姜文这个部队大院长大的孩子似乎对暴力特别推崇。在《鬼子来了》里，马大三请前清的刽子手来砍鬼子的头，没有成功。后来鬼子兑现诺言给村里送来粮食，但又屠杀了全村人，像这样直观地展现大规模杀人场景是小说中所没有的。马大三这个懦弱的善良村民拿起斧子冲进日本战俘营，砍杀日本人复仇没有成功。影片的最后，他的头被国民党下令砍去，执刑的居然是此前要杀的日本人花屋。影片完整而细致地"记录"了这一过程：花屋举刀在马大三脖颈处比试再比试，寻找最佳下刀位置；报告长官已经准备完毕，长官下令行刑；花屋举刀高过头顶，这时，一只蚂蚁在马大三的脖颈处爬行；花屋用手弹走这只蚂蚁，继续举刀；马大三回头瞪视花屋，满脸鲜血；花屋挥刀用力砍下，马大三的头颅落地。然后是马大三的主观镜头：景物旋转，仰视镜头看到花屋完成插刀入鞘的动作，马大三眨了眨眼睛，画面变红了一瞬间，接下来是马大三血淋淋头颅的近景，至死他的嘴里仍然被布塞着。最后画面一片血红。这段戏富有隐喻意义，画面风格强烈，令人震撼。

小说《动物凶猛》中写到这些不念书的孩子参与打架，是一种文字性的概述。姜文特别将其改编为"胡同斗殴"的一场戏，并且还在此基础上增加卢沟桥下打群架一场。在雄壮的国际歌的乐曲声中（多么具有讽刺意义，但对这群少年来说大概又是合适的，他们认为自己要做的是正义的、慷慨激昂的事情），高晋、高洋、马小军等人骑着自行车来到某一胡同，碰到了要找的一群人。用全景拍高晋一伙扔砖块砸这群人，砸得他们四处逃窜；近景，一少年慌不择路，撞到一根电线杆上；近景，马小军拿着一砖块左看看右看看，不知（不敢）砸向谁；中景，高洋以自行车撂倒一少年，一赤身少年（也是肇事者）慌乱中企图跳墙逃走，被人用书包打下；近景，马小军仍然左顾右盼，慌里慌张，几乎是重复先前的画面；赤身人摔倒在地，与人展开搏斗；高晋骑车冲上，用书包（其中有石块）猛砸一人头，动作干净利落；全景，赤身人被众人包围，他抱拳作揖，声称不是自己干的；近景，刺眼的灯光下，高晋咬紧牙关，目光坚毅，汗水流淌在脸上、胸口反射出光亮，喊一声"躲开"，骑车加速向赤身人冲去，用自行车将其顶在一扇门上；近景，马小军上前，以砖块猛砸赤身人的头，鲜血立时从头顶流到面上；马小军用自行车长锁朝赤身人狠狠地抽去，赤身人满身鲜血委顿在地；马小军仍然不停地抽打，既而用脚狠狠地跺赤身人；这一段暴力镜头拍得很有层次。打架者中高晋的画面并不多，但他明显是其中的首领。他神态镇定，出手狠毒，充满阳刚气息。马小军虽然打得最狠，但他在群体中的地位却很低。画面中重复出现他的犹豫不决，他的目光时常不经意地瞟向高晋，在结束打斗快速逃离现场时唯独他跑步前进，这些刻

意的动作安排一再表明他只是个小角色。他之所以出手比所有人都狠是因为他要向这个群体夸张地证明自己。

《让子弹飞》中的暴力镜头就更多了。客观地讲，《盗官记》中也有暴力，比如黄老爷最后就被张牧之一刀劈成了两半，但它并不渲染暴力，暴力只是必不可少的交代，而文戏居多。电影中则充斥着各种形式的暴力。电影开头即是土匪劫道子弹乱飞，打死了县长的一帮护卫；黄老爷的人乱枪射死了县长夫人；粉店老板躲县衙巨鼓碰到武举人，武举人殴打致其吐血，"鸿门宴"上武举人又将其打死，鲜血淋漓；县长手下与黄老爷的人在县衙前火并；县长出城剿匪遇到埋伏，双方惨烈厮杀，师爷被炸弹炸飞，屁股挂到了树上；县长带手下将黄老爷府上的铁门打出无数个洞眼；县长领人抬着黄老爷的替身示众，然后将其头颅砍下，鲜血将县长的白衬衣染红；黄老爷引爆炸弹自杀，一幢楼都炸飞了。银幕上充斥着这些暴力血腥的镜头，其用意主要是迎合观众嗜血的口味，是要"站着把钱给挣了"。姜文讲，《太阳照常升起》是上帝送给他的礼物，而《让子弹飞》是他送给观众的礼物。在花费五千万拍了一部赔钱电影《太阳照常升起》后，他的目标是很清晰的。这是一种挣钱的改编逻辑，而非艺术的逻辑。《让子弹飞》里有一场令人印象深刻的戏，黄老爷设计审老六，为了证明自己的清白，老六当众剖腹。这一场极具暴力色彩的戏对观众的视觉冲击非常强烈。关于这场戏，姜文说：

> 不是暴力，那叫强烈。（笑）不出血他也强烈，《阳光》没怎么出血，《鬼子来了》只开了三枪一样强烈。我是学戏剧的，剧本的底子、戏剧的构成，对我来说是拿手的，也是我迷恋的

东西。我不是学摄影的，不是学录音的，我是学戏剧的，戏剧是电影本体里最大的一块，其他都可以叫技术。从技术方面改行当导演的，在最结实的地方最容易出问题——外装修不错，但里头容易着火。①

　　这段话并非完全自我吹嘘，姜文学戏剧出身，他自然懂得利用故事本身的戏剧性张力来达到强烈的欣赏效果。这是他的强项，而且在他的电影中的确也做到了这一点。关于此点上文我们已做分析。但这里要说的是，即便如此，姜文仍然迷恋暴力。暴力是阳刚、强烈的极端形式。换句话说，执着于阳刚、强烈的影像风格就一定会走向暴力，更何况还有市场经济环境下观众口味的考量。

　　阳刚、强烈的影像风格与英雄主义、激情、豪放这些语词是近亲。姜文影片强烈的个人风格与硬朗、大气、豪放相联系。他喜欢在他的影片里摆弄刀剑、枪械（即使是最具文艺腔的《太阳照常升起》都有一支猎枪常伴唐叔左右），他还喜欢电影中出现火车、军舰这样的钢铁铸造的大家伙。《让子弹飞》开头创造性地以数匹大白马拉着火车在铁轨上奔驰，而车厢内架设着一个巨型的火锅；接下来，土匪头子开枪射击火车，众土匪在激昂的乐曲声中从山上骑马疾驰而下，车上的护卫朝土匪开枪；土匪在铁轨上做了手脚令车厢腾空而起，火锅断裂，车中人物被掀翻在地，飞行过程中火锅烟囱依然冒着鲜艳的火光；最终，火车在空中翻滚过后坠落水中。在结尾处，姜文又让那列怪异的火车向我们驰来，

---

①　蒯乐昊：《姜文：我永远是个业余导演》，《南方人物周刊》2010年第43期。

白马踏出的尘土四处飞扬，正如同年轻人奔向现代化（上海）的美好未来。《太阳照常升起》结尾部分，为一对新人举行的庆祝晚会，篝火、锣鼓、烤羊、歌唱、欢呼、拥抱、举杯、喝酒、热吻、打闹、跳舞狂欢的热烈场面，一列蒸汽火车冒着滚滚浓烟划破夜空疾驶而来，巨大的汽笛声响彻山谷。火车靠近狂欢的人群，它排出的白色水汽瞬间浇灭了几处篝火，又将火苗吹到扎帐篷的绳索上。火车的轰鸣更激发了众人狂欢的热情，大家对着火车更加放纵地歌舞。火苗渐渐烧断绳索，帐篷随着火车快速行驶带来的大风飘舞在半空中。火光照亮了货车厢内的怀孕姑娘（后来的疯妈），她看到她的影子在车厢里快速晃动，她迎着火光转过头去，强光刺得她睁不开眼睛，帐篷继续在空中飞舞，飞过车厢。突然，姑娘发现她肚子里的孩子不见了。她惊恐地瞪大了眼睛，透过火车厕所的排泄孔，她看到车轮在铁轨上快速滚动，溅起点点火星。远景镜头，在太阳将出的红霞里，火车这一长长的冒着白烟的黑色家伙"轰隆""轰隆"地停住了。姑娘跳下车，快速奔跑，在开满鲜花的铁轨间找到了她的婴儿。姑娘站在火车顶上，朝着远方太阳升起的地方大喊："阿辽沙，别害怕，火车在上面停下了。他一笑天就亮了。"镜头转向太阳，红红的太阳缓慢地升起，从地平线喷薄而出。《阳光灿烂的日子》的第一个画面就是仰拍的巨型的毛主席雕像。在"革命风雷激荡"的雄壮革命歌曲声中，通过移动摄像机给人造成一种毛主席正向我们挥手的印象。接着是为军队创造的画面，满载着军人的绿色大卡车疾驰而过，沿途数辆坦克驶过，军用直升机发出巨大的噪音，宽大的螺旋桨转动引起的强大气流吹得地面上的草抬不起头来。一辆军车直接开进绿色的大型运输机里，运输机螺旋桨飞快旋转的特写，军人迈着整齐的步伐登上运输机。飞机在跑道上滑行，然后是腾空而起，排出浓浓的烟雾。姜文说，他的"每个电影里都有火车，除了《鬼子来了》是没法儿有，我就弄了个军舰在那儿。我特喜欢一个特别大的、钢铁锻造的东西在那儿呼呼乱走"。姜文为何对这些钢铁铸就的大家伙情有独钟，他进一步解释道："我小时候我父亲老不跟我在一块儿，部队一年回来一次，去送他、接他，有很深的印象：（坦克或者火车）特别重的东西，过的时候别的声音都听不见，地板站台上乱抖，哗，倒腾，过了又走了。它是特别自在的东西……"①

别忘了姜文是部队大院的孩子，他身上流淌着军人的血液。这样的出身背景，这样的童年生活环境，使他从小就迷恋军人的阳刚气质，向往部队的斗争生活。姜文在1992年的夏天改编《动物凶猛》时，"他的思维异常活跃，他的灵感好像泉水般喷出。就像有人在给他念稿子，他只需要听写一样。他只觉得自己的笔跟不上自己的思维"②。"王朔小说中的东西与我的背景比较接近。他的小说使我情不自禁地想到我个人的生活，所以我在改编剧本时，也把我自己的东西放了进去。"③ 姜文的父亲参加过抗美援朝战争，"曾无师自通地拆解过无数美国地雷引信"，回国后又经常在外地驻扎。《阳光灿烂的日子》开头出现的送行场面大概是姜文童年生活的深刻记忆。这段送行的画面同时配以这样的人物独白："我最大的幻想便是中苏开战。因为我坚信，在新的一场世界大战中，我军的铁拳一定能将苏美两国的战争机器砸得粉碎。一名举世瞩目的战

---

① 蒯乐昊：《姜文：我永远是个业余导演》，《南方人物周刊》2010年第43期。
② 李尔葳：《汉子姜文》，春风文艺出版社1998年版，第74页。
③ 同上书，第88页。

争英雄将由此诞生，那就是我。"这句台词在小说中也出现过，电影基本上将其原封不动地搬来。独白在这部影片中并没多，独白这种手段一定程度上可以说是反电影的。道理很简单，电影是视听艺术，通过场景的设置、人物的表演就能将意思表达清楚。加上独白反倒让人怀疑你的影像表现能力。姜文并非不懂这个道理，唯一合理的解释是，他太爱这句台词了，这是他的少年梦想。家庭生活环境的熏染，父辈的军人身份，一定程度上影响姜文电影阳刚、强烈的审美风格。

《阳光灿烂的日子》是姜文与王朔同是军队大院孩子的交集，姜文自然而然地对这部作品心领神会，同时又在改编中轻松地融进了自身的成长体验。而《太阳照常升起》则因为在原小说基础上过多放置纯属姜文个体的带有梦幻色彩的生命体验，所以带有理解上的巨大障碍。有人评论道："姜文正是以他非常私人化的个人生活经验创造了这部影片，因此从某种角度说，对这部影片的读解也是对姜文成长的心灵史的揭秘。电影中很多意象（人、事、物），显然都是姜文成长历程中亲见亲历过，或者说是以做'白日梦'的方式幻想出来的。姜文自己也说：'在拍之前，我就已经在脑子里看到了这部电影。这个电影似乎本来就存在着，只是我把它找了出来。那种感觉，就像梦一样，是那样的久违而又新鲜。'"① 如果我们充分考虑到姜文的成长经验、人生阅历、个性气质等个体生命因素，那么我们就能更好地理解他比较独特的电影改编方式。

---

① 陈旭光：《叙事实验、意象拼贴与破碎的个人化寓言——评〈太阳照常升起〉的创新与问题》，《艺术评论》2007 年第 11 期。

姜文的电影改编因其大胆、"丧心病狂"而独树一帜，尤其是后期，他征用多名编剧基本上抛开原著，一遍遍"刷漆"（反复修改）的结果是，剧本离小说越来越远，几至面目全非。姜文对原小说的不"尊重"还表现在他在文本选择上原就并不太在意。除了《动物凶猛》因与其少年生活相似而爱不释手外，其余各部都不是舍此不可。《动物凶猛》的改编因而相对成功。而甚少借力于小说的结果是，姜文的电影必须从零开始，这在电影改编实践中应当说是很不讨好的。选择好的小说文本，如张艺谋那样，以之为基础则事半功倍。以此观之，姜文在第一步上是缺乏眼光的。姜文"演而优则导"，他在改编中充分考虑到演员表演的可能性，这是他作为导演的独特优势，也有不少出彩的改编段落。然而，反过来说，演员出身可能使他的改编视野过于关注局部，而缺少全体、宏观的视野。《太阳照常升起》所带给观众的破碎感可能与此相关，加上改编中插入的相当多令人费解的情节，这部电影的改编是失败的。《鬼子来了》同样在细节上给演员提供了相当多表演的空间与弹性——当然也有些段落则"聪明"过头，比如与前清刽子手相关的段落，虽可笑但与影片主旨无关——在总体思想表达上失之偏颇。姜文出身部队大院，崇尚阳刚、强烈的影像风格，在改编中注入此种元素无疑给他的影片带来可观的经济效益。《让子弹飞》的高额票房收益即是明证。然而，从艺术上讲，过多地渲染暴力，过多地以激烈的画面刺激观众的神经，而缺乏人文思想与精神内涵，这样的改编方式不值得提倡。

第二节　张元：边缘人的身份认同与叛逆的文本选择

在中国电影代际划分上，张元属于第六代导演，而且是第六代导演中的一个标志性人物。他于 1989 年拍摄的《妈妈》被认为是"中国独立电影"的开端，这部电影也标志着一种不同于第五代导演艺术风格的电影开始出现。一般来说，第六代导演重视电影剧本的原创，比较少改编文学作品，比如贾樟柯的电影基本上都是自己写剧本。但张元在这一点上似乎也有点例外，他的不少作品都与文学有着或深或浅的渊源关系。《我爱你》《绿茶》《看上去很美》等几部电影就直接改编自王朔、金仁顺等人的小说。

一　边缘题材、反叛意识、纪实手法

张元电影的取材与传统电影极为不同，他喜欢关注那些"怪异"的社会生活，那些往往被"正常"眼光所忽略的角落。张元的第一部电影讲的是一个离异的家庭中母亲独自抚养大脑残障的孩子的故事；《北京杂种》以 20 世纪八九十年代之交的一群摇滚歌手（没有观众的先锋艺人）为主角；《儿子》中的父亲酗酒成性，一家人吵闹不休，在这样的情况下父亲被送进了精神病院；《东宫西宫》是一部同性恋题材的影片，这在中国电影史上是第一部同类题材电影；《金星小姐》表现的是变性人的故事。在这些张元代表性电影作品中，我们可以看到张元一以贯之的题材兴趣，他总是喜欢发掘那些

处在公众视线之外的、非主流的故事。在拍摄电影《有种》之前，张元公开招募 10 名主角，这 10 名主角必须是"80 后异类"。"张元在招募前就强调'不在政府机关、国有企业、外资企业、大型民营企业工作，即使是在小餐馆里稳定地打工也不行'，'有一颗躁动的心，不安于现状'，最终入选者也都是摇滚乐手、模特、艺术家、年轻僧侣、整容爱好者等。这些入选者的图片也多充斥着文身、香烟、吉他及作为标准小资宠物的猫等象征性符号，多少有些脸谱化。"[1] 可见，对于边缘题材的热衷，对于社会"异类"的强烈兴趣，成为张元电影的一大特点，正如导演本人也吸毒一样。他甚至排斥循规蹈矩、按部就班的普通日常生活，只有那些具有挑战性的边缘题材才能激发他的创作热情。

张元电影的题材选择一定程度上已经决定了他的立场，他不是以猎奇的心态去拍摄影片的，而是十分严肃地审视这些被主流社会所忽视的角落，以极大的同情来表现影片中被社会有意无意排斥的人物。《妈妈》中的妈妈承受着来自社会各个方面的冷眼，学校劝儿子退学，单位不让带儿子上班，丈夫也弃母子而去；《东宫西宫》的同性恋者更是被社会所唾弃，承受着肉体的痛苦与人格的污辱。张元选择这些同性恋者、精神病人、变性者作为电影的主角，本身就反映了他的叛逆性，这种叛逆性既是社会现实层面的，也是艺术层面的。张元的电影被视为"地下电影""独立电影"，虽然"独立电影"的称谓令张元很紧张，但这些称谓本身是带有褒奖意味的。无论是境外还是境内，人们渴望看到一种来自体制之外的尖锐力量，一种反叛的精神。从这个意义上说，张元电影是带有宽泛意义的

---

① 张彦武：《张元：〈有种〉到底有多"有种"》，《中国青年报》2010 年 3 月 25 日。

"政治性"的，这种"政治性"并不针对现实具体的官方意识形态，而是指向公众习以为常的对非主流群体的压迫和排斥。

与第五代导演华丽、绚烂的电影风格不同，张元的影像风格是粗糙的写实主义。《东宫西宫》第一次将镜头对准肮脏污秽的公共厕所，《北京杂种》用晃动的镜头如实记录下这群摇滚歌手的生存境况。张元的很多电影是可以当作纪录片来看的，实际上，他也拍了不少专题纪录片，比如《广场》《疯狂英语》等。张元也喜欢用身边的非职业演员，《北京杂种》用的是他的朋友崔健及其乐队，《儿子》的演员是他的邻居一家，《妈妈》的主角是电影的编剧，这些非职业演员要么是真实故事的主角，要么也有类似的生活经历。张元以这种拍纪录片的方式拍电影，要的就是电影的真实感，以及直面现实的力量。边缘题材、反叛意识、纪实手法，这三者互为联系，是张元电影的"三驾马车"，也是我们理解、评判张元电影文学改编的基础。

张元的第一部电影《妈妈》就是一部改编作品，它改编自戴晴的散文《哦，我歪歪的小白杨树》。散文讲述"我"因为编辑工作的需要，晚上到单位赶稿子，把4岁的儿子东东单独留在家里，导致儿子发高烧变成了脑残儿童。随着年龄的增长，东东身体越长越大但智力却永远停留在了4岁。东东成了小朋友以及周围大人嘲笑的对象，人们喊他"傻大东"，编歌谣捉弄他，而东东始终是那样的纯真、善良。这篇散文重在抒情，以第一人称"我"为视角，直接抒发了作为母亲的"我"对儿子的关切与怜爱，以及因为强烈的自责而产生的对儿子深深的愧疚之情。电影《妈妈》在主要人物、大体故事框架以及总体情绪上与散文保持一致。

据当事人回忆，《妈妈》这部电影剧本由儿童电影制片厂的编剧秦燕改编完成，秦燕本人也有相似的经历，她的儿子也是一名脑瘫儿童，后来电影中妈妈的扮演者也是秦燕。剧本完成后电影却几经波折，先后决定由儿童电影制片厂和八一电影制片厂拍摄，但最终都被搁置。在片子的筹拍过程中，起先张元担任影片的摄影，导演是张艺谋的同班同学，其时张元正就读于北京电影学院。片子不能在当时 16 家电影厂得到生产的机会，张元决定自任导演，自筹经费，来完成这部影片。在这样的背景下，中国有了第一部"独立电影"①。对于一位刚刚从大学毕业的学生来说，无论是政治上还是经济上都是要冒很大风险的。张元作出这样的决定除了对电影事业的由衷热爱之外，这个故事题材本身对张元肯定有着很强的吸引力。

　　张元在 2010 年接受邱华栋的采访时仍然清楚地记得影片来源于戴晴的一篇散文（散文具体题名张元没有提及），由秦燕改编为剧本《太阳树》②，这说明张元很可能读过戴晴的这篇《哦，我歪歪的小白杨树》，并留下了深刻印象。我们有理由相信，张元的第一部影片，也是他的一部极为重要的电影，受到了这篇短短的文学作品的感染与激发。这篇散文中的边缘题材故事使得张元欲罢不能。当然，这篇散文的容量也相当有限，不能承载一部电影的容量。张元也在影片中加入了更多现实生活的质感以及自己对生命本身的独特思考，这是一部融入了更多张元血肉的作品。

　　作为第一部影片，《妈妈》对张元的电影生涯是相当重要的。一

---

　　① 孙琳琳：《电影人分享初体验　张元因为一个女孩走上电影路》，《新京报》2012 年 1 月 11 日。

　　② 参见邱华栋、张元《张元：从〈妈妈〉到〈达达〉》，《收获》2010 年第 3 期。

方面，这部电影证明社会边缘的故事题材、纪实的拍摄手法与张元的精神气质是高度吻合的；另一方面，这部电影在国外获得的崇高声誉也鼓励张元沿着这条道路继续探索下去。所以，它的意义是开创性的。而这样一部重要电影在一定程度上却是张元不期然地与文学相遇的结果。

《妈妈》从文学到电影不是张元自主选择的结果，《东宫西宫》王小波的参与也十分偶然。当张元从一张报纸上读到信息想到要拍一部有关同性恋题材的影片时，有个加拿大的朋友向他推荐了王小波，理由是王小波同他的夫人李银河已经做了大量有关同性恋的调查研究，对这一领域相当熟悉。而这恰恰是张元所欠缺的。也就是说，一开始张元是因为王小波的知识背景而请他加盟的，而不是因为他是一个作家。实际上，工作了很长时间后张元才了解到王小波的"大作家"的身份。[①] 这里有必要纠正一种说法，很多人认为电影《东宫西宫》改编自王小波的小说《似水柔情》，其实这个说法很不严谨。事先并没有一个叫作《似水柔情》的小说，剧本是张元与王小波讨论的结果，这个过程可能比较漫长。在电影开拍前王小波写成了小说，也就是说，剧本与小说几乎同时出现。当然，我们并不因此认为这部电影与小说没有多大关系，相反，电影的成功很大程度上是文学的力量促成的。可以说，这部电影是张元和王小波两个人的作品，王小波在其中倾注了极大的心力。

从已经披露出来的材料我们可以看到影片《东宫西宫》在创作过程中留下的一些痕迹：

---

① 参见张元、丁东《和王小波相处的日子——张元一席谈》，载李银河等编《一个特立独行的人：王小波画传》，北京大众文艺出版社 2005 年版，第 68—71 页。

起因是我在报上看到一条消息，北京有一个艾滋病研究所，他们搞这方面的调查研究，可是找不到采访对象。有人就想出了个极馊的主意，和各大公园联合起来搞。在公园里抓到了一些同性恋者，然后用审问的方式获得问卷。我当时对采用这种方式来猎取别人心中的秘密，深受震撼。我就从这儿产生了想做一部电影的念头。当初仅仅是从这个角度开始。当我发现这个题材时，更多地想到的是：一个从来没有接触过同性恋，而本人也不是同性恋的警察，他在不断地听一个同性恋者讲述自己的故事的时候，他会有什么样的反应。以后随着不断的访问和调查，特别是小波加入以后，影片就开拓了更为广阔的思想领域，它已不单纯是一个社会问题题材，而且从影片中体现出了更多的诗意和力度。我觉得我们这部影片向大家提供了一个非常深的心理空间，是一部探讨人的心理，挖掘人的内心世界的影片。①

当然，他给我很多的启发，更多的是在思想的深度上。例如他在剧本中加进了一些施虐和受虐的内容，这种东西是我以前完全没有想到的。他把这个内容作为影片的主题，增加了非常多的有意思的东西，在控制和被控制的关系上、权力和性的关系上、施虐和受虐的关系上，他使得整个的影片增加了很多的层次。②

王小波的加入完全改变了电影的走向。在张元的构思里他最有

---

①　张元、丁东：《和王小波相处的日子——张元一席谈》，载李银河等编《一个特立独行的人：王小波画传》，北京大众文艺出版社 2005 年版，第 68—71 页。

②　同上。

兴趣的部分是同性恋这个边缘社会题材以及权力对于这个群体的肆意侵犯，如果单纯由张元来写剧本，这部电影很可能就是一部社会问题剧。这样的电影也可能十分精彩，很尖锐，也很有现实力量。王小波的加入赋予了电影一种深度空间，他把这个故事设计为一种"套层"模式，即故事里套故事。主人公阿兰的身份设计为一个作家，他在向警察小史讲述自己的故事的同时，也讲述他的小说。这就是影片中以戏剧影像的方式演绎的女贼与衙役的故事，作者以此来强化"权力和性的关系""施虐和受虐的关系"。阿兰与小史的故事不正是女贼与衙役的故事的现代版？而"控制和被控制的关系""权力和性的关系""施虐和受虐的关系"几乎是在任何时代、任何地域空间都普遍存在的。这样，电影就超越了现实层面的同性恋问题，而具有普遍意义。

对于王小波这样一个"特立独行"的作家来说，他把小说《似水柔情》单独发表出来，应该是确信这部作品是自己精神创造的产物。小说中的警察小史本身就是一个同性恋者，这一点在张元的构思中没有提到。小说一开始就写到小史是一个同性恋者，电影采用了小史的这一身份设计，但要到最后才揭示出来。这样，影片就要比小说更具有戏剧性——故事在最后关头发生了逆转。更重要的是，小史的同性恋身份的最后暴露对于观众造成了强大的心理冲击。一开始，普通人比较容易在潜意识里认同警察小史对阿兰的审视，这种审视中包含了居高临下的姿态、蔑视的心理以及猎奇的兴趣。在阿兰的陈述过程中，小史用到最多的一个字眼是"贱"字，这个充满了蔑视的污辱性字眼反映了大众——权力者对少数群体——对被压制者的基本态度。可是到最后，阿兰对小史说："你问了我那么多问题,你怎么不问问你自己?"小史无言以对,默默走出来,独自在一处空地徘徊。徘徊是一种思索的状态,一种自我审视的状态。而画面里的阿兰此时正从高高的房间的窗户里,居高临下地看着这个年轻的警察。在这里,审视与被审视的关系、控制与被控制的关系瞬间发生了转换。影片也迫使观众做出反思,审视自己的内心世界,也审视自己的生存处境——社会对少数群体习惯性的压制,你持什么样的态度?你自己不也处于"控制与被控制""施虐与受虐"的结构之中吗?虽然在某些细节上,小说与电影的处理有所不同,其思想内涵却是相通的。

二　从"地下"到"地上"的文本选择

如果说《妈妈》《东宫西宫》是张元与文学的不期而遇,那么,在 2002 年拍摄的《我爱你》《绿茶》这两部电影则是张元主动寻求文学支援的结果。这两部电影前者改编自王朔的小说《过把瘾就死》,后者改编自金仁顺的《水边的阿狄丽雅》。两部电影表现的不再是张元感兴趣的边缘人群,都是普通的年轻男女的爱情故事。张元之所以选择改编这两个文学作品有他现实的考虑。

张元电影频频在国外获奖,但在国内却几乎没有观众,原因是他的电影拿不到官方的放映许可。不仅如此,他的电影以及他本人还受到有关主管部门的种种限制。拍完电影《北京杂种》,电影总局禁止各电影制片厂与张元合作,禁止参与张元的电影拍摄;纪录片《广场》完成后,电影总局发文禁止张元拍电影;等到《东宫西宫》拍完张元从美国访问回来,护照被海关没

收，连出境的权利也被剥夺了。有关主管部门对张元的不友好态度呈逐渐升级的态势。在这样的情势下，张元的观念发生了改变：

> 当时就想，这么搞下去我还怎么弄。毕竟，电影不像画家的画一样，电影是要面向观众的，禁止我拍片，那我的片子以后怎么去流通，这也是我给自己提出的一个问题。那时候，我就想，是不是要和电影局管理者讨论一下，我应该或者可能通过什么样的渠道去拍我的电影。后来，大家批评我，意思是我妥协了。我的确给电影局写了检讨，因为，我有的时候真是苦闷，自己的电影久久不能与中国观众见面，总不是一件正常的事情。①

从一个社会边缘群体的代言人、体制的叛逆者到主动向权力妥协，张元的转变的确让人感慨。对此，我们也许应该持一种同情的理解的态度。不过，张元的转型还是很快得到了官方的认可。通过拍摄《过年回家》一片，司法部高级官员直接关照，张元很快就实现了从"地下"到"地上"的身份转换。从某种角度来说，这是一种"双赢"的局面。主管部门成功收编了张元这个挑战者，张元则得到了他想要的公开发行的机会、市场与观众。

正是在这样一个背景下，张元拍摄了《我爱你》《绿茶》这种商业气息十分浓郁的电影。实际上，这一年张元一共拍了三部影片，还有一部是《江姐》。如果以张元前期的电影来观察，这三部电影都有些不可思议。前两部是向市场献媚，后一部则是向政治投降，总

---

① 邱华栋、张元：《张元：从〈妈妈〉到〈达达〉》，《收获》2010 年第 3 期。

的来说就是向主流回归。张元声称他也"爱国爱党"①，他希望自己的电影"有个好的票房"②。这就是张元电影转变的最直接的解释。《我爱你》《绿茶》都是爱情题材，影片具有明确的目标受众，所选的演员也一改过去非职业演员而起用具有票房号召力的一线明星，包括姜文、赵薇、徐静蕾、佟大为等，这些都是导演商业意图的显现。

王朔小说的知名度，尤其是其在观众中的号召力在 20 世纪 90 年代的影视剧中已经得到了充分的说明。王朔小说的内容贴近生活，熟谙读者心理，他的作品改编成电影基本上是有票房保证的。张元电影步入主流的发行渠道之后，选择改编王朔的小说《过把瘾就死》是有他的商业考虑的。这一点张元本人也直言不讳。在面对质疑时，张元这样解释这部电影商业与艺术上的冲突：

　　在我的概念中，没有商业片和艺术片的区别，什么是商业的开始，何处是艺术的尽头？我觉得这种概念本身有问题。电影是很个人的商业艺术品，投资方信任我的艺术个性给了我导演的片酬，这已经开始了一种商业行为，《我爱你》因为有王朔原著、徐静蕾的主演而具备了商业推广的个性，而我的价值就是让这两个商业符号不落俗套，如果《我爱你》拍出 10 年前赵宝刚《过把瘾》的感觉，那只能说明我们没有前进。③

这当然是张元的一种辩解了，这种辩解以混淆是非的方式来减轻内心的压力。因为改编自同一部小说，《我爱你》上映后，人们很

①　Chris Berry：《导演张元采访录》，《南京艺术学院学报》2000 年第 2 期。
②　关雯：《张元：我希望我的片子能有好票房》，《中国电影报》2005 年 7 月 21 日。
③　杨劲松：《张元〈我爱你〉直面非议》，《京华时报》2002 年 10 月 10 日。

自然地把它同十年前红极一时的电视剧《过把瘾》相比较。有人
指出：

> 这里所产生的十年的时间跨度是具有决定性的，中国在这
> 十年中的翻天覆地的变化，使得当年《过把瘾》的时髦的年轻
> 人的对于自由的追求的象征意义和王志文和江珊的浪漫而摩登
> 的形象，变成了今天幽闭于过时的集体宿舍"筒子楼"中的压
> 抑而彷徨的年轻人。全球化的冲击使得当年对于集体宿舍的
> "筒子楼"的毕竟是"自己的房间"的温馨而罗曼蒂克的含义
> 转变成了一种破败而凋敝的、无力在全球化之中进取和发现新
> 的机会的无力感的象征。时间的沧桑使得一部作品完全具有了
> 不同的含义，这是这里最为戏剧化的、引人注目的方面。①

这是从社会学的角度对两个文本进行的精彩解读，时代的变迁
使得文本的意义发生了微妙的变化。评论家从电影看到的"意义"
未必就是导演的本意，如果说当年的《过把瘾》有一种"温馨而罗
曼蒂克"的情调，表现了"时髦的年轻人的对于自由的追求"，那
也是改编者的功劳。《我爱你》最大的"问题"在于，它没有"与
时俱进"，时间进入了 21 世纪，它却仍然固执地忠实于十几年前的
小说原著。所以，电影的主题只有一个，那就是相爱的男女永不停
息地争吵，互相伤害，直到遍体鳞伤，以离婚告终。正如小说开头
所揭示的那样：

> 杜梅就像一件兵器，一柄关羽老爷手中的那种极为华丽锋

---

① 张颐武：《"我爱你"吗?》，《当代电影》2003 年第 2 期。

利无比的大刀——这是她给我留下的难以磨灭的印象。①

应该说，电影最为准确地演绎了小说的主题，而人物不停息的争吵也构成了电影叙事的基本动力，这也是电影最具戏剧性的部分。即便是大众化的爱情题材，张元仍在顽强地表现他的另类特质，这份爱情与浪漫无关，与爱情的甜蜜相距更远，有的只是互相伤害，血淋淋的直至面目全非。这是残忍的，但又是极端深刻的，洞穿温情脉脉背后的人间本相。就像张元许多纪录电影所揭示的人间真相一样。此外，在影片《我爱你》的拍摄手法上，我们仍然可以看到过去张元的影子，比如长镜头的运用、逼仄的生存空间的展示等类似于纪实片的拍摄手法等。

回过头来看，张元当初选择金仁顺的小说《水边的阿狄丽雅》作为改编对象是一件颇为奇怪的事情。张元曾经这样谈到他对小说的印象："我觉得小说写得非常有意思，特别是这两个人之间的关系、两个人之间的对话以及充满悬疑色彩的故事，特别有神秘感，有韵味，那种感觉既真实又有诗意。"② 这部短篇小说的"神秘感"、小资情调与张元电影的现实感、尖锐的反叛性完全风马牛不相及。实际上，张元改编这部小说的最大动因还是商业上的考虑，《绿茶》是冲着都市青年男女来的。

金仁顺的《水边的阿狄丽雅》是一部很有特点的小说，它的"神秘感"在于故事的女主人公具有双面性。她在白天是保守的女研究生（吴芳），在夜晚却是放荡的应召女郎（朗朗）。小说的表达较

---

① 王朔：《过把瘾就死》，云南人民出版社2004年版，第1页。

② 杨展：《辨认张元，从〈绿茶〉开始——张元访问记》，《北京日报》2003年9月7日。

为含蓄，故事显得扑朔迷离。小说以相亲者陈明亮的视角来写，给人一种莫辨是非之感。小说带给人的回味却是丰富的。吴芳——朗朗或许是现代都市人的双面生活，也可以是都市男性想象中的"理想女性"——集贞女与荡妇为一体。作为一部短篇小说，重要的是它给人留下的想象空间、情绪氛围与回味，至于吴芳到底是不是朗朗并不那么重要。

　　然而，小说改编成电影后，观众却要求张元有个明确的说法。张元认为"我已经交代得很清楚了"①，人们似乎仍然不能满意。有人写文章称《绿茶》是"以其昏昏，岂使人昭昭"②。究其原因，一方面是小说本身所具有的"天然缺陷"，它本身就不明白也不追求明白；另一方面，张元在改编的过程中并没有着意于将其讲明白。即使是商业的需要，张元仍然坚持拍出个性来，他绝不会同流合污。当然，这种从"地下"到"地上"的文本策略毕竟是一种妥协。

三　个性回归的电影改编

　　《我爱你》《绿茶》是在张元决心要获取市场的背景下拍摄的，而且是以一年三部影片的速度完成的，他在主观上、客观上都不太可能有太多个人的思考。所以这两部电影基本上都是照着小说拍。《看上去很美》则完全不同，这部电影已经融入了张元独特的个人思考。

　　《看上去很美》改编自王朔的同名小说。又是王朔的作品，此前

---

①　杨展：《辨认张元，从〈绿茶〉开始——张元访问记》，《北京日报》2003年9月7日。

②　红警苏红不懂爱：《〈绿茶〉：以其昏昏，岂使人昭昭》，《北京日报》2003年9月7日。

的《绿茶》也是由王朔推荐改编的，这实际上反映了张元对于当代文学的隔膜。导演对于文学作品的选择当然受到他的文学视野的局限，这种文学视野的获得与他的教育背景、文学兴趣以及人际交往等有着重要联系。从这一点来看，张元的文学改编选择还是相对较为单一的。张元同当代文学的联系在王小波过世后基本上就只有王朔了。不过，张元对王朔作品的两次改编方式完全不同。

改编《过把瘾就死》时，张元正处在自身电影的转型期，需要借助王朔的影响力，《我爱你》中，张元几乎迷失在王朔的光晕里。而这一次，改编《看上去很美》张元显得相当有自信，张元的个性、风格在影片中得到了充分的体现。

小说《看上去很美》是王朔的后期作品，概括来讲，这部作品有几个方面的特点：第一，这是一部带有"自叙传"色彩的小说，以回忆的方式讲述从幼儿园到小学的一段成长历程。小说设置了双重叙述视角，一个是现在进行时的方枪枪，一个是过去时的"我"。第二，小说突出了主人公方枪枪具体的成长背景，从时间上说是"文化大革命"，从空间上说是军队大院。我们可以把它看作《动物凶猛》的"前传"。第三，小说语言上仍然保持了王朔一贯的调侃式诙谐、幽默。张元的改编是大刀阔斧式的。电影只采用了小说近二分之一的篇幅，只表现幼儿园这一段，现在的"我"的回忆完全去掉了；小说中具体的时空环境在电影中完全不存在；王朔式的调侃语言在电影中也转变为严肃的话语风格。

王朔的一部自叙传性质的小说，在张元读来其意义发生了转换。王朔的小说明显带有那个时代的印记，在这一点上张元并没有与之共鸣。很可能是张元体验到的5岁女儿的幼儿园生活在改编中起到

了重要作用，他的女儿在影片中扮演陈南燕。这样，电影抽离了具体的时空背景，而带有寓言性质。电影的主题也变为权力对人实施的控制，而幼儿园就是一个微观的权力运行场域。

在电影中，主人公方枪枪一来到幼儿园，他的小辫子就被李老师剪掉了，众多的小朋友成了帮凶。这表明，幼儿园里不允许独特个性的存在。这还只是开始。接下来的早起拉屎（不管你有没有）、加汤加菜的手势、睡前洗屁股、穿衣的步骤、排队的次序等，都有统一的规范，也都是全体小朋友完全整齐划一、步调一致的。镜头里几次出现的士兵的行列，在小说中是作为人物生活背景存在的，电影里则具有象征意义。幼儿园教育培养的就是将来只知服从命令的士兵，而没有自己的个性。这部电影在精神内核上与陈凯歌的《大阅兵》相似，同样是强调集体性，强调高度的整齐划一，而完全排斥个体的差异性。

要实现这种整齐划一，幼儿园所采取的手段无非是奖励与惩罚。电影中"小红花"是一个重要的意象，影片的英文名字就叫"A Little Flower"。在小说中，关于"小红旗"的描写不过几百字而已，是说到五面小红旗的小朋友可以睡在里间。在电影中，"小红花"成了所有小朋友的"焦虑"，做得好的奖励"小红花"，做得不好的得不到，有时还要罚"小红花"。得到五朵"小红花"的同学就可以当班长。幼儿园里有个大大的牌子，记录每个小朋友得到"小红花"的情况。方枪枪因为"顽劣"，屡次受到老师的惩罚。惩罚的方式包括关禁闭（类似于成人世界的坐牢）以及全体人员不跟他说话，孤立他等。这部电影具有寓言性质，正是因为它剥离了小说中的具体语境，也剥离了作者的童年体验，而成为一种形而上思考。它不只是幼儿园的问题、教育体制的问题,也是整个社会权力运行方式的微观显现。电影中汪若海的父亲到来,因为他是领导,幼儿园老师立即修改了汪若海的"小红花"数字。看上去森严的权力制度、一丝不苟的执法者,在更高的权力面前迅即崩溃。这又何尝不是中国特色的权力运行模式?

需要指出的是,为了达到在一个封闭的空间进行寓言性思考的目的,张元在影片中有着意为之的倾向。电影处处彰显权力运作的痕迹,儿童在无所不在的权力的规训之中,同时,张元也通过影片表达了自己对自由的理解,希图冲破权力的限制。所以,影片在"控制"这一主题之下,还有另一个命题,即反抗。在电影中,方枪枪散布谣言,串联起所有的小朋友,以鞋带结绳,在一个夜晚众小鬼膝行至李老师床前,突然将李老师捆住。小说中方枪枪试图反抗李老师,只是在他的想象之中,这是一种童年的个人体验,比较符合儿童心理。而电影里将这种反抗付诸实施就已经超出了四五岁儿童的心理及行动能力范围了。张元做如是改编,其主观目的性是很强的。他把影片的反抗性不恰当地寄托在幼儿园小孩身上。

《看上去很美》的改编对于张元来说是一次创作个性的回归,张元借此又回到了他所熟悉的对边缘题材的关注(这一次是大众文化时代人们忽略的儿童),仍然表现出他的叛逆性思考。有人指出:"在《看上去很美》之中,他试图用一种新的方式去诠释和表达对于自身命运的认识,某种意义上来说即是在重拾其早期的艺术理想。因此,这部影片可以看作对他早期作品的延续和完整,虽然在形式上显得温和唯美了许多,却并不是一部完全平心静气的作品。影片

的内里仍然透出对于时代和个人命运的激愤与不平，只不过，这种不平之中，已经带上了丝丝伤感的痕迹。"① 笔者同意这种看法。《看上去很美》的改编使得张元又回到了他的主题，如果说张元电影是有着很强的"政治性"的话，这一次他表现出温和的"政治性"。他的影像语言不再是《北京杂种》时代那种"莽汉"式的粗糙，而是柔和的、温暖的，甚至是亲切的。谁没有经历过稚嫩的童年？影片肯定会带给人不少温柔的回忆。在这一部放给成人看的儿童电影里，张元将他尖锐的思考包藏其中，他要通过王朔的故事外壳实现自己的艺术理想。

张元是那种有着鲜明个人特色的导演，他并不是艺术上的多面手，他最好的作品是来自现实生活本身的原创性作品。总体来说，张元对当代文学还是比较隔膜的，王朔是他的依靠对象。事实上，王朔的作品，包括王朔推荐的作品并不太同张元的精神气质相通。张元只是借助它们获得商业转型的机会。当然，就张元的性情来说，他比较容易接受较为另类的作品，像《过把瘾就死》的偏执、因爱而生的伤害，《水边的阿狄丽雅》的一人双面的神秘。当张元在改编中贯注自己独特思考时，他是可以商业利益与艺术个性二者兼顾的，《看上去很美》就是在追求票房的同时又实现了创作个性的回归。迄今为止，张元同作家最成功的合作应该是《东宫西宫》这部电影，王小波给予这部题材尖锐的影片以深厚的文化内涵及哲理意味。对于张元这样个性突出的导演来说，现成的小说文本并不太容易满足他的需要。

_____

① 李相：《倒叙的成长史——从〈北京杂种〉到〈看上去很美〉》，《当代电影》2006 年第 5 期。

第三节 黄建新：荒诞的现实及其结构

　　黄建新是一位文学改编大户，在他迄今为止的 14 部影片中，有 10 部改编自当代小说。从 1985 年的《黑炮事件》开始，他先后改编了张贤亮的《浪漫的黑炮》（1985）、王朔的《浮出海面》（1988）、邓刚的《左邻右舍》（1991）、贾平凹的《五魁》（1993）、刘醒龙的《秋风醉了》（1994）、叶广芩的《学车轶事》（1995）、方方的《埋伏》（1996）、范东峰的《小街派出所轶事》（1998）、叶广芩的《你找他苍茫大地无踪影》 （2001）、北北的《请你表扬》（2005）。黄建新所选择的作家有一些是二三线的作家，即便是一线作家，他所选择的文本也不是最知名的。由此看来，他对作家作品的知名度并不是太感兴趣——坦率地说，从文学的角度来讲很多作品水准并不太高。比如，方方的《埋伏》、邓刚的《左邻右舍》都只能算是他们作品中的中下水平，范东峰这部获得了公安部"金盾文学奖"的《小街派出所轶事》只是一部重在宣传的讴歌警界英模之作。在黄建新这里，文学之所以能在电影中得到传播不是文学自身的标准起到作用，而是导演自身的个性使然。

一 社会问题小说

　　习惯上，人们把黄建新归为中国电影第五代导演。他在年龄上同陈凯歌、张艺谋相仿，导演处女作也出现在 20 世纪 80 年代中期。

但是，黄建新的电影路数却与陈、张有很大的不同，他是第五代中的"异类"。通常认为，第五代导演以所谓的"新民俗电影"崛起于影坛，这类电影注重非现实的历史叙事，注重民族传统文化、民俗风情的展示；而黄建新除了一部《五魁》在风格上与其类似外（而这部电影是黄最不满意的一部），其余全是现实题材的。

从黄建新所选择的文学作品来看，他对于贴近现实、揭示社会问题、有着饱满的生活细节的小说十分青睐。邓刚的《左邻右舍》写一个新搬来的作家的"左邻右舍"分别是一位干部和一个个体户，三个家庭共同生活在狭小的空间里，矛盾不可避免。小说反映了在市场经济大潮下，过去为人所看不起的没有文化的无业游民如鱼得水，而知识分子、干部则显得无所适从。"脑体倒挂"，市场经济搅动了整个社会结构，传统的价值观念受到前所未有的冲击，这是当时人们所普遍关注的社会问题，也是刚刚从澳大利亚访学归来的黄建新所深切感受到的社会变动。他在这部小说里看到了鲜活的时代印记，也希望通过小说的改编表达自己的一些思考：文化成了一种束缚，没有文化反倒可以放开手脚。张贤亮的《浪漫的黑炮》在一个幽默的故事外壳下反映的是在新的时代背景下知识分子仍然不能得到重视的问题。赵书信的一封电报引发连锁的反应，事后看来不值一笑，但每个当事人都严阵以待，这不是某个人的问题，而是体制机制的问题。刘醒龙的《秋风醉了》聚焦于一个县城的文化馆，这是个行政级别极低的单位，一个并非官场的官场。"麻雀虽小，五脏俱全"，它是中国官场文化的微缩版，里面上演着一幕幕微观的权力斗争剧。小说的主人公王副馆长很有能力，几次被任命为代馆长，但他无论怎么努力就是不能去掉这个"代"字。而当他什么都不想了，还违规生了一个儿子时，他却当上了馆长。"秋风醉了"，难得糊涂，这或许才是官场升迁之道。小说对于官场现状的揭示，对于官场文化的病态与扭曲做了漫画化的处理，小说本身的过于戏剧性削减了其自身的力量。黄建新对此似乎并不在意，实际上，戏剧性、漫画化恰恰是他在电影中所想要的。

黄建新1954年出生，他能拍片的青壮年正经历国家改革开放、社会深刻变动之时。他对社会问题题材小说的兴趣很大部分源自他本人的亲身体验，以及对时代的严肃思考。黄建新所选择的社会现实生活小说往往都有一个变动的时代背景，不仅勾画时代变迁的图景，存一份现实的写真，也试图分析变动背后深层次的历史原因，挖掘变动之中那些不变的要素。《浪漫的黑炮》正要"揭示我们民族落后的文化心理积淀与现代化物质进程之间的矛盾，唤起人们对传统文化心理进行反省与更新的自觉意识"，《秋风醉了》里面当然有千百年来中国官场文化的影子。《埋伏》在痛苦地埋伏三十多天捉拿逃犯的现代故事中，表现了当下青年的爱情婚恋观，骨子里却仍然是在歌颂普通人身上坚韧不拔的意志及高度负责的精神。《小街派出所轶事》写的是经济窘迫的办公环境下小街派出所的几件日常工作轶事，为那个时代基层警察的生存状态记下一笔，一如既往的是讴歌人物身上高贵的情操。《请你表扬》里，时代在前进，可有一部分人却固执地生活在往日的荣誉感里，因为这份固执而伤害了无辜的受害者。黄建新有一部电影叫作《错位》，这是另一种形式的"错位"。但问题是，难道固执的人就一定错了吗？难道做了好事不应该得到表扬？人们对一个单纯的人的表述充满了这样那样的怀疑，

不正反映了这个时代的问题？

1988 年，黄建新将王朔的小说《浮出海面》改编成电影《轮回》，谈到改编的动机，黄建新说道："当时我对王朔的小说为什么感兴趣呢？《浮出海面》分两部分，上篇是石岜想得钱，他得了，下篇是他要得到于晶，他也得了，都有了，他反倒不行了。都有了反而不行，跟得不到就不行，我觉得是不一样的。"① 黄建新对这部小说感兴趣首先在于，这是一部城市题材的、敏锐地反映了当时新出现的"个体人"生活状态的小说。脱离旧有的体制，脱离旧有的生活轨道，成为当时的"新新人类"，像石岜这样的个体人是改革开放的新生事物。他有点玩世不恭，有些无赖气，挑战为时人普遍遵守的价值观念，当然也为时人目为异端，为传统的观念所不容。但是他又得时代的风气之先，很会来钱，也得女人的青睐。这是黄建新所谈到的第一个层面，更重要的是，他还注意到，小说真正有意思的地方在于，石岜想得的都得了，自己反倒不行了。也就是说，小说在这里出现了一个反常规的状况。我们知道，这部小说里有王朔本人真实生活的影子，为什么本应该功德圆满的石岜他的结局还是失败了？这种失败感是有王朔本人真实体验在里面。黄建新的影片在后半部分做的很重要的事情就是围绕着石岜"不行了"展开的，直到最后，石岜从阳台上往下纵身一跳。在临死前，石岜在房间的墙上描画一个高大健壮的自己的影子，他渴望成为一个更强大的人，而不是影片中的瘸子。这样的细节以及石岜最后的死亡在原小说里是没有的，这应该是黄建新对正在发生的现实的思考。关于石岜的死亡，当时即引起了评论界的

---

① 倪震、郑洞天、黄建新：《话题：不仅是〈轮回〉》，《电影艺术》1989 年第 4 期。

争议。倪震指出：

> 在"展"的部分，过分侧重在黑社会的"恶"，劫掠者的
> 残忍、妓女把头的无耻毒辣，而过分浓化了石岜的"善"；过分
> 强调了他的"初生之犊"的纯和超脱，这样就导致了"权力"
> 阴影和"金钱罪恶"阴影两方面的冲淡，使石岜这个人物的历
> 史感、罪恶感和社会性削弱了。因此，到剧情后段，就爱情而
> 言，于晶对他的失望和破裂就缺少了悲剧重量，石岜的一步步
> 走向死亡，也缺少了必要的绝望深度。"活腻了"的心态，没有
> 经过自己对自己的彻底否定和蔑视，充分表现出来。①

这段评论深刻分析了影片中石岜这个人物形象刻画存在的不足，
这是一种相当理性的分析。但前面已经说过，小说一定程度上是王
朔本人的自叙传，石岜身上有他自己的影子，小说不可避免地带有
很强的感性色彩。电影是根据小说改编的，王朔本人还是编剧，小
说中绝大部分情节都在电影中得到了保留。它很难做到"彻底"的
否定与切割。值得肯定的是，黄建新试图在小说的基础上继续探索
"个体人"的生存境况与内心世界，并试图得出某种结论。他认为，
石岜感到了自己在现实世界中的残缺，渴望更加强大；他预言石岜
的命运是提前死亡（笔者认为石岜的死是一种预言，未必是前面故
事的必然结果，倪震的评论似乎忽略了这一点），并预言还会有新的
石岜诞生，就像电影结尾时安排石岜的遗腹子出生一样，而影片的
题名《轮回》正是这个意思。从新个体、新阶层的"浮出海面"到
预言他的毁灭以及毁灭之后的再生，黄建新的电影明显向前推进了

---

① 倪震、郑洞天、黄建新：《话题：不仅是〈轮回〉》，《电影艺术》1989 年第 4 期。

一大步。

　　黄建新电影对当代小说选择上的特点还表现在对于城市题材的偏执。城市是中国现代化发展的优先方向，城市小说总是最为敏感地揭示了时代变革的新动向，这大概是黄建新青睐城市文学的原因之一。同时，与"第五代"其他导演相比，黄建新没有下乡当知青的经历，从小生活在城市里缺乏农村生活体验，导致他熟悉城市而对农村有很大的隔膜。

　　　　我生长在西安一条颇有名气的胡同里，那里有共产党高干，
　　　　也有解放前国民党的省长，有军阀后裔，传世名医，戏剧名伶；
　　　　而更多的是普通百姓，甚至无业游民。三教九流，鱼龙混杂，
　　　　形成一种很奇妙的气氛，孕育了那一带孩子们所特有的大杂烩
　　　　的行为及思维特点。①

　　小说《学车轶事》（其作者叶广芩与黄建新同是西安人）提供了一个很好的展现不同阶层的窗口，有老板、记者、名牌大学毕业生、离婚的全职太太、吸毒的无业青年、饭店的老板娘，还有驾校教员，他们为了一个共同的目的要相处半年的时间。社会阶层的分化，人与人之间由于经济条件、社会地位的不同而有着相当大的差距。这些差距的存在使得小说呈现出一个个饶有趣味的断片。小说并没有一个贯穿始终的情节线，而是以丰富的细节结构全篇。小说在一个相对封闭的空间里勾画出了社会上三教九流各色人等的群像，这对于黄建新是一种诱惑。叶广芩的另一部被黄建新改编的小说

_____

　　① 黄建新：《生活决定了我的电影》，载杨远婴主编《90 年代的"第五代"》，北京广播学院出版社 2000 年版，第 307 页。

《你找他苍茫大地无踪影》聚焦于城市知识分子家庭敏感而脆弱的婚姻关系：结婚证的遗失居然在外表看来和谐的家庭内部引发轩然大波，直到走向崩溃的边缘，作为社会细胞的这个家庭到底怎么了？黄建新以其对城市生活的熟悉，将这个短篇小说搬上银幕，补充了非常多的生活细节。从影片来看，黄建新对城市知识分子家庭丈夫、妻子、女儿微妙的三角关系，对每个人物心理（尤其是在小说中虚写，在电影中成为焦点人物的女儿，她是新时代环境下成长起来的一代）的准确拿捏，都很有值得称道之处。

因为缺乏农村生活经验，也缺少对农村的认知与理解，黄建新并不轻易触碰农村题材的小说。《五魁》是一个特例，改编自贾平凹的同名小说，它是黄建新电影中唯一的一部乡村历史题材的影片。大胆尝试，走一条新路，对每个艺术家来说都是一种诱惑。

> 当时，他对小说感兴趣的是一个善良的脚夫如何变成了一个土匪。另外，他试图采用类型片的结构，全部偷换类型片的内容，看看这样做还能不能拍成一部影片。他觉得这样试一把、尝试一个新路子也很有意思。然而，在拍摄现场，他发现自己没有一点儿灵感，缺乏一种创作的激情。可以说，拍摄《五魁》对他来说是一个制作过程，而不是一个创作过程。①

《五魁》这部有着台资背景的影片从男主角的选择开始就很不对味。五魁的扮演者是台湾演员张世，这位清秀有灵气的演员出演粗犷、憨厚的西北汉子是有着先天不足的，再加上他浓重的台湾口音，

---

① 柴效锋、纪眠、吕晓明编著：《黄建新：年轻的眼睛》，湖南文艺出版社 1996 年版，第 31 页。

使得影片有些不伦不类。创作灵感的匮乏使得影片在艺术形式上向第五代导演的惯常做法靠拢。黄建新把小说中贾平凹特色的神秘、性变态、欲望的压抑与极端化的释放这些部分全部删除（电影媒介也不太适合表现女人与狗性交、残疾人对女人的强暴这些刺激性的内容），而改为柳少爷被火药炸死，送葬，新娘与木头人拜堂、陪木头人睡觉等"民俗"的展示。至于黄建新感兴趣的好人成为土匪的故事，《红高粱》里早就讲述过了。从故事内容、艺术形式乃至摄影风格，黄建新的这部"新民俗电影"都只能算是一部向《黄土地》《红高粱》《菊豆》等电影致敬的影片。

黄建新是个有自知之明的导演，他在改编选择上有意识规避自己不擅长的题材，扬长避短，专攻城市小说。那些有着明确社会问题意识的小说改编成的电影往往是黄建新拍得最好的电影。

二 荒诞及其结构

荒诞一词本就含有荒唐、怪诞的意思，它是指现实中发生的不可思议之事。在西方的小说、戏剧中，荒诞成为一个重要的表现流派。它往往在荒诞的、令人难以置信的夸张变形之中，蕴含对现实的深刻认识。西方的荒诞派有其哲学基础，荒诞派的小说、戏剧又往往指向某种哲理的思考，是对人的生存境遇的深刻揭示。酷爱理论思考的黄建新导演，在其年轻时代就对西方文学、理论有所研究，从他对小说的选择及创作的作品来看，他对荒诞派似乎情有独钟。从处女作《黑炮事件》（1985）开始，到2005年的《求求你，表扬我》，黄建新是要将荒诞进行到底了。

张贤亮《浪漫的黑炮》取材于一个真实的事件，他用类似于鲁迅《阿 Q 正传》的形式写成这部中篇，即用叙述人直接点评的方式参与小说叙事。电影中这种作者的叙述语言全部去掉了。在小说的主体部分讲了一个叫赵信书的机械工程师，一次出差同一个叫钱如泉的人在宾馆下棋，回来后发现遗失了一枚黑炮，因而发电报请钱寻找，从而引发一系列的问题。故事从邮局发电报开始，电影特意安排在一个风雨交加的夜晚，渲染一种侦探类型片的氛围。赵信书（电影中改作赵书信）的电报内容“失黑炮 301 找”引起发报员的误解，以为是特务的暗号，于是报告给公安局。公安局也为此对事发地点做了详细的调查，并要求当事人双方单位配合调查。公安局的来函引起赵信书所在单位矿务局机械总厂的高度重视。不久，德国专家汉斯到来，要求配备一位技术翻译。赵信书原本是厂里唯一合适的人选，他精通德语，是技术专家，又同汉斯此前有过很好的合作。机械总厂为赵是否应当做翻译专门开了三次党委会，最终决定让赵回避，而由社科院借来的冯良才担任。冯虽然懂德语，但只能应付日常对话，而不懂机械技术。有一次，他将“轴承”的德语“Kugel”竟翻译成了“子弹”，让汉斯更加不满。汉斯坚决要求撤掉冯，改由赵做翻译。这件事闹到了厂经理李任重处，李决定亲自到赵家走一趟。李到赵家看见赵一人在下棋，棋盘上的黑炮用牙膏盖替代，李明白了电报的内容。赵也向李谈到汉斯告知引进的 WC 机器（厕所的缩写也是 WC）其实只是德国落后淘汰的技术。第二天，李发起召开党委会，要求专门讨论赵的翻译工作，担保赵没有问题。会上党委副书记周绍文质问，赵为何为一粒棋子花费更多的钱拍电报？李便无言以对了。结果仍然是由冯作汉斯的翻译。机器安装完成后运转半个月就报废了，查找事故责任发现缘于我方的翻译错误，

冯良才将"机器上所有的轴承都应该涂上润滑油"一句译为"机器仓库都应该涂上油"。这句翻译至少造成国家三四十万元的损失。到底谁应当承当责任？赵被问到为何要发电报邮寄棋子时，勉强回答说是用习惯了。总厂党委书记接过他的话头："你这个习惯哟！真是个害人的东西！"这句话真是意味深长，在小说结尾叙述人的"记录者的话"里也重复了这句话。

如果以文学史的标准来看，《浪漫的黑炮》并不是张贤亮最好的小说。但这部小说的长处在于，它有很强的现实针对性，而总体上它是一部荒诞意味很浓的小说。"黄建新读罢小说，他敏锐地感觉到，如果从故事表层看，这是一个揭露和反对官僚主义的主题，或者是呼吁尊重人才、落实知识分子政策的主题，但从更深一层看，导致'黑炮事件'发生的原因，在于我们民族传统文化心理的惯性，虽然我们的时代进入了历史新时期，但旧的文化心理像一张无形的网，使每个人仍按惯性在旧的轨道上运动。"① 这段话可以看作黄建新接受这部小说的原因，只是黄建新所看到的"更深一层"的"文化心理的惯性"问题，早已在小说中明确道出。这部小说最令黄建新心动之处在于，它以一种荒诞的方式表达现实的忧思。这种荒诞的特点在于，它的每一个细节都是合情合理的，而总体上却是荒诞不经的：一枚棋子造成国家几十万元的经济损失不是很荒唐吗？花百万外汇买到的只是别人淘汰的机器，而作出决定的不是技术专家，而是不懂行的"上面"，这不是更荒唐吗？

北北的《请你表扬》，围绕杨红旗要求记者古国歌在报纸上表扬

---

① 柴效锋、纪眠、吕晓明编著：《黄建新：年轻的眼睛》，湖南文艺出版社 1996 年版，第 20 页。

自己救人一事展开。第一次，他向古记者详细描述了自己救人的经过：2月14日晚12点，他经过光明路时碰到一男子正欲强奸一名女子，他及时救下了这名女子。古记者对此深表怀疑，不肯登报表扬。古向杨表示，只有真实的事情才能得到表扬。杨红旗愤怒地拍了桌子。于是，古记者找到当事人——南方大学的校花欧阳花，欧阳花断然否定有这回事；在主编的要求下，古记者来到杨红旗所在的村子，看到了杨的父亲杨胜利。杨胜利的屋子里贴满了各个历史时期的奖状，有炼钢积极分子、农业学大寨标兵、批林批孔先进分子等。之后，杨红旗第二次来找古记者，满怀希望地认为古看过杨父就表示会登报表扬了。古记者再一次见到欧阳花，对方告知杨红旗来找过她，请求她证明的确救过自己，而欧阳花表示这是不可能的。在杨胜利的葬礼上，杨红旗对古记者的到来十分愤慨。一次偶然的机会，古记者采访一名抢劫犯时发现杨红旗所讲述的事件是真实的。这时，杨红旗第三次主动来找古记者，并告诉他，杨已经把欧阳花给强奸了。

一个人固执地生活在过去的荣誉感里，他的想法其实很简单，那就是"做了好事就应该得到表扬"。这句话在影片里直接从杨红旗的嘴里说出，说明黄建新是能明白小说塑造这个人物之用意的。荒诞的是，他的这个简单愿望——简直是天经地义的事情——却几次三番都不能得到实现。原因也很简单，就是他的话在别人看来是那样的不可信——有谁会相信一个人居然如此固执地想得到表扬呢？当一切证实都是真的，也就是说，杨可以得到表扬了，他却强奸了那个他曾经保护过的女生，从而成为一名罪人。当时代不能理解并文雅地赞赏杨红旗时，他选择了粗鲁地"干"这个时代。荒诞的是

杨红旗其人，还是这个时代，还是二者兼而有之？在黄建新的影片里，我们看到，他突出强调了二者之间的紧张所带来的戏剧性，也强化了小说中的荒诞感；但在影片的结束部分，导演加了一段内容，即古国歌从南方辞职后来到北方，他遇见了杨红旗正推着杨胜利，三人相视而笑，影片即以这样的和解结尾。

《浪漫的黑炮》《请你表扬》除了总体的荒诞之外，两部小说在叙事结构上亦有相似之处。两篇小说的故事都是单线条的，围绕一个中心事件展开。前者是一枚丢失的黑炮，后者是要求得到表扬。两篇故事的情节都是一波三折。《浪漫的黑炮》：丢失黑炮—发电报—引起怀疑，此为引子，乃真实发生之事；继而，第一次讨论赵信书的翻译问题，赵未获信任，冯出任翻译—翻译出错，汉斯抗议—经理发现真相，再提赵的翻译问题，仍被拒—机器出故障，请赵查找原因，责任在翻译，但为时已晚。《请你表扬》：杨红旗雨夜救了一名大学女生，使其免遭奸污，此一真实事件为故事的缘起；继而，杨第一次到报社请求表扬，被拒绝—古记者调查欧阳花、杨胜利—杨红旗第二次请求表扬，仍遭拒—古发现杨所述乃事实，但杨第三次找到古，告知古，已把欧阳花强奸。古已无法挽回。

再来看《秋风醉了》的叙事结构。王副馆长在馆长出缺的情况下，被上级指定为代馆长，其间王副馆长盖好了文化馆大楼，上级却任命马副乡长为馆长；马因工作能力差被调离，王第二次代理馆长，其间他想办法建好了文化馆歌舞厅，上级却任命宣传部长的秘书小阎为馆长；小阎因逼鞋匠赔偿一事被下放到乡村中学，王第三次代理馆长，其间王办成了镭射电影这件大事，上级却新任命了个林馆长；王对当馆长死了心，从此不问工作，还违反政策超生；这时，林馆长因作风问题被撤职，上级任命王为馆长。从结构上来看，这篇小说其实是比较单调的，它只是在一再地重复第一个情节。黄建新在改编时去掉了林馆长这一部分，但仍保留了情节重复的结构模式。

现在，我们可以大致归纳黄建新所青睐的结构模式：从一个简单目的出发（或表扬，或当翻译，或升职），第一次争取，遭拒；第二次争取，仍然遭拒；第三次，目标可以达成，但已物是人非（可以表扬，却已是罪人；获得信任，损失却无法追回；可以升职，但已心灰意懒）。也就是说，在黄建新所接受的小说里，都是先有一个目标，然后对这一目标先后进行两次否定，"否定之否定"之后是对原目标的肯定，但迟来的肯定已经没有意义。小说（电影）的荒诞正是从这样的结构模式中产生的。

在小说《你找他苍茫大地无踪影》中，从寻找结婚证开始，中间的结构不如《秋风醉了》那样清晰，只是大致在这个短篇中描述了补办结婚证也不成，公证也不成，最后两人真的要闹到离婚的地步时，女儿从摔碎的镜框里取出了那张纸——结婚证。黄建新将其改编为电影，有意思的是，他在影片中丰富和完善了我们熟悉的那种叙事结构。电影的名字改为《谁说我不在乎》，其视点从小说的全知全能变为女儿小文的主观视角，小文也从小说中可有可无的配角一变而为电影中的主角。影片仍从丢失结婚证开始，谢玉琴发动全家寻找，没有结果；女儿做了个假结婚证，却被妈妈识破；继而补办结婚证，又因初婚还是再婚问题及乡下证明人消失而不能完成；顾明、谢玉琴二人婚姻关系走向崩溃，办离婚证时，公务人员告知没有结婚证不能办理离婚（荒诞）；最后，女儿找到结婚证，并且出

走，为了女儿，夫妻二人又在一起生活，但情感上的创伤却难以愈合。影片的出发点只是为了找到结婚证，目标明确而简单，却是一波三折。经历两次否定，最后结婚证找到了，目标完成，但家庭却破裂了。至此，黄建新在一种喜剧的氛围中揭示了现代家庭生活的荒诞一面。

黄建新为何对荒诞故事情有独钟？当有记者问到是怎样的人生经历决定了黄建新的艺术之路时，他肯定地回答说："成长的故事决定了我一生所有的东西。"

"文化大革命"刚一开始，巷子里立刻就人妖难分了！原来对我们很好的大人，都被批斗；而那些平时对我们凶巴巴的，却都戴上红袖章耀武扬威。咦？我开始觉得有点怪：怎么好人、坏人一夜之间都颠倒了呢？

还有，毛主席一发表"最高指示"，街上就庆祝游行，我们就油印传单，然后一起冲进西安市中心几栋最高的大楼。先逼着人家伙房开饭。最高指示都下来了，还敢不给红小兵开饭？白吃白喝一通，就冲上楼顶平台，先模仿电影《风暴》中施洋大律师讲演时挥舞胳膊的姿势，把"最高指示"一打一打地撒下楼去。散完传单，大家排成一行向楼下尿尿，街上游行的人还以为是天上下雨了呢！①

现代心理学早已指出，一个人的成长期对其性格的养成、人生观的形成往往具有决定性的作用。黄建新的少年时期正值"文化大革命"，他见证了"文化大革命"的是非颠倒、黑白混淆，由此产生现实荒谬的

---

① 谢红：《黄建新20年的荒诞》，《南方人物周刊》2005年第25期。

想法。同时，从他津津乐道的描述中我们看到，他没有在"文化大革命"中像陈凯歌那样受到冲击，而是做了一个喜欢恶作剧的"红小兵"。

需要指出的是，黄建新电影的荒诞同西方现代派的荒诞是有较大区别的。西方的所谓荒诞派往往指向世界本身的荒谬、人类生存境况的虚妄、生命挣扎的徒劳这些形而上的哲学命题；而黄建新电影的荒诞则往往指向形而下的现实层面，总是借荒唐的故事揭示现实社会生活中的某些具体问题，诸如现代家庭婚姻生活问题、社会观念与信任的问题、官场政治文化问题、知识分子与传统习惯问题等。黄建新式的荒诞不是洞悉一切的哲理思考，而是关注此在人生的；也与悲观绝望、世界末日、存在的虚无等无缘，而是充满喜剧的色彩，正如他在"文化大革命"期间无聊地等待"阶级敌人"、发"最高指示"时骗吃骗喝、朝游行人群撒尿一样。

三 荒诞与幽默

黄建新的电影以幽默著称，这是从他的第一部电影开始就在追求的风格。他习惯于以喜剧的方式表现严肃的现实，这大概同他乐观随和的天性有关。个人的喜好无疑影响黄建新对改编文本的选择。他总是喜欢选择拍摄那些有着幽默的细节、有趣的对话这样的小说。在改编的过程中，他也总是尽可能地补充进许多喜剧性的场景。

在小说《浪漫的黑炮》中，冯良才这个冒牌的翻译将轴承翻译成了子弹，黄建新就安排工人去要子弹的戏，经过层层审批，厂党委书记签字后，子弹拿来了，汉斯却气得大骂；为了接待德国专家，厂里给赵信书借来了一身的西装，可皮鞋却是破的；电影里赵和汉斯为之争吵的那张纸引起了厂党委的怀疑，原来不过是机器数据的

计算；为了塑造"赵书信性格"，在电影里增加了这样一场戏：赵的包裹邮寄到了厂里，党委副书记亲自来验看，以为这下可以抓住赵的把柄了。打开一看，原来真的是一枚"黑炮"，她顿时傻眼了。恰在此时，赵赶来取包裹，见到了这一幕，赵默默地拿走了包裹。镜头切换到野外，赵愤怒地将这枚黑炮扔了出去，过后，他又朝扔的地方走去，找回了这枚棋子——他还是舍不得。这是刻画赵的性格很重要的一笔。电影结尾，面对书记的询问，赵没有像小说中那样说是"习惯"（连这样的让人想到是暗讽的话都没有），而是表示"以后再也不下棋了"。赵这样的知识分子从来就没有在权力面前挺直过腰杆，他们很有用，但却总是受怀疑。他们唯唯诺诺，胆小怕事，习惯了自我检讨，却从不知道要向上级表示不满与抗议。赵书信的所作所为是好笑的，其行为背后却有着深刻的现实基础。

邓刚的《左邻右舍》也充满了喜剧色彩。张永武乱扔垃圾，臭气熏天，邻居表达不满，他却引人看苍蝇"搞对象"；他家有很多盆花，如果邻居喜欢就可以随便搬，因为这些花是他偷来的；他将送礼给刘干部的人迎进自己的家，坦然收下礼物，还要与"我"分享；张永武养龙鱼发达了，想跟"我"换房子，头天刚说好，第二天就砸墙。改革开放以后先富起来的那一部分人的嘴脸在小说中得到了生动的刻画。他们没有什么文化，流氓气十足，但也无所顾忌，敢为人先。相比较而言，干部的保守，知识分子的怯懦，使他们裹足不前，不能在经济大潮中获得利益。张永武的霸道直接侵犯到"我"和刘干部，影片结尾时加进去的楼栋合影富有象征意味：它并非旨在说明各个阶层的和解，而是让摄影师滑倒拍出歪曲的图片，提醒人们特别是知识分子在金钱面前"站直了，别趴下"！

《浮出海面》有着王朔一贯的调侃风格：

> "我听说你是无业游民，是吗？"
>
> "不是无业游民，是社会贤达——我把铁饭碗给扔了。"
>
> "为什么，为什么呀？"其他女孩纷纷感兴趣地问。
>
> "国家有困难，僧多粥少，为国分忧嘛。"

类似的话语随处可见，黄建新将其搬上银幕，勾画出了社会上新出现的作为个体户的城市青年的样貌。电影里于晶、小杨、石岜三人调侃天安门广场上站岗哨兵的情节令人印象深刻，同时也具有高度的象征意义。庄严的广场、作为背景的毛主席像及人民英雄纪念碑、挺直的哨兵、威武的仪仗队，于晶冲着哨兵挤眉弄眼，三人大笑，还说哨兵是"机器人"，这象征着新的城市青年对于旧有"威仪"、秩序的大胆嘲讽。表面看来，黄建新对于王朔似乎有着天然的接近性，但其实不然。《浮出海面》是黄建新改编的王朔作品的唯一一部。我们且看黄建新对这部小说的想法：

> 1986 年初，叶大鹰把王朔小说《浮出海面》的校样拿给黄建新。黄建新初读之后，感觉特别轻松，人物活灵活现，很多情节和语言逗人发笑，但掩卷而思，却发现自己无论如何轻松不起来。当时，我国的个体户正方兴未艾，辞了铁饭碗的王朔正是从生存角度反映了处于社会转型期的一批城市青年的困惑与奋争，还有沉沦……如果说《黑炮事件》表现的是一种社会心理的投影，展示政治对个人的制约的话，《浮出海面》则敏锐地抓住了刚刚萌生的经济意识对人的挤压，反映了一种个人心理的投影。黄建新认为这个题材能够负载他对现实生活的思考，

决心拍出一部既悲观又乐观，在严峻现实中蕴藏着理想，让人哭笑不得的电影。①

黄建新只是对有着严肃现实思考的王朔式幽默感兴趣，真正同王朔趣味相投的是冯小刚。这里我们可以引申来谈黄式幽默与冯式幽默的不同。黄、冯二人都致力于拍喜剧电影，都以市民阶层的小人物为关注对象，这是二者的相似之处。但冯氏的幽默以逗笑为目的，以轻松为风格，黄氏则在幽默背后总是寄寓现实思考，他的风格其实是沉重的、严肃的，有时甚至是苦涩的，是笑中带泪的。所谓"既悲观又乐观""让人哭笑不得"正是这个意思。这也就可以解释，为什么同是喜剧片，冯氏更得大众欢迎，而黄氏总是处在一种尴尬的位置。因为冯氏的幽默来得更简单单纯，而黄氏的幽默则让人轻松不起来。

黄建新的幽默往往又是同荒诞的总体风格联系在一起的，这一点也是冯小刚喜剧电影里所没有的。《求求你，表扬我》里范伟的表演有一种低调的夸张。主人公在几次三番都得不到表扬后，最后竟然把欧阳花给强奸了。影片里杨胜利家破烂房屋的墙壁上挂满了各式各样的奖状，也很有喜剧效果。荒诞天然地同幽默相通。黄建新之所以看中叶广芩的《你找他苍茫大地无踪影》，除了细节的有趣外，更是其整体的荒诞效果吸引了导演：

> 我对生活的看法是：两个完全不同性质的人或事物，看似完全不能搞到一起去的样子，可是却稀里糊涂或十分意外地搞

① 柴效锋、纪眠、吕晓明编著：《黄建新：年轻的眼睛》，湖南文艺出版社 1996 年版，第 24 页。

到一起了，这就产生了一种特殊的效果和一层特殊的意义，给人一种意外，一份惊喜。同样，我对电影形式的看法，也往往偏爱两种不同的因素，比如：两个不同的空间、两种不同的情绪、两个不同的色调……搞到一起去了，这就产生了非常使人意外的效果。我看重这个东西。这是我选剧本时非常注意的关系。①

黄建新将小说读解为两个互相对照的具有反讽意味的独立空间，并在其影片中突出其荒诞之处。黄无疑对于自己的这种发现、阐释极为得意，他借法国人的口吻来了一番自我表扬：

> 前几天几个法国导演看了《谁说我不在乎》之后，他们特别喜欢，说我的象征太深刻了。把精神病院拍得那么温馨，把社会家庭写得那样紧张，在医院说说笑笑很自如，而回到家里却什么都不行，象征简直太深刻了。②

黄氏幽默的独特之处还表现在，他喜欢小说结构上的逆转所造成的喜剧效果，也热衷于在其影片中营造这样的喜剧效果。《浪漫的黑炮》中的赵信书最后得到了厂党委的信任，厂里的损失却已无法挽回；《轮回》中的石岜既得到了金钱又得到了爱情，自己却不行了，最后跳楼自杀；《左邻右舍》中的作家刚刚由厌恶暴发户邻居转为理解，邻居却砸了他的墙，并把他赶走了；《秋风醉了》里的王双立对做官已经心灰意冷的时候，上级却任命他为新馆长；《你找他苍

---

① 倪震：《文化电影和观众效应——与黄建新导演谈〈谁说我不在乎〉》，《当代电影》2001年第6期。
② 黄建新：《用自己的天性拍电影》，《电影艺术》2002年第6期。

茫大地无踪影》中夫妻二人因结婚证失踪而闹到要离婚时，结婚证竟意外出现（电影则是结婚证好不容易找到了，夫妻感情却再也不能回到从前）；《埋伏》中叶民主原本只是被重案组安排在一个可有可无的位置，而且早已解除他的监视，只是当事人未被通知而已。事后证明，正是叶的埋伏对捉拿要犯起到关键作用。电影结束时，叶民主只有一个愿望，就是见一见那个在电话中给他鼓励的人，是他让叶在难以忍耐的监视中坚持了下来。结果发现，那个人不过是个聋子。

黄建新电影突出的幽默风格，也是电影市场压力下的一种必然选择。对于执着于拍摄现实题材的、小人物故事的导演来说，除了细节的幽默，还可以用什么来刺激观众的消费？我们看到，在《睡不着》《埋伏》的开场部分，导演用了警匪类型片的元素，这是一种努力。但黄建新不可能贯穿全片用下去，那样就不是黄建新的电影了。同他的现实反映、荒诞构思最协调的还是生活细节的幽默，而这也是非常具有市场号召力的。所以，黄建新的电影起用喜剧明星冯巩、范伟、句号等做主角，也正是这个用意。典型的例子可能是《谁说我不在乎》和《求求你，表扬我》①。前者多处插入女儿小文幻想性的动漫，改编加入冯小刚扮演的私刻公章者的戏，加入傅彪当音乐老师的戏，加入王志文扮演的医生送给顾明（冯巩饰）伟哥以及由此引发的喜剧，等等，这样就把一个短篇小说充实为一部

---

① 黄建新电影的片名往往都很特别，特别的长，又喜欢用三字句。比如，他将平淡的"左邻右舍""学车轶事""请你表扬"这些小说篇名改为"站直了，别趴下""红灯停，绿灯行""求求你，表扬我"，将抽象的、有诗意的"秋风醉了"改为直白的"背靠背，脸对脸"，将"你找他苍茫大地无踪影"（这其实是个非常好的题名，是一句精神病人的唱词，又同全篇的寻找相关）改为"谁说我不在乎"。这些片名的修改初看似乎是哗众取宠，实则相当生动，富有情趣，这也是黄氏幽默吧——只是过长了些。

趣味盎然的电影。《求求你，表扬我》里人物生活的空间是完全现代化的"南方城市"，高楼林立，车水马龙，报社的办公条件十分优越，作为校花的女主人公（陈好饰）非常的时尚，与之形成鲜明对照的是极为土气①的杨红旗（范伟饰）。这种土气不仅是装扮上的，更是言谈举止、价值观念上的。自始至终纠缠在一起的这种落差使得影片极具观赏性。

黄建新喜欢改编当代小说。在对改编小说的选择上，黄建新电影有着鲜明的个性特点。他总是选择那些反映时代的社会现实题材的小说，这些小说往往有着一定的问题意识。在形式上，黄所选择与接受的小说往往是荒诞的，而其故事往往通过一定的结构模式来达成这种荒诞。在细节上，黄所喜爱的小说往往是幽默生动的，这种幽默不是为幽默而幽默，而总是与小说（电影）所要表达的现实思考息息相关。

黄建新的电影固执地将荒诞进行到底，这使他的改编具有鲜明的个性风格。如果荒诞指向哲理层面，是对人类社会的深刻反思，这类电影艺术成就相对较高；反之，如果荒诞走向市民趣味的喜剧，少一份思想穿透力，其成就自然大打折扣。从这个意义上说，《黑炮事件》是黄建新最成功的改编电影，而黄氏后期的大多数电影由于过多考虑观众因素较多注入幽默元素，从而带有浓厚的小市民趣味。黄建新原本可以在改编中深化思考的力度，使之走向萨特、加缪、

---

① 需要说明的是，小说文本呈现出来的对于当代农村漫画化的想象，黄建新在他的电影里全盘接受了下来。小说的作者北北似乎并不熟悉农村生活，才做此观念化的想象，而黄建新同样不熟悉农村。此前《背靠背，脸对脸》里同样有对来自农村的马副乡长粗糙的理解，黄将小说里有些城府的马改编为一个土包子、傻老帽儿，面对城市一筹莫展，遇事只知道蹲在地上或者骂娘。

贝克特式的对人类生存境遇、人类命运的思考，遗憾的是，他走向了与之相反的另一个向度——从哲理之重走向市民喜剧之轻。黄建新的问题在于，过于贴近现实，缺少一份远距离的审视，现实的荒诞感与市民的小幽默相结合，获得了现时的观众，却难以走得更远。

第五章

"阐释群体"——市场意识的渗透

　　读者对文本的阅读并非完全个体性的。费什、布莱奇、瑙曼等学者阐发的"阐释群体"强调个体的阅读必然受到所属群体的限制与制约。作为大众工业的电影更是如此，导演在阅读文本时并不仅仅代表具有一定文化修养的个体本身，只要他将文本改编成电影，就必然会考虑千千万万观众的审美期待。尤其是到了 20 世纪 90 年代市场化以后，导演是代表着"群体"在选择、阐释小说文本，这个群体可能包括不同层次的观众、官方、学者等。

　　巴赞指出："罗特列阿蒙和梵·高可以在当时未被理解或受到冷落的条件下进行创作，可是，电影没有起码数量的直接观众（这个起码数量也相当可观）就不能存在。即使导演不去迎合观众的趣味，那也只有在观众本应喜爱而当时未能理解、将来必然会喜爱的情况

下，他的创新才有价值。"① 这是电影作为大众艺术其特殊性所在。著名导演特吕弗指出，"导演有两种：在电影构想与拍摄的时候，有些导演会在心里想到大众，另一些导演则是根本不考虑大众。对于前者，电影是一种表演艺术；而对于后者，电影则是个人的探险。这二者在本质上并没有高下之分，只是路线的不同"②。实际上，导演在多大程度上考虑大众很难说清，但无论是为大众还是个人，都值得尊重。从电影改编的角度来说，市场意识的渗透难以避免，关键是以大众的标准来看，改编是否成功。冯小刚以商业电影起家，受到王朔的深刻影响，他的电影改编大多得到观众的认可，冯小刚的电影还有另一重历史人文的视野；滕文骥的电影有其严肃的艺术追求，在改编中也迎合观众的趣味从而改变原作的内涵；夏钢的电影往往采自都市言情小说，天然带有市民趣味，虽然他本人言必称艺术，实则处于雅与俗的夹缝之中。由此观之，市场意识对导演改编实践的渗透在不同导演表现出不同特色。

第一节　冯小刚：商业的与人文的标准

在中国电影界，冯小刚是个高产导演。在他众多电影作品中，有不少来自文学作品的改编。这其中就包括《甲方乙方》《天下无

---

① ［法］安德烈·巴赞：《电影是什么》，崔君衍译，江苏教育出版社 2005 年版，第100—101 页。

② 引自［美］大卫·波德维尔、克里斯汀·汤普森《电影艺术：形式与风格》，曾伟祯译，世界图书出版公司 2008 年版，第 4 页。

贼》《集结号》《唐山大地震》《一九四二》等。他本人还同作家王朔、刘震云保持着很好的个人友谊，也有着深入的合作关系。可以说，冯小刚相当看重文学对电影的意义，他说："电影有个渠道，主要是从小说里来。打个比方，文学是枝繁叶茂，可能其中也有些枝枝权权。电影就成了'文学大树'上结出的果实，每场戏就是一个果实，由于电影的局限性，很难像小说表达的那样丰富，但却很凝练。"① 不难看出，冯小刚对文学与电影的关系看得是比较清楚的。某种程度上，冯小刚电影的成功离不开文学这棵"大树"。

一　"贺岁片"的王朔元素

回顾冯小刚的从影之路，有两个人起到了至关重要的作用。一个是北京电视艺术中心负责生产的主任郑晓龙，冯小刚 1984 年从部队转业后不久就在郑晓龙手下担任美工，后来又在郑负责的《编辑部的故事》《北京人在纽约》中担任编剧。另一个人就是王朔了。郑晓龙对于冯小刚的意义在于，他是行政上的领导，他赏识冯小刚，并给予冯小刚从事影视工作的机会。而王朔对于冯小刚来说是亦师亦友的关系，他对冯小刚的影响是精神层面的，在王朔身上学到的东西令冯小刚长久受益。

根据冯小刚的回忆，他同王朔的相识是在 1986 年的夏天，是在郑晓龙的引荐下认识的。此前，冯小刚已经"拜读"过王朔的《浮出海面》《一半是火焰，一半是海水》等作品，并且内心"敬仰"不已。当时的王朔已经小有名气，而冯小刚不过是个搞美工的小人

---

① 许晓青、刘天：《冯小刚、刘震云：电影是文学的果实》，《新华每日电讯》2012 年 6 月 18 日。

物。冯小刚与人交往自有他过人之处，他很快就同王朔成了很好的朋友，按照王朔的说法，"冯小刚是眼风极佳，见人说人话，见鬼说鬼话，夸起人来十分舍得自己"①。实际上，在冯、王二人的友谊之中，冯小刚始终以他的方式保持着对王朔的佩服与尊敬：

> 像很多读者一样，我对王朔小说里的人物，以及这些人的生活和他们使用的语言都十分的熟悉。他笔下人物的嘴脸都酷似包括我在内的很多朝夕相处的同学和朋友。而这些日常的生活，和日常生活使用的语言，经王朔一番看似漫不经心的描述，竟变得如此生动，令人着迷。这种与时俱进的视野和观察生活的角度，对我日后的导演生涯产生了深远的影响，成了指导我拍摄贺岁片的纲领性文献。②

冯小刚与王朔都是"1958 年的狗"（属狗），又都是从部队转业，他自然比较容易理解并认同王朔的作品，冯对王的敬仰是真诚的、由衷的。冯小刚在回忆录《我把青春献给你》里，把他同王朔的相识一章标题定为"抬头望见北斗星"。

冯小刚与王朔在创作上的第一次合作是给电视剧《编辑部的故事》编剧。1989 年 11 月郑晓龙召集王朔、苏雷等人"侃片子"，准备合作搞一个电视剧，题目就是《编辑部的故事》。开始并没有邀请冯小刚，是冯主动要求参与的："冯小刚跟我说想参与写剧本，他之前跟我合写过《遭遇激情》，有一些功底。我说来吧，写得好就用。后来发现他模仿王朔模仿得非常好。"③ 从郑晓龙的话里不难看出，

---

① 王朔：《我看王朔》，载《无知者无畏》，作家出版社 2000 年版。
② 冯小刚：《我把青春献给你》，长江文艺出版社 2003 年版，第 44 页。
③ 杨敏：《编辑部的故事》（上），《新民晚报》2012 年 7 月 23 日。

虽然当时冯小刚已经有过编剧经验，但他在郑晓龙团队中的地位并不巩固，属于"写得好就用"的那种。在具体分工上，他同王朔一样都分到了6集的写作任务。众人写好上交后，由于北京电视艺术中心搬家，剧本不慎遗失。"王朔只好带着冯小刚，按照原来的印象重写了一遍。王朔写了13集，冯小刚9集。"① 也就是说，在《编辑部的故事》这部以对话为主的电视剧中，王朔和冯小刚出力最大，剧本很大程度上是二人付出辛劳合作的结果。一部完整的作品需要风格上的大体一致，在创作过程中，作为地位相对弱势的冯小刚来说，重要的是与剧本的主导者王朔保持一致。而电视剧的负责人郑晓龙最后给出的评价是"他模仿王朔模仿得特别好"。

1994 年，王朔、冯小刚、彭晓林三人出资合办了"好梦公司"，王朔为董事长，冯小刚为总经理。王朔是公司的灵魂人物，他为冯小刚带来了拍摄人生中第一部电视剧、第一部电影的机会。《一地鸡毛》是根据刘震云同名小说改编成的十集电视剧，开始是由张元任导演，但张元的"地下导演"身份使他最终失去了这个机会。王朔拿到了这个剧本，资金也都有了，实际上是送给了冯小刚一个"大便宜"。这是冯小刚拍摄的第一部电视剧，为他带来了正面的影响。冯小刚在"好梦公司"拍摄的人生第一部电影是根据王朔小说《永失我爱》改编的同名电影。王朔在公司拍摄的第一部电影《我是你爸爸》也是由他的同名小说改编的，王朔请冯小刚出演片中的男主角。"好梦公司"设想的第一部电影《好梦献给你》剧本没有完成，是后来冯小刚贺岁片《甲方乙方》的雏形。王朔写的剧本《过着狼狈不堪的生活》交给冯小刚导演，中途被电影局叫停，2000 年冯小

---

① 杨敏：《编辑部的故事》（上），《新民晚报》2012 年 7 月 23 日。

刚将剧本内容修改后改名为《一声叹息》获得通过并最终上映。虽然"好梦公司"最后不得不关闭，也没有挣到什么钱，但在"好梦公司"阶段，冯小刚无疑是受益最大的一个。他的受益很大程度上又是拜王朔所赐。

今天，人们在谈到冯小刚的电影的时候很少提到他的第一部电影《永失我爱》，冯小刚本人也不大提了。原因大概是这部电影在冯小刚众多出色的作品中已经黯然失色，甚至是相当幼稚的。通常认为，这部电影改编自王朔的《永失我爱》《空中小姐》这两篇小说，实际上，电影基本照搬前者的故事情节，只是将女主人公身份设置为"空中小姐"（冯小刚似乎有一种"空姐"情结，《非诚勿扰》及其续集主角也是空姐，大概在冯小刚看来，空中小姐是最美的女人，最有票房意义）。《永失我爱》的小说和电影都在讲述这样的一个故事：男主人公同女主人公互相爱着对方，即将结婚，男方发现自己得了一种叫作"肌无力性疾病"的不治之症，因而决定让女方离开自己。他所采取的方式是不告知对方实情，而以恶劣的方式对待对方，使之抛弃自己。这个过程是极其痛苦而又纠结的，"催人泪下"。特别是女方要求最后同男方像夫妻一样生活一天的情节，短暂的欢聚意味着长久的离别，这是投向电影院的令观众难以抵挡的催泪弹。影片因为太过煽情而显得矫揉造作，这恰恰是王朔早期爱情小说的一个特点。而这种煽情的叙事策略在冯小刚以后的作品中并没有被抛弃，只是有所节制，它仍然是冯小刚电影吸引观众的一个重要手段。

从以上论述我们看到，编剧的学习、第一次拍电影剧、第一次拍电视剧，冯小刚这些重要的人生经历中都有着王朔的强力影响。

真正让冯小刚一炮走红的，也是他人生中捞到"第一桶金"的《甲方乙方》，虽然没有王朔的署名，但贡献最大的毫无疑问还是王朔。

《甲方乙方》的前身是王朔的小说《你不是一个俗人》，而小说的缘起则是"好梦公司""攒"的第一部戏《好梦献给你》。小说以"好梦公司"的前期活动为素材，写了几个以吹捧人为职业的年轻人的事迹，其中的主角之一就是"冯小刚"，小说中用的是冯小刚的真名。应该说小说是以冯小刚等人为现实摹本的，《我把青春献给你》里记录了几段冯小刚一伙吹捧人的故事：

> （第一次见王朔）只记得，一上来我就搂头盖脸地把王朔大肆吹捧了一番，把王朔的脸夸得红一阵白一阵，迫不得已只能以皮笑肉不笑响应。[1]

> （王朔说）刘老师（指刘震云）仁义，没有把所有的路都堵死了，还给作家们让出了一个题材可以写，就两个字：绝望。因为有刘老师的高度在那里戳着，我们才对"绝望"这两个字的含义有了深刻的理解。斗胆夸一次口，写"绝望"，刘老师不见得写得过我。[2]

> （冯小刚夸王蒙）来的时候，王朔是想让您好好舒服舒服的，怎么就让您一眼看穿了呢？您的洞察力怎么那么强呵？一句话就把王朔噎得没词了。这么扛得住吹捧的人不是没有，但像您这么有地位的人，不吃捧还反感，我是头一次见到。[3]

---

[1] 冯小刚：《我把青春献给你》，长江文艺出版社 2003 年版，第 45 页。
[2] 同上书，第 57 页。
[3] 同上书，第 56 页。

再看小说里写的冯小刚的语言：

> 作为一个优秀的吹捧家，最重要的品质就是不惜把自己变成一个可怜虫，一个笨蛋，一个恨不得让人用大耳刮子抽的白痴。同志们呐，这是灵与肉的奉献呵！
>
> 怎么回事呵？你怎么对自己的看法这么不正确呵？有些优点自己没意识到，别人给你指出来，就该虚心接受。我平时是不爱随便表扬人的，全凭自觉嘛。可对你这种不自觉的人，我今天就要狠狠表扬你！

这些例子说明：一是王朔的小说是以冯小刚们的生活为基础的；二是王朔与冯小刚在日常的话语方式上有高度的相似性，他们也是气味相投的朋友；三是冯小刚的《甲方乙方》的成功某种程度上是因为他对这一类人的熟悉，对他们的语言的熟悉，这些人物、生活、话语既是王朔的，也是冯小刚的。当导演找到了他的人物、生活、语言时，他就能把电影表现到最佳的状态。在这种寻找的过程中，王朔首先用他的笔写下了他们共同熟悉的内容，为冯小刚的电影创作提供了一个非常好的样本。

1997年冯小刚制作完成电影《甲方乙方》，从此便一发而不可收拾，相继拍出了《不见不散》《没完没了》《大腕》以及《非诚勿扰》（1、2）等娱乐电影，因为这些电影上映档期一般安排在春节前后，也就有了"贺岁片"的称谓。一提起冯小刚的电影，人们首先想到的往往就是"贺岁片"，"贺岁片"一定程度上成为冯氏电影的标签。当然，冯小刚后期电影的风格是有所变化的，为了方便论述，我们在这部分只谈冯小刚电影中延续了早期风格的相对狭义的贺岁电影。在这部分电影中，我们虽然很少看到王朔在片中的署名，但还是不难发现王朔的影响。实际上这并不难理解，冯小刚第一部获得巨大成功的贺岁片《甲方乙方》就是依据王朔小说《你不是一个俗人》改编的，其后的多部贺岁片只不过是对既定模式的不断复制。

具体来说，冯氏贺岁片中的王朔元素体现在以下几个方面：

第一，荒诞的情节。

在王朔的《你不是一个俗人》里，并没有一个线性发展的、完整连贯的故事，而是各种片断式的情节的组合。而这些情节大多是荒诞不经的。小说中的几个人物以吹捧人为职业，"逮谁捧谁"，倾力付出还不收费。他们吹捧别人也互相吹捧；他们竭尽全力去满足别人的一些梦想，比如当巴顿将军的梦想，当坚贞不屈的英雄的梦想。他们的作为无一处不荒诞，在现实生活中似乎找不到这样的群体。他们的行动不具有多少现实的逻辑，那么，支撑这部小说的唯一的逻辑就是好玩，是作者娱乐大众的需要。这些人物的行径令人联想到王朔的另一部小说《顽主》，这是王朔1987年的一部小说。于观、杨重、马青（他们也是《你不是一个俗人》中的主要人物）等人成立"三T公司"，"替人解难、替人解闷、替人受过"，故事里因而出现了替丈夫挨骂让妻子高兴，替不能赴约的医生去见其女朋友，替不知名的作者颁发文学奖以满足其虚荣心等荒唐的情节。写一群玩世不恭者的荒唐故事是王朔小说的一个重要类型，冯小刚将其搬上银幕并进一步发扬光大了。

在改编《你不是一个俗人》的过程中，冯小刚对小说做了大量的调整。他去掉了小说中内容非常之多的"吹捧"部分，而是集中表现替人圆梦的荒诞情节。小说中圆梦部分只有两个，一个

是大汉的将军梦，一个是厨子的英雄梦，这两个情节相对丰富、完整，在影片中得到了忠实的保存。除此之外，冯小刚发挥了他善于"模仿王朔"的特长，依照相同的思路补写了大男子主义者的"受气梦"、讨不到媳妇的绝食男人的"公主梦"、明星回归正常人的"普通人梦"以及吃腻了荤腥的大款的"吃苦梦"。普通人的将军梦、英雄梦顶多只是在心里想想罢了，一旦像模像样地表演出来就滑稽可笑了。而现实生活中大概不会有人觉得"受气肯定是一特过瘾的事"，要求"一点好脸儿都不给你，张嘴就挨呲儿，重活累活都让你干了，还不拿你当人，给一大嘴巴都算是轻的"。也不会有大款真的愿意到贫困的农村天天吃野菜，过苦日子。这些情节都有一个共同的思路，那就是把人物放置到与之生活完全相反的情景里，在强烈的落差中显现荒诞的效果。这些情节在现实生活中都是不可想象的，人物的想法也大多只会出现在吹牛皮的胡侃之中，并没有人会愿意付诸实施。电影在表现这些不可思议的情节的时候就获得了一种喜剧效果。

这种借荒诞情节来获得喜剧效果的手法在冯小刚的贺岁片中屡见不鲜。《大腕》里尤尤为大导演泰勒举办喜剧葬礼，为了筹措巨额葬礼资金，他们想到了拍卖转播广告的办法。结果广告商争相抢夺机会，葬礼现场充斥着各种各样五花八门的广告，连泰勒的尸体都不放过。而更荒诞的是，泰勒意外地康复了，但他并不想阻止正在上演的闹剧。《非诚勿扰1》开头秦奋拿着所谓"分歧终端机"轻易地骗取了老板200万英镑，而在结尾时老板要抱着这款小儿科的玩具机器跳海；《非诚勿扰2》王朔再次回到了冯小刚的电影中做编剧，影片中豪华的离婚仪式以及李香山的人生告别会都充满了荒诞的气氛。

冯小刚电影中王朔式的荒诞并没有什么深意存焉，并不具有什么现代性、后现代性，也不对世界、人生抱什么批判、反思乃至绝望之类的思想、情绪，它的最大目的只是娱乐大众，博人一笑。在这一点上，冯小刚与王朔是高度一致的。

第二，调侃的语言。

在当代作家中，王朔是有着鲜明的语言特点的，不论你喜欢与否，都不能否认这一点。王朔的语言是一种调侃的语言，幽默、诙谐的底子是"一点正经没有"。他的语言来自鲜活的北京人口语，主要是年轻人互相调侃的说话方式，是"拿人开涮"。

"弄着一帮半老徐娘在那儿言着情，假装特纯假装特娇，一句话就难过半天，哭个没完，光流眼泪不流鼻涕，要不就是一帮小心眼的江湖术士，为点破事就开打，打得头破血流还他妈大义凛然，好像人活着不是卖酸菜的就是打冤家的——中国人的形象全让你们败坏了。那点事儿也叫事儿？就欠解放你们，让你们吃饭也用粮票。"（《一点正经没有》）

"别人瞧不起咱们也就算了。"刘会元激动地对我说，"咱们不怨命，怪咱自个，谁让咱小时候没好好念书呢，现在当作家也是活该！但咱们不能自个瞧不起自个，咱虽身为下贱，但得心比天高出污泥而不染居茅厕不知臭度尽劫波兄弟在相逢一笑泯恩仇……"

我泪滴下来："我爸要活着，知道我当了作家，非打死我。"（《顽主》）

也有人将王朔的语言称为"新京味"，是相对于老舍的"京味"来说的。所谓"京味"语言，采自北京民间口语，有着油腔滑调的一面，这大概是北京人根深蒂固的话语方式吧，老舍先生就表示过对自己早期语言的不满。王朔对此并没有任何检讨，反而是肆无忌惮地将这种油滑放大，并且增加了尖酸刻薄的风格。反观冯小刚的贺岁电影，其语言的幽默特点同王朔如出一辙，也是"一点正经没有""千万别把我当人"的"痞子"腔，但是少了点王朔式的刻薄：

> 刘蓓："哎呦，你看人这个家具店，真大，真气派，进来就是不买东西，看着心里都痛快！"
>
> 葛优："东西好坏是其次，导购小姐好那才是千载难逢的。你不是退下来的空中小姐吧？（不是）肯定是，还能不是?!"
> (《甲方乙方》)
>
> 你这人最大的优点就是能在关键时刻大义灭亲，说翻脸就翻脸，稍加训练就能成立一恐怖组织，还绰绰有余。(《不见不散》)
>
> 什么叫成功人士你知道吗？成功人士就是买什么东西，都买最贵的，不买最好的，所以，我们做房地产的口号就是：不求最好，但求最贵。(《大腕》)
>
> 你不算顺眼的，你是仙女级的，人都说情人眼里出西施，你在仇人眼里都是西施。(《非诚勿扰1》)

同样是油嘴滑舌的"耍贫嘴"，王朔的小说似乎更尖锐一些，冯小刚的电影则要温和一些，大概文字的读者在承受力上要比影像的观众更坚韧一些。"调侃在冯小刚手里已经由王朔的武器过继成了让观众开怀一笑的工具。"① "冯小刚的人物依旧在'调侃',只是语言的'破坏性'削弱。"② 当然,二者追求的目标还是基本相同的,都是为了让人觉得有趣,从而激发阅读(观看)的兴趣。

第三,"顽主式"的主人公。

冯小刚贺岁片中的主人公与王朔笔下的"顽主"是一个精神谱系的。其共性表现在这样几个方面:其一,他们都游离在传统的社会体制之外,不属于工农兵学商,是传统意义上的"不务正业"的人;其二,他们似乎无所事事,游手好闲,行为举止不同于常人,颇有点玩世不恭的味道;其三,他们又都不过是小人物,没有能力也压根儿没有想过什么反体制、颠覆什么之类的事情,只是喜欢过过嘴瘾,本质上是胆小怕事的,也是善良的。

冯小刚的几部贺岁片几乎无一例外的都是由葛优出任男一号,主人公的形象基本上已经类型化了。无论电影中葛优扮演的人物叫什么名字,都是姚远(《甲方乙方》)的翻版。他们无一例外的都是正面的小人物,谋生的方式基本不在传统的职业范围之内。他们似乎没有稳定的收入来源,但基本衣食无忧。《非诚勿扰》(1、2)里的秦奋还跻身较为富有的中产阶级,但没有职业,专职谈恋爱。主人公的魅力在于:第一,他们都能说会道,富于幽默感,这一点已经在上文中有所论述;第二,他们都很善良,有正义感。《甲方乙方》中的姚远,把为自己准备的婚房借给素不相识的人,以圆他患了癌症的妻子的"蜜月梦"。姚远的行为感动得对方泪流满面。这个

---

① 刘帆:《改编抑或改置:冯小刚电影的"王朔主义"问题》,《电影艺术》2004 年第 3 期。

② 杜剑峰:《从王朔到冯小刚——当代社会文化转型中的审美流变》,《北京联合大学学报》2002 年第 4 期。

故事情节的添加明显有煽情的嫌疑。《大腕》中的尤尤因为答应了泰勒的请求，无论多么困难他也坚持要把泰勒的喜剧葬礼办好。《没完没了》里的韩冬并不敢真的绑架欠钱不还的阮大伟的女友，他要照顾已成植物人的姐姐，过年时他同姐姐说的一番话令人不禁潸然泪下。韩冬在感动观众的同时也感动了小芸，电影让不可思议的爱情成了现实。

　　冯小刚贺岁片中的主人公明显带有王朔"顽主"系列小说的影子，第一部贺岁片还是照着王朔小说改编的，但是，冯小刚也做了自己的调整。总体来看，冯小刚赋予了他的主人公更多正面的、理想的色彩。这种改编方式其原因大致有三：其一，是观众情感的需要。善良的、正面的主人公，加上一些煽情段落，不那么尖锐，带有一些温情脉脉的调子，可能是观众更乐意看到的。其二，冯小刚本人在性情上更倾向于有人情味的人物，喜欢温情的调子，让人感动的情绪氛围。在冯小刚身边长期工作的摄影师张黎曾对冯小刚说过这样一段话："你和王朔很不一样，王朔对真善美的调侃是发自肺腑的，你不过是出于自我保护，骨子里你是古典主义浪漫情怀。"①冯小刚对此深表认同。其三，就要涉及冯小刚对其影片中主要人物的感情了，要知道，王朔笔下的"顽主"一定程度上写的就是冯小刚之流。王朔曾经表示，有两个人的生活态度深深影响了王朔的前期创作，一个是付绪文，一个是冯小刚。王朔这样评价冯小刚对自己创作的影响：

　　　　冯小刚是眼风极佳，见人说人话，见鬼说鬼话，夸起人来

_____

① 冯小刚：《我把青春献给你》，长江文艺出版社 2003 年版，第 34 页。

十分舍得自己，他的逻辑是：我就是把人夸过了他也不能跟我急。夸的时候就把什么事都办了。这都是北京小人物的生存智慧，在严酷的社会环境下自保的同时又能吃得开，听上去挺悲哀的，其实是小人物唯一可以多少保持一点自尊的方法。这两个人教王朔懂得了很多东西，丰富了他的创作和对人群的认识。老实讲，王朔创作中极招眼的一些观念，譬如什么也不坚持，不知丑焉知美，等等，皆来自这二人。①

王朔对冯小刚以及他笔下的小人物的分析应该说是相当透彻的，王朔与冯小刚的作品可以说是你中有我，我中有你。王朔的小说以冯小刚等人为基础，冯小刚的电影又以王朔小说为基础，于是，我们就不难发现，原来冯小刚的贺岁片拍的其实是他自己，冯小刚是以电影来书写他的人生自传。这样，贺岁片中的"顽主"们自然就带有更多的正面色彩了。

二 刘震云的意义

王朔以及王朔的作品对于冯小刚电影的成功具有不容否认的重要性。冯小刚也曾多次表示王朔是他的老师："我是读了王朔的小说才有了创作的冲动的。应该说是他开启了我的想象力。我们这一代人对他的作品有强大的认同感，他的作品有很强的亲和力。所以我们今天拍的电影也有这种特征。" "我到死都是王朔的学生。"② 从1997 年的《甲方乙方》到2000 年的《一声叹息》，冯小刚的每部电

---

① 王朔：《我看王朔》，《北京青年报》2000 年1 月17 日。
② 冯小刚：《我得把坑挖成井》，《北京晨报》1999 年1 月17 日。

影票房都稳定在 3000 万元以上，他已经成了中国当代名副其实的最会赚钱的导演。然而，如果我们认为冯小刚真的会永远不"出师"，照着王朔的模式永远拍下去，那么就大错特错，那样也就太小看冯小刚的抱负了。冯小刚当然不会傻到放弃有着丰厚回报的贺岁片，也不会故作清高地贬低这些电影，但他的内心深处一定有着更大的雄心。毕竟贺岁片在思想艺术上的贫乏即便是最吹捧冯小刚的评论家都不好意思轻易下笔。

可以说，冯小刚在电影创作上是两条腿走路，一条腿是王朔，另一条腿就是刘震云。冯小刚说过这样一段话：

> 如果说《编辑部的故事》是我作为一名编剧，在王朔创作风格的引领下，跨出了坚实的一步；那么《一地鸡毛》，则是我作为一名导演，在刘震云创作思想的影响下，创作上走向成熟的一次飞跃。①

的确，冯小刚的第一部电视剧就是改编自刘震云的小说《一地鸡毛》。在拍摄的过程中，刘震云还做了"高屋建瓴"的指导。也就是说，早在 1995 年冯小刚就已经接受了刘震云"创作思想的影响"，刘就已经是冯的良师益友了。而在《一地鸡毛》拍摄完成之前的 1994 年，冯小刚就向刘震云表示："如果你信任我，我想把你的《温故一九四二》拍成一部电影。"② 如果我们把冯小刚看作那个只会拍贺岁片的商人导演，那就太小看他了。实际上，他的电影创作也不像许多人认为的在 2000 年以后发生转型，他从一开始就在酝

---

① 冯小刚：《我把青春献给你》，长江文艺出版社 2003 年版，第 79 页。
② 同上书，第 189 页。

酿着拍一部史诗，并为此一直在等待时机。

2003 年完成的《手机》是冯小刚喜剧片中第一部既叫好又叫座的作品，这部电影的编剧是刘震云，这也是冯小刚同刘震云合作完成的第一部电影。我们明显可以看到，刘震云的加盟为冯氏电影带来了一些新的亮点。同样是幽默的对话，同样是喜剧片的形式，《手机》与以往的贺岁片相比不再是庸俗的搞笑，而是多了现实的内涵以及人文的深度。这部电影会让观众在笑过之后不是骂一句"冯小刚这孙子"①，而是会去思考，甚至会感到恐惧。影片围绕主持人严守一同三个女人的关系展开，借以表现婚外情这个当今社会的焦点问题，并进而思考婚姻家庭、人的欲望以及真实与谎言这些命题。影片让人思考在欲望膨胀的时代背景下，一个人对于婚姻、家庭应该有什么样的责任。最后三个女人都离严守一而去，就是影片所持有的立场。同时，影片还提出当代人的撒谎成性、言不由衷的问题。严守一主持的栏目叫"有一说一"，而他本人在现实生活中几乎是出口就撒谎，这简直是一种莫大的讽刺。影片还特意在繁华的都市之外设置了贫困的河南乡村严守一老家场景（刘震云也是河南人），并在开头安排 13 岁的严守一第一次打电话找人的情节，这一次严守一骑自行车骑了很远的山路才打通电话，他的信息然后通过广播第一次公开传达。影片大概是要表现在通信并不便利的时代人与人之间反倒更加纯朴，而现代科技的发达反倒对人的自由构成了可怕的威胁，所以影片结尾处当严守一听说新的手机具有全球定位功能时，他露出了十分恐惧的眼神。那么，现代科技的发展是给人提供了便利，还是带来了束缚？这是影片所提出的深层次的命题。不过，恰

---

① 冯小刚对王朔的小说表示赞赏时，情不自禁地说出的一句话是"这孙子"。

恰在这方面影片也出现了故事与思想相脱节的地方。在故事层面，严守一所想要的"自由"正是对婚姻的不负责任，恰恰是"手机"使严守一之流无所遁形，是手机这一现代科技文明成果揭穿了严守一的谎言，使他不能为所欲为。

2012年，冯小刚拍摄《一九四二》的时机终于成熟了，这是一部冯小刚期待很久的电影。当初冯小刚提出要拍刘震云的《温故一九四二》时，刘表示"时机尚未成熟"，2000年刘认为可以"开始上路了"，并风趣地说冯是从中场插上来的球员，可以把球传给冯了。无论是刘还是冯，都把《温故一九四二》视作极其重要的作品，没有准备好是宁可不拍的。刘所说的"时机"肯定还有对冯的信任问题，2000年恰好是冯小刚电影一片大好之时。多年贺岁片累积的票房、声望，特别是冯氏电影多年来建立起来的庞大的观众基础，使刘认为冯可以一试。

那么，为什么冯小刚对改编《温故一九四二》有着这么大的决心？最主要的原因还是他对这个文学作品有着极高的评价，是这个作品深深地打动了他，使之心灵受到了"强烈的震撼"：

> 它既是一幅波澜壮阔一泻千里的流亡图，又是一部中华民族的心灵史。剧本涉及三千万饥寒交迫的河南灾民，和他们之中在西出潼关的流亡途中冻饿而死的三百万冤魂，同时它的视野又非常的宽广……而当这么多错综复杂的关系搅拌到一起的时候，我们看到的主角既不是命不如纸的灾民，也不是他们的统治者蒋介石。主角只有一个，那就是民族。刘震云在打捞三百万看似和我们没有关系的冤魂的同时，又吹落历史的尘埃，把一个我们不愿意面对的结论交给了我们。谁也跑不了，我们

都是灾民的后代。①

正是小说深刻的思想内涵、厚重的历史感打动了冯小刚，使他立志一定要把它拍成民族的灾难史诗，在各种关系错综复杂的、波澜壮阔的历史画卷中，书写沉重的"民族心灵史"。其实原小说是一种调查采访体，只有一个个故事片断。小说中的采访人在发掘历史陈迹时，也随时发表自己的见解，既深沉痛苦又往往语带嘲讽。这样的小说其实是很难拍成电影的，它必须改编成一个有头有尾的完整故事，而且，关于这段灾难史的深刻见解必须是通过故事表达出来，而不能直接说出。从影片来看，冯小刚的确是朝着这个方向在努力。影片在呈现几百万灾民的流亡图的同时，试图讲述一个人性的故事，而这个故事的背景则是日寇入侵、山河破碎，作为当时最高统治者的蒋介石处在极为艰难的局面之中。影片少了一点原小说的辛辣嘲讽，多了一点对历史人物理解的同情，在表现冰天雪地饥民惨死的冷酷现实时，也多了一分相互扶持的人性温暖。

电影在改编过程中，最有力量的一笔应该是把灾民的流亡同当时的政治生态结合起来，政治的逻辑同人性的逻辑相冲突，在人性之恶中表现人性之善。在我们的概念里，叛国、当汉奸是毫无疑问的可耻行为，人人可得而诛之。但如果是负有义务的国家——代表国家的公权力首先背叛人民，不仅弃水深火热中的民众于不顾，还处处刁难、鱼肉百姓，民众又当如何？影片中我们看到，在灾难发生的同时，手中握有权力的人依靠自身的特权将罪恶的手伸向在死亡线上苦苦挣扎的灾民。这些人包括以战区巡回法庭

---

① 冯小刚：《我把青春献给你》，长江文艺出版社2003年版，第189页。

法官身份出现的想大捞一笔的老马,从战线上溃败下来强抢民财的国民党官兵,买卖灾民的人贩子,发国难财的军需官以及与军需官勾结的商人,敲诈赈灾粮的国民党将领,等等。片中的国民党将领公然质问,是军队重要还是老百姓重要?当河南省主席见蒋介石想提出河南赈灾问题时,他发现蒋介石太忙了,竟不好意思向他张口。在他的意识里,蒋介石所面对的都是大事,河南饿死人只是微不足道的小事。当蒋介石询问是否有灾民帮助日本人打国军的事,河南省主席矢口否认,因为这是政治上的大节。"饿死事小,失节事大。"在政治逻辑面前,人是极端渺小的。日本人何尝不是利用灾荒来达到不可告人的政治目的,它用粮食收买灾民以解决兵源不足的问题。也就是说,一切都是从政治利益出发,而不是从人性出发。而饥民之间那点微弱的人性力量在强大的现实面前又是何其苍白!这是悲惨的历史令人感到最可悲哀的地方。在这里,冯小刚为灾难的民族立下了一块沉重的碑,这部作品也是他个人电影生涯上的一块碑。

三 "有意思的小说"

在冯小刚的作品中,他对自我经验的开发还是比较多的,《甲方乙方》《不见不散》《大腕》《一声叹息》《手机》里都可以见到冯小刚个人及其交往圈子日常生活的影子。一个优秀的导演,需要有同化他人作品的能力,毕竟依赖自我的生活经验进行创作视野范围相对狭小。除了王朔、刘震云的助力之外,到目前为止,冯小刚电影还分别改编了赵本夫的《天下无贼》、张翎的《余震》以及杨金远的《官司·乡野情事》。在电影改编的文学文本选择上,冯小刚似乎并不在意作者是谁，名气如何，也不在乎作品是否得到了艺术上的认可。事实上，这些作品是因为冯小刚的改编电影才名声大振的。像《余震》的作者张翎，她是旅居加拿大的华裔女作家，在国内并不怎么出名，电影《唐山大地震》上映后才成为大家关注的焦点，华东师范大学出版社趁势推出了 6 卷本《张翎小说精选》。① 杨金远也是国内很少人知道的作家，在电影出来之前也很少人关注到他的这个作品。既然冯小刚并不看重作者、作品的名气，那么，他选择文学作品进行改编的标准是什么？

冯小刚在改编文本选择上，最为看重的是小说的故事，要看小说的故事有没有意思。谈到为什么改编《天下无贼》时，冯小刚说："我当时就把小说看了，一个淳朴的小孩有一个天下无贼的梦想，这个易碎的梦想偏偏是让两个贼给呵护住了，两个贼保护他们准备下手的对象，等于是两只狼保护一只羊，有意思就在这儿。我当时就跟葛优说，这个电影我想做。"② 冯小刚这样评价原著《余震》的故事："这部戏的故事非常有劲儿，很感人。我们需要一部能体现民族精神的大片出现，我觉得《余震》可以承担这个重任。"③ 小说《余震》从一个独特的角度来表现 1976 年的唐山大地震给人的心灵带来的永久的创伤。当年的母亲面临救儿子还是救女儿的痛苦抉择，母亲做出选择的那一刻沉重地伤害了女儿的心灵，也给女儿带来一辈子的心病。但是，女儿又哪里知道母亲所承受的内心痛苦是何其巨大？地震只是一刹那的事，它留给人们的伤害（"余震"）却是几代

①　姜小玲：《张翎：〈余震〉之后看定力》，《解放日报》2009 年 8 月 13 日。
②　张英：《听冯小刚讲"贼"小说到"贼"电影》，《南方周末》2005 年 1 月 19 日。
③　石宁：《〈唐山大地震〉影片未映，小说〈余震〉先热》，《出版参考》2009 年第24 期。

人的。同样，杨金远的《官司·乡野情事》讲一个连长一辈子都在寻找他的团长，追问团长到底有没有吹撤离的集结号。他要同团长打官司，问问清楚这件事，因为他不能让他整个一连的弟兄不明不白地死了。这是一个很不一样的战争题材故事。冯小刚所理解的小说的"有意思"，首先是它很特别，能够吸引人；其次，它还得有一定的思想性，能够给观众带来某些思考。

"有意思的小说"也就意味着拍出来的电影得有人看，应该受到观众的欢迎，这是第一位的。冯小刚的电影从贺岁片开始就确立了一个重要的原则，始终把观众爱不爱看放在首位。"我只考虑观众喜欢不喜欢。""从一开始进入这个行当，我就和观众的兴奋点保持一致。而且我对观众的判断的准确性能做到百分之七八十。"①虽然有些自鸣得意，但这么多年的实践证明，冯小刚所言非虚。冯小刚在每一部电影拍摄之前是很清楚他的观众群体的，很清楚这部电影是拍给什么样的观众看的。在这一点上，他同他的老朋友王朔又是一致的。王朔就曾明确讲过，他的小说《顽主》一类冲着跟他趣味一样的城市青年，男的为主，《过把瘾就死》奔着大一、大二的女生去的，《玩的就是心跳》是给文学修养高的人看的，《我是你爸爸》是给对国家忧心忡忡的中年知识分子写的，《动物凶猛》是写给同龄人看的②。冯小刚的电影在改编之前心里已经有了一个预先的评判，他对观众心理的拿捏还是相当准确的。在具体的改编过程中，冯小刚也是以观众的趣味为重要改编准则。

从《天下无贼》《余震》《官司·乡野情事》这几部作品的改编

---

① 冯小刚：《我得把坑挖成井》，《北京晨报》1999年1月17日。
② 参见王朔《我是王朔》，国际文化出版公司1992年版，第55页。

来看，冯小刚及其团队花费了大量的心血。这几部作品内容都偏短小，《官司·乡野情事》是个只有三页纸的短篇，《余震》是个中篇，但小说写的大部分国外生活内容都被删除了，《天下无贼》是个纯粹虚构的作品，为了让它可信对它的改编更是大费周章。三部作品的改编其共同点在于，电影只是保留了原小说的大致故事框架，而填充进了大量丰富而饱满的细节。这几部作品的改编基本上是在原有粗线条的故事框架内的命题作文。

在《官司·乡野情事》这个短篇小说中，连长老谷一直在寻找他的团长，当然他并不知道团长早就死了，直到70多岁才得知真相。是团长的警卫告诉他的，团长根本就没有下命令吹号。这个故事梗概在电影中完整地得到保存，但小说的故事太过于简略，主要是靠叙述人说出来的，没有具体的细节。小说的作者兴致勃勃地讲述老谷两次"情事"，在电影中没有得到表现。一次是老谷负伤后长江边上的一个有着"好看的乳房"的漂亮女子留他，这个女子还救了他；另一次是家乡的漂亮的童养媳恳请他不要再去找了，当然老谷还是不为所动。冯小刚请刘恒担任电影的编剧，电影与原小说相比，可以说是在后者基础上的再创作。

冯小刚把片名改为"集结号"，而不是原小说有名无实的"官司"。影片紧紧围绕"集结号"到底有没有吹展开，在结构上分为两个部分。前半部分是战争戏，后半部分是"文戏"，也就是找团长要说法的戏。这部电影的改编最有价值的部分，也是最集中体现了冯小刚改编智慧的部分，笔者认为是战争戏的加入。《集结号》是冯小刚拍摄的第一部现代战争题材的电影，8000万元的投资大部分都用在了战争戏的拍摄上。这是非常值得的，也是看得

见回报的投资。

首先，影片一开始就出现的激烈的现代化战斗场面，一下子就抓住了观众。试想，如果没有这些战争戏，只是如小说那样不停地找团长，那么这部电影大概就只是一部少数人欣赏的文艺片。况且，冯小刚对战争场面的渲染与一般的中国战争片很不一样，那种血腥的场面，逼真的而又有质感的视听效果，堪比斯皮尔伯格《拯救大兵瑞恩》中著名的抢滩登陆片断。影片最后拿到2.6亿元人民币的票房很大程度上得益于精彩的战争戏，而这一部分是小说中所没有的。其次，这一段战争戏也为冯小刚电影带来了良好的口碑。与以往司空见惯的战争电影不同，《集结号》表达了一种强烈的反战情绪。中国的现代战争题材电影为主旋律电影所垄断，绝大多数的主流战争片都有一个共同模式，那就是为了表现革命战士的英勇献身精神，而把战士们塑造为一个个争先恐后抢着参加战斗，没有战斗任务还非常生气的形象。这在客观上造成一种印象：我们的战士个个都是不怕死的好战分子。实际上这是违反人性的，但多年来我们的电影都是如此。而在《集结号》中，从连长到普通士兵，谁都不想打下去，都希望团长的集结号早点吹响，可以早点撤下去。这是人在死亡面前本能的恐惧，这才是符合人性真实的。最后，在异常残酷的战斗中，老谷（电影中他叫谷子地）眼睁睁看着手下的战士一个个先后死去，有了这样的交代，观众就能更深刻地理解谷子地为什么会如此执着地要向他的团长讨个说法。像影片设计的这样的细节：谷子地的表坏了，吕宽沟为了送给谷子地一块手表，在死人堆里摸爬，等他终于拿到手表了却被敌人的狙击手击中，搭上了自己的性命，通过这样的细节，观众就能很好地理解谷子地同战士们之间的感情。他不能让弟兄们就这样不明不白地死了，这才是他坚持不懈地寻找的根本动力。这一点在小说里没有得到充分的说明。

《天下无贼》在故事上虽然很有意思，但电影还是招致了一些批评。有人说：即便电影中"诸多细节的漏洞都被忽略不计"，傻根儿这个角色仍然令人难以信服。"他就像一个飘忽不定的符号，一个荒诞不经的梦呓，一个空洞过时的概念，一个随时随地都会破灭的信仰的泡沫，令王薄王丽的追逐和守望显出一种英雄末路的虚弱和不堪一击。""导演本人从内心深处压根儿都不认同、不理解、不接受的世界观，作为一部电影的内核，交给一个 19 岁的农村孩子独立完成，他必须透过他的表演编织一个真实的谎言，说服观众相信这个毫无事实根据的梦想，仅仅因为导演根据他的商业头脑认定，观众就喜欢看这个。"① 《天下无贼》的改编可能是让冯小刚最为头痛的工作了，虽然最后的结果还是差强人意。这个小说起先是由葛优的母亲发现并推荐给冯小刚的，冯看到后很兴奋，觉得故事很有意思，当即表示要拍成电影。但在改编的过程中，冯发现这是一件非常棘手的工作。他找来小说作者赵本夫，一问才知道这是一个完全编造的故事，毫无事实基础。冯一听原创就是纯粹想象虚构的东西，"当时头就大了"。冯小刚首先要解决的是说服观众相信，"贼"为什么要保护傻根：

> 我觉得王丽和男朋友为什么会保护傻根，仅仅靠傻根的善良是不够的；而且我也不相信贼看见一个人善良就不偷他了。

---

① 沙蕙：《"天下无贼"与"贼喊捉贼"：冯小刚贺岁电影的悖论》，《文艺研究》2005 年第 5 期。

我们为刘若英的觉悟寻找了一个依据，就是说她怀孕了，一个新的生命要诞生了，她要重新思考她的人生，为腹中的胎儿做一些好事来削减内心的罪恶。这是一个内因，加上傻根的善良成为一个外因，共同起作用。①

好不容易剧本完成了，送审却出了大问题，电影局不予通过。理由是"贼的转变没有说服力，缺乏正面力量的引导，贼最后死得有些悲壮；警察在影片中的作用不够，还有'感觉这趟火车上到处是贼，是否会造成不良社会影响'"②。电影局的意见冯小刚自然不敢轻易怠慢，实际上不止如此。正如影片的编剧王刚所言："我们既怕让公安部不高兴，又怕让铁道部不高兴，更怕电影局通不过，却还要把那两个小偷写得真切、扎实，让他们面对那个傻根的时候，还要有几分感人。最好要让那些掏钱买票的观众们在笑过之后流泪。"③ 接下来的改编工作就是朝着使各方都能满意的路子艰难前行。

其实，如果冯小刚在影片中没有加入那么多的"贼团伙"的戏，可能就不会有那么大的压力。小说中并没有"贼团伙"，王薄与偷钱贼的较量也着墨不多。但是这部分内容又是电影最好看的部分，据说冯小刚还有很多有趣的"贼戏"被迫剪掉了。因为"贼戏"有观众缘，所以电影中大量存在。这在客观上必然造成到处都是贼的印象，所以根据电影局的意见，必须增加警察的戏，一切都要在警察的掌控之中。要让警察一上车就发挥重要作用，增加制伏劫匪、调

---

① 张英：《听冯小刚讲"贼"小说到"贼"电影》，《南方周末》2005 年 1 月 19 日。
② 同上。
③ 王刚：《我所痛恨的〈天下无贼〉》，《中国作家》2006 年第 13 期。

包傻根的钱款、抓住黎叔及其团伙等情节，来凸显警察的神通。冯小刚的团队在改编之中可谓绞尽脑汁，力图照顾到各方的关切。即便如此，影片之中仍然难免存在硬伤。编剧出身的冯小刚对此也很清楚："还有漏洞我也挺没辙的，比如为什么警察把黎叔铐住了又不跟他在一个屋子里待着？王薄、黎叔又怎样从警察眼皮底下逃脱？黎叔怎么有杀王薄的时间……"① 所以，冯小刚本人在谈到《天下无贼》这部电影时也很低调："我过去的片子有一个共同的特点就是把生活给游戏化，而这种游戏感在《天下无贼》这部电影里依然存在，观众看电影是去买醉的，他花钱在电影院里待这一个多小时，就像喝了一杯酒，有点让你晕乎的麻药，有点快感。因此我也可以说，这部电影不治病，它是一针麻药，它仅仅止疼，不解决任何问题。"② 我们也不应该苛责《天下无贼》，它从一开始就注定是个不好弄的东西。从改编的角度来说，冯小刚的团队还是显现出难得的才华。毕竟里面有着那么多令人耳目一新的细节，好好地娱乐了观众。同时，影片又多多少少有一种理想主义的情怀在里面，让人看到人性的希望。

同样，在对张翎的《余震》的改编上也几乎是在原有框架上的重新创作。除了考虑故事本身的自圆其说之外，冯小刚还要在票房、艺术以及主流意识形态之间保持微妙的平衡。首先，小说作为背景的唐山大地震在电影中得到直接、正面的表现。这也就是影片一开始出现的令人为之震撼的大制作，力争还原地震当时可怕现场，具有撕心裂肺的感人力量。这大概是中国第一部严肃

---

① 张英：《听冯小刚讲"贼"小说到"贼"电影》，《南方周末》2005 年 1 月 19 日。
② 冯小刚：《〈天下无贼〉是一针让你晕乎的麻药》，《新京报》2004 年 12 月 6 日。

的灾难片。在这场真实的灾难面前，无论是否是事件的亲历者都会为之动容。再加上影片制作前不久发生的四川汶川大地震，这段花费高昂的地震大场面有着广泛的群众基础。其次，考虑到观众的欣赏趣味，电影删去了小说中占主体位置的主人公因震留下心理疾病，请心理医生看病以及同丈夫糟糕的海外生活情节。这样的人物作为旅居海外的作家来说是熟悉的，但对于中国观众来说，什么弗洛伊德的心理治疗，什么始终"推不开那扇窗"，这些都非常的陌生，有距离感。电影基本上把故事定位在传统的煽情策略上，为此改变人物关系，改变情节走向。小登的养父不再是那个卑鄙无耻、心理阴暗的男人，而是个正面的解放军，小登的男友也因为不支持小登的生育而从故事中较早出局。电影就在两个家庭的温暖而悲情的氛围中讲述故事，小登最后的回归也是在目睹四川地震中一个母亲撕心裂肺的伤痛后作出的决定。这是一部让人控制不住要流泪的戏，它令人得以窥见三十多年前那场真实的灾难带给千千万万户家庭难以磨灭的伤痛。最后，冯小刚将原本单纯的个体叙事纳入国家、民族的宏大叙事之中，将个体的心灵故事编织进主流意识形态的叙事框架之中。影片增加的唐山大地震中解放军抢险救灾的场景，1976 年毛主席逝世时万人悲恸的大场面，四川汶川地震时军民一心、八方支援的感人情景，还有，影片最后展现的唐山市政府立的唐山地震 24 万遇难同胞的纪念碑画面，这些都清楚地告诉人们，唐山大地震绝不是个体的事情，它同党、政府、全国人民紧密相连。

作为编剧出身的导演，冯小刚十分重视剧本的打磨。他在文学作品的选择上首先就要求故事本身有意思，他还花大力气完善剧本，本着"说人话、有人味"的宗旨，补充大量丰富、生动的细节。他对于电影改编坚持的一个重要标准是要让观众满意。在拍摄《集结号》时，有人建议谷子地的结局应该是在饥寒交迫中死去才更深刻。冯小刚则接受了刘恒的观点，认为这样的结局意味着是人们的冷漠杀死了谷子地，大多数善良的观众在感情上对此是不愿接受的。"我拍的是大众电影，不是拍给小众看的。"① 冯小刚在观众与影片的深刻性之间是宁愿选择观众的。在拍摄《天下无贼》时，刘震云建议把傻根塑造成大智若愚的形象，盗贼们都看走了眼，把所有的人都玩了，电影在最后来个彻底颠覆，"一个美好的梦之后一切都粉碎，露出血淋淋的现实，根本就没有梦"。但冯小刚并没有接受这样的建议，理由是：

> 如果要玩一个黑色幽默这样也可以，但是我狠不起来，这不符合我的本性，也背离了观众的趣味。按照刘老师的建议来拍，《天下无贼》可能会是送到外国电影节的片子，电影变成黑色幽默，马上会有影评说你什么解构啊，颠覆啊，艺术啊，可能会很艺术，也可能拿一奖什么的，但是观众不会接受。这不是我想要拍的电影。②

虽然冯小刚很清楚按照刘震云的建议可能给他带来艺术上的荣誉，但他始终把观众放在第一位。综观冯小刚的电影，表面上看好像从喜剧到悲剧来了个乾坤大挪移，根子上却是一致的。那就是始终思考着观众要看什么，以及怎样满足观众的口味。在票房与艺术

---

① 冯小刚、郑洞天、王一川等：《集结号》，《当代电影》2008 年第 2 期。
② 张英：《听冯小刚讲"贼"小说到"贼"电影》，《南方周末》2005 年 1 月 19 日。

之间当然最好是能二者兼顾，实在要做抉择的话，冯小刚是宁愿牺牲艺术而迁就观众的。

冯小刚的电影创作历程在中国当代电影界颇有点逆流而上的味道，他好像同张艺谋、陈凯歌所走的电影道路恰恰相反。张艺谋、陈凯歌是先拍艺术片赢得声望，再转而拍商业电影；而冯小刚则是拍商业娱乐片出身，近年来则渐趋大气深沉。不同的创作生涯一定程度上决定了冯小刚对文学的接受、改编特点。是模仿王朔的创作风格使得冯小刚拿到了人生的"第一桶金"——贺岁片大获成功，而他的另一好友刘震云又给他的作品带来历史感与人文关怀。从这个意义上说，冯小刚是幸运的，当然他也是有智慧的。幸运的是，王朔与刘震云这两个风格完全不同的作家成为他知识结构中的两个重要资源；他能将二者完美地统于一身，这又不能不说是一种难得的智慧。担任编剧以及拍摄贺岁片的经历，使得冯小刚对文学作品的选择别具慧眼。他选择的小说都要求故事"有意思"，改编的过程中更是力求使观众满意。他的后期电影因为文学作品本身的架构以及合适的改编而改变了贺岁片的搞笑趣味，以至有人说他是"我们导演群里少有的一个知识分子"①（郑洞天语）。这里面当然有原小说的一份功劳，试想，如果不借助这些文学作品，冯小刚的电影是很难脱离贺岁片的模式的。当然，从另一个角度来讲，《余震》《官司·乡野情事》《天下无贼》甚至王朔、刘震云的小说又是得益于冯小刚的电影才能获得那么大的传播影响力。

---

① 冯小刚、郑洞天、王一川等：《集结号》，《当代电影》2008 年第 2 期。

第二节 滕文骥：大众化的稀释策略

滕文骥是第四代导演的代表人物之一。1944 年出生于北京，1964 年进入北京电影学院导演系学习。毕业后到解放军农场劳动了几年，1973 年分配到西安电影制片厂。直到 1979 年才获得机会拍摄影片《生活的颤音》。他的人生轨迹与其生活的时代有很大关联。20 世纪 60 年代的大学专业学习，然后是下放劳动，在青年时期获得社会生活经验与现实思考，在新时期到来后才释放自己的创作激情。《生活的颤音》使他一举成名，从此一发而不可收。他先后拍摄了《苏醒》（1981 年）、《都市里的村庄》（1982）、《锅碗瓢盆交响曲》（1983）、《海滩》（1984）、《大明星》（1985）、《飓风行动》（1986）、《让世界充满爱》（1987）、《棋王》（1988）、《黄河谣》（1989）、《曼荼罗》（1991）、《在那遥远的地方》（1992）、《征服者》（1994）、《香香闹油坊》（1994）、《春天的狂想》（1998）、《致命的一击》（2001）、《日出日落》（2005）等多部影片，此外还有多部电视剧。从电影拍摄的密度来看，从 1979 年到 1994 年，他几乎是每年一部，创作力相当旺盛。

滕文骥的电影可以是非常艺术化的、试验性的《生活的颤音》《苏醒》等，可以是追求思想深度与厚度的《都市里的村庄》《海滩》等，也可以是十分世俗的、商业性的《大明星》《飓风行动》等，各种不同类型的创作题材他都愿意去尝试，也似乎都能够很好

地驾驭。滕文骥是一个创作的多面手，似乎很难从总体上把握他的创作特点。有人这样评价滕文骥：

> 他的影片题材广，跨度大，并且以一种艺术青春期特有的骚动，追求着风格、形态和内涵的稍显即逝的变化。他总是疏离特定的电影创作主流而漂泊不定；他的艺术敏感，使影片总是洋溢新鲜的艺术气息，他的骚动多变，又使其难以发挥优势的积累。滕文骥电影现象，是八十年代中国电影所特有的那种左冲右突、上下求索的艺术精神的写照。①

的确，滕文骥的创作是骚动多变的，这一点大概同他酷爱音乐、富于艺术气质有关。他的骚动多变的艺术气质，也给我们研究他对于中国当代几部小说的接受与阐释带来一定的难度。他不像有些导演那样，在选材上有固定的偏好。滕文骥所改编的《棋王》《锅碗瓢盆交响曲》《油坊》《流放》这四部小说要么是文化寻根，要么是社会改革，要么是乡村原生态，要么是宗教信仰，似乎很难看出中间的内在联系。但是，如果我们换个角度，从宏观上来看还是能够读解滕文骥电影内在一致性的东西，从而也就能够找到理解他的电影改编方式。

一个导演的创作往往可以从他的处女作中找到总因子，张艺谋的《红高粱》、陈凯歌的《黄土地》、夏钢的《我们还年轻》等都是如此。由滕文骥编剧、导演（署名为副导演，实际是执行导演）的《生活的颤音》，一定程度上可以说开创了滕文骥今后电影创作的模式。具体来说，就是以人物之间的情感（爱情）为叙事主线，表达

---

① 任仲伦编著：《新时期电影论》，上海文艺出版社 1992 年版，第 305 页。

深刻的思想内涵。影片借青年男女之间的情感纠葛，来表现特定历史时期社会思潮的暗流汹涌与人心的向背。这部影片在"文化大革命"刚刚结束的新时期，具有鲜明的政治意识形态性和尖锐的社会批判色彩，而它以音乐片的形式对此加以表达，给人以耳目一新之感。这部影片有两个突出的要素在滕文骥后来的创作中一再出现。其一是注重影片的思想内涵，在早期的电影中表现为对社会现实问题的关注，比如《苏醒》的揭批四人帮就与《生活的颤音》一脉相承，《都市里的村庄》《锅碗瓢盆交响曲》《海滩》都反映了改革中出现的一些问题（滕文骥在这几部影片中表现出可贵的思想探索精神，对作为社会主流思潮的现代化改革提出自己的反思）；后期则表现为更宽广视域的文化思考，《棋王》《黄河谣》《征服者》《香香闹油坊》都属此类。其二是深沉的情感。音乐是最能表达情感的艺术，滕文骥自小就有音乐天赋，他的多部影片是以音乐为主题的，包括《生活的颤音》《在那遥远的地方》《春天的狂想》《黄河谣》《日出日落》等。《生活的颤音》《苏醒》都是借音乐来表达人物的强烈的感情，而音乐更是《在那遥远的地方》《黄河谣》《春天的狂想》《日出日落》等影片中人物的生存方式乃至生命。以故事人物深厚的情感（通常以音乐为抒发媒介）为线索，来表达某种具有反思性的深刻的思想，这是滕文骥电影（纯粹的商业片当然不在讨论的范围内）的一个总体特征。这也是我们讨论滕文骥电影改编问题的一个有效切入口。

一 被稀释的文化命题

《棋王》是阿城的代表作，不少导演有改编的意愿。阿城决定将改编权交给滕文骥，与二人之间很好的私交有很大关系。当年滕文

骧约阿城辞职"下海"办公司，阿城不动声色地就辞掉了中国图书
总进出口公司美术编辑的工作，而滕文骧这个倡议者却还尚在体制
内。很快滕文骧也办好了相关手续，二人合作到深圳办起公司来。
投资了几部商业片后，滕文骧即着手拍摄《棋王》，此前，看中了小
说的滕文骧得到了阿城任他去"糟蹋"的许可。阿城用的虽是"糟
蹋"这个词，却也是对滕文骧的信任，即让他无负担地去改编。《棋
王》在拍摄期间曾放风出来说要拍成"武侠片"，实际上这不过是
影片宣传的噱头。滕文骧绝不可能真的去"糟蹋"小说，而是以严
谨的创作态度尽心尽力地拍好它。这样的电影没有人敢去投资是意
料之中的事情，为了准备资金，滕文骧拍了一部商业片《让世界充
满爱》。① 以商业片养艺术片，这是不少导演所采用的策略。

　　客观地说，要改编好《棋王》是相当困难的。其难度主要表现
在两个方面，其一，《棋王》的文字精练老辣，具有独特的个性与韵
味，这样的文字是影片难以翻译的。越是具有语言风格的作品越是
难以改编成功，这是电影改编的一条规律。比如小说中的一段：

　　　　我心里忽然有一种很古的东西涌上来，喉咙紧紧地往上走。
　　　读过的书，有的近了，有的远了，模糊了。平时十分佩服的项
　　　羽、刘邦都目瞪口呆，倒是尸横遍野的那些黑脸士兵，从地下
　　　爬起来，哑了喉咙，慢慢移动。一个樵夫，提了斧在野唱。忽
　　　然又仿佛见了呆子的母亲，用一双弱手一张一张地折书页。

　　这就很难拍。阿城在《棋王》中的语言有一种古朴的味道，滕
文骧还是想尽量地保留这种味道，主要表现在主人公王一生的对话

---

　　①　方舟：《滕文骧口述：电影是一管自来水笔》，《大众电影》2009 年第 15 期。

上（包括他讲述母亲磨棋子的故事，讲阴阳棋道等）。虽然说人物的口语用这种半文半白的方式多少有些奇怪，但滕文骥的意图还是不难看到的。

其二，改编的难度在于，这篇小说是公认的"寻根文学"的代表，表达了深厚的道家传统文化。陈思和主编的《中国当代文学史教程》评论道：

> 小说最精彩的地方还在于对他痴迷于棋道的描绘。王一生从小就迷恋下象棋，但把棋道与传统文化沟通，还是起因于一位神秘的拾垃圾的老头传授给他道家文化的精髓要义……王一生以生命的本能领悟了这些道理，把棋道和人格融为一体，此后他的人生变成一种"无为而无不为"的体现。他不囿于外物的控制，却能以"吸纳百川"的姿态，在无为的日常生活中，不断提升着自己的人生境界。……贯穿在小说里的是有为与无为、阴柔和阳刚的相互转化，生命归于自然，得宇宙之大而获得无限自由的所谓"道理"，并进而把这种传统文化精神与当代人生联系起来。①

这段评论很具有代表性。小说发表之后，批评界对这部小说的接受几乎都在于关注小说形而上层面的意涵，都认为小说的主旨在于表现道家文化。文化是一个相对抽象的命题，电影艺术却是直观的具象艺术，一个作品负载着那么丰富的形而上信息，要将它转化为电影是相当困难的。虽然如此，在影片中我们还是可以看到滕文骥的努力，尽管客观效果并不很好。小说中有两段直接表现"道家"

---

① 陈思和：《中国当代文学史教程》，复旦大学出版社 2005 年版，第 282、283 页。

文化，一个是拾垃圾老头讲述的棋道，影片以王一生与人对话的形式将其全部搬上银幕：

> 中国道家讲阴阳，这开篇是借男女讲阴阳之气。阴阳之气相游相交，初不可太盛，太盛则折，折就是"折断"的"折"。我点点头。"太盛则折，太弱则泻"。老头儿说我的毛病是太盛。又说，若对手盛，则以柔化之。可要在化的同时，造成克势。柔不是弱，是容，是收，是含。含而化之，让对手入你的势。这势要你造，需无为而无不为。无为即是道，也就是棋运之大不可变，你想变，就不是象棋，输不用说了，连棋边儿都沾不上。

棋道与人道要相通，传统文化与现实生活要有沟通，这样才是对小说文化精神的表现。脱离了一定的现实生活背景，由主人公单独讲述这段玄妙的话来，总给人感觉是在讲一个传奇。

另一个是小说结尾部分的"九局连环大战"，这也是小说最精彩的部分。且看小说对此的精彩描写：

> 王一生的姿势没有变，仍旧是双手扶膝，眼平视着，像是望着极远极远的远处，又像是盯着极近的近处，瘦瘦的肩挑着宽大的衣服，土没拍干净，东一块儿，西一块儿。喉结许久才动一下。
>
> 王一生孤身一人坐在大屋子中央，瞪眼看着我们，双手支在膝上，铁铸一个细树桩，似无所见，似无所闻。高高的一盏电灯，暗暗地照在他脸上，眼睛深陷进去，黑黑的似俯视大千世界，茫茫宇宙。那生命像聚在一头乱发中，久久不散，又慢

慢弥漫开来，灼得人脸热。

上面已经说过，这样的文字是非常难以具象化的，或者只有其表而未能得其神髓。滕文骥主观上肯定想拍好这场重头戏，他用了十分多钟的篇幅来拍连环大战。拍出来的故事应该说是好看的，情节线索交代得很清楚，悬念也有，但唯独缺乏道家文化的意味——缺少那种"茫茫宇宙"之感。究其原因，导演过于看重故事叙事的层面，注重故事的实而少了人物的"神"。就以"九局连环大战"来说，小说重在写王一生的"神"，写超然物外的人的精神世界的强大，而电影则聚焦在输赢这个层面。这也是一般观众感兴趣的部分，既然是比赛总得有个输赢结果。电影用较多的传棋、围观、评论等方式来强化这种效果，用开始的赛不成，中间的"钉子李"参战，后面的众人举火把观战等情节来增强故事的可看性。而当得知王一生以一人之力同时战胜了十大高手时，观众也就获得了空前的满足，正像那些举火把守候在场外的众人一样。

关于《棋王》的解读原本就可以有不同的方向。评论界热衷于从"文化寻根"的角度着力阐发它的文化要义，而滕文骥的电影阐释则走向另一个方向。如果说《棋王》大致可以从务实与务虚两个层面来看的话，滕文骥更多的是从务实的层面来进行阐释，把小说作为一个完整的知青故事来看待，用绵密的细节来完善这个断断续续的小说。

电影开头就增加了一个悬念："钉子李"（象棋高手，下棋前把"将"钉死，若对手能迫使其移动"将"即认输。小说中无此人）打败了地区文教书记，书记为报一箭之仇准备延揽各路高手。于是，会下棋的北京知青王一生就有了下放边陲小县的机会。接下来，王

一生能不能替书记出一口气就成了观众期待的焦点。这个故事开头其实很像武侠小说，高手身怀绝技又隐而不现，打败了另一高手，小人物误打误撞闯入了这场纠纷之中，然后由小人物向高手发起挑战，完成一个复仇的叙事结构。滕文骥这样处理电影结构并不为过，阿城已经作为一个文化高人被接受，很少人去注意阿城其实是个写传奇故事的高手。就以《棋王》来说，关于王一生就有许多传奇故事，包括他的吃相，以捡烂纸老头为师（像极了武侠小说），母亲的故事，九局连环大战等，"棋王"是个呆子本身不就是传奇吗？电影将小说作为一部具有传奇色彩的知青故事来理解，应该说是符合小说本身的。在这种传奇叙事中间导演又明显加重了情感的分量。

一方面，电影着重表现了知青之间的深厚情谊。除了小说中写到的情节，像倪斌为了让王一生参赛，用祖传的象棋贿赂书记；在九局连环大战中知青们对王一生的照顾等；还增加了下乡时一起爬火车、工地放炮时"我"压到王一生身上使其脱险，知青们捕蛇招待王一生，寒冷季节一起下河捕鱼，鱼被队长没收还挨了队长的训斥等情节。这部小说没有爱情，电影增加了一个角色，"我"妹妹小英子，增加了她同倪斌的爱情。另一方面，小说写到王一生的家世，写他的母亲对他下棋的态度，这部分内容在电影里可以淡化处理的，因为毕竟写的是过去，同知青生活没有多大关系。但电影无疑加强了这一条情感线索。母亲留给王一生的信物是用牙刷柄磨成的无字棋，这在小说里应当具有某种象征意味，电影几处表现王一生对这无字棋的珍视。片中有一处发大火的戏，那是滕文骥为了表现知青生活而搭建的"方圆十几公里"① 的吊脚楼，一把火全部烧光了，而这场价格昂贵的大火就是为了突出王一生对无字棋的情感。无字棋差点在大火中烧毁，是王一生奋不顾身地冲入火中才得以保全。另一场戏是连环大战之后，近乎虚脱状态的王一生首先想到的还是这无字棋。

滕文骥将小说中王一生讲述的母亲的故事搬上银幕，强调的是观众都能理解的母子情，这也足以感动人。但小说写这一段似乎有深意存焉，写母亲是为了讲"为棋不为生"的道理，就是棋是精神生活，替代不了物质生活。棋下得再好不能当饭吃，"先说吃，再说下棋。等你挣了钱，养活家了，爱怎么下就怎么下，随你"。这是母亲教给王一生的朴素道理。棋是棋，解决不了日常生活的问题，也不能指导日常生活。如果用棋道来指导现实生活，那才是真的有些呆了。就像小说中写的那个捡烂纸老头说的，"天下的事，不知道的太多了"。子儿没全摆上，这棋还怎么下呢？这即是棋道与生道的不同。与生道相比，棋道要简单、透明得多。这就是为什么王一生那样地对吃感兴趣，他的吃相也是惨不忍睹的，没有因为自己是棋王就优雅一些。可惜很多人都没看懂这一点，将生道与棋道混为一谈。这属于小说更深一个层面的思考，电影并没有想得那么深。电影甚至令人遗憾地基本抛弃了小说中对吃的表现。比如小说对王一生吃相有精彩的描写：

> 拿到饭后，马上就开始吃，吃得很快，喉结一缩一缩的，脸上绷满了筋。常常突然停下来，很小心地将嘴边或下巴上的饭粒儿和汤水油花儿用整个儿食指抹进嘴里。若饭粒儿落在衣服上，就马上一按，拈进嘴里。若一个没按住，饭粒儿由衣服上掉下地，他也立刻双脚不再移动，转了上身找……

　　这一段动作性强，原本是可以拍成好看的电影，但滕文骥放弃了。电影也放弃了小说关于吃的几次讨论。在小说中，吃有三种形态。一是生存本能的吃，王一生就是，顿顿饱就是福。所以别人下乡很沮丧，他却很高兴，因为不缺吃了。二是"我"喜欢的杰克·伦敦小说中写到的吃，王一生认为那不是吃而是"馋"，即在温饱之后的对吃持一种批判态度，认为吃会"腐蚀"人的精神。三是脚卵讲述的名士的吃，对吃持一种欣赏的态度，并赋予其优雅的文化意味。对于王一生来说，吃与棋的关系就构成了这个人的价值观。据李陀回忆，小说的结尾原本是："我从山西回到云南，刚进云南棋院的时候，看王一生一嘴的油，从棋院走出来。我就和王一生说，你最近过得怎么样啊？还下棋不下棋？王一生说，下什么棋啊，这天天吃肉，走，我带你吃饭去，吃肉。"被编辑要求删除重写。粗略一看这似乎是惊人一笔，棋王有吃就不下棋了？这叫什么棋王。其实联系全文来看，这个结尾最符合王一生的真实状态。棋不过是用以"忘忧"的，"一下棋，就什么都忘了。待在棋里舒服"，棋本身并不具有自足性，生活好了大可不必下棋。如此看来，写下棋还是对现实的一种批判，而棋本身还是大不过现实的需要。很多人都承认小说写的是吃和下棋的故事，电影却舍弃了吃这一块，应该说是很大的不足，这种不足其实反映了导演对作品的理解还没有深入下去。

　　作为一名作家，李本深的名气并不大，但这篇《油坊》的确是一部好小说。这部小说带有 20 世纪 90 年代初期新写实小说的风格，写一个偏远的西部村庄原生态的生活现实。小说以"油坊"为中心，主要写了榨油、吃油饭、偷油等几桩事情。小说家笔下的双碌碡村

"都是贼，没一个好人"，着重表现人的野性、贪婪、自私、龌龊。这里好像是个化外之地，文明、礼俗、道德这些理念没有扎下根来。小说中所写的古巴烟、何大头、二秃子、老蔫茄子等人都是有各种各样缺点的人物，没有一个是正面人物。老蔫茄子、肋巴子、驴儿、喜来等几个油坊伙计好吃、偷懒，还使尽各种办法企图将公家的油据为私有。他们偷油的小伎俩为村长二秃子所识破，就对二秃子深怀怨恨。二秃子更是"大偷"，他偷整桶的油，还在油坊里安插亲信。何大头的形象在小说里有细致的描写：

> 何大头一直双手抱膝，迷迷糊糊地坐在麦场边上，粗短的脖子支撑着一个奇大的脑袋，浮肿的眼睛眯闭着，看着像丢盹儿的样子；只嘴角上咬着的一茎麦秸儿在上下动弹。二秃子先说了些什么，似乎一句也没灌进他耳朵里，等二秃子叫他当油坊的梁头，何大头才有反应；这反应便是猛然一抬屁股。崩出极响的一屁，号炮似的惊动了四方！众人伙里由不得又是一阵哄然大笑。而何大头那张五官糊涂的脸面上却没有一丝儿的笑意，只将咬在嘴里的半截麦秸秆儿"噗"地吐了，懒晃地立起身，款款地拍打拍打屁股上的黄土，便高高地仰起那颗笨重的脑袋，肩松胯懈地朝场外趸去。①

油坊的核心人物何大头在小说里就是这样一副尊容，丑陋至极，还不时地"崩出极响的一屁"，作者在后面的叙述中不断地写他的屁，破坏他的形象。当然，在滕文骥的电影里，由巍子扮演何大头，这一形象得到了极大的改观。电影中的主角香香其原型是小说中的

---

① 李本深：《油坊·西部寓言》，甘肃文化出版社1999年版，第90页。

古巴烟，这个人物形象在小说中也好不到哪里去。

> 王军终究也没看出这女人有什么格外引人的地方——两颗
> 大虎牙瓷白，两片肥厚的嘴唇血色极旺，略略有些外翻。菜缸
> 似的腰，两条短腿儿看上去还多少有些儿罗圈……但这女人却
> 真是个少见的泼辣勤快，精神和体力都极充沛。她就喜欢往男
> 人堆里扎，直爽起来比男汉们还直爽。再荤的玩笑，她都不觉
> 得是个啥。笑起来，大咧开嘴岔子，笑得比他们还凶。一上油
> 坊，这女人便如鱼得水，整日一刻不肯消闲，面儿容光焕发，
> 越发无所顾忌地同伙计们打情骂俏、追逐嬉闹。①

乡野的女性大概丑陋的居多，像陈红（香香的饰演者）那样漂
亮的角色生长在那样的环境里才算奇葩。古巴烟相貌丑陋，性情豪
爽，性欲极旺盛，又没有任何拘束。她到油坊后，不断勾引几个伙
计及村长，同他们发生性关系。那个尚沉浸在芸儿故事里的何大头
也是古巴烟勾引的对象，最终获得了成功——何大头将其抛到油桶
中，使其浑身染满香油，然后再与其做爱。这种大胆泼辣的写法极
度地张扬了人物的个性，这种个性的张扬是在长期压抑之后的一种
释放，可惜在电影里不能得到淋漓尽致的表现。

滕文骥对这部小说的改编，在具体细节上多采用小说内容，比
如榨油场景，吃油饭（何满仓吃油面片子，吃后屁股漏油；古巴烟
照顾拴娃儿等），但在总体框架上则另起炉灶。导演改变了故事的思
想内涵，用一种"文明—愚昧"对立冲突的叙事框架来结构电影。
古巴烟变成了香香，从一个性欲狂变成了承包油坊的带头人。这个

---

① 李本深：《油坊·西部寓言》，甘肃文化出版社 1999 年版，第 102 页。

高中毕业的漂亮女人因为嫌弃丈夫性无能而断然与其离婚，这在落后的村里可是破天荒的事情。电影的开头已经交代了香香敢为人先的性格。接下来是承包油坊，软磨硬泡地聘请梁头何大头。何大头是传统榨油方式的代表，是个能人。他领头带伙计们从炒籽到踩油婆再到出油，这些小说中详细写到的内容在影片里得到了重点表现。配以粗犷浑厚的唱段，影片的这一部分风格类似于电影《红高粱》中的做高粱酒。与传统榨油方式相联系，何大头相当迷信。他禁止女人到油坊，出油前后还不时参拜油神。香香反对他拜油神，当何大头虔诚地礼拜油神时，香香把油神给砸了。这是文明与愚昧的一次正面交锋，何大头愤而离职。何大头对香香买来的鼓风机、闹钟这些现代化玩意儿也极为厌恶，把闹钟也给摔了。二人的交锋高潮在于，香香想要引进现代化的榨油机，没有足够的资金，想要卖掉油坊里的油梁。当她提出这个想法时，何大头狠狠地扇了香香一耳光，说："这是老祖宗留下的！"在这场冲突中，现代文明获得了最终胜利。油梁卖掉了，新的榨油机买了回来。影片的结尾，在新机器进村的欢乐气氛中，何大头独自一人用铁锤砸他做的供神的小砖房，而香香则送给他一件从城里买来的西装。

滕文骥对这部小说做如此读解与他前期拍片经验有很大关系。《都市里的村庄》《海滩》都关注现代文明对传统社会的冲击，尤其是后一部电影，对现代文明持一种反思的态度。城市是一种新的生活方式，年轻人都十分向往。菊花渴望成为城里的工人，她喜欢城里的酒吧、音乐，喜欢看城里人跳舞、接吻。在城里卖鱼，她觉得很丢脸。一次，她下意识地拿了别人的工作服，受到了嘲笑。回来后，她嫁给了自己讨厌的丑金根，只因为金根家里有一个当工人的

改编的逻辑

指标。城市文明改变了人们的生活，对于菊花来说，城市成了一种异化的力量。影片对于文化传统的态度是复杂的。小妹被强迫与他的嫡亲表哥成亲，反映了传统文化愚昧落后的一面；但老鳗鲡在鱼来了后，在选择没有定准的捕鱼还是每月23元的养老金之间，毅然选择了前者。因为他有一种纯朴的信念，这鱼是"大海赐给我们的"，这份虔诚、不欺、守信在现代文明中是越来越少见了。就像许彦和傅幼如的爱情故事一样。影片的最后渔民的后人傻木根淹死在了大海里是具有象征意义的。关于《海滩》和《香香闹油坊》的关系，滕文骥曾说过："《海滩》和我最近拍的《香香闹油坊》在立意上有相近之处，说的都是现代文明对农村愚昧和落后的冲击。但《海滩》是把问题提到面上来说，《香香》是把问题藏到了里面。当一个新的东西出现之后，愚昧和落后的东西退去，但它们同时带走了纯朴的人情。"① 同样是"文明—愚昧"的叙事架构，《香香》少了一些可贵的复杂性，除了何大头扇的那记耳光及一句"那是老祖宗留下来的"，传统文化已经没有了招架之力。它成为落后的象征，电影加写的抢亲戏也是它落后的一部分。

在小说《油坊》里，只有欲望没有爱情，但电影却是一部好看的爱情片。以爱情线索来表达传统与现代的思考，在电影《海滩》中早已成形。小妹倾心于许彦，是她告别传统社会走向现代文明的标志；许彦抛弃虚伪、世故的城市女性傅幼如而选择渔民小妹，是崇尚纯朴、自然的价值观的体现。在电影《香香闹油坊》中，现代文明对传统社会的征服过程表现为何大头为香香所征服，成为她的爱情俘虏。香香的变革理念战胜了何大头的保守固执，这种思想上

---

① 李尔葳：《影坛脚夫滕文骥》，《电影艺术》1995年第1期。

达成的一致是二人感情的基础。虽然在内涵的丰富性上《香香》不如《海滩》，但很明显《海滩》的创作对《香香》的改编具有重要影响。

从《油坊》到《香香闹油坊》，除了几乎重写香香外，另一个焦点在于"闹"字。影片赋予故事以小说所没有的喜剧性。电影热闹、欢快，小说则显得凝重、笨拙。这种喜剧性风格在影片一开始就表现出来。拖拉机发动不了，村长踢轮胎，结果痛得龇牙咧嘴；有人在高处喊香香从县城回来了，拖拉机撞上了前面紧急制动的车子；众人往回跑（香香回来怎么有这莫名其妙的魔力，此情节不通），村长制止，有人撞倒了村长。这是影片的第一场戏。接下来讲香香的离婚，男方说这是让他们断后，香香回答说："问问你儿子，他有那本事吗？"引起土墙上围观众人的大笑。有人议论说："听说没有，狗娃那东西是假冒伪劣产品。"村长来了，吼道："吵吧，嚷吧！吵吵得连乡上、县上、省上、国务院、联合国都晓得了。看把你们光荣的！"电影还加写了玉坠那场闹剧。翠翠把母亲的玉坠作为定情物送给王军，王军为了香香买机器，转送给香香；香香不要，王军偷偷塞到香香被子里。翠翠母亲发现玉坠不见了，以为是村长送给了香香，于是，到香香屋前大闹；香香将屋里的东西扔出来给她搜，不料被子里真的有玉坠；村长媳妇又哭又闹，翠翠也大闹王军。片中诸如此类的喜剧还有很多，比如狗娃吃油饭屁股漏油，何大头演讲"悲壮芬"（贝多芬）"交响戏"（交响乐），何大头酒后绑村长等。长于音乐的滕文骥选取了喜庆、欢快的笛子曲作为影片的主题曲，从而将电影欢乐、热闹的气氛一再地加以渲染。这首曲子在影片中一共出现了四次。第一次是影片开头出字幕部分；第二次

是油坊要开张，村里的胡麻往回拉及转场到讨论出伙计；第三次是香香刷洗油坊；第四次是油坊伙计同抢亲人的打斗戏。这种欢快音乐的底子是浑厚苍凉的陕北信天游："叫一声香香香香快回转，哥哥我千山万水把你唤……"从小说的凝重到电影的喜剧化，导演应该是有现实考虑的。已经拍了多部商业片的滕文骥清楚地知道，如果复制小说的厚重风格，电影必然没有多少观赏性，而富于生活化的乡村喜剧电影则是老少咸宜的。

二　爱情的交响

《锅碗瓢盆交响曲》是天津作家蒋子龙创作于 1982 年的一个中篇，电影则完成于 1983 年，也就是说，滕文骥几乎是在第一时间就读到了这部小说并将其改编成电影。从滕文骥电影的创作轨迹来看，从 1979 年到 1984 年，是他非常重视电影反映现实生活的时期。此后，他的电影要么走向商业，要么走向西部。这部反映改革的小说刚好在这一时期出现，滕文骥看中它应是情理之中的事情。

关于这部电影的改编，有不少批评的声音。当时即有人指出：

> 银幕形象牛宏和文学形象牛宏给人的思想力量和艺术感受却相距较远。究其原因，我看不在于文学形象产生的先入为主的审美障碍，更不在于演员的外形是否与小说里的牛宏吻合（演员的气质和牛宏不无相通之处）。主要是由于影片转移了塑造牛宏形象的着眼点和基调，即把原著中典型化的富有新时代特征的矛盾主线——改革与反改革的斗争，削弱或推向了后景，把本是时断时续的爱情线索强调为贯穿始终的主线。这样，势必回避了小说尖锐触及的现实社会的实际斗争。

基调变了，作品的灵魂便会消失，作品就会走样。影片《锅碗瓢盆交响曲》的基调，应该是深邃幽默而富有历史感的呢，还仅仅是清丽风趣而市井气的呢？我更倾向于前者。我希望在银幕上看到的是在铁的大饭锅里奏出的时代交响曲。①

　　较为普遍的看法是，电影改变了小说"改革与反改革"的叙事重心，而将爱情强化为电影叙事的重点。认为这样的改变削弱了小说的思想力度，从而使作品丧失了原有的"灵魂"。近期，也有人详细分析电影中的叙事节奏，得出了一些新的结论：

　　　　一直到影片进行了一半，春城饭店里，服务员还在和顾客争吵，牛宏装修二楼高档餐厅、给服务员订做标准化制服这些计划刚刚起步；作为影片中与牛宏冲突最激烈人物的公司经理游刚，只是在影片开始不久露了一面，是和钟书记一起找牛宏谈话，让他担任春城饭店经理，此时他与牛宏没有任何冲突，也不曾给观众留下什么具体的印象。牛宏追求刘俊英，结果发现刘俊英已经有了爱人，这些戏加起来总时长也不超过十分钟，即不到影片前半部分总时长的四分之一。饭店职工们的聊天、开玩笑、争吵，以及饭店日常经营的景象、牛宏在家里买金鱼养金鱼，这些镜头占的比重反而不小……

　　　　可以看出，这部电影的叙事自始至终没有一个确定的情节重心或趋向，创作者自然也就不是以情节的轻重缓急来调整叙事节奏，与讲述某一个故事相比，他更耽于剪辑那些有意境、

――――――――――
　　① 任殷：《乐曲在哪里交响？——〈锅碗瓢盆交响曲〉影片、小说比较谈》，《电影艺术》1984 年第 3 期。

有情趣或有美感的段落，无论是市场、院落、饭店里的日常生活，还是雨中、水畔、山间的情景交融，甚至与情节毫无关系的京剧演出，都让导演乐在其中。十几年后滕文骥导演自己谈到这部影片，也认为"它在光效、色调、构图各方面都是一部很讲究的电影"而对于影片的故事并不满意。对于光效、色调、构图的讲究，即是唯美的追求。①

作者对影片的分析非常细致深入，得出的结论是电影是散文化的，注重日常生活的诗意展现，而淡化情节的线索。在从小说到电影的改编中，导演无疑加入了非常多的北京地区的日常生活风俗场景，这已经构成了电影的一种特色，但电影的情节结构仍然是十分显明的。笔者也并不认为导演强化主人公的爱情发展线索就削弱了改革主题表达，相反，滕文骥在这部电影里尝试用不同于小说的方法来表达他对改革的思考。这种思考的尖锐性并不亚于小说，但是策略上却有了很大的不同。

蒋子龙的这篇小说意在表现改革过程中的复杂性。"刀，怎能不碰菜板？勺，怎能不碰锅沿？我们的铁的大饭锅里，好不热闹！"这则题记已经揭示了小说的主题，改革必然会触动平均主义大锅饭中的许多人的利益，改革者的事业不会一帆风顺。小说家敏锐地观察到，从上到下改革者所遇到的各种阻挠，这是该篇小说最有价值的地方。电影对此并没有忽略，该表现的都毫不含糊地在影片中加以表现。比如，与以游刚为代表的上层保守思想斗争，与以孙连香为代表的落后职工的斗争，公司机关众人的看客心理，平级基层经理

---

① 王岩：《〈锅碗瓢盆交响曲〉：从小说到电影》，硕士学位论文，吉林大学，2011 年。

的裹足不前，等等。在电影中我们同样看到，一个锐意进取的青年人周围存在多少阻力，改革的过程是何等艰难。

如果我们仔细分析，小说在表现改革与反改革的斗争上，其结构方式仍然是"十七年文学"甚至是"文化大革命文学"的方式。小说讲的是"两条路线"的斗争，牛宏是改革派，在基层工作中有大量支持者（得到群众拥护），也有少量坏分子（孙连香），还有中间分子（邱二宝、赵永利，从观望到支持，前后发生了转变）；上层则是经理与书记斗法（类似于队长与书记），书记代表正确路线，经理则是反动的代表。在小说中，新来的书记明显是牛宏的支持者，他不断向经理施压，而不是首先考虑"班子团结"的问题。他向经理提供的"上、中、下"三策，无一不是要求游刚向他的下属低头认错。从小说设置的矛盾焦点来看，经理一气之下宣称要撤牛宏的职并不是什么大错，就连书记也承认游刚有这个权力。原本这件事可以大事化小，小事化了，这也是机关工作的一般法则。问题的关键在于，这是两条路线的斗争，书记代表的是新的政策精神，而游刚则是传统的惯性思维。牛宏的举动也是前后矛盾的。当游刚宣布要撤他的职时，他鞠躬表示感谢，说自己可以解脱了；可到后面却不依不饶起来，天天坐到游刚办公室一定要游刚给个说法。电影照搬了这一情节，并不是很好的处理。

小说表现的主题是新时代提出的改革思想，但方法却是旧有的。小说另一个不能让人满意的地方在于，它仍然用一种脸谱化的方法来讲故事。走反动路线的坏人形象必坏，好人则一切皆好。小说中对游刚有一大段的外貌描写：

注意看，他的上海牌轿车的托盘比别的轿车要矮一块，紧

贴着地面，这是被他的"分量"压的。快看，他一下车托盘立刻升高了十公分。好家伙！谁还没有到大佛寺看过大肚子弥勒佛，只要看看游经理就足够了，这是活的大肚子弥勒佛。身高一米八九，体重对外界号称九十二公斤，其实际重量则是一百零二公斤。……他真正是头如面斗，只可惜双目不似流星，而且在两只眼睛下面堆出了两个肉坠儿，好像上眼皮移到了下面、肥泡倒长，倒把真正的眼睛挤得还只剩下一韭菜叶宽。大脑袋一动，两个肉坠就跟着发颤。人们看到像他这种体魄的人，很容易想到动不动就要叫喊"杀他个述囊的"鲁智深。而游刚的面貌却不会使任何人感到凶，感到恶。慈眉善目，六十多岁了下巴上不长一根胡须，男人女相，大福大贵。

正面人物牛宏的形象则是：

他中等身材，年纪不会超过二十五岁，眉眼清秀，头发不太长，发型清新、舒适，同他的长圆脸正好相配。晨风撩动着他雪白的短袖绸衫，银灰色派力司筒裤更衬出他健美身材的青春的力量。在当代的青年中，像他这样神清目爽、文雅端庄的小伙子还真是不多见。

这一丑一美在外观上已经充分体现出来了。写改革的反对者孙连香这个"阶级斗争脸儿"是"这个女人脸长得像只大鞋底子，线条全是横的，一天到晚脸上老是假阴天，看不见笑模样"。写支持者刘俊英则是"更像一株仪态万方的玉兰树，透出一种清新的美"。小说家在不经意间用到了过去的方法来写正面人物与反面人物，来表现自己的价值取舍。恰恰在这一点上，滕文骥的电影做了改动。人物形象的对比没有那么突出，而是生活化的。电影删除了不少对于游刚负面的描写，包括他恶劣的语言（比如同牛宏的谈话就没有小说中的盛气凌人）、打击报复（派手下查账）的举动，还有形象上也比较正常，比较和蔼。

的确，小说以较小篇幅处理的爱情线索在电影中放大成了一条主线。如果我们深入思考就会发现，既然小说着力于写改革思潮引发的社会尖锐斗争，而主人公的爱情跟这场斗争并没有多大关系，完全可以不写；或者说不写爱情并不会对小说主题有丝毫不利。电影放大爱情恰恰是希望找到一条新的表现社会现实的途径，那就是用"人"的角度而不是"路线斗争"的角度。大写爱情就是要突出人性的一面，而削弱"路线斗争"的一面。注意，电影削弱的只是小说表现方法，而不是社会现实本身。电影花了相当大的篇幅写牛宏与刘俊英、满凤、石心菊三个女人的爱情纠葛上。通过爱情，写了处在改革前沿的年轻人内心的波动，写了他的追求与失败，写了他的胸襟气量与困惑茫然。三段爱情都失败了，牛宏只是一个普通人，普通人的改革历程才是真实可信的。如果说小说中的牛宏是作者反映社会变动中改革与反改革力量消长的一个符号，那么电影中牛宏因为大量的情感戏而显得更加血肉丰满。电影中的改革者不是一个"高大全"的英雄，相反，通过爱情戏强化了他的挫折感。爱情线索与改革线索交相辉映，类似于音乐中的复调。前者塑造了一个失败者的形象，后者强调了他锐意进取并取得了成功，两条线索指向不同的方向，却最终塑造了一个立体的人。

1991 年，滕文骥凭借电影《黄河谣》获得加拿大蒙特利尔电影节大奖。这部电影的成功使得滕文骥看到了自己电影探索的新希望，

他开始尝试用拍摄这部电影累积的经验来继续他的电影创作。《黄河谣》带给他风格的转变，有两点值得注意，一方面是时间上从现实的关注走向历史，走向民俗文化；另一方面，空间上从东部城乡走向西部荒原。这种时空转变是非常协调统一的，概括来说，滕文骥后期（20世纪90年代以后）的电影追求一种粗犷的写意风格，热衷于表达西部荒原上淳朴的民情，表现人物之间激越而又苍凉的情感。一个导演电影风格的转换并不是随心所欲可以做到的，他需要积累，需要生命体验。《黄河谣》的成功使滕文骥找到了一条新路子，但这条路并不为他所熟悉，实际上，拍摄《黄河谣》相当偶然，是他将要离开陕西前到黄河古道观光有感才决定拍摄的。想要继续拍这类西部片，滕文骥必须获取更多的素材，而读小说是一个重要途径。在这样的创作背景下，滕文骥选择了李本深的《油坊》和杨争光的《流放》。这两部小说同时发表在1993年第5期的《收获》杂志上，由此推断，很可能滕文骥是读到了这本杂志才动了改编的念头，这也在一定程度上反映了当时他"求贤若渴"的心态。这两部小说都带有某种西部特征，粗犷、荒凉、原始又淳朴。

《流放》这部小说从清军围城开始讲起。清军包围了叛民，进城后并没有遇到想象中的抵抗，于是，剿杀变成了"割韭菜"。一千二百多个成年男子都被杀了，除了下跪求饶的大庆，他活下来的代价是被清军阉割，剩下的老幼妇孺一律流放到新疆伊犁。小说主要讲述在流放途中的故事。这是一群有宗教信仰的人，他们不怕死，这给负责押解的清军首领刘杰三带来了很大的困难。他联系犯人中的长者徐爷，约定凡事同他商量以减少行军途中的麻烦。徐爷无疑是犯人中的领袖，他总是翘着下巴，下巴上是倔强的山羊胡须，刘杰三很想割掉这胡须。概括来讲，小说主要讲了这样几件事：犯人做祈祷，刘杰三强力制止，教民们不屈服。清军的马被人放走，怎么也查不出来，刘杰三惩罚秀枝，大庆为其辩解，被问及秀枝肚子里的孩子，大庆称是他的。刘杰三命人将大庆衣服剥光，让他与秀枝同房，大庆不堪受辱自杀。麦穗满 8 岁了，根据朝廷的规矩，刘杰三对麦穗进行了阉割，导致麦穗的死亡。刘杰三的手下老龟把秀枝强奸了，众人要用石块将老龟砸死，刘杰三无奈只好处决了老龟。为了掩护秀枝逃跑，徐爷组织教民做祈祷，清军阻止，枪杀了不少人，秀枝借机逃脱。这一次，刘杰三不再相信徐爷，他把徐爷给绞死了，他要看看徐爷死的时候下巴还会不会倔强地翘起来。刘杰三将犯人送到伊犁，稍经周折后回去复命，丢官不做，寻到了秀枝，也看到了秀枝的孩子。小说的这个结尾让人有些莫名其妙，不如电影改编的那么清楚明白。大概滕文骥在读到这一部分的时候也觉得不满意。

《流放》是一部关于宗教信仰的小说，至于教民们信仰的是何种宗教在小说里并未言明。电影中则坐实为"白莲教"，而且不断用字幕叙述"某年某月某日发生某事"，使影片看起来更像是有史实可考的历史片。这样的处理不能说是高明的。一方面，从虚构的故事到坐实为历史真实，摆明了是在欺蒙观众，只会弄巧成拙；因想写史就必须指明为"白莲教"，这种为夺权而设的教具有相当的欺骗性、蒙蔽性，一定程度上可以说是有组织的犯罪活动，它同小说想要表达的信仰的力量完全不是一回事。在小说中，他们所信仰的不知是什么教，但是一种弱者的反抗，是面对强权不屈服的精神力量，肉体上可以阉割他们，但没办法在精神上打倒他们。所有读者的同情

都在教民一方，如果是电影中的"白莲教"，观众的情感肯定会是不一样的。作为一种反叛朝廷的力量，清军的镇压具有合理性，而小说一开头就讲明是"割韭菜"而不是战斗。虽然小说中的大部分情节完整地出现在银幕上，但因为追求所谓的史实风格影片的味道已经变掉了。或许在大多数没有宗教信仰的中国导演的概念里，讲一部关于信仰的故事是非常困难的事情，因为对信仰的理解本身就比较欠缺。

在电影创作中因人设戏是常有的事情，这包括为演员量身定制故事，根据演员的气质特点、表演水平等来设计故事等。在《征服者》这部电影中，因为由陈红担任主演（需要强调的是，陈红是滕文骥《香香闹油坊》《在那遥远的地方》等多部电影的主演，可见关系密切），叙事的重心自然就由代表信仰力量的徐爷转到秀枝身上。在小说中，秀枝为宗教首领苍爷所选中，要求她在自己殉教之后继承衣钵。因为朝廷不杀女人，教义还可以由秀枝继续传播，所以苍爷很郑重地将金牌给了秀枝。至于二人的交媾可能是某种宗教献身的意义，秀枝的怀孕也只是意料之外的事情。对于这一内容的理解导演可能存在误读，他将宗教的延续理解为苍爷种的延续，秀枝的人生目标便是为了保全苍爷的后人。这种理解带有中国人传统的思维惯性，传宗接代，香火延传，特别是头面人物的后代更显重要。不能不说，在这方面导演将这个故事庸俗化了。以秀枝为中心，影片设计了她的三次逃跑。第一次即是在刚刚同苍爷交媾之后，全城俯首放弃抵抗，也不逃跑，只有她独自奔跑在荒凉的大沙漠上。若说是为了苍爷的"骨血"，也太过早了一点。影片加写这一段并不成功。不逃跑才是内心强大的表现。再说，清兵围城怎么就独独让她一个弱女子逃了？既然逃了却又返回，虽说有困难但也可见意志不坚——回来时并未见有多虚弱。第二次是混在戏班里，被刘杰三识破。加这一段一是有戏班的表演，影片更好看些；另一方面还是强调秀枝矢志要跑。但问题是，增加这样的情节一方面破坏了犯人团体的规矩，或者说是教义，让人怀疑这个女人信教的纯粹性，继而怀疑苍爷的选择：难道苍爷只是一个好色之徒？影片让人感觉秀枝只是一个生孩子的工具，她身上信仰的色彩反倒不见了。另一方面，这个女人已经是二度逃跑，清兵怎么不会对她格外关注，这就为后面的第三次逃跑带来了更大的困难。第三次是依据小说情节叙述的，在犯人祈祷的掩护下成功脱逃。这是小说唯一的一次讲秀枝的逃跑，其原因是在麦穗遭阉割惨死之后，刘杰三明确告诉秀枝，只要她的孩子满8岁也会是同样的命运。秀枝的逃跑有一种反抗强权的意味，也混合着母爱的天性。

经过改编，秀枝的三次逃跑构成了影片叙事的主线，其他的小说情节被整合进这条线索之中。比如大庆的故事，在小说中他是临死前腿一发软，在清兵面前跪了下来。他被阉割了，活了下来，但从此犯人们都贱视他。他对自己的软弱非常悔恨，他的自杀是表明自己的心迹，是求得人的尊严。为了突出秀枝这条主线，电影对大庆的故事进行了改写。影片开头就讲大庆给秀枝送信，这是苍爷在召唤她。大庆是唯一知道这个秘密的人，他之所以忍气吞声地活下来就是为了保护秀枝，保存苍爷的骨血——他怎么知道苍爷一定可以在秀枝身上留下骨血？大庆也就从一个独立的有信仰的人变成了一个舍命护主的角色。因为突出秀枝，电影中其他相应的情节也有同样的问题，犯人们的许多举动似乎是为了这个人而做出的。包括

电影所强化的秀枝与麦穗、麦穗娘的感情，徐爷对秀枝的格外关照，为维护秀枝尊严众人以石块威胁清军以及最后的舍生为掩护秀枝脱逃等。这些改编削弱了小说的主题，宗教的信仰变为世俗的情感。

当然，并不是说滕文骥不能理解小说的思想内涵。实际上，他将题名改为"征服者"就很能见出他对作品的深入理解。表面看来是清军征服了叛民，实则叛民们的精神信仰最终征服了刘杰三。刘杰三杀死了所有的叛民正是他软弱的表现。结尾是戏剧性的倒置，刘杰三成了犯人，而秀枝则成功逃出成为一个自由人。"征服者"的置换不正是小说最精彩的内涵吗？滕文骥之所以削弱了小说中信仰的力量，而用世俗的情感来演绎这个故事，一方面是他惯于用这种方法来讲故事，另一方面可能是表现宗教信仰的电影禁忌使然。

综观滕文骥改编的四部小说，无一部不是有较为深刻的思想内涵的。在这一点上，滕文骥的眼界比较高。他的一些艺术电影都在追求一定的思想深度，但电影毕竟是一种商业，要考虑观众的欣赏层次与水平。中国当代导演中一味我行我素的几乎没有。这就必然有一个折中、妥协的问题，改编时也就不只是导演个人在阅读，而是"阐释群体"在起作用。滕文骥的例子有意思的地方在于，他原本是一个酷爱音乐、充满激情的，有着较为纯粹的艺术理想与梦想的人，他也在努力适应新的时代环境。滕文骥将《棋王》严肃的文化寻根命题稀释为知青通俗故事，用爱情冲淡《锅碗瓢盆交响曲》的改革主题，以喜剧化的浪漫爱情改写《油坊》原生态乡村故事，又以世俗情感替代《征服者》中的信仰主题。这些改编都是考虑到大众的欣赏趣味。当然，以滕文骥的追求，他也不会拍完全商业化的电影。那么，合适的途径只能是以大众化的方式稀释小说原有的深度命题。

滕文骥曾说："其实平时我不仅发脾气，还打架。我特别容易激动，我是一个属于比较有激情的人，平时生活也充满激情。……我是第四代中最不安分的……"① 这既是他的性格，也是他的艺术理念。这样的个性决定了他的电影表达方式：用激情表达思考，要使二者相得益彰。从这个意义上来说，他拍得最好的作品还是《生活的颤音》《黄河谣》，他的四部改编作品无一部达到这个水准。其中的重要原因是，所选的这几部小说在思想层面上皆可，但在精神气质上并不太适合滕文骥的个性。

第三节 夏钢：都市言情小说的朴素阐释

夏钢出生于 1952 年，1978 年考上北京电影学院，是中国电影的"第五代"导演。夏钢电影创作的活跃期是 20 世纪八九十年代，其中有多部是改编自当代小说，他的第一部电影作品就是由小说改编的。这部北京电影学院学生毕业作品改编自叶之蓁的小说《我们正年轻》。此外，《一半是火焰，一半是海水》《无人喝彩》改编自王朔的同名小说；《与往事干杯》《伴你到黎明》《玻璃是透明的》分别改编自陈染、张欣、李春平的同名小说。在夏钢迄今所拍摄的 10 部电影中有 6 部是改编电影，这个比例是比较高的。

---

① 朱雪飞：《我的生命里不能没有电影——近访第四代导演滕文骥》，《电影》2002年第 5 期。

一　都市言情故事偏好

　　夏钢出生在一个知识分子家庭，父亲夏淳曾经担任过北京人艺的院长。夏钢在北京这座大都市长大，他也没有像同龄人那样的上山下乡的生活经历。在他执导影片之前，他几乎没有离开过都市。夏钢熟悉都市的生活，熟悉都市人的情感，熟悉都市的历史变迁，这样的一种成长、生活经历使得夏钢对都市题材的小说情有独钟。

　　夏钢就读北京电影学院期间拍摄的毕业作品，也是他人生的第一部电影《我们还年轻》就是对叶之蓁的小说《我们正年轻》这个都市言情故事的改编。小说讲一个拖拉机厂同宿舍的三个小伙子，同时喜欢上了新来的漂亮女职工闵星。三人中间最有希望的是潘哥，他高大英俊，是劳动模范，还当了小组长。更重要的是，闵星一直对潘哥抱有好感，主动接触潘哥。徐平在追求闵星失败后大讲闵星的坏话，经过他的摸底，闵星在另一家工厂交男朋友时影响不好。徐平的言论让潘哥犹豫不决，而潘哥的态度转变也断送了本该属于他的美好爱情。张民主一心维护闵星，不仅不介意闵星的过去，还痛斥徐平的卑鄙无耻。最终，这个其貌不扬的小伙子成为这场爱情竞赛的获胜者。

　　王朔的《一半是火焰，一半是海水》其实是围绕主人公张明的两段爱情经历。在前半部分，张明伙同他人作案，先以女人为诱饵钓富商上钩，后扮警察在酒店捉奸，以此敲诈富商。在这期间，张明认识了一个女大学生吴迪。年轻、叛逆的吴迪为张明体制外的生活所迷恋，很快投入张的怀抱。吴迪在与张明发生性关系后，一门心思希望张明改邪归正。然而张对此却置若罔闻，仍旧我行我素。

张明是一个道德败坏的流氓，他并不懂得吴迪对他的真情。在这场情感游戏中，他不过是逢场作戏，玩弄女性。当吴迪放完假回来看到张同另一个女人睡在一起时，她内心的伤痛可想而知。于是，吴迪开始实施报复，只是她的报复方式却是代价惨重的。她作践自己，随便跟男人睡觉；加入张明的犯罪团伙，以自己为诱饵勾引富商；她语言粗俗，举止放荡。张明犯罪团伙最终被警方成功抓捕，吴迪也在绝望中割腕自杀。小说的后半部分讲述张明保外就医出来后，遇到了另一个年轻女孩胡亦。胡亦对张明表示好感，张无动于衷。在海边，他们遇到了另外两个年轻人，张明知道他们是流氓、骗子，也警告过胡亦。但胡亦意欲借此刺激张明，答应同两个骗子夜晚出去游泳。不听张明的规劝，胡亦果然受到伤害，她被轮奸了。第二天，张明在海边找到了胡亦，给她以鼓励，让她重新拾起生活的信念。第二个故事是第一个故事的延续：胡亦是要步吴迪后尘的，她与吴迪具有精神的同构性；而张明则是一个忏悔者的形象，他借胡亦实现了自己灵魂的净化，也是对吴迪的纪念。这样看来，小说颇有点浪子回头的意思。夏钢无疑读懂了小说的结构，他并没有舍弃后面的故事——这则故事表面看来与前面的故事已经没有关系了，前面的故事可以独立成章，拍完故事也就讲完了。

夏钢看中了都市言情高手张欣的《伴你到黎明》并将其搬上银幕。这个故事情节较为复杂：首先是一段办公室恋情，在银行工作的安妮爱上了有妇之夫的上司桑原，有一天，桑原的老婆打上单位，扇了安妮一嘴巴。安妮不堪忍受侮辱，愤而辞职。这是现今仍然十分常见的都市风景：上司与下属的隐秘恋情、第三者插足、老婆与小三的热斗、辞职与跳槽。辞职后的安妮为工作所焦虑，几经挫折

后，她只好屈尊来到一家追债公司上班。她在公司负责追讨女性欠债者的债务，这是另一种完全不同的工作和生活方式。安妮有过不适应，也有过良心的不安，但终究挺过来了，甚至有些喜欢上了这个新职业。公司另一名业务员朝野负责追讨"黑吃黑"债务。朝野是一名孤儿，从小喜欢打架，胆子很大，手段残忍。在一次莫名其妙的合作中（也许是好奇吧），安妮见识了追债过程的惊险与刺激。安妮的朋友的男朋友被人骗走了 17 万元，对方有黑社会背景。在公司老板、朝野、安妮的共同努力下，终于追回了这笔要人命的巨款。安妮渐渐爱上了这个职业，也爱上了她的同事朝野。可是公司马上就要关门了，而小说所暗示的她对朝野的爱其实是不可思议的——在电影中，安妮的爱意更加显露。世俗化的言情小说需要情节的逆转、故事的不可思议来吸引读者，这是可以理解的。安妮与朝野之间实在缺少共同语言，他们根本就不是一路人。导演喜欢这一类小说的故事情节并将其原封不动地搬上银幕，是很能说明导演的欣赏趣味的。为了使叙事更加流畅，夏钢有意在影片的开头安排安妮见到朝野的情景：在一个灯光昏暗的夜晚，下班的安妮正同桑原依依惜别，突然，她看到一个骑摩托车的男子正在追逐继而殴打一名男子，安妮叫喊着要报警，那骑车的男子恶狠狠地瞪了她一眼。这样的开头非常类似于香港电影的警匪类型片，实际上，这部电影也如同小说一样集合了暴力、犯罪、第三者插足、离奇恋情等诸多畅销因素。

小说《无人喝彩》讲述一对离异的夫妻的情感故事。原本是飞机制造工程师的李缅宁下岗后做了故宫的看门人，他与妻子肖科平的关系渐渐恶化，终致离婚。由于没有合适的住房，二人虽离婚但

仍住在一套二居室的房子里。在这套房子里，二人各自勉强地发展
自己新的情感。李缅宁偶然认识了韩丽婷，肖科平也把中学时代就
崇拜自己的钱康领回了家。在经过各种富有喜剧效果的接触、交流
之后，李缅宁、肖科平这对离异的夫妻才发现原来自己仍然爱着对
方。矛盾、争吵原本是现代都市婚姻生活的常态，可惜很多夫妇只
有在经历头破血流之后才能明白这一点。王朔的这部小说仍然聚焦
于都市男女的情感，仍然是他一贯的幽默、调侃的笔法，不同的是，
他将当代的婚姻爱情故事放在一个特定的时间与空间里展开。这个
特定的空间就是那个离而不分的二居室，特定的时间就是以离婚的
状态来写当代的爱情婚姻状况。这个故事因而很特别，很有戏剧性。
离婚并不是爱情的大限，李、肖二人只有在见到对方真的有可能找
到另一半时才觉醒到情感的危机，才开始挣扎着进行补救。这个故
事对于那些陷入矛盾中面临离婚威胁的都市男女来说应该具有特别
的吸引力。

　　夏钢也是 20 世纪 80 年代受到王朔影响非常大的一个导演，夏
钢早期电影的成功一定程度上可以说受惠于王朔颇多。翻拍《一半
是火焰，一半是海水》《无人喝彩》给夏钢带来了良好的声誉，而
由冯小刚编剧的《大撒把》则是间接受到王朔的影响——冯小刚的
剧本明显受到王朔小说的影响。夏钢本人也毫不吝惜对王朔的赞美：

　　　　而王朔作品出现的当时，我主要觉得很新，当时还没有人
　　像他那样写小说。他自己曾经说没准儿哪天一不小心就写出一
　　部《红楼梦》来，我觉着这话并不是吹牛，当代作家里能够把
　　人物写得很生动，有些《红楼梦》味道的，王朔还真能算是其
　　中之一，因为他内心有那么丰富，对于时代把握得比较准确，

并且能用那么潇洒的笔触，逼真地展现出来，直到现在还真没
觉得当代作家有谁能比过他。①

夏钢喜欢王朔的小说很容易理解：同样是在北京长大，同样关
注都市青年男女的情感生活，说的是同样的语言，也熟悉北京人的
话语方式，王朔的小说很容易在夏钢那里得到共鸣。但是，夏钢还
是把王朔抬高到了一个不恰当的位置，他对王朔的评价可能因为个
人的喜好而偏离了正常的方向。自幼酷爱读书，酷爱读《红楼梦》
这样的经典名著的夏钢，以《红楼梦》来比王朔的小说，实在言过
其实。王朔的文笔固然"潇洒"，故事也曲折生动，但归根结底他的
小说缺乏深层次的东西，只是漂浮在时代的表层，看看热闹还好，
怎么能同《红楼梦》相提并论。夏钢对王朔的评价，并不是仅仅因
为喜欢王朔才做出的，一定程度上反映了夏钢的艺术趣味和欣赏层
次。从上面我们所列举的为夏钢选中的四部小说来看，有几个关键
词是共同的：都市、爱情、曲折生动。据说夏钢的电影创作很有自
己的坚持，不喜欢的东西再有利可图也绝不参与，为此他也放弃了
相当多的机会。他的妻子孟朱说他是"最后的贵族"，坚持自己的理
想，绝不迁就时代的趣味。这种精神实在是非常可贵的，尤其是在
充满各种诱惑的市场经济条件下。君不见张艺谋、陈凯歌这类导演
界的大亨都纷纷转向。然而，稍有遗憾的是，夏钢电影的人文性并
非那么浓郁。他从一开始走的即是一条中间路线，也就是介于艺术
电影与商业电影之间。能够入夏钢法眼的小说往往是那类受到青年
观众青睐的曲折生动的都市爱情故事：像三男追一女，弱势男最后

---

① 战萍：《夏钢生活不燥读书狂然》，《中国邮政报》2006 年 10 月 8 日。

反胜出；像离异夫妇同居一房，找对象互相刺激，最后发现二人之间还有真爱；像办公室恋情、插足，再加暴力犯罪、爱上莽汉；像因爱而报复而自杀，当事人却不知珍惜，事后忏悔等。每一个故事都热热闹闹，极具世俗趣味的观赏性。当夏钢宣称：

> 艺术电影应当是让观众去探究去思辨，而不是仅仅作用于观众的感官。
>
> 任何有价值的艺术作品都应该有尖锐的批判精神，好的艺术作品一定是批判现实生活中的丑恶现象，而不是那些粉饰现实的东西，我们中华民族五千年文化，流传下来的一些优秀艺术遗产，实际上都是具有批判性的。像屈原、李白、杜甫、关汉卿、曹雪芹都是如此，愤怒出诗人，愤怒出优秀的作品，这就是规律。①

这段话是多少让人感觉有点不知所云的。至少，从夏钢选择的这几部小说来看，是比较缺少夏钢所谈的批判性的。夏钢的文学偏好影响他的电影成就，而他的文学观念又直接决定他的文学偏好。他把王朔的小说同《红楼梦》相比，正如他把叶之蓁、王朔、张欣、李春平、陈染当成了当代的屈原、杜甫、关汉卿一样。夏钢电影的遗憾可能跟他的艺术趣味有很大的关系，这种艺术趣味的养成与他的读书经历肯定是有关系的，这就包括了他的文学趣味。夏钢电影的艺术性其实从根子上就已经决定了。

夏钢的另两部改编电影存在同样的问题。从都市爱情的角度来说，《与往事干杯》更加离奇。蒙蒙在少女时代喜欢上了她的邻居

---

① 夏钢：《艺术电影与艺术家的责任》，《电影艺术》2001 年第 3 期。

（或者说为邻居所诱惑），成年后在大洋彼岸结识并爱上了老巴，当二人正在谈婚论嫁之时，蒙蒙意外发现老巴居然是邻居的儿子。蒙蒙无法接受这种乱伦之恋，毅然告别老巴。不料这却给了老巴致命的一击，不久老巴死于车祸，蒙蒙也陷入忧伤之中。小说《玻璃是透明的》讲述外来务工者"小四川"在上海一家餐馆打工，他见到餐馆的苏老板和合伙人王小姐的隐秘情事。而苏老板同时又看上了店里的收银员小丫子，小丫子本人也正欲借她同苏老板的关系成为餐馆的老板娘。最终小丫子打败了王小姐，王小姐退出餐馆，小丫子当了老板也与苏老板成全了好事。这原本是一个金钱与女色的故事，但作者把它处理成爱情的较量。苏老板煞有介事地同"小四川"大谈爱情的美好，他与小丫子的关系也始终保持克制。最终，苏老板回宁波同妻子离了婚迎娶小丫子，爱情而不是女色获得了胜利。在两个女人争夺一个男人的明线之下还有一条暗线，那就是情窦初开的"小四川"对聪明漂亮的小丫子的暗恋。

在有关的叙述中，夏钢属于那种"一根筋"导演，他固执地坚守自己的创作领域。他有一种题材偏执，几乎所有的作品都是当代题材的都市爱情故事。因此，他在文学文本的选择上也偏向于这类都市言情小说。进一步说，夏钢对这类小说的选择更多的还是偏重于故事本身的好看。

二 雅与俗的夹缝

我们说夏钢对好看的都市言情小说有一种偏好，并不是说他只看重戏剧性的故事表层，而缺乏对现实的严肃思考。恰恰相反，夏钢始终坚持当代现实题材的电影创作，他对所选择的小说也要求有一定的现实思考。现实题材的创作相对来说是比较难的，夏钢对此有清楚的认识：

> 我总是说，现实题材作品是最难拍的。我接触过许多作家和艺术家，与现实题材相比，他们更愿意创作历史题材，因为历史谁也没有亲身经历过，只要描摹一个大概就可以了。
>
> ……影视作品也是一样，表现当代的人、当代的事的作品总是最难创作的，因为要得到最普通观众的认同，容不得半点儿胡编乱造——你必须脚踏实地地去体验、去思索、去加工，才能创作出最真实的作品。我这个人就喜欢迎难而上，现实题材一直是我最喜欢的类型，因为创作现实题材时，你会有机会琢磨很多东西，并且将自己最宝贵的生活经验和审美经验融入作品中去，我觉得这个过程是非常美妙的。[①]

现实题材创作的困难大概还不止如此，除了真实与虚假的问题之外，现实政治的原因也不容小觑。明知其困难仍然坚持创作，反映了夏钢的题材偏执与创作勇气。我们大概可以说，夏钢对小说文本选择的第二个重要指标是小说要有一定的现实思考。这是更深一个层次的要求，而这个要求也使得夏钢电影与庸俗的类型片（爱情片）区别开来。

《我们正年轻》在好看的三男追一女的剧情里，有着夏钢对当代年轻人应树立怎样的爱情观的严肃思考。爱情是高尚的，容不得徐平之流的卑劣；爱情应是坚贞的，不能左摇右摆，缺少主见；爱情

---

① 李博：《夏钢：现实题材影视剧是我最喜欢的类型》，《中国艺术报》2012年9月10日。

应是默默地付出，忠心地守护，它不计较容貌、地位和金钱。故事里的三个男性分别指向三种对待爱情的态度，而他们的成败也表明作者（导演）的价值取向。夏钢改编这个故事意在诠释一种纯粹的爱情观念，也是对当代青年人的警醒。这部影片自然就有了一种寓教于乐的意义。

《一半是火焰，一半是海水》似乎也在探讨爱情问题，"此情可待成追忆，只是当时已惘然"，小说的主题大概可以用李商隐的这句诗来概括。青年人对待爱情往往有一种玩世不恭的态度，只有到真正失去的时候才感到痛心，然而已经悔之莫及。夏钢这样谈到小说的主题及改编：

> 拍《一半是火焰，一半是海水》时好多人看了小说都说不行，认为小说前面说的是一个故事，后面说的是另一个故事，两者之间没有联系。但我完全有自信能够改变它。后来在处理这部影片时我运用了一套画外音系统：用旁白贯穿整个影片。而且我并没有把王朔这部作品的主题，看作一半犯罪、一半赎罪。我认为他的小说集中描写的是青年人对爱情的梦想……电影其实就是人们实现梦想的一个途径，观众都是在期待着梦幻的出现。如果这个梦幻真的出现了，观众会得到一种满足；如果这个梦幻破灭了，观众得到的就是另一种感受。我就是用这种心理结构来处理《一半是火焰，一半是海水》的。[1]

夏钢对小说的解读有他自己的角度，他将小说理解为是写青年爱情的梦幻，这种观念是与《我们正年轻》一脉相承的。《无人喝

---

[1] 贾磊磊：《没有突破就没有艺术——与夏刚对话录》，《当代电影》1995 年第 5 期。

彩》在对社会现实的思考上明显要强于《一半是火焰，一半是海水》。在热闹诙谐的故事背后反映的是社会转型期的众生相。在市场经济的冲击下，传统的知识分子价值在跌落。造飞机的工程师沦落为故宫的看门人，而国家级的音乐家要靠辅导小孩来贴补家用，这正是男女主人公离婚的社会现实原因。经济基础决定上层建筑，在社会变革面前，经济基础已经动摇，原先稳固的家庭关系摇摇欲坠。在转型中崛起的是钱康一类的商人，他们能量巨大，在社会上呼风唤雨。经济实力决定了社会地位。钱康从中学时代的一个只能暗恋肖科平的小瘪三，摇身变为能使李缅宁黯然失色的追求者。在韩丽婷身上我们则看到社会底层的艰辛，她之所以那么不顾脸面地主动追求李缅宁主要还是因为生活的艰难。韩丽婷的青春时代响应国家的号召，在建设兵团度过；通过不断地跟有权力的男人睡觉好不容易得到返城的机会，却是一家人挤在十四平方米的狭小空间里的现实；父母死后，她的感觉是房子宽敞多了，但毕竟还是跟哥哥一家挤在一起；她真羡慕李缅宁那套两居室的房子，如果恋爱成功，她就能成为房子的主人了。《无人喝彩》里有王朔对社会现实十分严肃的揭示。但是，王朔小说的严肃性又往往为其调侃一切、玩世不恭的文笔所冲淡。王朔的小说犹如一剂美味的毒药，作为一名改编者是应当保持足够警惕的。迷恋于小说的故事及王式幽默的对话就会削弱现实思考的力度。

夏钢电影在都市言情的世俗性与社会现实思考的严肃性之间摇摆，成功则二者兼得，失败则两头不讨好。有人这样评价夏钢的电影：

夏钢电影已越来越多地具有常规电影的特征，但是其取材

和艺术品位决定了它的对象仍然是非常局限的。的确,它的温情,它的梦和抚慰特点,某种意义上意味着它的通俗性和世俗性,意味着它将更多地面向一般大众。但是实际的情况是,对新生代视电影为娱乐的年轻观众来说,甚至抚慰的含义正在改变:某种意义上,它意味着快感本身。而对一般城市市民来说,它似乎又太文化;另一方面,从艺术的角度看,它的常规电影色彩又多少减损了它的深度,使一些艺术口味较高的观众难以产生太大的热情。简单来讲,它处于雅和俗的夹缝中,这使得观众的目光也相对游移。①

这种从观众角度得出的夏钢电影的尴尬是相当有说服力的。从客观效果上来说如此,从夏钢主观的创作态度来说,他是摇摆的,希望既有言情小说的好看,又有现实的"批判性"思考。这中间的分寸把握其实是比较难的,一不小心就会跑偏。

夏钢选择拍摄张欣的《伴你到黎明》就明显偏向于都市言情,而缺少现实的典型意义。这部小说集各种畅销因素于一身,包括言情、犯罪、暴力、侦探等,而没有对社会现实做深入的剖析。遗憾的是,夏钢在拿到小说后也没有进一步挖掘言情故事背后的现实意义。照搬小说故事情节而没有做深入现实的改编,使得改编后的电影更多具有商业意义,而没能达到夏钢追求的艺术性。

《与往事干杯》的改编似乎又走向了另一个层面。陈染的这部小说对于夏钢来说是个新的世界,女作家的忧郁、多愁善感的气质,女作家以那种自白式、倾诉式的语气表达幽深而真挚的内心世界的

---

① 葛菲:《重建温馨——夏钢电影评述》,《电影艺术》1994 年第 3 期。

写作深深地吸引了导演。从中导演读到了一个人"真实的感情轨迹和心理轨迹",这是一个"完全陌生的世界"。[①] 他是带着"征服陌生世界"的冲动与勇气来改编这部电影的。为此,他赋予影片一种新的诗意品格:

> 影片《与往事干杯》该捕捉到一种梦境般的怀旧的伤感的基调,这基调同样不一定存在于现实之中而存在于叙事者的心中。略偏暖调的色彩把人们带进一种旧日的氛围;一种徐缓的节奏,仿佛在过去的风月中滞留;特写和大全景的交替使用所造成的一种不确定性始终存在于整个叙述之中;女主人公的那双略带忧伤的大眼睛充满期待地凝视着命运,在如歌的弦乐伴奏下将她自己的故事娓娓道来……[②]

为了贴近小说导演所做的新尝试除了这种以诗意风格着重表现人物内心世界之外,影片还有意识地淡化了"爱情"——尽管这仍是一部都市言情片,但比起夏钢的其他作品,这条外在线索被冲淡了很多。借助于小说的力量,《与往事干杯》在夏钢电影中的确称得上是一个异数。电影希望透过淡化外在的情节线来引人关注人物内在的"心理轨迹",并由此探索作为社会现实之一部分的女性的心理现实。这仍然是一种剑走偏锋的尝试,如果夏钢意在反映带有普泛性的女性成长心理现实,那么,他选择陈染的这个文本就是个错误。以陈染为代表的所谓20世纪90年代的女性写作带有十分强烈的个性化色彩,评论界称其为"私人写作"。她们对于反映群体共性的女

---

① 夏钢:《征服陌生世界的快感——〈与往事干杯〉导演手记》,《电影创作》1995年第3期。

② 同上。

性命运、心理似乎并没有什么兴趣，而只关注封闭性的、私密性的个体世界。小说中的蒙蒙独特的情感经历和心理现实并没有多大的典型意义。另一方面，小说所关注的哲理层面的男权制度下的控制与压抑、女性的"弑父"与"恋父"乃至女性成长期的性心理活动，这些内容导演却无一关注并加以表现。《与往事干杯》这部小说最大的意义在于，它透过蒙蒙的故事讲述一个女性成长过程中特殊的性心理，以及由此表现每个女性都有的所谓恋父情结，这是在回应弗洛伊德的心理学命题，继而，作者进一步写出了这个情结对女主人公的伤害。一定程度上，小说要在象征意义上解读才有意义。蒙蒙的父亲非常粗暴，这使她在心理上非常憎恶父亲同时又渴望得到父亲的眷顾；男邻居刚好填补了少女心理的缺失，这位"处女地上的耕作者"第一次使蒙蒙获得了性体验，这让蒙蒙欲罢不能，但也充满了犯罪感；这大概可以说是小说最新颖独特的部分，可惜在电影中没有得到充分表现。多年以后，在异国他乡的蒙蒙遇到了大男孩老巴，两人相爱了。老巴这个迷恋蒙蒙乳房的男人具有强烈的恋母情结，这大概同他幼年就离开母亲有关。这仍然是弗洛伊德的心理学命题，到此为止，陈染的小说似乎还是在演绎弗洛伊德的心理学术语。这两个术语（恋父与恋母情结）放在一起会发生什么？小说继而写到了女主人公所感觉到的乱伦的罪孽，主动放弃了这场爱情，然而，这一行为却导致了男主人公的死亡。夏钢在这部影片里想做些新的尝试，他希望能表现一种心理现实，虽然这种心理现实仍然是社会学层面的，并没有达到小说那种抽象的、哲理层面，但对于普通观众来说，还是比较难以理解的。普通观众还是只能从猎奇的层面（一个女性先同父亲后同儿子发生关系的乱伦故事）来欣赏这部影片，而影片因为舍弃小说哲理深度又没能达到对人类心理更深层次的探讨。

夏钢电影改编在都市言情与现实思考二者上结合得比较好的是《玻璃是透明的》。电影将小说中的故事处理成较为清晰的明暗两条线，用城市外来者"小四川"的画外音将两条线串起来，从中我们既看到有意思的"爱情的较量"，也从一个特定角度见识城市生存的真相。小说所描写的城市外来者——也是发展中的城市新成员，让夏钢产生极大的兴趣。他这样分析这一群体：

> 他们已经完全不同于他们的父兄——那些因各种原因离开家乡走进城市的农人们，他们是都市人，他们有着完全不同于他们父兄的生活经验，因而也有着完全不同的价值观念、思维方式、深层欲望和表达系统。这是一些伴随着现代化的交通、通讯、印刷和传媒一起成长的高智商的人们。摆脱农民的狭隘的同时他们也失去了农民的质朴；被智慧丰富了的头脑却永远告别了单纯；他们每每苦恼于自己情不自禁的软弱和虚伪；追求个性解放的同时却又暗自留恋混迹人群中的往昔。城市人是复杂的，他们的生活中充满了机遇、陷阱、矛盾、选择、痛苦、尴尬、失落和希望。他们的组成是形形色色的，是大都市把他们联系在一起，在都市的汪洋中他们都有一种漂泊感。他们有强烈的自我表现的欲望，也有在艺术形象中寻找认同的需求。①

正是有了这样深入的研究式的理解，夏钢才能将李春平小说中的人物拍得有血有肉、活灵活现。城市对于小四川、小丫子们来说

---

① 夏钢：《关于都市的话题》，《当代电影》1997 年第 4 期。

充满了诱惑，在这里他们可以寻找到发展的机遇，同时，城市又是一个充满艰辛挑战的地方，他要求你付出难以想象的代价。小说最有力的一笔应该是小丫子成功当上老板后把小四川给解雇了，这一笔出人意料又在情理之中。虽然小四川同小丫子都是外来者，关系非同一般，但他知道得太多了。如今二人的身份地位发生了变化，一个知道底细的人在身边对于老板是不利的。小丫子的成功不仅没给小四川带来机会，反倒迫使他不得不寻找新的生存空间。电影完整地保留了这一情节。夏钢说："我自己的作品更多的是一种人性的批判，我写的都是个人，比较少那种社会分析。但我的作品歌颂的东西一定是在我心中真正美好的东西，而我摒弃的东西一定是我所不齿的。因此，我更多挖掘的是人性中善与恶的对比，寄希望于人性中善的觉醒，从而摒弃恶，多少有一些理想主义色彩。……我相信，人性的力量是任何年代都不会过时的，从这个意义上讲，艺术电影应该有相当广阔的前景。"① 夏钢是通过写人来表现社会的，他的电影改编也坚持这条原则，不抽象地分析社会，而是通过人性的善恶来表现他对社会现实的思考。

三 朴实的阐释风格

夏钢的电影改编如同他的个性，低调、温和，不张扬、不卖弄，直率朴实而不浮华夸张。从他改编的六部电影来看，他基本上都是紧贴小说文本的，小说是什么样电影还是什么样，很少做大的改动。研究他的电影从小说到电影的运动轨迹不免让人失望，尤其是联想

---

① 夏钢：《艺术电影与艺术家的责任》，《电影创作》1995 年第 3 期。

到他是所谓的第五代导演。第五代导演通常都讲究造型、画面，讲究镜头的运动，讲究艺术的创新，"语不惊人死不休"。夏钢的电影却很难找到类似的特征，他的电影缺少第五代电影的影像特点。这跟他的艺术观念有很大关系。夏钢在《电影不能说出来》一文中说道：

> 我在自己的影片中不拒绝运用任何手段，我从不在拍摄之前先用一种理论、一种流派乃至一种任何东西束缚自己。一讲电影要和话剧"分家"，于是人物都深沉得一句话不讲，明明一句话能说清的偏不说，非等闹出误会来。一讲究长镜头就没了剪辑点，不等一本片跑完了不算。这似乎不是在拍片子，而是要给片子找个"说法"。片子是拍出来的，不是说出来的，可有时候这个"说法"比拍法还要紧。拍法跟着说法走，整个儿拧着来。①

从这段话里不难看到，夏钢对所谓第五代导演的创作理念是很不以为然的。他在同一篇文章中甚至质疑将第五代捧上了天的理论家们：

> 八十年代，是中国电影的辉煌年代，是理论家们纵横驰骋的年代，他们慧眼识珠，把一部部探索电影刷去泥沙，拆开揉碎地读解出了许多的符号，把一个个名不见经传的小人物们理论成了大师。可是，理论家们忽略的也许恰恰是最重要的一点。艺术，是要人去感受的，是要给人一个完整的审美快感的。在

---

① 夏钢：《电影不能说出来》，《电影艺术》1993 年第 1 期。

分析的乐趣中，他们丧失了感受力。面对《一半是火焰、一半是海水》他们无从分析，他们只能对影片的主人公们进行道德上的评判。而这又恰恰是影片中最不重要的。那么重要的是什么呢？情感。爱。男女之爱，青年男女之爱。①

一向宽厚的夏钢不惜用挖苦、讽刺的语气来表达他的不满，同时也旗帜鲜明地表达了自己的理论主张：电影是拍给人看的，好看，能够给人"一个完整的审美快感"才是最重要的。至于怎么拍，玩弄什么造型上的花样并不重要。这样的艺术观念使得夏钢在电影语言的革新上用力甚少，以至于有人这样评价他的影片：

> 夏钢对作品的镜头处理可说是一种以不变应万变的态度，朴素到了几乎丧失镜头感的程度。对此，夏钢是有意识而为之的，他说过：我就是要让观众感觉不到镜头的元素和摄影机的运动。在他的影片里，从用光、构图、景别诸方面很少有刻意造型的成分，一切定位于自然展陈的效果，不愿意让造型上的东西过多吸引观众的视线而转移了对场景中人物活动、人物交流的关注。②

这一观察是准确的。反映在夏钢的电影改编中则是，他基本不关注如何将小说的语言转化为别具匠心的画面。他关注的叙事，是如何将小说中的故事平实、流畅地叙述出来。在这一点上，夏钢是成功的。为了使《伴你到黎明》中安妮同朝野的爱情能让观众接受，影片一开头就安排了两人会面的场景；为了将《一半是火焰，一半

---

① 夏钢：《电影不能说出来》，《电影艺术》1993 年第 1 期。
② 应雄：《从风格到品牌——关于夏钢电影》，《电影艺术》1994 年第 3 期。

是海水》的两个故事连为一个整体，导演设计了张明的画外音；《玻璃是透明的》以小四川为叙事视角，在必要的时候增加小四川的自白和内心独白；《无人喝彩》中错综复杂的故事也被导演叙述得井井有条，平实中又极有层次；最困难的可能是对《与往事干杯》的改编，小说是以人物类似意识流的大量心理活动为主要内容的，小说的故事情节也基本上是以主人公的心理感受展开的。如果按照小说的写法来拍，只能是使用大量的内心独白，这样的影片无疑会是冗长而乏味的。在改编上，导演更多地调动演员的表演来达到叙事的目标，也获得了比较好的效果。

夏钢电影的改编大部分都是他的妻子孟朱执笔的，这种情形颇类似于霍建起。夫妻共同改编的好处在于，二人的艺术观念比较接近，遇到问题沟通也十分方便，况且，东方人的家庭关系使妻子容易服从于丈夫的意志。当有人问及孟朱同丈夫的合作情况时，孟朱回答说：

> 我们在对生活的感悟和审美要求上是一致的。但是我们是再创作，当需要把这些东西拿出来表现给别人看的时候，我很敏感细腻，而夏钢比较宽阔宏观。我在剧本中给他提供大量细节的东西，而夏钢的好处是他舍得删掉。有时候我觉得某些细节删掉了不能出效果，但他拍出来后恰恰是好的，在叙述故事方面夏钢比较突出。[①]

一个是编剧，一个是导演，二人的合作是愉快的。因为"生活的感悟和审美要求"上的一致，导演的创作意图能够在妻子的编剧

---

① 冯湄：《平凡中的真诚——访夏钢和孟朱》，《大众电影》1998 年第 2 期。

中得到充分的体现。

从创作的个性来看，夏钢导演不是那种多面手，也不是特别有突破自己、找寻新路的冲动。相对而言，他是比较忠诚专一的，始终坚持自己的那一套"打法"，"以不变应万变"。他有他的固执，在这份固执中又可见出他的自信。他多次表示"我只拍我想拍的电影"，没有超强的自信是做不到的。他始终坚信自己的电影是有所追求的艺术而不是商品："我的影片，希望是拍给那些有一定文化追求的人看，完全没有文化追求只想看热闹，可以选择其他的电影。但只要你有文化追求，不管你的文化水平高低，都会对我的影片有兴趣。"① 创作者需要自信，这毫无疑问是对的，但是，夏钢的固执一定程度上限制了他的艺术视野。从电影的文学取材上看，他所选取的小说还是类型比较单一的。类型的单一一定程度上说明创作者兴趣的集中和单一，缺乏挑战的勇气。这种取材方式可能妨碍了夏钢在艺术上取得更大的成就。更重要的是，除了类型的相对单一外，夏钢在文学取材上似乎没有有意识地去寻找一种差异性的演进，从而形成这一类型的谱系，创造出自己独特的"品牌"。他着力打造的都市言情电影似乎让人感觉面目模糊，没有成为构成某种演进关系的系列。如果说《无人喝彩》《玻璃是透明的》还有比较强的社会现实透视的意义，反映了时代的变动与发展，那么，《我们正年轻》则是不清晰的，《与往事干杯》又是讨论个别的女性心理问题，《一半是火焰，一半是海水》《伴你到黎明》更是找不到其准确定位。假如夏钢在选择文学作品之前就已经确定他要的是哪种系列，他的电影可能给人的印象要深刻得多。比如，他要找反映时代变迁的都

---

① 夏钢：《艺术电影与艺术家的责任》，《电影创作》1995 年第 3 期。

市言情小说，那么，《一半是火焰，一半是海水》《伴你到黎明》这些作品就完全可以舍弃了。如果他要的是《与往事干杯》一类的心理剧，那他也可以找到不少这类的都市言情小说。东一榔头西一棒槌，又在艺术与商业之间摇摆不定，这样的取材效果往往不好。

从我们所看到的材料来看，夏钢从来没有谈过所谓的电影改编应当忠实原作的观点，但从他的改编实践来看，他绝对是一位忠实派。从故事主题、情节、人物甚至风格、大部分细节，夏钢大多数电影都是与原作小说保持高度一致的。他的电影片名甚至都与原小说高度一致——除《我们还年轻》跟小说《我们正年轻》有一字之差外，其余完全一致（《伴你到黎明》曾准备用《黑夜的魅力》这个片名，后来不知何故还是用回原名）。虽然是夫妻二人共同来改编小说，夏钢的电影总体来说还是相当依赖小说原作。夏钢的改编大致可以说，小说的水平决定了电影的水平，小说的风格决定了电影的风格。就以夏钢电影的幽默风格来说，他对此应当是有深刻体认的："我心目中的都市是从卓别林开始的，都市片需要幽默感，而幽默是一种文化。一声叹息和一个微笑，蕴含的是多少辛酸、无奈、痛苦、幸福和希望。都市人，他们懂得用幽默来化解很多难以化解的东西。那是任何其他东西也代替不了的，也不是一个简单的喜剧的定义所能涵盖的。"① 这种幽默感在他的早期电影《大撒把》里就得到了集中体现，后来跟王朔的合作更多是巩固了这一艺术特点。从这个角度来说，夏钢同冯小刚这两个北京电影制片厂的导演走的路数是相同的。但是，夏钢并不是冯小刚，他的性格气质与之完全不同。冯小刚才是更接近王朔的那个人，冯的幽默感及风格是王朔

---

① 夏钢：《关于都市的话题》，《当代电影》1997 年第 4 期。

一派的。夏钢这个导演本身可能是不幽默的，他能欣赏幽默却不能创造幽默。所以，如果选择的小说文本是幽默的，他的电影也会是幽默的，像《无人喝彩》《玻璃是透明的》，而一旦小说不具有这种风格时，夏钢夫妇也就无能为力了，像《我们还年轻》《伴你到黎明》《与往事干杯》等都是如此。如果一个导演不能高度整合、同化小说原作，在改编中注入自己的个性特色，那么，他的改编作品是很难打上自己鲜明印记的。我们并不反对忠实原作的提法，但作为一个享受了一定创作自由的"作者"导演，如果过于依赖小说原作是一定会影响他的艺术地位的。尤其是在小说创作呈下滑趋势的当代文坛，作品本身的力量不足会限制导演的艺术成就。

夏钢青睐于都市言情小说，通过接受、阐释这类小说，使得夏钢电影天然地同都市观众接近。也就是说，在改编过程中夏钢已经带有了都市观众的眼光与标准。但作为第五代导演中的一员，他又不肯完全认同市民的标准：他始终有一种艺术家的自我认同感。在合力的影响下，他的电影也在雅与俗的夹缝中生存。由于拒绝以新的影像语言阐释作品，过于朴素地照搬小说内容，使得夏钢的改编电影较为依赖小说原作。原作原本不高的艺术水准限定了夏钢电影的艺术成就，同时，相似的阐释策略也令其电影对城市青年观众缺少吸引力。

结　语

从作家的艺术到导演的艺术

自电影诞生以来，将文学作品改编为电影就从未中断过，相当多的电影因文学的助力而获得巨大的成功。本书所讨论的自 20 世纪 80 年代以来的当代文学改编电影，数量也相当可观。据笔者不完全统计，先后有 230 部左右的当代文学作品（主要是小说）改编成了电影。作为耗资巨大的工业，电影从数量庞大的文学作品中选择某一部，其内在逻辑是什么？又是什么主导了从文学到电影的转换？

现有的改编研究热衷于将文学与电影进行对比分析，这包括主题、叙事、情节、风格、人物、思潮（文学思潮与电影思潮）、历史（文学史与电影史）等各个方面。很少有人致力于去揭示从文学到电影之间的过程——它是如何发生的，经过了怎样的"对话"，结果又如何？如果关注这一过程，就要研究从文学到电影之间的纽结

点——电影导演。在当代中国电影体制下，导演是电影创作的核心。在改编活动中，导演既是文学的读者，又是电影的"作者"。应该说，抓住了这个中心环节，也就拿到了解决问题的钥匙。这正是我们集中精力研究电影导演这一特殊职业群体的主要原因。我们将改编活动视为一种复杂的阅读—阐释过程。借助于西方的接受美学、文学阐释学、读者反应批评等相关理论，我们试图回答，在改编过程中，导演个人的因素起到了怎样的作用，是哪些因素在起作用，还受到哪些客观因素的影响？改编对文学接受造成怎样的影响？改编效果又如何？

一

作为电影创作的一个重要来源，从文学作品改编电影，一直以来受到许多导演的高度重视。在对中国当代 12 位著名导演的 78 部改编电影进行深入考察后，我们可以得出一个基本的判断：在改编活动中，导演个人性的因素发挥着重要作用。具体来说，这种个人性因素表现在：导演的成长环境、教育背景、人生阅历、性格气质、价值观念等。谢晋在政治风云中起伏，他对于敏感的政治题材有着深厚的兴趣，也能准确地把握其中微妙的分寸；他在 20 世纪 80 年代的地位及人脉，又让他获得触碰这些敏感题材的便利。谢飞出生于中共高级干部家庭，从小接受共和国的理想教育，后来又从事教师职业，他在改编中有着强烈的理想主义精神和教化社会的责任感。陈凯歌在少年时代经历的精神创伤对于他的电影改编具有重要影响，《孩子王》《边走边唱》《霸王别姬》等作品的改编都有着他对"文化大革命"创伤体验的思考。夏钢始终如一的城市生活经历使他对城市情感小说情有独钟，他的呈现方式往往是朴实无华的，同他的性格相似，《一半是火焰，一半是海水》《无人喝彩》《与往事干杯》等作品都是如此。张艺谋在青年时代即酷爱摄影，后来就读于北京电影学院摄影系，毕业工作时担任的也是电影摄影，他在改编过程中对影片风格格外关注。霍建起有着浓厚的"小资情调"，他喜欢将读到的小说处理成带有感伤气息的诗意电影，这种处理方式从《那山那人那狗》就开始了。黄建新则喜欢用略带黑色幽默风格的方式改编他认可的市民小说，其文学阐释的主调往往是荒诞，又有着相似的结构方式。冯小刚的早期电影从王朔处受益良多，在精神气质上他与王朔是最近的，而与他关系亲近的刘震云则是他向往的另一个精神向度；从王朔到刘震云，冯小刚实现了在谐与庄之间的游刃。黄健中对理论有深厚的兴趣，他总是从某种理论出发进行他的电影改编，他早期的电影有意识地从启蒙思想、女性主义、电影美学等理论着眼。滕文骥的改编则在他热衷的情与思这两个主题之间摇摆。张元的边缘人身份认同决定了他对小说文本的选择以及改编中的价值立场。当然，导演个人性因素在对电影改编的影响上是比较复杂的，有时也相当微妙，正像我们的正文所详加论述的那样。这本书的写作让我们有机会深入两个不同的心灵世界——作家的和导演的，揭示其中复杂的对话关系。这是一种挑战，也是一种诱惑。

苏联电影导演安德烈·塔可夫斯基指出："电影介于艺术与商业之间模棱两可的地位，说明了作者和公众的关系中存在的许多矛盾。"① 在我们所考察的历史时段内，导演在改编活动中所受外部

---

① ［苏］安德烈·塔可夫斯基：《雕刻时光》，陈丽贵、李泳泉译，人民文学出版社2003年版，第181页。

影响最大的因素应该是市场，也即观众的因素。陈凯歌对热门网络小说《搜索》的改编，张元从"地下"走到"地上"，拍摄《绿茶》《我爱你》，黄健中在改编《米》和《银饰》中张扬性诱惑，许多导演都被迫改变自己的创作方向。但必须指出的是，尽管如此，同样面对市场化的冲击，每个导演都在改编中顽强地保持自己的个性。霍建起用他的感伤的诗意电影捕获青年观众；冯小刚以贺岁片获得了大众再转而拍摄有人性深度的、厚重历史感的电影《唐山大地震》《一九四二》；张元的商业电影在通俗的爱情片中并没有丧失他的叛逆性；黄建新用他的具有荒诞感的小市民喜剧锁定城市消费群体；张艺谋用他擅长的影像奇观来征服市场。每个导演都有自己应对市场的方式，市场是透过导演个体发挥作用的。如果我们笼统地以市场化或消费思潮来看待改编现象，则往往看不到这种差异性。

还有一些值得注意的其他外部因素。评论界对所谓"谢晋模式"的批判造成了谢晋在 20 世纪 80 年代末期创作的转折，这影响他对文本的选择与阐释。《谪仙记》是他不熟悉的题材，《邢老汉和狗的故事》却又用了新的形式风格，他的不成功的冒险显然受到外在因素的影响。谢飞选择《黑骏马》受到同事的影响，改编《黑的雪》则是在同刘恒的思想观念的较量中妥协下来。陈凯歌的第一部影片是奉命之作，霍建起接拍《那山那人那狗》也是命题作文，谢飞拍《香魂女》也是应电影厂的邀请。如果电影厂有拍摄计划，找到某位导演，通常导演是不会放弃的。滕文骥改编《油坊》《征服者》，加大了演员陈红的戏份，这种因人设戏的情况在改编中也比较常见。

二

以导演为考察视角，在讨论"从文学到电影"这一问题上，就不仅要关注改变了的部分，也要关注"接受"的部分。实际上，当代文学在电影中的接受问题正是本书希望重点讨论的内容。当代文学创作异常丰富，哪些作品有幸在新的媒介中获得第二次传播，作品中的哪些内容得到重视哪些又被无情地抛弃，为什么选择了这个文本又接受了这部分内容？我们发现当代文学在电影中的接受与传播同导演个人的关系十分紧密。就像一部作品文学史地位的确立同权威批评家关系密切一样，一部作品能否在电影中得到传播，得到怎样的传播，与导演有着千丝万缕的联系。导演首先是一个文学阅读者，他的个人喜好、文学趣味、艺术观念直接影响到他对文本的选择与阐释。

从文学趣味、文学感受能力及艺术观念来说，不同导演也是相去甚远的。有的导演趣味比较纯粹，自始至终都坚持改编同一类型的文学作品。比如夏钢就对当代都市言情小说情有独钟，黄建新对具有喜剧色彩的城市小市民生活最有兴趣，霍建起喜欢以感伤的诗意来阐释他读到的作品。张元所选择的文学文本往往是比较另类的，具有较强的叛逆色彩，这种眼光与趣味即使是在拍商业片时仍然如此。谢晋的文学趣味比较偏向于宏大的政治题材，以动情的叙事反映千百万人在历史洪流中的命运沉浮，这部分文学作品铸就了谢晋电影的辉煌，而当他勉强改编非其趣味的《谪仙记》时，他的电影也就折戟沉沙了。有的导演文学趣味更丰富一些，各种类型的作品都能"拿来"，他们的电影艺术之路也相对更加丰富多彩。在我们所

考察的十二位导演中，张艺谋的文学视野是最宽广的，他的改编能力也非常强。张艺谋对于文学作品好像没有什么特别的偏好，如果有的话，那就是坚持找最好的小说。从所选作品的文学成就来说，张艺谋看中的小说是最高的。这一定程度上也反映了他的文学评判能力。多样的文学作品成就了张艺谋电影多变的艺术风格。陈凯歌的文学品位也是比较高的，遗憾的是，他所阐释的作品多少有些曲高和寡。谢飞为人通达，从善如流，他的文学趣味是多样化的，也能适应各种不同类型的风格。滕文骥比较注重文学作品的思想深度，其艺术水平都相对较高，而黄健中则较为灵活，所选作品的水准也参差不齐。冯小刚的文学趣味有两个维度，一是市民趣味的幽默，二是追求历史底蕴的厚重。这两类作品差距较大，但都能为其所消化，相当的难能可贵。姜文的主观性非常强，对于文学作品的水平并不十分看重，他的二次创作能力很强。

当代文学在电影中的传播起决定性作用的是什么？与其说是文学作品的思想艺术成就，不如说是导演的个人偏好以及其他客观现实原因。没有人给当代文学立一个排行榜，从高到低顺序拍电影；也没有人根据作家的地位来决定是否拍他的作品。从我们所考察的这七十多部作品的影像传播来看，很多作品被选中其实相当偶然。这种偶然性表现在，几乎没有一个导演会去系统地阅读文学作品，像张艺谋那样订阅大量当代文学杂志，大量阅读当代作品的导演简直是凤毛麟角。他们也不关注学术界的相关研究，关于当代文学的整体信息在他们那里基本上是被屏蔽了的。很多导演的阅读状态是随机的，或者是只读与其关系较为密切的作家作品，这样的选择方式自然不能反映当代文学的整体水平。此外，大部分导演的文学阅读是相当功利的，他的目的为了拍他的片子，而不是文学的目的：诸如为了这部作品的不朽，为了让更多的人认识这部小说、认识这个作家等。导演读小说更多想到的是它有没有打动自己（激发出创作电影的热情），适不适合自己改编，能不能拍成一部好的电影。

　　既然电影是对文学作品的一种选择，那么，当代文学的"经典化"与电影又有多大的关系？从我们的考察来看，相当多的小说拍成电影并没有提升它的文学地位，这其中也包括拍得相当成功的部分电影（比如根据《官司》拍成的电影《集结号》，根据《万家诉讼》拍成的《秋菊打官司》，根据《夜谭十记》拍成的《让子弹飞》等）。电影改编对于文学作品的意义在于，它极大地提升了作品的知名度和大众影响力。普通民众在接触到某部有影响的电影后间接知道了有某部文学作品的存在。至于这种大众影响与作品的"经典化"之间有多少关系，可能还需要进一步地观察与思考。或许随着时间的推移，许多文学作品在历史的长河中沉淀、消失了，而经过电影二次传播的某些"小"作品却被深深地镌刻在历史的碑铭上。另外，由于导演的影响力，在作家群体中还存在一种为导演写作的现象。这一现象涉及的作家包括苏童、余华、王安忆、莫言、刘恒、刘震云、毕飞宇、述平等国内一线作家，它深刻地影响到当代小说的创作，应该引起学术界的重视。

三

　　半个世纪以前，安德烈·巴赞说了一段意味深长的话："改编即使算不上推动电影进一步发展的保证，至少也是有利的因素。小说

家改变了电影,当然,电影毕竟还是电影!"① 巴赞公开为改编"辩护",指出改编小说对于电影是一种有利因素,"小说家改变了电影",但电影还是电影,有其自身的艺术规律,改编必须以电影的方式进行。世界电影一百多年的发展是与文学相伴而行的,相当多的电影杰作是从小说改编而成。以此为参照,会给中国当代电影改编提供一些有益思考。

从概率上来讲,由小说杰作改编为成功电影的概率更大,尽管这里面有许多诸如忠实与否、心理压力等问题。施隆多夫改编格拉斯的《铁皮鼓》、邦达尔丘克改编托尔斯泰的《战争与和平》、大卫·里恩改编帕斯捷尔纳克的《日瓦戈医生》、雷诺阿改编福楼拜的《包法利夫人》等,虽然不可避免地会有一些争议,但并不影响它们是公认的电影经典。借助文学经典的力量,电影可以比较容易地获得成功。对于尚未经典化的当代小说来说,电影导演需要具有一双慧眼。遗憾的是,相当一部分导演在小说文本的选择上倾向于从自身喜好出发,一意孤行,并未充分考虑选择改编那些思想艺术成就更高的小说。导演鲜明的个性风格有时反倒成了改编时的缺陷:李少红导演的电视剧《红楼梦》因过多打上个性化的标记反倒不如王扶林导演的八七年版。姜文对文本接受与阐释时的任性、张元的偏执、黄建新的荒诞到底都或多或少地影响他们的电影成就。很多导演对当代文学缺乏较为全面的了解,局限于固有的小圈子。有些导演在改编时,除了从自身特点出发外,比较照顾大众的接受趣味,浓厚的市民趣味影响电影品位的提升。这在滕文骥、夏钢是一种遗

①　[法] 安德烈·巴赞:《电影是什么》,崔君衍译,江苏教育出版社 2005 年版,第90 页。

憾，而冯小刚后期的逆流而上显得难能可贵。

当代小说获得电影改编的几乎无一例外都是现实题材的、写实的作品，而现代派的、实验性的小说则几乎无人问津。这反映了总体上导演趣味的相对单一，也反映出中国当代电影市场口味的相对单一。巴赞说，普鲁斯特小说不能得到改编不是电影艺术的原因，而是大众艺术的问题。即便如此，通俗文学也是可以改编出电影杰作的。科波拉的《教父》、李安的《卧虎藏龙》《少年派的奇幻漂流》都是改编自通俗小说，姜文甚至认为，通俗文学最适于改编电影。陈凯歌最好的电影可能是改编自通俗小说的《霸王别姬》而不是严肃的《孩子王》和《边走边唱》。小说原作好坏不是唯一的标准，甚至不是最为有效的标准。更重要的应该是导演适应影像艺术进行的二次创作能力。"好的电影导演都花费时间、思虑和精力在影像的拍摄和组合上来传达气氛和意义。……影像是电影不可或缺的东西，而好的电影创作者自然也自觉或不自觉地发展出自己独特的风格。"① 在这方面最值得肯定的是张艺谋，他能为各种不同题材、不同内容的小说创造性地找到适合的影像方式。陈凯歌有时不免失之艰涩，霍建起诗化唯美影像又不免失之单一。

好的改编应当是导演有足够的能力以影像的方式同化小说原作。当原作同导演的"前理解"相契合时，"视域融合"的效果往往最好。谢晋最成功的改编电影是《天云山传奇》《芙蓉镇》等，此后则难以为继了。姜文《阳光灿烂的日子》改编得最好，小说中即有其少年时代的影子。冯小刚有能力同化刘震云的《温故一九四二》，谢飞在帮助下也能成功地改编《黑的雪》《黑骏马》，这些电影也成

---

① ［英］杰夫·安德鲁：《导演视野》，焦雄屏译，江苏教育出版社2006年版，第3页。

为各自导演艺术上的上乘之作。张艺谋同李安最为相似，有能力挑战各种不同的题材，李安可能跨度还要更大一些。改编好坏同导演能力有很大关系，这种能力包括理解作品、选择文本的接受能力、用影像艺术的方式阐释作品的能力，像张艺谋这样能力强的导演毕竟只是少数。

英国导演约翰·施莱辛格指出："从某种角度来看，电影实际上只是属于导演一个人。你拍摄别人的剧本，并通过一个完全不同的角度将个人观点融入其中，强调一些你觉得重要的地方，这样会改变作品的全貌。"① 电影是导演的艺术，电影改编即是从作家的艺术到导演的艺术的过程。这个过程因人而异，相当复杂，需要我们花大力气深入研究。

---

① 转引自［美］埃里克·舍曼《导演电影——电影导演的艺术》，丁昕等译，广西师范大学出版社 2005 年版，第 341 页。

附　录

本书所涉导演之电影改编目录

谢晋

《天云山传奇》，1980年，改编自鲁彦周同名中篇小说。

《牧马人》，1982年，改编自张贤亮中篇小说《灵与肉》。

《高山下的花环》，1984年，改编自李存葆同名中篇小说。

《芙蓉镇》，1986年，改编自古华同名长篇小说。

《最后的贵族》，1989年，改编自白先勇短篇小说《谪仙记》。

《老人与狗》，1993年，改编自张贤亮中篇小说《邢老汉和狗的故事》。

谢飞

《湘女萧萧》，1986年，改编自沈从文短篇小说《萧萧》。

《本命年》，1989年，改编自刘恒中篇小说《黑的雪》。

《香魂女》，1992 年，改编自周大新中篇小说《香魂塘畔的香油坊》。

《黑骏马》，1995 年，改编自张承志同名中篇小说。

《益西卓玛》，2000 年，改编自扎西达娃短篇小说《冥》。

黄健中

《如意》，1982 年，改编自刘心武同名中篇小说。

《26 个姑娘》，1984 年，改编自魏继新中篇小说《燕儿窝之夜》。

《良家妇女》，1985 年，改编自李宽定同名中篇小说。

《一个死者对生者的访问》，1986 年，改编自刘树纲同名话剧。

《贞女》，1987 年，改编自古华同名中篇小说。

《龙年警官》，1990 年，改编自魏人中篇小说《刑警队长的誓言》。

《大鸿米店》，1995 年，改编自苏童长篇小说《米》。

《银饰》，2005 年，改编自周大新同名中篇小说。

夏钢

《一半是火焰，一半是海水》，1989 年，改编自王朔同名中篇小说。

《无人喝彩》，1993 年，改编自王朔同名中篇小说。

《与往事干杯》，1994 年，改编自陈染同名中篇小说。

《伴你到黎明》，1996 年，改编自张欣同名中篇小说。

《玻璃是透明的》，1999 年，改编自李春平同名中篇小说。

滕文骥

《锅碗瓢盆交响曲》，1983 年，改编自蒋子龙同名中篇小说。

《棋王》，1988 年，改编自阿城同名中篇小说。

《香香闹油坊》，1994 年，改编自李本深中篇小说《油坊》。

《征服者》，1995 年，改编自杨争光中篇小说《流放》。

陈凯歌

《黄土地》，1984 年，改编自柯蓝散文《深谷回声》。

《孩子王》，1987 年，改编自阿城同名中篇小说。

《边走边唱》，1991 年，改编自史铁生中篇小说《命若琴弦》。

《霸王别姬》，1993 年，改编自李碧华同名中篇小说。

《搜索》，2012 年，改编自文雨长篇小说《请你原谅我》。

张艺谋

《红高粱》，1987 年，改编自莫言中篇小说《红高粱》《高粱酒》。

《菊豆》，1990 年，改编自刘恒中篇小说《伏羲伏羲》。

《大红灯笼高高挂》，1991 年，改编自苏童中篇小说《妻妾成群》。

《秋菊打官司》，1992 年，改编自陈源斌中篇小说《万家诉讼》。

《活着》，1994 年，改编自余华同名长篇小说。

《摇啊摇，摇到外婆桥》，1995 年，改编自李晓中篇小说《门规》。

《有话好好说》，1996 年，改编自述平中篇小说《晚报新闻》。

《一个都不能少》，1998 年，改编自施祥生中篇小说《天上有个太阳》。

《我的父亲母亲》，1999 年，改编自鲍十中篇小说《纪念》。

《幸福时光》，2000年，改编自莫言中篇小说《师傅越来越幽默》。

《满城尽带黄金甲》，2006年，改编自曹禺戏剧《雷雨》。

《山楂树之恋》，2010年，改编自艾米同名长篇小说。

《金陵十三钗》，2011年，改编自严歌苓同名中篇小说。

黄建新

《黑炮事件》，1985年，改编自张贤亮中篇小说《浪漫的黑炮》。

《轮回》，1988年，改编自王朔中篇小说《浮出海面》。

《站直了，别趴下》，1991年，改编自邓刚中篇小说《左邻右舍》。

《五魁》，1993年，改编自贾平凹同名中篇小说。

《背靠背，脸对脸》，1994年，改编自刘醒龙中篇小说《秋风醉了》。

《红灯停，绿灯行》，1995年，改编自叶广芩中篇小说《学车轶事》。

《埋伏》，1996年，改编自方方同名中篇小说。

《睡不着》，1998年，改编自范东峰中篇小说《小街派出所轶事》。

《谁说我不在乎》，2001年，改编自叶广芩短篇小说《你找他苍茫大地无影踪》。

《求求你，表扬我》，2005年，改编自北北短篇小说《请你表扬》。

冯小刚

《永失我爱》，1994年，改编自王朔同名中篇小说及《空中小姐》。

《甲方乙方》，1997年，改编自王朔中篇小说《你不是个俗人》。

《天下无贼》，2004年，改编自赵本夫同名短篇小说。

《集结号》，2007年，改编自杨金远短篇小说《官司》。

《唐山大地震》，2010年，改编自张翎中篇小说《余震》。

《一九四二》，2012 年，改编自刘震云中篇小说《温故一九四二》。

霍建起

《那山那人那狗》，1998 年，改编自彭见明同名短篇小说。

《蓝色爱情》，2000 年，改编自方方中篇小说《行为艺术》。

《生活秀》，2002 年，改编自池莉同名中篇小说。

《暖》，2003 年，改编自莫言中篇小说《白狗秋千架》。

《情人结》，2005 年，改编自安顿短篇小说《爱恨情仇》。

张元

《妈妈》，1990 年，改编自戴晴的散文《哦，我歪歪的小白杨树》。

《东宫西宫》，1996 年，与王小波合作完成，王小波据此写成中篇小说《似水柔情》。

《我爱你》，2001 年，改编自王朔中篇小说《过把瘾就死》。

《绿茶》，2003 年，改编自金仁顺中篇小说《水边的阿狄丽雅》。

《看上去很美》，2005 年，改编自王朔同名长篇小说。

姜文

《阳光灿烂的日子》，1993 年，改编自王朔中篇小说《动物凶猛》。

《鬼子来了》，2000 年，改编自尤凤伟中篇小说《生存》。

《太阳照常升起》，2007 年，改编自叶弥短篇小说《天鹅绒》。

《让子弹飞》，2010 年，改编自马识途中篇小说《盗官记》。

参 考 文 献

学术著作

1. [美] 乔治·布鲁斯东:《从小说到电影》,高骏千译,中国电影出版社 1981 年版。

2. [法] 卡尔科－马赛尔、克莱尔:《电影与文学改编》,刘芳译,文化艺术出版社 2005 年版。

3. [加] 安德烈·戈德罗:《从文学到影片——叙事体系》,刘云舟译,商务印书馆 2010 年版。

4. [美] 罗伯特·斯塔姆:《文学和电影:电影改编理论与实践指南》,北京大学出版社 2006 年版。

5. 张冲:《文本与视觉的互动:英美文学电影改编的理论与应用》,复旦大学出版社 2010 年版。

6. 周斌:《论新中国的电影改编》,载《中国电影的传统与创新》，复旦大学出版社 2012 年版。

7. 刘明银：《改编：从文学到影像的审美转换》，中国电影出版社 2008 年版。

8. 马军英：《媒介变化与叙事转换——以陈凯歌电影改编为例》，世界图书出版社 2011 年版。

9. 冯果：《当代中国电影艺术的困境——对电影与文学关系的一个考察》，上海文化出版社 2007 年版。

10.［德］埃德蒙德·胡塞尔：《现象学的观念》，倪梁康译，上海译文出版社 1986 年版。

11.［比］乔治·布莱：《批评意识》，郭宏安译，广西师范大学出版社 2002 年版。

12.［法］萨特、［美］韦德·巴斯金编：《萨特论艺术》，欧阳友权、冯黎明译，中国人民大学出版社 2004 年版。

13.［德］伊塞尔：《阅读活动——审美反应理论》，周宁、金元浦译，中国社会科学出版社 1991 年版。

14. 董学文：《西方文学理论史》，北京大学出版社 2005 年版。

15.［德］海德格尔：《存在与时间》，陈嘉映、王庆节译，生活·读书·新知三联书店 1987 年版。

16.［德］汉斯·伽达默尔：《真理与方法》上卷，洪汉鼎译，上海译文出版社 1992 年版。

17.［瑞士］皮亚杰：《儿童心理学》，吴福元译，商务印书馆 1981 年版。

18.［瑞士］皮亚杰：《发生认识论》，王宪钿等译，商务印书馆 1981 年版。

19. ［德］姚斯、［美］霍拉勃：《接受美学与接受理论》，周宁等译，辽宁人民出版社 1987 年版。

20. 朱立元：《接受美学》，上海人民出版社 1989 年版。

21. ［美］哈德罗·布鲁姆：《影响的焦虑——一种诗歌理论》，徐天博译，江苏教育出版社 2006 年版。

22. ［美］费什：《读者反应批评：理论与实践》，文楚安译，中国社会科学出版社 1998 年版。

23. 张首映：《二十世纪西方文论史》，北京大学出版社 1999 年版。

24. 郭伟成：《为电影而生——谢晋传》，中国电影出版社 2009 年版。

25. 谢晋：《我对导演艺术的追求》，中国电影出版社 1990 年版。

26. 李奕明：《谢晋电影在中国电影史上的地位》，载《电影旅者：谢晋从影 50 周年回顾文选》，台北市中国电影史料研究会 1999 年版。

27. 代琇、庄辛：《谢晋传》，华东师范大学出版社 1997 年版。

28. 黄健中：《黄健中导演笔记》，作家出版社 2011 年版。

29. 王彪：《新历史小说选·导论》，浙江文艺出版社 1993 年版。

30. 章柏青：《电影与观众论稿》，华夏出版社 1995 年版。

31. 谢飞：《我愿永远年轻》，载《谢飞集》，中国电影出版社 1998 年版。

32. 任仲伦编著：《新时期电影论》，上海文艺出版社 1992 年版。

33. 陈思和：《中国当代文学史教程》，复旦大学出版社 2005 年版。

34. 沈及明：《寻寻觅觅到中年——记黄健中》，载《影视文化》

丛刊第 1 辑，文化艺术出版社 1988 年版。

35. 杨远婴：《90 年代的"第五代"》，北京广播学院出版社 2000 年版。

36. 柴效锋、纪眠、吕晓明编著：《黄建新：年轻的眼睛》，湖南文艺出版社 1996 年版。

37. 李尔葳：《张艺谋说》，春风文艺出版社 1998 年版。

38. 李尔葳：《直面张艺谋》，经济日报出版社 2002 年版。

39. 张明主编：《与张艺谋对话》，中国电影出版社 2003 年版。

40. 述平：《谈〈晚报新闻〉》，载《小说月报：从小说到影视》，百花文艺出版社 2011 年版。

41. 陈凯歌：《少年凯歌》，人民文学出版社 2001 年版。

42. 李碧华：《霸王别姬》，天地图书出版公司 1985 年版。

43. ［日］佐藤忠男：《中国电影百年》，钱杭译，上海书店出版社 2005 年版。

44. 陈墨：《陈凯歌电影论》，文化艺术出版社 1998 年版。

45. 查建英：《八十年代访谈录》，生活·读书·新知三联书店 2006 年版。

46. 黄晓阳：《印象中国：张艺谋传》，华夏出版社 2008 年版。

47. ［法］马赛尔·马尔丹：《电影语言》，何振淦译，中国电影出版社 1980 年版。

48. 罗艺军：《第五代与电影意象造型》，载陈思和等主编《中国当代文论选》，上海教育出版社 2010 年版。

49. 王朔：《我看王朔》，载《无知者无畏》，作家出版社 2000 年版。

50. ［法］安德烈·巴赞:《电影是什么》,崔君衍译,江苏教育出版社 2005 年版。

51. ［美］大卫·波德维尔、克里斯汀·汤普森:《电影艺术:形式与风格》,曾伟祯译,世界图书出版公司 2008 年版。

52. 冯小刚:《我把青春献给你》,长江文艺出版社 2003 年版。

53. 李尔葳:《汉子姜文》,春风文艺出版社 1998 年版。

54. 李银河等编:《一个特立独行的人:王小波画传》,北京大众文艺出版社 2005 年版。

55. 王朔:《过把瘾就死》,云南人民出版社 2004 年版。

56. ［英］杰夫·安德鲁:《导演视野》,焦雄屏译,江苏教育出版社 2006 年版。

57. 程惠哲:《电影对小说的跨越——张艺谋影片研究》,中国电影出版社 2010 年版。

58. ［苏］安德烈·塔可夫斯基:《雕刻时光》,陈丽贵、李泳泉译,人民文学出版社 2003 年版。

59. ［美］埃里克·舍曼:《导演电影——电影导演的艺术》,丁昕等译,广西师范大学出版社 2005 年版。

期刊文章

1. 刘海波:《走调的〈长恨歌〉》,《电影新作》2005 年第 6 期。

2. 李玫:《空间叙事与时间叙事:〈长恨歌〉从小说到电影》,《电影文学》2005 年第 12 期。

3. 罗勤:《丢失的灵魂——谈电影〈长恨歌〉的改编》,《电影文学》2006 年第 1 期。

4. 周仲谋：《西部乡土史诗与地域文化的影像呈现——论电影〈白鹿原〉的改编艺术》，《北京社会科学》2013 年第 1 期。

5. 李洋：《〈白鹿原〉：减法的艺术与 T 型史诗》，《电影艺术》2012 年第 6 期。

6. 陈宗俊：《半部好戏——谈电影〈白鹿原〉对原著的改编》，《创作与评论》2012 年第 11 期。

7. 卢衍鹏：《从文学与传媒的张力看电影〈白鹿原〉的改编》，《创作与评论》2012 年第 11 期。

8. 车文丽：《离间与同化：从叙事学角度看〈白鹿原〉小说与电影的差异》，《艺苑》2013 年第 1 期。

9. 史静：《〈白鹿原〉：从小说到电影》，《艺苑》2013 年第 1 期。

10. 梅朵：《胆识、勇气和责任感——评〈天云山传奇〉》，《电影艺术》1981 年第 3 期。

11. 周斌：《这里有我生命的根——读〈牧马人〉随感》，《电影新作》1982 年第 1 期。

12. 王朝闻：《了然于心——看〈牧马人〉有感》，《电影艺术》1982 年第 7 期。

13. 王忠全：《为什么感人不深——谈影片〈牧马人〉的不足》，《电影艺术》1982 年第 8 期。

14. 林滨：《谢晋与〈高山下的花环〉》，《电影评介》1984 年第 1 期。

15. 李德顺：《〈高山下的花环〉改编断想》，《电视文艺》1984 年第 2 期。

16. 白净：《秦癫子"癫"味不够——影片〈芙蓉镇〉观后》，

《电影评介》1987 年第 12 期。

17. 成志伟：《不要忘记电影特点和群众——观影片〈黄土地〉有感》，《电影艺术》1985 年第 4 期。

18. 杨海波：《圣典与怪圈——评〈孩子王〉》，《电影评介》1988 年第 3 期。

19. 尹鸿：《加法与减法——关于陈凯歌导演的〈搜索〉》，《当代电影》2012 年第 8 期。

20. 马旭：《男权批判的自觉与迷失——女性主义视野下的〈搜索〉主题变奏》，《北京电影学院学报》2013 年第 2 期。

21. 张法：《"红色经典"改编现象读解》，《文艺研究》2005 年第 4 期。

22. 张志忠：《定位与错位——影视改编与文学研究中的"红色经典"》，《文艺研究》2005 年第 4 期。

23. 侯洪、张斌：《红色经典界说、改编及传播》，《当代电影》2004 年第 6 期。

24. 张宗伟：《一起事先张扬的文化事件——透视"红色经典"改编》，《当代电影》2007 年第 1 期。

25. 王瑾：《红色经典改编热读解》，《文艺理论与批评》2007 年第 4 期。

26. 杨锦鸿：《漫谈红色经典改编》，《文艺理论与批评》2008 年第 2 期。

27. 吴世昌：《纪念鲁迅不能篡改他的作品》，《电影艺术》1981 年第 12 期。

28. 肖尹宪：《从〈药〉谈起——与李玉铭、韩志君、吴世昌同志商榷》,《电影艺术》1982 年第 12 期。

29. 曹其敬:《一次不成功的挑战——评影片〈雷雨〉》,《电影艺术》1984 年第 7 期。

30. 李振潼:《〈子夜〉从小说到电影》,《电影艺术》1982 年第 6 期。

31. 舒若等:《不是发展了原著,而是背离了原著——从影片〈祝福〉中祥林嫂砍门槛等问题谈起》,《中国电影》1957 年 4 月号。

32. 夏衍:《关于改编的若干问题》,《人民电影》1978 年第 4 期。

33. 孟蒙:《论小说〈祝福〉的现实主义深度及和它的不正确理解——就电影〈祝福〉向夏衍同志再请教》,《中国现代文学研究丛刊》1983 年第 4 期。

34. 李相:《倒叙的成长史——从〈北京杂种〉到〈看上去很美〉》,《当代电影》2006 年第 5 期。

35. 简敏:《影视的传播与文学的接受》,《武汉大学学报》2009 年第 2 期。

36. 秦立彦:《新世纪的中国电影改编》,《艺术评论》2011 年第 1 期。

37. 李军:《当代中国改编电影的叙事伦理》,《前沿》2012 年第 20 期。

38. 朱怡淼:《选择与接受:关于文学与电影改编》,《艺术百家》2012 年第 5 期。

39. 黄健中:《改编应注入导演的因素》,《电影艺术》1983 年第 8 期。

40. 全炯俊：《文学与电影的互文性：〈活着〉和〈红高粱〉的电影改编》，《中国现代文学研究丛刊》2011 年第 10 期。

41. 姜建强：《论尧斯接受美学中的"期待视野"》，《社会科学辑刊》1992 年第 6 期。

42. 何孔周：《历史的潮流阻挡不住——谈〈天云山传奇〉中吴遥的形象》，《人民日报》1980 年 2 月 6 日。

43. 袁康、晓文：《一部违反真实的影片——评〈天云山传奇〉》，《文艺报》1982 年第 4 期。

44. 吴泰昌：《〈天云山传奇〉大讨论纪实·上》，《江淮文史》2008 年第 1 期。

45. 谢晋：《当我拿到文学剧本之后……》，《电影通讯》1982 年第 3 期。

46. 谢晋：《〈天云山传奇〉导演阐述》，《电影通讯》1981 年第 2 期。

47. 谢晋：《心灵深处的呐喊：〈天云山传奇〉导演创作随想》，《电影艺术》1981 年第 4 期。

48. 徐庆全：《〈天云山传奇〉的传奇》，《文化艺术报》2007 年 3 月 21 日。

49. 施加明：《我拍的影片几乎都受过折腾——谢晋喟叹自己拍的影片及其他》，《电影评介》1988 年第 11 期。

50. 朱大可：《谢晋电影模式的缺陷》，《文汇报》1986 年 7 月 18 日。

51. 李劼：《"谢晋时代"应该结束》，《文汇报》1986 年 8 月 1 日。

52. 夏衍：《要大力提高电影质量——在中国影协主席团委员座谈会上讲话》，《电影艺术》1986 年第 10 期。

53. 钟惦棐：《谢晋电影十思》，《文汇报》1986 年 9 月 13 日。

54. 汤娟：《谢晋笑谈"谢晋电影模式"》，《解放日报》1986 年 8 月 15 日。

55. 淇由：《访谢晋》，《电影评介》1987 年第 11 期。

56. 秦裕权：《我看〈老人与狗〉》，《电影艺术》1994 年第 2 期。

57. 松涛：《宝刀不老，雄风犹在——电影理论、评论界人士谈谢晋新作〈老人与狗〉》，《电影新作》1994 年第 2 期。

58. 汪晖：《政治与道德及其置换的秘密：谢晋电影分析》，《电影艺术》1990 年第 2 期。

59. 童加勃：《谢晋，你不该随大流》，《电影评介》1991 年第 9 期。

60. 黄健中：《改编应注入导演的因素》，《电影艺术》1983 年第 8 期。

61. 罗雪莹：《五十而不知天命——导演黄健中访谈录》，《当代电影》1992 年第 1 期。

62. 黄健中：《电影的思维与电影的美感》，《电影文化》1982 年第 1 期。

63. 黄健中：《在"电影中的声音研讨会"上的发言》，《北京电影学院学报》1987 年第 2 期。

64. 王博：《从〈米〉到〈大鸿米店〉——浅析历史寓言意蕴的消解》，《电影文学》2013 年第 1 期。

65. 李奕明：《〈银饰〉的得与失》，《电影创作》1995 年第 2 期。

66. 陈育新、陈晓云：《怪圈：有意味的形式——对谢飞影片的一种阐释》，《艺术百家》1995 年第 1 期。

67. 常松：《执着追求〈香魂女〉，历时二年做"嫁衣"——访影片〈香魂女〉责任编辑尹江春》，《电影评介》1993 年第 6 期。

68. 饶曙光、裴亚莉：《谢飞电影：时代 VS 个人》，《当代电影》2006 年第 2 期。

69. 胡斌：《一次精彩的"误读"——从沈从文的〈萧萧〉到谢飞的〈湘女萧萧〉》，《写作》2012 年第 23 期。

70. 谢飞、梁光弟等：《〈益西卓玛〉走近西藏》，《电影艺术》2000 年第 4 期。

71. 胡克、谢飞等：《讨论〈本命年〉》，《当代电影》1989 年第 6 期。

72. 谢枫：《再发现第四代》，《电影艺术》2008 年第 5 期。

73. 周星：《论谢飞电影的理想追求与诗意艺术》，《南京师范大学文学院学报》2003 年第 4 期。

74. 谢飞、吴冠平：《眺望在精神家园的窗前》，《电影艺术》1995 年第 5 期。

75. 谢飞、杨远婴：《我的这五年——谢飞访谈录》，《当代电影》2006 年第 2 期。

76. 谢飞：《影片〈香魂女〉导演的话》，《文艺研究》1993 年第 3 期。

77. 关耳：《从〈湘女萧萧〉到〈香魂女〉——谢飞的导演艺术及其第四代意识管窥》，《电影评介》1993 年第 8 期。

78. 方舟：《滕文骥口述：电影是一管自来水笔》，《大众电影》 2009 年第 15 期。

79. 任殷：《乐曲在哪里交响？——〈锅碗瓢盆交响曲〉影片、小说比较谈》，《电影艺术》1984 年第 3 期。

80. 李尔葳：《影坛脚夫滕文骥》，《电影艺术》1995 年第 1 期。

81. 朱雪飞：《我的生命里不能没有电影——近访第四代导演滕文骥》，《电影》2002 年第 5 期。

82. 战萍：《夏钢生活不燥读书狂然》，《中国邮政报》2006 年 10 月 8 日。

83. 夏钢：《艺术电影与艺术家的责任》，《电影艺术》2001 年第 3 期。

84. 李博：《夏钢：现实题材影视剧是我最喜欢的类型》，《中国艺术报》2012 年 9 月 10 日。

85. 贾磊磊：《没有突破就没有艺术——与夏刚对话录》，《当代电影》1995 年第 5 期。

86. 葛菲：《重建温馨——夏钢电影评述》，《电影艺术》1994 年第 3 期。

87. 夏钢：《征服陌生世界的快感——〈与往事干杯〉导演手记》，《电影创作》1995 年第 3 期。

88. 夏钢：《关于都市的话题》，《当代电影》1997 年第 4 期。

89. 夏钢：《电影不能说出来》，《电影艺术》1993 年第 1 期。

90. 应雄：《从风格到品牌——关于夏钢电影》，《电影艺术》1994 年第 3 期。

91. 冯湄：《平凡中的真诚——访夏钢和孟朱》，《大众电影》

1998 年第 2 期。

92. 倪震、郑洞天、黄建新:《话题:不仅是〈轮回〉》,《电影艺术》1989 年第 4 期。

93. 谢红:《黄建新 20 年的荒诞》,《南方人物周刊》2005 年第 25 期。

94. 倪震:《文化电影和观众效应——与黄建新导演谈〈谁说我不在乎〉》,《当代电影》2001 年第 6 期。

95. 黄建新:《用自己的天性拍电影》,《电影艺术》2002 年第 6 期。

96. 张艺谋:《电影·艺术·人生——张艺谋答军艺学员问》,《解放军艺术学院学报》2000 年第 1 期。

97. 碧云天:《与张艺谋对话》,《电影创作》1998 年第 3 期。

98. 陈晓光:《陈凯歌谈〈孩子王〉》,《电影评介》1987 年第 11 期。

99. 张艺谋:《现今文学没劲》,《文学自由谈》1998 年第 6 期。

100. 叶坦:《"电影是感情性的东西"——与张艺谋的谈话》,《电影艺术》1998 年第 3 期。

101. 陈墨:《倾注真情、守住"本土"——张艺谋访谈录》,《大众电影》1998 年第 12 期。

102. 张艺谋:《我拍〈红高粱〉》,《电影艺术》1988 年第 4 期。

103. 郭景波、张艺谋:《张艺谋:创作与人生》,《电影艺术》1999 年第 3 期。

104. 莫言:《影片〈红高粱〉观后杂感》,《当代电影》1988 年第 2 期。

105. 张卫、张艺谋：《〈我的父亲母亲〉创作谈》，《当代电影》2000 年第 1 期。

106. 张艺谋：《〈山楂树之恋〉，我有了哭的感动》，《新华每日电讯》2010 年 9 月 20 日。

107. 杨东城：《毕飞宇：〈摇啊摇，摇到外婆桥〉电影和小说都不及格》，《华商晨报》2009 年 2 月 8 日。

108. 莫言：《小说创作与影视表现》，《文史哲》2004 年第 2 期。

109. 陈凯歌：《我拍〈孩子王〉》，《南方文坛》1997 年第 1 期。

110. 陈晓光：《陈凯歌谈〈孩子王〉》，《电影评介》1987 年第 11 期。

111. 李彤：《〈孩子王〉戛纳答问》，《当代电影》1988 年第 6 期。

112. 张艺谋：《就拍这块土》，《电影艺术》1985 年第 5 期。

113. 谢园：《他叫陈凯歌》，《当代电影》1993 年第 1 期。

114. 郑照魁：《陈凯歌：之前大家并不了解我》，《南方日报》2012 年 7 月 3 日。

115. 尹鸿：《加法与减法——关于陈凯歌导演的〈搜索〉》，《当代电影》2012 年第 8 期。

116. 陈凯歌：《千里走陕北——贫穷和希望的手记》，《电影艺术》1985 年第 4 期。

117. 李尔葳：《陈凯歌印象》，《今日中国》1994 年第 3 期。

118. 许晓青、刘天：《冯小刚、刘震云：电影是文学的果实》，《新华每日电讯》2012 年 6 月 18 日。

119. 杨敏：《编辑部的故事》（上），《新民晚报》2012 年 7 月 23 日。

120. 刘帆：《改编抑或改置冯小刚电影的"王朔主义"问题》，《电影艺术》2004 年第 3 期。

121. 杜剑峰：《从王朔到冯小刚——当代社会文化转型中的审美流变》，《北京联合大学学报》2002 年第 4 期。

122. 王朔：《我看王朔》，《北京青年报》2000 年 1 月 17 日。

123. 冯小刚：《我得把坑挖成井》，《北京晨报》1999 年 1 月 17 日。

124. 姜小玲：《张翎：〈余震〉之后看定力》，《解放日报》2009 年 8 月 13 日。

125. 张英：《听冯小刚讲"贼"小说到"贼"电影》，《南方周末》2005 年 1 月 19 日。

126. 石宁：《〈唐山大地震〉影片未映，小说〈余震〉先热》，《出版参考》2009 年第 24 期。

127. 沙蕙：《"天下无贼"与"贼喊捉贼"：冯小刚贺岁电影的悖论》，《文艺研究》2005 年第 5 期。

128. 王刚：《我所痛恨的〈天下无贼〉》，《中国作家》2006 年第 13 期。

129. 冯小刚：《〈天下无贼〉是一针让你晕乎的麻药》，《新京报》2004 年 12 月 6 日。

130. 冯小刚、郑洞天、王一川等：《集结号》，《当代电影》2008 年第 2 期。

131. 袁梅：《审美文化视野中的"小资"和"小资情调"》，《齐鲁学刊》2005 年第 5 期。

132. 霍建起：《〈那山那人那狗〉创作杂感》，《电影艺术》1999

年第 4 期。

133. 李彬：《诗意导演　率性情怀——导演霍建起访谈》，《北京电影学院学报》2003 年第 3 期。

134. 丁一岚、霍建起：《〈暖〉：寻找记忆中挥之不去的过往》，《电影艺术》2004 年第 1 期。

135. 霍建起：《〈生活秀〉艺术总结》，《电影艺术》2002 年第 4 期。

136. 张燕、黄文峰：《与霍建起聊聊〈蓝色爱情〉》，《电影新作》2001 年第 3 期。

137. 翁燕然：《霍建起：我是新感觉派》，《电影》2013 年第 5 期。

138. 黄渝寒：《姜文：电影不能拍太牛的文学作品》，《电影》2011 年第 9 期。

139. 姜文：《它是我心中的太阳》，《大众电影》2007 年第 18 期。

140. 左英：《梦是唯一的现实——姜文专访》，《电影世界》2007 年第 17 期。

141. 蒯乐昊：《姜文：我永远是个业余导演》，《南方人物周刊》2010 年第 43 期。

142. 吴冠平、姜文：《不是编剧的演员不是好导演——姜文访谈》，《电影艺术》2011 年第 2 期。

143. 陈旭光：《叙事实验、意象拼贴与破碎的个人化寓言——评〈太阳照常升起〉的创新与问题》，《艺术评论》2007 年第 11 期。

144. 张彦武：《张元：〈有种〉到底有多"有种"》，《中国青年报》2010 年 3 月 25 日。

145. 孙琳琳：《电影人分享初体验　张元因为一个女孩走上电影路》，《新京报》2012 年 1 月 11 日。

146. 邱华栋、张元：《张元：从〈妈妈〉到〈达达〉》，《收获》2010 年第 3 期。

147. Chris Berry：《导演张元采访录》，《南京艺术学院学报》2000 年第 2 期。

148. 关雯：《张元：我希望我的片子能有好票房》，《中国电影报》2005 年 7 月 21 日。

149. 杨劲松：《张元〈我爱你〉直面非议》，《京华时报》2002 年 10 月 10 日。

150. 张颐武：《"我爱你"吗?》，《当代电影》2003 年第 2 期。

151. 杨展：《辨认张元，从〈绿茶〉开始——张元访问记》，《北京日报》2003 年 9 月 7 日。

152. ［德］汉斯·伽达默尔：《效果历史原则》，甘阳译，《哲学译丛》1986 年第 3 期。

153. 林燕、子虚：《直击张艺谋》，《中国新时代》1997 年第 3 期。

学位论文

1. 龚金平：《作为历史与实践的中国当代电影改编》，博士学位论文，复旦大学，2006 年。

2. 姚尚凯：《新中国六十年文学作品改编电影的整体梳理及其规律研究》，硕士学位论文，上海师范大学，2011 年。

3. 赵慧娟：《论新时期文学思潮对电影的影响》，博士学位论

　　文，山东大学，2010 年。

4. 刘华：《九十年代以来当代文学改编电影研究》，硕士学位论文，南京师范大学，2012 年。

5. 陈林侠：《叙事的智慧：当代小说的电影改编研究》，博士学位论文，浙江大学，2005 年。

6. 徐安维：《刘恒影视改编作品的叙事研究》，硕士学位论文，浙江大学，2007 年。

7. 张薇：《互文性视野下文学作品的电影改编》，硕士学位论文，华中科技大学，2010 年。

8. 赵庆超：《中国新时期文学作品的电影改编研究》，博士学位论文，山东师范大学，2010 年。

9. 朱杰：《选择与传播：中国现代文学的当代影视转换》，博士学位论文，华中师范大学，2004 年。

10. 傅明根：《大风起兮——第五代电影对文学作品的改编研究》，博士学位论文，暨南大学，2006 年。

11. 王岩：《〈锅碗瓢盆交响曲〉：从小说到电影》，硕士学位论文，吉林大学，2011 年。